科学が何か発見す[illegible]善の使い道を議論している隙に、いつも悪魔
がかっさらっていく

――アラン・バレンタイン

奔流

登　場　人　物　紹　介

レーシー・シャーロック	FBI捜査官
ディロン・サビッチ	FBI捜査官。シャーロックの夫
カム・ウィッティア	FBI捜査官
ジャック・キャボット	FBI捜査官
カーラ・ムーディ	アーティスト
アレックス・ムーディ	カーラの息子
コンスタンス(コニー)・バトラー	FBI捜査官
シルビー・ボーン	カーラの親友。 ファッション・ブロガー兼ユーチューバー
ハンナ・フォックス	シルビーの母。 B・B・マドックスの元恋人で看護師
リアム・ヘネシー	銀行強盗犯。別名マンタ・レイ
ドゥーチェ・ボウラー	リアムの弁護士
セルゲイ・ペトロフ	ロシアの投資会社の幹部
エレーナ・オルロワ	ペトロフのボディガード兼恋人
リスター・マドックス	ジェン＝コア・テクノロジーズのCEO
B・B・マドックス	リスターの父。 ジェン＝コア・テクノロジーズの創業者
エリック・ヘイニー	ギルバート大統領首席補佐官
サクソン・ヘイニー	エリックの息子

プロローグ

人々はすばやく彼をよけられなかった。彼を避けるために通りの向こう側へ行く者もいる。頭の中で何かが起こり、そのせいで様子や行動がおかしくなっているのは漠然とわかるが、自分ではどうしようもなかった。頭がぼうっとするのも、めまいも脱力感も、じきにおさまりそうな気がする。しかしそれが何を意味しているのか考える間もなく、思考はすぐにどこかへ飛んでいった。

それでもどうにか、必要なものを手に入れるために〈モーリーズ・ガン＆スポーツ〉へたどり着けた。店内に侵入し、壁に展示されていたＡＲ‐15を見つけると、アサルトライフルを持ち運んでいると周囲に悟られないように、レミントンのカートリッジと一緒に袋に入れた。そして陳列台に並んでいる狩猟用の服の中から、チノパンツとシャツ、ブーツと靴下をつかみ取った。体にぴったり合うちゃんとした服を着るのは妙な気分だ。ウエストを紐(ひも)で縛るタイプのグリーンのズボンとスモックとスリッパは床に脱ぎ捨てた。

通りに踏みだすと、先へ進むことだけに意識を集中した。通過しようとしたバスに手を振って停止させると、盗んだ金を運転手に差しだし、必要な料金を受け取らせた。バスに乗れたのは運がよかった。ひょっとしたら間に合うかもしれない。座席に座ると、ゆっくりと深呼吸をし、忘れないように何度も繰り返しつぶやいた――〝彼女を救わなければならない。手遅れにならないうちに彼女のもとへ行かなければならない〟

1

七月中旬、日曜
ワシントンDC、ジョージタウン

ドクター・ジャニス・ハドソンはサビッチの腕をつかみ、口ごもりながら言った。

「あなたが家にいて、すぐに駆けつけてくれてよかったわ、ディロン。家の外でインパチェンスの草取りをしていたら、男がカーラの家のドアベルを鳴らすのが見えて。彼女がドアを開けると、男は大声で怒鳴りだして、両腕を振りまわしながら家に押し入ってドアを閉めたの。そのあとカーラの悲鳴が聞こえたのよ」

「男はあなたに気づきましたか？」

「いいえ、見られていないわ。若い男だったわ、ディロン。髪がぼさぼさで、だぶだぶの服を着て、細長い包みを脇に抱えていた。たぶん銃のようなものだと思う」それはないだろうと言いたかったが、祖母の親しい友人だったドクター・ジャニスのことは昔から知っている。彼女は四十年以上も精神科医をしてきた。そのあいだには想像もつかないようなさまざまなものを目にしてきただろう。だから電話をもらったとき、サビッチはドクター・ジャニスの直感を信じ、すべてを放りだして駆けつけた。「911にも通報したけれど、警察が到着するまでどれくらいかかるかわからないでしょう。カーラを助けてちょうだい。とても優しい子なの。さっきも言ったとおり、妊娠していて、出産予定日は一週間後なのよ。半年ほど前にあの家を借りて……」ドクター・ジャニスは深呼吸をして気持ちを落ち着けた。「そんなことはどうでもいいわね。ディロン、私は男の表情と動きをこの目で見たの。その場に立っているあいだも、よろめいたり体を揺すったりしていた。おそらく重度の精神障害を抱えていて、投薬治療を受けているんだと思う。ときどきカーラに向かってわめく声が聞こえてきて……ほら、聞いて！」

若い男の声。パニックに襲われ、頭がどうかしてしまったような声だ。「わかってくれ！　一緒に来てもらわなきゃだめなんだ。やつらから逃げないと。こっちに向かってるはずだ。君を連れ去るつもりなんだ。手遅れになる前に一緒にここを離れないと！」

「誰がカーラを連れ去るというの？　手遅れになるってどういうこと？　どうやら被

害妄想にとらわれているみたいね。赤ちゃんのことで何か叫んだり、神を冒瀆(ぼうとく)する言葉を吐いたり、とにかく支離滅裂なの。どの神なのかは言っていなかったけれど、カーラが心配でたまらないわ。男が武器を持っているのならなおさらよ。彼のような精神障害を抱えた人たちを私はたくさん診(み)てきたの。ディロン、今すぐ彼女を助けて」

　サビッチが振り返ると、パトカーとクラウン・ビクトリアが停(と)まるのが見えた。パトカーからふたりの警察官が出てきて、後続のクラウン・ビクトリアからはアルド・メイヤー刑事が大きな図体(ずうたい)を引きずりだすようにしておりてきた。そのどっしりした体格から、同僚たちは陰で〝消火栓〟と呼んでいる。メイヤーはいらだった表情を浮かべていた。彼にこの事件を任せればいい。ベテラン刑事だし、通報を受けたとき、近くにいたに違いない。メイヤーがふたりの警察官を手招きするのが見えた。

　家の正面の窓から、男がメイヤーたちに向かって叫んだ。「どうせやつらに送りこまれたんだろう。でも、どうやってこんなに早く見つけだした？　早すぎるじゃないか！　近づくな、こっちはライフルを持ってるぞ。さがれ！」

　男はアサルトライフルＡＲ‐15を構え、カーテンの隙間から発砲した。警察官たちはあわてて身を隠し、弾はクラウン・ビクトリアとパトカーの側面に当たった。ふたたび静寂が訪れ、遠くで鳴っているサイレンの音しか聞こえなくなった。

「ディロン、あの男にとって彼らは警察官ではなくて、自分が恐れている連中のもとへ連れていくために来た敵だと思っているのよ。逆上したら、カーラとおなかの赤ちゃんに危害を加えるかもしれない。被害妄想を抑えきれなくなって、自分がしなければならないと思ったことはなんでもするわ」ドクター・ジャニスはサビッチのほうに身を乗りだした。「誰にも見られずにカーラの家に入りこむ方法があるの。どうする？」

別のパトカーが道路脇に停まり、車からおりた警察官たちはすぐさま身を隠した。メイヤーが拡声器を使って大声で呼びかける。「われわれは危害を加えるために来たのではない！　負傷者はひとりも出したくない。話しあって、一緒に解決しようじゃないか。何が問題で、どうすれば君を助けられるか教えてくれないか」

「嘘をつくな！　おまえらが何者かはわかってるんだぞ。やつらに送りこまれたんだろう。こっちはあっさり負けるつもりはないんだ。とっとと帰れ、さもなきゃ全員殺されるはめになるぞ！　おい、わかったか？　やつらはすべてを知ってるわけじゃない。それがわかったから、やつらを出し抜いて逃げてきたんだ。さがれ！」

かすれた声は涙まじりだ。底知れぬ狂気と恐怖も感じられる。

男が叫んだ。「わかってるのか？　やつらを止めるために全員殺すと言ってるんだ。皆殺しだ！」

閉じたカーテンの隙間から、男はさらに六発ほど撃った。先頭のパトカーの前のタイヤが破裂し、クラウン・ビクトリアの助手席のウィンドウが粉々になり、メイヤーが地面に伏せた。

カーラ・ムーディがどこにいるのかわからないので、応戦できない。

遠くで聞こえていたサイレンの音が近づいていた。まもなく通りは大混乱に陥るだろう。このままではチャンスを逃してしまう。ドクター・ジャニスが言っていることは正しい。ほかに選択肢はない。相手は予測不可能で危険な男だ。しかもアサルトライフルを所持している。腰のベルトに装着しているグロックの慣れ親しんだ重みを感じながら、サビッチはそれを使わずにすむことを願った。愛するシャーロックの顔と、新しいテレビゲームで父親を打ち負かしたときにショーンがきゃっきゃと笑う様子を思い浮かべ、自分が撃たれないよう祈る。サビッチはドクター・ジャニスに言った。

「彼女の家に入る方法を教えてください」

ドクター・ジャニスの説明を聞きながら、サビッチはコロンビア特別区首都警察のベン・レイバン刑事にメッセージを送った。

〈緊急事態。プロスペクト・ストリート二七八二番地に来てくれ。人質事件だ。メイヤーも来てる。手を貸してほしい〉

男のわめき声がまた聞こえた。パニックと狂気に満ちた声だったのが、事実を受け入れた決意のこもった声に変わっている。

「こっちは本気だぞ！　やめるべきなんだ。彼女に指一本触れさせるものか。彼女は渡さないとやつらに伝えろ！」

サビッチはドクター・ジャニスの家のフェンスを乗り越え、カーラ・ムーディの家の側庭におり立った。家の側面には高窓が三つあるだけなので、男に見られる可能性はまずない。サビッチは赤いペチュニアと白いインパチェンスの植えこみを突き抜け、家の裏にある地下貯蔵庫のドアを覆っている、こんもりと茂ったスタージャスミンを押し分けた。ドクター・ジャニスは五十年もこの家の隣に住んでいるので、もともとの所有者が防空壕として使うために地下室を掘ったことを知っていたのだ。

スタージャスミンをかき分けると、ドクター・ジャニスが言っていたとおり、かびだらけの木製のドアが現れた。鍵はかかっていない。錆びた取っ手をつかんで引きあげると、ドアが軋みながら開いた。見おろすと、朽ちた木の階段が暗闇に向かって続いている。サビッチは携帯電話を取りだし、ライトをつけてゆっくりと慎重に階段をおりていった。しかしすぐに朽ちた木が崩れだしたので、膝を曲げてジャンプし、土がむきだしになった地面に着地した。ブーツの下で干からびた鼠の死骸が砕けるのを感じた。外気よりもひんやりした、悪臭がするよどんだ空気を吸いこんだとたん、むせて咳きこみそうになったが、どうにか抑える。おそらくこの防空壕は、ニクソン政権時代から誰も足を踏み入れていないのだろう。携帯電話のライトが、むきだしの梁から垂れさがり、縦横に張りめぐらされた蜘蛛の巣を照らしだす。地面のそこらじゅうに齧歯動物の死骸が散乱していた。ゆがんだ木の棚に並んでいるボトルは、かびと埃と蜘蛛の巣に覆われている。その先には、たわんだ木の階段がもうひとつあり、別のドアにつながっていた。ドクター・ジャニスの話では、そのドアは二番目のベッドルームのクローゼットにつながっているという。生まれてくる赤ん坊の部屋だ。

階段が体の重みに耐えてくれたので、サビッチは心底ほっとした。幅の狭いドアには鍵がかかっていた。ドア枠をつかんで両足を踏ん張り、体を後ろに引いて肩からドアに体当たりした。しかしドアは開かなかった。もう一度体を引き、今度は蹴った。バランスを崩しそうになり、心臓が宙返りしたかのように感じたが、ドアがバンと音をたてて開いた。男に物音を聞かれていないよう祈った。

サビッチはゆっくりとドアを押し開け、積まれている段ボール箱を横にずらして通り道を作った。クローゼットの扉を内側からそっと開けて、壁がライトブルーに塗られた部屋をのぞきこむ。ベビーベッドの上に〝アレックス〟という名前の入った色鮮やかなモビールが吊(つる)され、かたわらにはブルーの上掛けがかかったロッキングチェアと、ディズニーキャラクターが描かれたチェストが置かれている。赤ん坊を迎える準備は万端らしい。

足音を忍ばせて廊下に出た。男がまた警察官に向かって叫ぶ声が聞こえ、リビングルームまで十メートルと離れていないと見当をつける。「ろくでなしどもめ！　やつらに送りこまれたんだろう？　だが今はまだ、やつらは僕が死ぬのを望んでない。だから殺すなと言われてるはずだ」

カーラの穏やかな低い声が聞こえたが、なんと言っているのか聞き取れなかった。抑えた口調で、男を落ち着かせようとしている様子だ。カーラがあと少しだけ耐えてくれるよう祈った。そうすれば彼女が撃たれるのを――もしかすると犯人が自殺を図るのも――阻止できるかもしれない。

サビッチはグロックを脇に構え、なるべく音をたてずに最新式のキッチンを抜け、ダイニングルームに続くアーチ型の入口へ向かった。その先にL字形のリビングルームがあった。最初に目に入ってきたのは、椅子に拘束されたカーラだ。手首と足首をダクトテープで縛られていて、長いストレートの黒髪が顔にまとわりついている。大きな腹部を覆っているのは〈ワシントン・フットボールチーム〉のバーガンディ色のTシャツで、その下にゆったりした白のコットンのパンツをはいている。華奢（きゃしゃ）な足は素足のままだ。二十代半ばくらいの美しい女性だった。カーラは自分の足元を見つめ、男の視線と注意を避けようとしていた。サビッチがさらに前に進むと、窓際に立っている男の横顔が見えた。アサルトライフルを片手にさげている。あんな殺傷力の高い武器をいったいどこで手に入れたのだろう。男の体が前後に揺れているのは緊張のせいか？　それとも薬のせい？　おそらく両方だろう。若い男だと聞いてはいたが、驚いたことに二十五歳以上には見えなかった。細身で体重は六十五キロくらい、身長は百七十五センチといったところ。ほっそりした顔に無精ひげが生えている。怒りと不安で顔をゆがめていなかったら、ハンサムと言えるのかもしれない。男はだぶだぶのチノパンツに皺（しわ）くちゃのシャツを着ていた。おそらくどこかの施設に収容されていて、看病をしていた人たちから逃げだして以来、ずっと同じ服を着ているのだろう。あるいは神から逃げているのだろうか？　自分が信じている神にあっという間に見つかり、連れ戻すために警察が送りこまれたと思っているのか？

サビッチはアーチ型の入口の脇のダイニングルームの壁にぴたりと身を寄せ、呼吸を整えた。メイヤーが拡声器で呼びかける声が聞こえる。ミズ・ムーディに危害を加えなければ要求はなんでものむと、理性を失った相手に説得を試みている。

男が叫んだ。「嘘つけ！　そんな話は信じない！　僕と彼女をどこかへ連れていくつもりかもしれないが、そうはさせないぞ。聞いてるのか？」甲高い笑い声をあげた。「おまえたちを勝たせる気はないからな！」男はその言葉をもう一度叫び、声をあげて泣いた。やがて口をつぐみ、カーラに向き直ってささやいた。「どうしたらいいかわからないんだ。なんとかしないと。僕は君にとって一番いい状態を望んでる。ただし、君が考えてるようなやり方じゃない。でももう、どうでもいいのかもな」首を振り、空いているほうの手で自分の髪を引っ張る。そして今にも壊れそうになったのか、声を張りあげた。「どうしたらいいんだ？」

カーラが視線をあげた。サビッチと同様に事態が切羽詰まってきたことを察し、説得を試みなければならないと感じたらしい。「お願いだから話を聞いて。あなたが誰で、なぜ一緒に来てほしいのか教えてもらえない？　それに、どこへ行くつもり？　誰に追われているの？　私たちふたりが追われているの？　見てわからない？　私は妊娠しているのよ」

男が走り寄って身をかがめ、カーラの顎を両手で持って乱暴に顔をあげさせた。「君が妊娠してるのはわかりきったことじゃないか。どうして僕がここに来たと思ってるんだ？　君が通報したのか？　僕がここにいるとやつらに知らせたのか？」また口をつぐみ、考えを整理しようとするように首を振った。「いや、君は知らせていない。僕がそうさせなかったんだからな。君を拘束する必要があったことはわかってくれるだろう？　一緒に来るよう説得する前に逃げられてしまうからだよ。待てよ、じゃあ、誰がやつらを呼んだ？　わからない。さっぱりわからない！」

男がカーラに近づきすぎているせいで、サビッチは行動を起こせなかった。今にも彼女にキスをしそうなほど顔を寄せている。カーラは驚くほど落ち着いた声で、男に向かってささやきかけた。「ええ、私はあの人たちを呼んでいないわ。私も好きじゃないから、彼らには近づいてほしくない。あなたは誰？　前に会ったことはある？ボルティモアにいたことは？」

「ボルティモア」男がおうむ返しに言った。言葉の意味を理解しようとしているようだ。男はすばやく体を引き、カーラに向かって口から唾を飛ばして叫んだ。「僕はエニグマだ。やつらにいつもそう呼ばれてる。それが僕らだと。絶対に連れ去られてたまるか。君も連れてはいかせない！　邪悪な、とてつもなく邪悪なやつらに！」男ははじかれたようにカーラから離れた。

「今すぐ銃を捨てろ！」

サビッチの声に男が振り返ってわめく。「だめだ！」ライフルを持ちあげて大声で言う。「どうやってここに入った！」

サビッチは発砲した。弾はライフルに命中し、男の手から飛びだしたライフルがオーク材の床を滑り、椅子の脚にぶつかって止まった。

若い男はうなり声をあげ、両腕を広げてカーラに向かって突進した。サビッチは男の肩を狙ってもう一発撃った。男はびくっとしたが、止まらずにカーラの大きな腹部に向かって両手を伸ばした。サビッチが慎重に狙いを定めて撃った次の瞬間、カーラが後ろによろめき、椅子ごとひっくり返った。男の頭から血が流れ、撃たれた衝撃で男がのけぞる。しかし弾は頭をかすめただけだったので、男はサビッチのほうを振り向いた。男は狐につままれたような顔をしている。まったく身に覚えのないことでお仕置きされた子どものようだ。乾いた唇をなめ、かすれた声で言った。「どういうことだよ。あんたは神じゃないだろう。やつらは僕の死を望んでないんだぞ。あんたは誰だ？」脳がようやく痛みを認識したらしく、自分の肩をつかみ、涙を流しながらよろめいた。もう一方の手を頭にやり、ふたたび手をおろして指についた血を見つめた。

次の瞬間、かぼそい泣き声を漏らすと、男は白目をむいて横ざまに倒れた。どうやら気を失ったようだ。

サビッチはカーラの椅子を引き起こし、彼女の無事を確認した。「ちょっと待ってくれ」外にいる警察官たちにも銃声が聞こえたはずだ。サビッチが窓に駆け寄ると、到着したばかりの特殊機動部隊（ＳＷＡＴ）チームが走ってこちらに向かっていた。武器を構え、防弾シールドで身を守り、突入態勢に入っている。

そのとき、メイヤーが大声で告げるのが聞こえた。「突入！」

まるで振りつけられたかのように、十人あまりの警察官がいっせいにパトカーの背後から立ちあがり、ＳＷＡＴチームの後方に扇状に広がった。サビッチは玄関のドアをすばやく開けると、身分証明書を掲げて声を張りあげた。「連邦捜査局（ＦＢＩ）だ！　銃撃犯の身柄は確保した！　もう終わりだ！　銃撃犯は取り押さえた！」

彼らにはサビッチの姿は見えず、声も聞こえていないらしい。目標に向かって飛ぶ誘導ミサイルのように、どんどんこちらに近づいてくる。アドレナリンが体内を駆けめぐっているせいだ。人質を無事確保するまで動きを止めないよう訓練されているのだ。

サビッチはもう一度大声で言った。「ＦＢＩのディロン・サビッチだ！　男は生きているが、意識を失ってる！　撃つな！　もう終わりだ！」

SWATチームのリーダーが足を止め、片手をあげた。「君か？　サビッチ、ディロン・サビッチだな？」

ルーク・パーマーはこの道二十年のベテランで、サビッチは数年前にジムで会ったことがある。たしか恐ろしく仕事のできる男だ。

「ルーク、ああ、俺だ、サビッチだ！　男の身柄は確保した。意識を失ってる！　ミズ・ムーディも無事だ」

「でもどうやって……いや、それはいい」ルークは振り返り、自分の部下と家を囲んでいる警察官たちに向かって大声で呼びかけた。「突入態勢を解除する！　こちらはディロン・サビッチ捜査官だ。銃撃犯の身柄確保！」雄叫びが返ってきたので、ルークは再度大声で告げた。「もう終わりだ！　突入態勢を解除する！」ルークと部下たちは武器をおろすと、ぞろぞろと家に入っていった。ルークは一瞬立ち止まり、サビッチと握手した。「お見事だ」

開け放した玄関のドアの向こう側からうめき声が聞こえ、メイヤーが怒鳴った。

「終わったってどういうことだ？　サビッチ？　FBIがここで何をしてる？」

サビッチはメイヤーを見た。メイヤーは自分の思いどおりに事を運ぶために脅しに頼る男で、自分に適用されない場合に限って規則をやけに強要してくる。昔からサビッチを目の敵にしていて、面と向かっては〝手柄泥棒〟と呼ぶが、陰ではどんな呼び方をしているかわかったものではなかった。今度はなんと呼ぶつもりだ？　どう呼ばれようと、こっちは痛くもかゆくもないが。サビッチは家の中に戻った。メイヤーのことはあとで考えよう。

ルークとSWATチームはすでに男のライフルを回収し、意識を失っているにもかかわらず、男の体の前で手首を合わせて簡易手錠をかけていた。弾が頭をかすめたせいで気を失ったのだろう。それ以上の重大な損傷がないことをサビッチは願った。SWATチームのメンバーのひとりが肩の傷口を包帯で圧迫し、もうひとりが頭の傷を圧迫し始めた。肩の銃創は弾が貫通しているようなので、さほど重傷ではないだろう。

サビッチはカーラのもとへ行った。首都警察の警察官がポケットナイフで手首と足首に巻かれたダクトテープを切っていた。手首が自由になると、彼女は苦痛のうめきを漏らした。警察官はカーラの両腕をそっと前に持ってきて、手首をさすり始めた。

サビッチはカーラの前にしゃがんだ。「肩の痛みはすぐにおさまって、数分で感覚が戻ってくるはずだ」

カーラはサビッチを見つめ、乾いた唇を舌で湿らせた。「二発当たったでしょう。

死んでいないわよね？」

「ああ、死んでいない。あの男が何者か知らないんだね？」

カーラはうなずいた。汗に濡れた髪が頬に張りつく。「今までに一度も会ったことのない男よ。私を何かから助けたいと言っていたけど、警察が到着して、自分と私がどこかへ連れ去られると思ったみたい……具体的な場所は言っていなかったけど。震えながら、何かぶつぶつ言って、何度もよろめいていた」いったん話をやめて息をつき、無理やり笑みを浮かべた。「あなたのことは知っているわ。ドクター・ジャニスの友人で、ＦＢＩのディロン・サビッチ捜査官でしょう。彼女から話を聞いているの。食物連鎖の頂点に立つ友人が少なくともひとりいて、大悪党の尻を蹴飛ばしてくれるから胸がすっとするって」

サビッチは大悪党の尻を蹴飛ばしているのはシャーロックのほうだと言いかけたが、その代わりに言った。「そのドクター・ジャニスから電話をもらったんだ」

「彼女がいなかったら、私は死んでいたかもしれない。ありがとう」

アドレナリンがまだ体内を駆けめぐるのを感じながら、サビッチはほほえんだ。

「お互いに無事でほっとしたよ」失神している若い男を見た。「あの男も死なずにすんでよかった」

サビッチはカーラの視線を感じた。「ひどく若く見えるけど、なぜ私が？　どうしてこの家に来たの？　私のところに」息遣いが乱れ、涙がひと筋頬を伝った。カーラは腕をあげようとしたが、まだ痛みがおさまらないようだ。サビッチが涙をぬぐってやると、彼女は自分の腹部に両手をやった。「私たちの命を助けてくれてありがとう」倒れたまま動かない男のほうに目をやった。「その男は正気を失っていたわよね？」

リビングルームは警察官だらけで、ほとんどが男に鋭い視線を向けていた。サビッチはカーラに視線を戻した。「たしかにそういう印象を受けた」カーラの手首と足首が赤く腫れているのを見て、彼女がどれほど強く拘束から逃れようとしたのかに気づいた。「君はまた、自分自身と生まれてくる赤ん坊のことを考えるべきだ。もう何も恐れる必要はない。警察が男の素性と、君のもとに来た理由を突き止めるだろう」メイヤーが事件を追い、実際に理由が解明されることを願った。

救急隊員がカーラの様子を確かめに来た。「大丈夫ですか？」

カーラがどうにかうなずく。

「状態は？」サビッチは担架に乗せられている若い男を顎で示した。

「肩の傷はそれほどひどくなさそうです。弾は脂肪と筋肉を貫通していました。頭の傷はたいてい出血量が多くなるんですが、頭蓋骨は無傷のようです。ただし意識を失っている理由がわかりません。すぐにCT検査をする必要がありますね」救急隊員はサビッチに向かって敬礼した。「運がよかったか、あなたの射撃の腕がよかったかのどちらかですよ」運ばれていく担架を追いかけていった。

メイヤーが大声でサビッチを呼ぶ声が聞こえた。サビッチが立ちあがって振り向くと、〝消火栓〟が猛り狂った雄牛のごとく突進してきた。全員がまだアドレナリンで興奮状態にあり、腹の中で感情が煮えたぎっているこの状況でメイヤーの相手をする気にはなれない。彼を叩きのめしたり、後悔するに決まっていることを口走ったりするのはごめんだ。でも、そうはならないかもしれない。いや、なんとしてもそんな事態は避けなければ。いざというときのために必要なベン・レイバンはどこにいる？

サビッチは背筋を伸ばすとメイヤーをまっすぐ見つめ、冷静な声を保って言った。

「メイヤー刑事、ミズ・ムーディが無事だとわかって、さぞほっとしただろう」

「あんたがこのあたりに住んでいようが、隣人が電話で知らせてこようが知ったことか！　そんなのはどうだっていい。あんたがこの家に入る権利はなかったはずだ！」

メイヤーを窓から放りだし、彼がバラの茂みに顔から突っこむ光景を思い浮かべた。

いや、それはだめだ。サビッチはメイヤーに背を向け、カーラを助け起こした。カーラがもたれかかってきたので、サビッチは彼女の体を支え、背中をさすってやった。

ショーンの出産を間近に控えたシャーロックのおなかも、カーラと同じくらいの大きさだった。そういえば、シャーロックの背中もこんなふうにさすってやったものだ。

怒気を含んだメイヤーの声が聞こえた。「責任を追及してやるからな、この出しゃばり野郎め。警察の担当事件に首を突っこんだんだ。弁明の余地はないぞ」

〝消火栓〟にどう答えるべきか思いつくより早く、ベン・レイバン刑事の大きな声が聞こえた。「いいじゃないか、アルド！　そうかっかするな。先にこっちに相談があったんだ！」

いいところに来てくれた。まさしく正義の味方だ。

メイヤーが勢いよく振り返った。顔を真っ赤にして、首に青筋を立てている。「かばおうとするな、レイバン！　サビッチはここにいるべきじゃない。おまえもだろう！　俺はウィスコンシン・アベニューにいるときに通報を受けて、現場に一番乗りしたんだ。それなのに、こいつが誰にも見られずにどうやって家に入ったのかさえわからないんだぞ」

サビッチは説明した。「この家のすぐ隣に住んでいるドクター・ジャニス・ハドソンから電話をもらったんだ。なぜなら、俺の家は隣のブロックにあるからだ。彼女は半世紀近くも精神科医をしていて、男がひどくいらだっている様子だから待っている時間はないと断言した。しかも家の裏から忍びこむ方法を知っていた」

メイヤーがサビッチに手を出す前に、ベンがメイヤーの腕をつかんだ。「よく考えてみろ、アルド、落ち着くんだ！　人質は無事だ。銃撃犯も確保した。俺たちは勝った。みんなで勝ったんだ。それで充分だろう？」

メイヤーは石のように押し黙った。やがて鋭く息を吸いこむと、後ろへさがってベンの手を振り払った。「これで終わりじゃないからな、サビッチ」

「いいかげんにしてくれ」サビッチは言い、ベンにうなずいてみせると、明らかに困惑した様子でメイヤーを見つめているカーラ・ムーディに話しかけた。「出産予定日は？」

カーラはオーク材の床に飛び散った男の血を見つめた。自分もアレックスも、あっけなく死んでいたかもしれない。でも死なずにすんだ。彼女はサビッチに満面の笑みを向けた。

「ええと、実を言うと、もうすぐなの。十分前から陣痛が始まっているわ」

2

月曜朝
バージニア州ペニントン・ギャップ付近

チェン・マイケルズ連邦保安官は警戒を怠らないように護送車である大型の黒いバンを運転しながら、トゥエンティ・ワン・パイロッツの《ヒーザンズ》に合わせて体を揺らしていた。激しく刻まれるリズムが気に入っていたし、この曲のミュージックビデオが刑務所で撮影されているところはもっと気に入っていた。リアム・ヘネシー――本人は〝マンタ・レイ〟というニックネームで呼ばれるのを好む――はそれを知っているのだろうか？　もちろん知っているはずだ。聞いたところでは、この男は決して愚か者ではないらしいから。トゥエンティ・ワン・パイロッツの曲が終わると、チェンは音量をさげ、同僚のオッターとベンツの会話を金網越しに聞いた。

もちろん彼らはスポーツの話をしていた。今度の話題はバスケットボールだ。オッターが何か言い、マンタ・レイが笑った。魅力的な笑い声だ。精神病質者があんなに感じのいい笑い方をするとは驚きだ。チェンはこれまでにかなりの数のサイコパスと接してきたので、本当は恐ろしい悪人だというのを忘れてしまうほど、そういうやつらが愛想よくふるまえることを知っていた。マンタ・レイが陪審裁判のために一年待つのをやめて司法取引に応じたとき、連邦検事は小躍りして喜んだに違いない。陪審員に女性がいたらどうなっていただろう？　マンタ・レイの本当の姿を知らなければ、男でさえやつの魅力に惹かれてしまいそうだ。この男に殺されそうになっていなかったら、誰もが好きにならずにいられないだろう。

オッターがさらに何か言ったが、チェンには聞き取れなかった。今は野球シーズンなのに、どうやらまだバスケットボールの話を続けているらしい。チェンはあまり関心がなかった。オッターが主張するように〈ゴールデンステート・ウォリアーズ〉がバスケットボール王国を支配するのは喜ばしいことだが、本当はたいして気にしていない。チェンにとってはフットボールが、それも〈ワシントン・フットボールチーム〉がすべてだ。ベンツがマンタ・レイに話しかける声が聞こえた。「今、三十三歳だったか？」

ベンツにはそんなことをしないだけの分別があるはずだった。護送中はなるべく受刑者に話しかけないほうがいい。しかし彼は引退を間近に控えているため、もはや規則にあまりこだわらなくなっている。長いキャリアを通じて何千人もの受刑者を護送し、酸いも甘いも嚙み分けた今では、自分のやりたいようにやっている。

マンタ・レイは故郷のアイルランド・コーク県の訛りがわずかに残るなめらかな声で言った。「先週、拘置所で三十四歳になったよ。女の看守がチョコレート味のカップケーキにろうそくを立てて持ってきてくれてさ。規則違反になるから火はつけられないって言うから、あんたの顔にろうそくを突き立てて逃亡してやろうかと言ったら、目を丸くしてたよ。モニカという名前のかわいい女で、俺を好きみたいだった。だからカップケーキからろうそくを引き抜いて、なめてみてくれって頼んだんだ」白い歯を見せてにやりとした。

オッターが当惑した顔になり、鼻で笑った。ベンツが言った。「昔、受刑者が房の中から手を伸ばして、刑務官の耳に火のついたマッチを突き刺すのを見たことがある。どうやってマッチを手に入れたのか誰もわからなかったがな」

「そいつはお仕置きされたのか？」マンタ・レイが尋ねる。

ベンツが答えた。「刑務官のほうが二十キロ以上も体重が重かったからな。刑務官はそいつのあばらを二、三発殴って医務室送りにした。医務室を出たあと、その男は独居房で二週間過ごすはめになった」

「面白い話だな」マンタ・レイが声を落とした。「俺だったらどうするかって？　もし看守がそんな真似をしようとしたら、誕生日のカップケーキをそいつの鼻に詰めて口をふさいでただろうな。想像してみろよ、カップケーキでくたばるところを」マンタ・レイは屈託なく笑ったが、チェンは今度ばかりは腕に鳥肌が立つのを感じた。オッターがはっと息をのむ音が聞こえた。どうやら恐れをなしたらしい。オッターはまだ若い新米の連邦保安官だ。こういう話は聞き慣れていないのだろう。

「ありありと目に浮かぶよ」ベンツは言い、あくびをした。受刑者が何を言ったところで、ベンツの心を動かすことはできない。「おまえには大物弁護士がついているそうだな。なぜ司法取引をした？」

ベンツがそんな質問をしたのが意外だった。いくらなんでもやりすぎだ。スポーツやカップケーキの話ならまだしも、本人の事件について話題にするなんて明らかにプロ意識に欠けている。チェンが何か言おうとすると、マンタ・レイがあっけらかんとした口調で答えた。「弁護士のボウラーが、俺に死刑判決がおりるのを恐れたんだ。あの銀行の窓口係を殺したのは俺じゃなくてマービンなのに。でもほら、楽しんだやつはその分、対価を払うはめになるってことさ。俺は暴力には反対だ」

ベンツが言った。「へえ、そうかい。おまえの前科の中に、恋人を踏みつけたっていうのがあったはずだぞ。歯を三本と顎の骨を折ったんじゃなかったか？」

マンタ・レイが肩をすくめているのが目に見えるようだ。「あの愚かな女が俺のガキを殴ったからだ。許せなかった」彼は黙りこんだ。そういえば、この男は異なる四人の女性とのあいだに、三人か四人子どもをもうけたと連邦検事が言っていた。妻はいないはずだ。この男の遺伝子を受け継いだ子どもたちは、どんなふうに育つのだろう？

バンの後部に沈黙が流れたが、そんなに長くは続かないだろうとチェンは思った。ベンツは退屈だったからぺらぺらしゃべっていたのだ。もっとも、オッターのほうは話を合わせていただけだろうが。

案の定、ベンツがふたたび口を開いた。「仲間のマービン・キャスは銀行で頭を撃ち抜かれたが、おまえは脇腹に弾を受けても逃げきった。あとになってアレクサンドリアの倉庫街の安宿にいるところをＦＢＩに発見されたとはいえ、調書を読んで感心したよ。しかも銀行の貸金庫から盗んだ宝石や金は結局見つからずじまいだろう？先にどこかに隠す気骨があったのも驚きだった。なあ、教えてくれないか。この先三十年間は塀の中で暮らすはめになるんだ。いっそ心を入れ替えて、やましさを振り払ったらどうだ？　盗んだものをどこに隠したのか教えてくれ」

マンタ・レイは笑いながら舌打ちした。「囚人とグルになろうって魂胆か？　連邦保安官さんよ？　分け前にあずかって、退職後の生活費に充てるつもりか？」

オッターがぎこちない笑い声をあげた。「そんなわけがないだろう。だけど隠し場所をＦＢＩに教えれば、今からでも刑期を短縮できるかもしれない。なぜそうしないんだ？」

「ああ、若者よ、いい質問だ。もちろん答えはある。いつだって答えはあるんだ。たぶんすぐにわかる」前の週にアイルランドからやってきたばかりのように、マンタ・レイのアイルランド訛りが強くなった。

チェンがバックミラーを見ると、マンタ・レイは目を閉じてバンの壁にもたれていた。実を言えば、チェンもそれが気にかかっていた。三十年も刑務所に入れられることになるのに、なぜ盗品を隠しておくのか？

ベンツが言う。「三十年後には、俺はこの世にいないかもしれない。だが三十年は長い。とんでもなく長いぞ。俺は五大湖で釣りをしたり、あちこちのゴルフ場でプレーしたりするつもりだ。好きなときに好きなことをして自由に過ごす。バイアグラがあれば、死ぬまで毎晩セックスすることだってできるだろう。だが、おまえは？

あいにくだな。おまえはもう終わりだ」

相手がベンツでなければ、チェンはとっくに黙れと言っていただろう。しかし口論を始めたくなかったし、マンタ・レイにも聞かせたくなかったので口出ししないことにした。もう一度トゥエンティ・ワン・パイロッツの曲をかけたほうがいいのかもしれないが、とにかく今は、話にじっと耳を傾けずにいられなかった。

マンタ・レイが言った。「俺が三十年もセックスなしの生活を送ると思ってるのか?」声をあげて笑う。その不吉な笑い方に、チェンは肌が粟立った。「それはどうだろうな」

ふたたび沈黙が流れた。今度は長いあいだ続いた。

彼らはあと一時間足らずで、バージニア州ペニントン・ギャップにあるリー刑務所――高レベル警備の連邦刑務所――に着く予定だった。チェンは一刻も早くマンタ・レイを刑務所の職員に引き渡したくてたまらなかった。チェンがバックミラーに目をやると、ベンツは小説を読み、オッターは金網越しにバンの前方を見つめていた。しばらくすると、遠くの低い丘陵のあいだに、巨大な白いコンクリート造りの刑務所の塔がちらりと見えた。もうすぐ到着だ。大型の黒のシボレー・バンは州間高速道路から、リーへ続く二車線の狭い道路に入った。あと三キロほどだ。ふたたびバックミラーに目をやると、マンタ・レイは起きていて、身を乗りだして何かに集中している。何に？　頬骨の高いはっきりした顔の中でも、黒い目がひときわ大きく見える。映画スターさながらの整った顔立ちなのは間違いない。しかし誰かがマンタ・レイの目をじっとのぞきこみ、その奥に潜む闇に気づいたら最後、ハンサムだということは忘れてしまうだろう。マンタ・レイの唇が動いているのが見える。何かぶつぶつ唱えているようだ。瞑想（めいそう）しているのだろうか？　それとも呪いでもかけようとしているのか？　戦慄が走り、そんなことを考えた自分に対してかぶりを振った。チェンは連邦保安官として十年間働き、恐ろしいものをたくさん目にしてきたが、その中でもマンタ・レイは本当に恐ろしい男だ。

狭い道を慎重に運転しながら短い橋を渡った。少し前に降った大雨のせいで、川の水かさが増している。橋を渡りきると、オークやカエデが道路にあふれんばかりに茂っていた。美しい田舎の風景だ。なだらかに続く丘陵地帯に小さな町が点在している。牛や羊の群れがいて、ときおり白い家があり、数えきれないほどの木々が豊かに生い茂っている。空は青く澄み渡り、開けたウィンドウから入る空気は新鮮で暖かい。受刑者をリー刑務所まで護送するのをわずらわしく思ったことは一度もないが、今回だけは別だ。そんなことは考えたくないけれど、この受刑者と同じバンに乗っているだけで気詰まりだった。マンタ・レイはとらえどころのない魅力をまとった底知れない男だ。さっさと護送を終わらせてしまいたい。

カーブをなめらかに曲がったところで、車線をまたいで横倒しになっているバイクと、そのそばで身じろぎもせずに横たわっているライダーを見つけた。チェンはブレーキをかけてハンドルを切った。そのとき木々のあいだから男が飛びだしてきて、こちらに向かって走ってきた。男は奇襲部隊が着るような黒い服を身につけ、覆面をかぶり、アーミーブーツを履いている。突然、運転席のウィンドウから金属製の黒い筒が投げこまれた。それはチェンの顔すれすれに飛び、助手席のドアに勢いよくぶつかった。

閃光手榴弾(フラッシュ・バン)だ。

チェンが即座にギアをバックに入れてアクセルを踏みこんだ次の瞬間、強烈な光に目がくらみ、耳をつんざく爆音が空間に響いた。衝撃でバン全体が大きく揺れた。チェンは一瞬、感覚を失った。ふたたび頭が働きだしたとき、世界はぐるぐるまわっていて、彼は苦痛に耐えかねて身を折った。制御不能になったバンはバックしたまま道から外れ、オークの木に後部から激突した。すさまじい衝撃を受けてチェンの頭ががくんと揺れた瞬間、エアバッグが作動した。

オッターとベンツが動きまわり、何やら叫ぶ声が聞こえる。続いてリアウィンドウが銃弾の雨を浴びて粉々に砕け散る音がして、またしてもフラッシュ・バンが投げこまれた。オッターが大声をあげ、再度大きな爆発音が響いたあと、うめき声が聞こえてきた。しかしマンタ・レイは囚人服に身を包み、鎖で床につながれているからどこにも行けないはずだ。

彼らを助けだせるのはチェンしかいない。チェンはエアバッグを押しのけると、涙にかすむ目をシャツの袖でぬぐい、視界をはっきりさせようとした。エンジンをかけ直してみたが、後輪が動かず、車体が片側に傾くだけだ。どうやら車軸が壊れたらしい。

粉々に砕けたリアウィンドウから、また筒が投げこまれた。今度はフラッシュ・バンではなかった。エアゾールのようなものが噴射される音がしたかと思うと、ベンツとオッターがぜいぜいとあえぎ、咳きこみだした。ガスは金網を通って、あっという間にチェンのところにも流れこんでくるだろう。

チェンは衛星電話の電源を入れ、緊急電話番号を押して叫んだ。「やられた！　襲撃された！　リーから一・五キロほどのところだ！　やられた！」目の前がかすんでいったが、どうしようもなかった。ボンネットからグレーの細い煙が立ちのぼるのが見え、手から衛星電話が滑り落ちた。

バンの外で誰かが大声で指示する声が聞こえた。何人いるのだろう？　だが、そんなことはどうでもよかった。もうどうすることもできない。このガスのようなもので殺されるのだろうか。死にたくない。もっと一緒にいたかった。リディや子どもたちと――。

3

月曜午後
ワシントンDC
フーバー・ビルディング、犯罪分析課（CAU）

サビッチからお呼びがかかって犯罪捜査課からCAUに異動になったとき、カム・ウィッティア特別捜査官は内心でめでたい異動だと思った。もっとも、カムの上司は部下を奪われたと言ってサビッチに悪態をついたけれど。新しい部署にはすんなりなじめそうだった。CAUの捜査官のほとんどの顔を知っていて彼らに好感を持っていたし、捜査官たちのほうもカムを気に入って歓迎してくれているように思えたからだ。カムはずっと以前から、CAUの活躍ぶりとチーフのディロン・サビッチに憧れを抱いていて、自分のキックボクシング仲間であるシャーロックと結婚していなければよかったのにと思うことさえあった。とはいえ、二週間前にロサンゼルスで起きた〝若手女優を狙う切り裂き魔（スターレット・スラッシャー）〟による殺人事件を解決していなかったら、この部署に呼ばれることはなかっただろう。そのことをあえて尋ねてみようとは思わなかったし、たぶん今後も尋ねることはないだろう。

七月のよく晴れた月曜の午後十二時三十分。外はオーブンのような暑さだったが、フーバー・ビルディングの中はエアコンがよく効いていた。新しい部署に配属された初日だ。数分前に人事部をあとにしたカムは、入口で一瞬ためらった。すると内勤の五人の捜査官が、パソコンや携帯電話から顔をあげたり会話を中断したりしてカムにほほえみかけ、手を振って歓迎してくれた。秘書のシャーリーはカムとハグをすると、デーン・カーバーが使っていたデスクに案内した。彼は大学教授の妻と幼い娘とともにロサンゼルス支局に最近転勤したのだ。ロサンゼルスは銀行強盗の多発都市なので重大な任務が与えられるが、カムはＣＡＵを選んだ。カムは全員に声をかけ、話を聞いて笑った。シャーロックの姿は見当たらなかったが、新しい上司のディロン・サビッチが携帯電話で話をしたり、ＭＡＸに何か打ちこんだりしているのが彼のオフィスの窓越しに見えた。サビッチは顔をあげ、カムに笑みを向けた。

しばらくすると、カムはブラックコーヒーを飲みながらルース・ノーブル捜査官の肩に顔を近づけ、リッチモンド支局長のウォルト・モナコから送られてきた報告書を読み始めた。マンタ・レイことリアム・ヘネシーが、目的地であるバージニア州ペニントン・ギャップのリー刑務所からわずか一・五キロほどの地点で、連邦保安局の護送車から逃走したという内容だった。

わずか三時間前に逃亡したばかりなのに、モナコはすでにFBI支局の捜査官を動員し、地元警察と連携して捜索を開始していた。

ルース・ノーブル捜査官は顔をあげ、携帯電話に手をやった。「少しだけ待ってて、カム。そうしたらこの厄介な事態について話しあいましょう。実は息子のレイフが……恋人のことで悩んでいるみたいなの」

カムはうなずき、ルースが電話を終えるのを待った。もはや部外者でなくなったとはいえ、性急に事を進めないほうがいいだろう。犯罪捜査課にいたときはいつも〝何があったの？ さあ、ぐずぐずしていないで、さっさと始めましょう！〟というやり方だったけれど。カムは穏やかな笑みを浮かべた。「恋人はひと筋縄ではいかないことがあるから。レイフにはなんて言ったの？」

「父親に相談しなさいと言ったわ」ルースはにんまりとした。「あなたのお父さんは女の子のことならなんでも知っているからって。でも、さすがに言いすぎよね。ほとんどなんでも知っている、くらいにしておけばよかった。夫のディックスにあらかじめ電話をかけて伝えておくわ。そうすれば正しい解決法を思いつく猶予ができるでしょう」

カムは吹きだした。ルースの経歴については少しだけ知っていて、彼女に好感を持っていた。バージニア州マエストロの保安官と結婚し、ふたりのティーンエイジャーの息子の母親になったらしい。ルースには首都警察の刑事だった頃に知りあった地元の情報提供者がいて、銀行強盗があった日にマンタ・レイがアレクサンドリアに潜伏しているという情報も、その情報提供者が垂れこんできたそうだ。

サビッチがオフィスから出てきた。「カム、ようこそCAUへ！　来てくれてうれしいよ」大声で言い、みんなの注目を集めた。「知ってのとおり、緊急事態が発生した。マンタ・レイの逃亡に関するウォルトの報告書はすでに全員に送ってある。会議室に集合してくれ。新情報がいくつか入った。事実関係をもう一度確認しておこう」

サビッチの片腕のオリー・ヘイミッシュが尋ねた。「シャーロックは？」

「年に一度の健康診断だ。あとで一から十まで説明すると約束して行かせた」全員がCAUの会議テーブルを囲んで座ると、サビッチは話し始めた。「現地の捜索責任者はウォルトだ。彼とリッチモンド支局の連中が、付近一帯に捜索の網を張る準備を進めている。護送車を運転していたチェン・マイケルズ連邦保安官に事情を聞けたらしいが、逃走を手引きした一味が何人いたのかははっきりしないそうだ。護送を担当していたほかのふたりは、フラッシュ・バンと失神ガスのようなものですぐに動きを封じられた。というわけで物的証拠はフラッシュ・バンの破片と、犯人たちが使用した化学薬品の容器だけだ。目下、化学物質を特定しているところだ。

マンタ・レイことリアム・ヘネシーには仲間がひとりいた。マービン・キャスという名前で、銀行強盗の現場で射殺された。今回の強盗事件以外では、われわれの知る限り、マンタ・レイは常に単独犯だ」

カムは口を開いた。「バージニア州アレクサンドリアの第二国立銀行ですよね？」

サビッチはうなずいた。「マンタ・レイは六つの貸金庫の中身をダークブラウンの革のバッグにせっせと放りこんでいた。すると相棒のほうは現金が欲しくなり、袋に現金を詰めこむよう窓口係に命じたが、彼女が手間取っていると頭部を銃で撃った。幸いなことに、ほかには誰も撃つことなくキャスとマンタ・レイは銀行から逃亡を図った。残念ながら、窓口係は病院へ搬送する途中で死亡した。

近くにいたふたりのＦＢＩ捜査官が、警報装置が作動した数分後には現場に到着していたため、銃撃戦の末にキャスは死亡、マンタ・レイは脇腹を撃たれたがバイクで逃走し、車が通れない路地を迂回(うかい)して走り去った」サビッチはルースに向かってうなずいた。

ルースが話を引き継いだ。「情報提供者から連絡が来て、逃走中の男が血まみれで、アレクサンドリアの打ち捨てられた倉庫によろめきながら入っていったと教えてくれたの。ドギーはいつも信頼できる情報をくれるから、担当の捜査官に連絡して、彼らをそこへ向かわせた。

あのマンタ・レイでしょう、ドギーに三百ドル払ったかいがあったわ。たとえ彼がそのお金をドラッグとワイルドターキーに注ぎこんだとしても」

サビッチがふたたび口を開いた。「マンタ・レイはかなり出血していたにもかかわらず、なんとか耐えながらFBIに逮捕される前に貸金庫から盗んだものを隠していた。結局、捜査官たちは隠し場所を見つけられなかった。信じられないことに、その倉庫を徹底的に捜索したのにだ。しかもマンタ・レイは供述を拒否した。オリー？」

オリーが発言した。「ウォルトの報告書によれば、今日の逃走は周到に計画したうえで実行されたみたいですね。サビッチ、あなたが言ったようにマンタ・レイはいつも単独行動を取っている。今回だけそうしなかった結果、どうなったか……相棒が窓口係を殺した。問題は、ノーザンネック地方拘置所にいたマンタ・レイが、逃亡を手引きする者をどうやって雇うことができたかですね」

サビッチは言った。「そうか、マンタ・レイの弁護士のドゥーチェ・ボウラーだ。

銀行強盗をしてからひと月も経たないうちに、マンタ・レイはボウラーの助言に従って司法取引に応じた。死刑を免れるために三十年の刑に服することにしたんだ。たしか面会記録にはドゥーチェ・ボウラーの名前しか載っていなかったはずだ。

ここで大きな疑問が生まれる。マンタ・レイが盗んだのは、六つの貸金庫の中身だけだ。仕事に手間取ってそうなったのかもしれないが、なぜそれらの貸金庫でなければならなかったんだ？　貸金庫の契約者たちによると、中身は宝石と現金と簡単に再発行できる書類だけで、特に珍しいものはないそうだ。だがマンタ・レイはわざわざ苦労して逃走したわけだから、貸金庫の中身に何か関係があると疑わざるをえない。契約者のひとりが盗まれたものをどうしても取り戻したくて、マンタ・レイを逃亡させたのか？　六人の契約者のうち四人は、銀行の古くからの顧客で疑わしい点はなさそうだ。残るふたりをよく調べてみるべきだな。もう一度、ふたりに話を聞こう」

ルースが手をあげた。「ディロン、ウォルトの報告書を読んで考えていたんだけど、護送車を運転していたチェン・マイケルズとほかのふたりは、バンから引きずりだされて三十分後には意識を回復してる。それはマンタ・レイにも言えることよね。つまり襲撃者たちはマンタ・レイを車に乗せて大急ぎで走り去ったに違いないわ。すぐに警察が駆けつけて逃げ道がなくなることはわかっていたでしょうから。マンタ・レイの逃亡に何人関与していたのかわかればいいんだけど」

サビッチは言った。「チェン・マイケルズは道の真ん中にバイクと男が倒れているのを目撃し、誰かが大声で指示を出すのを聞いている。しかしフラッシュ・バンとガス爆弾のせいで意識が薄れ、見当識障害を起こした。逃走にかかった時間はものの数分だろう。

マンタ・レイの言動から、彼は何が起こるかわかっていたようだったともマイケルズは言っている。マンタ・レイは準備を整えていた。そうなると、やはりボウラーがこっそり教えたのか?」サビッチは首を振った。「ウォルトが言っていたよ。これを計画した者を引き抜いて雇いたいほど見事な作戦だったと」

ルースは拘置所で撮影されたマンタ・レイの写真を指先でこつこつ叩いた。「オレンジ色の囚人服を着ていても、かなりの男前よね。それは認めるけど、このセクシーな笑顔をひと皮むいたら? 腐った歯みたいに真っ黒ってわけね」一瞬の間を置いてさらに言った。「去年の十一月にサンフランシスコで、私たち三人も目の前でフラッシュ・バンが爆発するのを経験した。音が聞こえないし、何も見えないし、まるで斧(おの)で頭を叩き割られたかのようだった。だからチェン・マイケルズとほかのふたりにも勝ち目があったとは思えない。それにしても、何から何まで〈キーストン・コップス〉さながらのドタバタ喜劇を演じさせられている気分ね」

オリーがコーヒーを一気に飲んだ。「こんなことになるならマンタ・レイを……リアム・ヘネシーをアイルランドに強制送還して、ベルファストの刑務所にぶちこんでおくべきだったな。なんという名前だったたっけ？　メイズ刑務所？　ところで、どこでマンタ・レイというニックネームがついたのか誰か知ってるか？」

サビッチは言った。「再度身柄を拘束したあと本人にきいてみたらいい。やつを逃走させた連中の話に戻ろう。マンタ・レイは拘置所にいたのに、この作戦を計画した人物とどうやって接触したんだ？　面会に来たのは弁護士のドゥーチェ・ボウラーだけだったわけだから、彼が仲介役で間違いないだろう。ウォルトはわれわれに、ボウラーに話を聞いてほしいと言っている。ボウラーが弁護士と依頼者間の守秘義務を主張して、何も話さないことは承知のうえだそうだ。マンタ・レイは何か別の方法で外部と連絡を取っていたとボウラーは主張するだろう。別の方法とは？　彼は肩をすくめて質問を受け流せばすむ。まあ、見ててくれ。ボウラーはそうするに違いない」

「でもボウラーは片棒を担いでいるはずですね」カムは言った。

サビッチはうなずいた。「ＭＡＸに牡蠣（かき）の殻を開けるみたいに、彼の人生をこじ開けてもらおう。まずはクライアントのリストからだ」

ルースが言う。「かわいそうなMAX。真珠は見つからないでしょうね」

笑いが起こった。

サビッチは言った。「ルース、君とオリーで午後にボウラーを訪ねて感触を確かめ、どう思うか聞かせてくれ。出かける前に俺のオフィスに寄って、MAXが探りだした情報を携えていくといい。弾薬が手に入るかもしれないからな。

さて、最後まで取っておいた重大な知らせがある。君たちがまだ知らない情報だ」サビッチは座ったまま身を乗りだした。「つい一時間前、キム・ハービンジャーという名前のティーンエイジャーが、ケンタッキー州のダニエル・ブーン国立森林公園でキャンプをした帰りに、駐車場で三人の男を目撃したらしい。三人は森へ入っていったらしく、そのうちのひとりがマンタ・レイだったと彼女は確信しているそうだ。森はペニントン・ギャップから車で約二時間のところにあるから、時間的には辻褄が合う。われわれがキムに注目しているのは、彼女の父親がペニントン・ギャップ警察署の署長だからだ。キムは署長室でマンタ・レイの写真を見て、ロックスターのようだと思って覚えていたらしく、すぐさま父親に電話をかけた。ハービンジャー署長はFBIのリッチモンド支局に連絡し、ウォルトはミスター・メートランドに電話を入れて人員を増やすよう要請した。マンタ・レイが森にいるのだとすれば、運よく追跡するのに適任の捜査官がいると俺からミスター・メートランドに伝えておいた。マンタ・レイの逃走を手引きした者の数はまだわからないが、そのティーンエイジャーの言うとおりなら、ふたりの男がやっと一緒に森に入ったということだ。

犯罪捜査課と協力して捜査に当たるために、昨日、ニューヨーク支局長のミロ・ザッケリーがジャック・キャボット特別捜査官を派遣してくれた。彼のことはよく知っている。以前は陸軍特殊部隊にいて特殊作戦の経験があり、野外でのサバイバルと偵察技術のエキスパートだ。ジャックならやつらを追跡するのにうってつけだし、もう話をつけてある。そこで誰とパートナーを組んでもらうか考えていたんだが、カム、君はたしか幼い頃、ご両親と一緒によく国立公園でハイキングをしていたんだったな。しかも大学時代もずっとハイキングやキャンプをしていた。そうだな？」

「ええ、そうですけど……私を選んでもらえるんですか、ディロン？」会議テーブルを囲んでいる捜査官たちにも、彼女の声が興奮で弾んでいるのが聞こえたはずだ。カムは椅子から跳びあがりそうになった。

「ああ、君に頼みたい。俺のオフィスで詳細を相談しよう。ほかのみんなは捜査を続行してくれ。何か気づいたことがあったら、メッセージを送ってほしい」

4

ジミー・メートランド副長官が部下のサビッチのオフィスに顔を出したとき、ちょうどカムが中から出てきた。彼女は輝く笑みを浮かべた。カムが早く出ていきたくてうずうずしているのがわかったので、メートランドは短く言った。「CAUへようこそ、ウィッティア捜査官。しっかり頼むぞ」カムが今にも走りだしそうな様子でオフィスを通り過ぎるのを見て、メートランドは眉をあげた。「いい人材を手に入れたな、サビッチ。大いに張りきっているじゃないか。事情をよく知らなかったら、君がパリ旅行の有給休暇を与えたのかと思っていたところだ」

サビッチは手ぶりで上司に椅子を勧めた。「驚かれるかもしれませんが、彼女ならエッフェル塔にのぼるよりも今回の任務を選ぶでしょうね。ティーンエイジャーがマンタ・レイを目撃した話を伝えたところです。カムにはジャック・キャボットと組んでダニエル・ブーン国立森林公園に飛び、マンタ・レイとその共謀者たちを追跡してもらいます」

メートランドが言った。「キャボットはまさに適任だが、異動してきたばかりの捜査官にはかなり荷が重い任務だな。もっともウィッティア捜査官は、ロサンゼルスで起きたスターレット・スラッシャーの事件で厳しい試練をくぐり抜けたと聞いている」

サビッチはうなずいた。「ロサンゼルスでの活躍ぶりから見て、カムにはこの任務をこなせるだけの能力があると思います」笑みを浮かべた。「優秀な頭脳を持ったターザンとペアを組んだことを、彼女はすぐに理解するでしょう。どうすれば互いの長所を活かし、助けあえるのか考えてもらいたいんです。CAUのデスクに張りついて、どうすればうまくなじめるかと頭を悩ませるよりはましですよ」

「君のことだから、ジャックをニューヨーク支局のミロ・ザッケリー王国からCAUに異動させられるかどうか確かめる心づもりなんだろう？」

「とんでもない。ミロに命を狙われたくありませんからね。とはいえ、たしかにそれもありかもしれません。ミロは私にひとつ借りがあるんです。それも悪くないな」

「そのティーンエイジャーは本当にマンタ・レイを目撃したと思うか？　本当に森に入っていくのを見たのか？」

「可能性は八十パーセント、いや、それ以上かもしれません。公園の外で行われている捜索からマンタ・レイを遠ざける賢いやり方ですからね。ほとぼりが冷めるまで森で時間を稼ぐつもりなのかもしれません。もっと言えば、事前に食料や装備を用意しておいて、しばらく経ってから指定の場所に集合するとか。マンタ・レイたちがついていなかったのは、十代のハイカーに見られたことです」サビッチはにやりとした。「話しているうちに九十パーセントになりましたよ」

メートランドは椅子の背にもたれ、片脚をぶらぶらさせた。「ここに顔を出した本当の理由は、昨日君が関わったカーラ・ムーディの事件に関して、アルド・メイヤー刑事の上司から電話がかかってきたことを知らせるためだ。メイヤーをなだめるために、私に電話をかけると約束せざるをえなかったとラミレスは言っていた。つまりあれだ、君が地元警察の事件に干渉した件について、首都警察から正式な苦情は申し立てないことで話がついた。結局、丸くおさまったわけだ」メートランドは肩をすくめた。「違う方向に展開していたら、君が逆さ吊りにされるのを阻止しなければならなかっただろうが、こうしてうまく着地できたからもう心配ない。陣痛が始まった妊婦を介抱しながら、あの家から出てきた男を非難するのは難しいからな。今朝、ユーチューブで話題になったのを知ってるだろう？　マスコミが到着する前に、近所の住民が動画を撮って投稿したらしい。ところでカーラ・ムーディの赤ん坊はまだ生まれていないのか？」

サビッチはうなるような声で言った。「ゆうべ遅くに生まれました。名前はアレックス。二千九百五十一グラムの健康な男の子です」

メートランドは満面に笑みを浮かべた。「ラミレス警部から聞いた話では、君の唯一の問題点はメイヤーと折り合いが悪いことだけだそうだ。メイヤーは君のことをあまり快く思っておらず、ばかにされていると感じているらしい。しばらくのあいだ、距離を置いたほうがいいかもしれないな」

「いいですよ。シャーロックが暗い路地でメイヤーを組み伏せ、両膝で首に絞め技をかけて礼儀作法の大切さを思いださせるのを止めることができればね。シャーロックは今、彼のことを快く思っていないので」

メートランドが笑った。「目に浮かぶようだな。ムーディと赤ん坊に会いに行くのか？」

サビッチはうなずいた。「ええ。それならメイヤーもとやかく言えないでしょう」

「首都警察があの男の身元を特定したかどうか知ってるか？」

「これはメイヤー刑事の事件なんでしょう。私には関係ありません」

メートランドは片方の眉をあげたが、何も言わずに立ちあがった。「勝手に言ってろ。サビッチ、報告を怠るな」

「首を突っこむつもりはありませんよ」

「そうか」メートランドは挨拶をしてサビッチのオフィスをあとにすると、シャーリーと話しに行った。

メートランドが捜査官ひとりひとりに声をかけたり、質問したり、うなずいたりするのを眺めながら、サビッチは改めて疑問に思った。あの若い男は、なぜあれほど必死になってカーラ・ムーディを家から連れ去ろうとしたのだろう？　なぜ自分をエニグマと呼んでいたのだろう？

5

月曜午後

メリーランド州キャンプスプリングス
アンドルーズ空軍基地

ジャック・キャボット特別捜査官は、ブルーのストライプが特徴的なFBIのスカイレーン182の白い機体のまわりを一周し、離陸前の点検を終えた。機体を撫(な)で、少し離れてその輝きを惚(ほ)れ惚(ぼ)れと眺める。スカイレーンは、ジャックがSUVと一緒に洗ってやったあとの愛犬のクロッパーのようにきれいだった。機体内蔵タラップ(エアステア)の上段までのぼり、アビエーターサングラスをかける。よく晴れた暑い午後で、風はかすかに吹いているだけだ。湿度が高いのがつらい。水まき用のホースで全身に水を浴びたい気分だ。

ジャックは活気のある飛行場を見渡した。アンドルーズはいつもにぎやかで、耳栓が必須になりそうなほどの騒音レベルにまで達することもある。腕時計に目をやり、ウィッティア捜査官の遅刻が確定したと思ったとき、脚の長い女性がきびきびした足取りでこちらへ向かって歩いてくるのが見えた。使いこんだバックパックを腕にかけ、フリース素材のスウェットシャツを肩に羽織り、首のところで結んでいる。ポーラテック社製の薄手のダークグリーンのズボンに、同じくポーラテック社製のグリーンのチェックの長袖シャツ、履き古したハイキングブーツといういでたちだ。ということは、彼女が今回の任務でパートナーを組むウィッティア捜査官のようだ。少なくとも、任務に適した服装を理解しているらしい。

正直なところ、自分みたいに以前は特殊部隊にいたようなタイプの男性捜査官ではなく、なぜ女性の捜査官にこの任務が割り当てられたのか理解できなかった。荒涼とした丘陵地帯に潜伏している危険な敵の居場所を突き止め、彼らを連行する任務を果たすには、カブールのような保養地で実地経験を積むに限るからだ。もしかしたらウィッティア捜査官も元軍人か、あるいは元義母のごとくしたたかで、ひと筋縄ではいかない人物なのかもしれない。

まっすぐこちらへやってくる、やる気と自信に満ちた足取り、本格的なキャンプ用の服装、ベルトに装着したグロック。やはりウィッティア捜査官はタフなタイプらしい。ところが熱い微風が吹き、顔のまわりでウエーブのかかった短いブロンドが揺れるのを見た瞬間、彼女に対する印象が変わった。二十メートル離れた場所からでも美人だとわかる。もっとも、アビエーターサングラスの奥から鋭い視線をこちらに向けているに違いないが。

カムはエアステアの下で足を止め、ゆったりと腕組みをして彼女を見おろしている男性を見あげた。まさに予想どおりだ。ニューヨークから来た元特殊部隊員の無鉄砲者はどんな人かと思っていたが、ジャック・キャボット特別捜査官は彫りが深く、屈強で、いかにも軍人という印象だ。日焼けした顔にひげはなく、黒髪は短くカットされている。カムより背が高く、百八十センチ以上ありそうだ。年齢は思っていたより若く、たぶん三十代前半だろう。ポーラテック社製の黒っぽいシャツを着て、ベルトにグロックを装着しているのはカムと同じだ。ブーツはすでにかなりの距離を歩いたものに見える。筋骨たくましいけれど、シリアルの〈チェリオス〉にブルーベリーではなくわざわざ釘を散らしてみせるような真似をしたがる筋肉ばかではなさそうだし、しょっちゅう大声で怒鳴る人にも見えない。彼となら、うまくやれそうな気がする。

カムは彼の後ろにある小型単発飛行機に目をやり、プロペラの小ささに衝撃を受けた。ワカモレをかきまぜられそうなほど羽根が小さい。驚いたことに、中で油まみれのボールが転がっているかのように胃が痛みだした。今の今まで飛行機に乗ることについてあまり考えていなかった。もちろん旅客機以外の飛行機に乗ったことはあるし、たまにそわそわしてしまう程度だった。それにしても、白い翼を持ったこんな小さな箱が――大きなおもちゃが――本当にケンタッキー州まで運んでいってくれるのだろうか？　迷子になった鳥がぶつかってきて、墜落してしまうのではないだろうか？　パイロットを質問攻めにして、操縦を熟知しているかどうか確かめなくては。精神安定剤を持っているかどうかも尋ねてみよう。

ジャックは自分と飛行機に詮索めいた視線を向けられていることに気づき、彼女に手を振った。「ご搭乗ありがとう。ジャック・キャボットだ。君がウィッティア捜査官だな」

カムはうなずき、乾いた唇を舌で湿らせた。「ええ、カム・ウィッティアよ。はじめまして。パイロットはどこ？」

「目の前にいるよ。君が副操縦士ということになる」

胃の中の油まみれのボールが喉元までせりあがり、今度は吐き気をもよおした。

「ダニエル・ブーン国立森林公園まで、あなたが操縦するの？」

ジャックは鈍感ではなかった――カムの声には、かすかにパニックの色がにじんでいた。それに銃撃戦はものともしないくせに、ヘリコプターに乗りこんだとたん顔から血の気が引き、彼女と同じ表情になった兵士を見たこともある。カムを納得させ、自分が腕のいいパイロットだとわかってもらう必要があった。ジャックはうなずき、腕時計に目をやった。「離陸前の点検はすんだ。準備はできている。突風に何度も遭遇しない限り、二時間で到着するだろう。いや、アパラチア山脈を越えるからもう少しかかるかな。とにかく、心配することは何もない」

カムはドアに組みこまれている六段の階段を見つめた。ドアは、死の危険をはらんだ白い小さな機内に通じている。彼女は咳払い(せきばら)をした。「単発の小型飛行機に乗るのは初めてなの。ひどく小さいのね。エンジンが一基しかないなんて」

「高性能のエンジンが一基だ。俺を信じてくれ。それが一番効果がある。乗り物酔いは？」

「普通の大きさの飛行機なら大丈夫だけど、これでしょう？」カムは美しい小型機を見て、唾をのみこんだ。「高性能であろうとなかろうと、一基しかないエンジンが故障したら、私たちは一巻の終わりってことね」

「いや、俺は滑空機(グライダー)も操縦できる。どこか平坦(へいたん)な場所を見つけて着陸するから心配はいらない。君が来るのが予想より遅かった。暗くなる前に国立森林公園に到着したければ、そろそろ出発しないと」カムがおそるおそる一段目の階段に片足を置き、生唾をのみ、ゆっくりともう片方の足ものせた。ジャックは少しでも彼女の気をまぎらわせようとした。「俺たちはほとんど同じ格好をしてるじゃないか。君がブロンドじゃなかったら、双子に見えたかもしれないな」

カムはジャックの頭のてっぺんから爪先までじろじろ眺めた。パイロット免許を持っているかどうか尋ねようかと思ったが、変なふうに取られるかもしれないと思い直した。質問をのみこむと、彼の目の前で階段を軽快にのぼってみせ、虚勢を張ろうとした。「双子？　まさか、私が母親のおなかからあなたを追いだしていたはずよ」

ジャックがにやりとする。「墜落させないと約束する。操縦経験は豊富なんだ。君のバックパックを後部座席に置いたらコックピットに来てくれ」両開きのクラムシェルドアを閉めて施錠した。

その若さで経験豊富なはずがないとカムは言いたかった。子どもの頃におもちゃの飛行機を飛ばしたのも勘定に入れているのだろうか？

カムがコックピットをのぞきこむと、ジャックが副操縦士席を指さした。「座ってくれ、シートベルトを締めるから」彼はヘッドフォンを手渡した。「このボタンを押せば、互いに会話ができる」そして後部座席に手を伸ばし、カムのバックパックが自分のと一緒にきちんと置かれていることを確認した。

ジャックは大柄な男性には窮屈そうな操縦席にゆっくりと座った。自分のシートベルトを締め、スイッチを入れ始める。彼が管制塔と連絡を取りあうのをカムは聞いていた。数字とアルファベットが多く、アルファやタンゴといった通信符号用単語も交じっている。管制塔はジャックが言ったことに納得したらしく、さらに意味不明なアルファベットや数字で応答した。よかった、彼は万事心得ている口ぶりだし、管制官も何も心配していない様子だ。離陸許可がおり、ふたりが乗っている飛行機が地上走行を開始すると、カムは空気を吸いこみ、握りしめた両の拳を開いた。

ジャックがカムを見てにやりとした。「大丈夫、何も心配はいらない。なんの問題もなく向こうに着く」しかし彼は眉をひそめた。「まあ、あまり乱気流に巻きこまれなければの話で……いや、冗談だ。すまなかった」カムの顔が真っ青になるのを見て言い添えた。

三機の小型単発機の後ろに並び、特大サイズの空飛ぶ白い棺桶(かんおけ)の中で離陸の順番を待った。ジャックがふたたび目をやると、カムは冷凍ピザのようにガチガチになっていた。

「離陸してしまえば気分がよくなるはずだ。大丈夫だよ」ようやく滑走路に入った飛行機はどんどんスピードをあげ、やがて空へ向かって飛び立った。カムが鋭く息を吐いた。彼女の唇が動いているのは、自分を励ましているのだろうか。あるいは祈りの言葉でもつぶやいているのかもしれない。徐々に高度をあげながら、ジャックは言った。「もしここでトラブルが起きても、君が操縦を引き継ぐことはない」

「トラブル？　トラブルってどういうこと？　どんなトラブルなの？」思わずかすれた声が出て、情けない弱虫のようだとカムは気づいた。咳払いをしてやり直す。

「キャボット捜査官、申し分のない夏の日ね、行く手をさえぎるものは、ごくまれに現れる大きくうねる雲だけ。今のところ、私たちを撃ち落とそうとする地対空ミサイルも弓矢も確認できない。私の両親を失望させないように無事に目的地に到着して」

「了解。全力で臨むよ」

ジャックは小型機を傾けた。急角度で傾けすぎたのか、カムが歯を食いしばったので、機体をまっすぐに戻して真西へ向かった。ワシントンDCがあっという間に背後に消えた。眼下に郊外の景色が広がり、そのまわりをバージニア州の美しい丘陵地帯が取り囲んでいる。

小型機は蜂の羽音のようなうなり声を快調に響かせていた。機体が急に揺れたり傾いたりすることもなければ、赤い警報灯が点滅することもない。カムはようやく楽に呼吸ができるようになり、ありがたいことに吐き気もおさまった。

ヘッドフォンの通信ボタンを押した。「〝特殊部隊(Spec Ops)〟というタトゥーを腕に入れている人が現れると思ってたわ。首には銃弾を口にくわえた骸骨のタトゥーが入っているかもしれないって」

ジャックがにやりとする。「四十五歳になるまでタトゥーは禁止だって母と約束してるんだ。その年になれば、たとえ酔っ払っていてもタトゥーを入れようとは思わないだろうって」

「その年になれば、奥さんに撃たれるかもしれないわよ。ところであなたはサバイバルのエキスパートだとは聞いていたけど、高層ビルを飛び越えられるなんて、私の上司のディロン・サビッチは言っていなかったわ」

ジャックは声をあげて笑った。「おい、ウィッティア、君を誇りに思うよ。恐怖に怯(おび)えているときに軽口を叩くのはそう簡単じゃない。気分がよくなってきたのか？」

「いいえ、でも我慢してるの。あなたをからかうことでね」

「エキスパートの手に、つまり俺の手に任せていることを脳が受け入れられれば大丈夫だ。まあたしかにボトル入りの水と太陽さえあれば、俺は蟻塚(ありづか)を見つけられる。だが高層ビルを飛び越えるだって？　自己最高記録は三階だよ。正直に言うと、元義母のタフさに比べれば足元にも及ばない」

「私に義母はいないけど、あなたの元義理のお母さんは伝説の人なのね」

ジャックは声をあげて笑い、コンパスと高度計と対気速度計を確認した。すべて異常なしだ。カムにとって幸いだったのは、空を飛ぶには絶好の天気だということだ。しかし彼女の顔はまだ青ざめている。別のことで気をまぎらわせたほうがよさそうだ。

「君の強みは？」

カムは一瞬黙りこみ、肩をすくめた。「残念ながらそんなにないわね。ただ、頭はそこそこ悪くないと思う。それとアウトドアの経験も豊富よ。主に子どもの頃だけど、大学時代にもみんなでハイキングや急流下りをしたわ。だからキャンプ場のことなら勝手はわかってる。でもダニエル・ブーン国立森林公園へは一度も行ったことがないの」

「悪くないどころじゃないと聞いたぞ。ロサンゼルスでは大活躍だったらしいな」

カムは一瞬得意げな笑みを浮かべたが、また肩をすくめた。「あれはチームの努力の賜物（たまもの）よ」

「もちろんどんな場合でもそうだろうけど、君が先頭に立って捜査を進めたんだろう。頭を吹き飛ばされそうになりながらも、パートナーの命を救ったと聞いたぞ。その話を聞かせてくれ」

ジャックは本当に関心があるのだろうか？　そのとき小型機ががくんと揺れ、カムの心臓は喉元までせりあがった。関心があろうと暇つぶしだろうと、どっちでもかまわないでしょう？　カムはスターレット・スラッシャー事件の重要な場面をかいつまんで説明した——ロサンゼルス市警の刑事たちとの初顔合わせから、パートナーを組んでいたダニエル・モントーヤ刑事とともに連続殺人犯を追いつめるところまで。さらに両親や女優たちについても話して聞かせた。

カムの話を聞いて、ジャックは彼女がどんな人なのかよくわかった。有能で、既成概念にとらわれずに物事を考えられるが、少々大胆すぎるきらいがあるらしい。さらによかったことに、事の次第を話すうちにカムの顔色がよくなってきた。「大きな手柄を立てたな。よし、ウィッティティア、君は優秀な頭脳を持ち、ハイキングができて、アウトドアに適した服を着ることができる。ほかに役立つスキルは？」

あまり期待せずにきいたのだが、カムは顎をあげ、口を引き結んだ。よし、彼女を怯えさせるくらいなら、怒らせたほうがましだ。

「大学時代は友人たちから〝忍者キャンパー〟と呼ばれていたわ。『フラッシュ』の主人公が超高速移動するみたいに、あっという間にキャンプ場を出入りするから」

「忍者キャンパー？　軍隊の言いまわしか？」

「そうかもしれないけど、あまり男性らしくないわね。それから射撃の腕にも自信がある。機械の故障を修理するのも得意よ。たとえば車の燃料ポンプが壊れたとか。だからこの飛行機がいらいらしている鵞鳥(がちょう)に空から叩き落とされても、エンジン整備を手伝える。ついでに言うと、万一あなたが怪我(けが)をしても、あなたに向かってゲロをぶちまけずに傷を縫うこともできるわ」

飛行機が突風にあおられ、機体が傾いて揺れた。カムは地上を見おろし、見なければよかったと思った。大きくうねる雲の下に見えるのは、木々に覆われた丘陵地帯だけだ。ジャックが言った。「この気流をもうじき通り抜けられる。目を閉じて、ゆったりと座って、ジェイムス・ベイの《あきらめろ(レット・イット・ゴー)》でも口ずさんでてくれ」

カムは思わず吹きだすと、好き嫌いはさておき、頭の中で流れ始めたその曲に目を閉じて集中した。彼らはすぐに乱気流を抜けた。ジャックは巡航速度を確認し——時速二百六十八キロだ——高度と方向をわずかに修正した。

「オーケイ、目を開けていいぞ。無事に到着できそうだ。そろそろ着陸後の話をしておこう。カンバーランド地区のパークレンジャー長のウェイン・デュークと話をつけておいた。彼が国立森林公園のガイド役を務めてくれる。ロンドン＝コービン空港、通称マギー・フィールドで、ペニントン・ギャップ署のハービンジャー署長が出迎えてくれることになっている」

「寝袋とか携帯用コンロとか、必要な道具を持ってきてくれるといいんだけど」

「それは問題ない。必要なものはなんでも用意してくれるそうだ。チームは少人数で構成する。俺たちふたりと、パークレンジャー長のウェイン・デュークと、ハービンジャー署長。俺たちふたりと、パークレンジャーが見張り役として協力してくれる。署長は四人の保安官代理に主要な出口のパトロールを担当させ、ほかの地元警察とも連携して公園の外の西側と東側で見慣れない顔がないかどうか警戒に当たらせるそうだ。なあ、下を見てみろよ。きれいだろう?」

カムはふたたび小さなウィンドウの外を見おろした。薄くなった雲の下に、木々に覆われたアパラチア山脈の丘陵地帯が広がっていて、ときおり小さな町や、そこから遠く離れたところに豊かな牧草地と農場が見える。その中をナイフで切り裂いたように一本の道がまっすぐに走っていた。

ジャックが腕時計を確認する。「飛行場はケンタッキー州に入ってすぐのところで、俺たちが使う国立森林公園の入口は、そこから五十キロほど離れた場所にある」

ジャックはすでに飛行機を下降させ始めていた。「ほら、マギー・フィールドが見えてきた」

マギー・フィールドのだだっ広い滑走路の向こうに、平屋根の白い一階建ての建物が並び、さらに二棟の格納庫も見えた。一番大きな建物の前には、単発飛行機が三機停まっている。つなぎの作業服を着た男性たちが話をしているが、カムたちを気にする様子はない。それ以外の場所は閑散としていた。やがて白髪を後ろで束ね、雄鶏(おんどり)の尾のように垂らした男性が顔をあげて額に手をかざし、小さく手を振ってきた。

ジャックがフラップを出し、地面が目の前に迫ってくると、カムは胃が宙返りするのを感じたが、強がって目を開けていることにした。スカイレーンは無駄のない動きで機首をさげた。機体は滑走路の端のほうまで来ると一度、さらにもう一度着地してから着陸した。ジャックは機首の向きを変えると、地上走行してほかの三機の小型機の隣に停め、エンジンを切った。

カムはしばらく黙っていた。機体同様、じっとしたまま大きく息をつく。やがてティンパニのように激しく打っていた動悸(どうき)がおさまってくると、ヘッドフォンを外し、ジャックのほうを向いた。「着陸したわね、ふたりとも無事に。よくやったわ、キャボット。きき忘れたけど、パラシュートは積んであったの?」

ジャックは声をあげて笑った。「FBIがひとつしか買えなかったから、何かあったらおんぶして降下するはめになるところだったよ」

カムは目をぐるりとまわし、ジャックが着陸後のチェックリストを確認するさまを眺めた。

「予定より早く着いた。特に向かい風もなかったからな。君もよくやったな、ウィッティア」

「正直に打ち明けると、ひどく緊張したわ。もし雲に覆われた丘陵に墜落したら、天国に行けるだろうかと考えていたの」

「初めて小型機に乗って神経質になる人はたくさんいる。帰りはきっと大丈夫だ。さて、危険を承知で悪人を捕まえる覚悟はできてるか？」

「望むところよ」

ジャックがドアを開け、自分のバックパックを持ってエアステアをおりたので、カムもあとに続いた。カムはしばらく立ち止まり、新鮮で暖かな空気を吸いこんだ。そよ風に髪が揺れ、額の汗が乾いていく。エンジンが停止したとたん、あたりは静けさに包まれた。平和そのものだ。周囲には木々しか見えない。都市を建設できそうなほどたくさんの木々が茂っている。

ジャックは携帯電話を取りだしたが、すぐにシャツのポケットに戻した。「電話をかけるまでもなかったな。あれがハービンジャー署長だ。黒いＳＵＶが大きなクラクションを鳴らしながら、こっちへ向かってきているだろう。絶妙なタイミングだ」

「電波が入るようになってすぐにメッセージを送っておいたの」

カムがそんなことをしていたとは気づかなかった。SUVから登山服を着た大柄な男性がおりてくるのが見えた。男性は声を張りあげた。「勇者の前哨(ぜんしょう)基地、マギーへようこそ」助手席からかわいらしい少女がおりてきて、運転席側へまわって男性の隣に立った。娘のキム・ハービンジャーだろうか？　なぜ署長はティーンエイジャーの娘を一緒に連れてきたのだろう？

6

月曜午後
ワシントンＤＣ
ワシントン記念病院

サビッチは仰向けに寝ている若い男を見おろした。隣にはドクター・グレース・ワーズワースが立っている。こめかみのあたりに白髪の交じった長身のほっそりした黒人女性で、眼鏡の奥は知的な目をしている。包帯を巻かれた男の肩に毛布がかけられていて、サビッチの弾がかすめた左のこめかみには皮膚接合用のテープが貼られていた。男は灰色がかった白い顔をして、ぴくりとも動かない。胸がゆっくりと上下していることだけが生きているしるしだ。怪我をしていないほうの腕は手錠でベッドのフレームにつながれ、手首には点滴の針が刺さっている。

ドクター・ワーズワースは男の脈を確認し、聴診器で胸の音を聞くと背筋を伸ばした。「少なくとも、身元不詳(ジョン・ドウ)の男は楽に自発呼吸ができているわ。でも彼がなぜ昏睡(こんすい)

状態に陥っているのかを探り当てる助けにはならないわね。ＣＴスキャンでは血腫や脳挫傷の兆候は見られず、まったくの正常だった。腰椎穿刺で脳脊髄液を採取して調べてみても、やはり出血や感染の兆候は認められなかった。ちなみに神経科医のドクター・エイブリーにも相談してみたんだけれど、昨日のジョン・ドウの非理性的な行動は精神疾患によるものではなく、譫妄ではないかと言っていたわ。何かほかに原因があるのかもしれない——代謝異常とか、何かの中毒だとか。どうも中枢神経に異常があって、それが神経系全体になんらかの影響を与えているみたいなの。だから頭の傷が原因でこんな状態になってしまったのではないかと心配しているなら、どうぞ安心して。弾を受けて脳震盪を起こしたかもしれないけど、昏睡の原因はまったく別のところにあるから」腕時計の大きなデジタル表示にちらりと目をやった。「今からＭＲＩ検査を受ければ、数時間後にはもう少し詳しいことがわかるかもしれない」

「ほかの可能性は？　薬物の過剰摂取とか？」

「通常の毒物検査では、昔からある抗精神病薬のハルドールがわずかに検出されたわ。でも、ほかに摂取してはならない薬物は検出されなかった。今言ったとおり微量だから、ここ三、四日間は治療に必要な量を服用していなかったことになる。でも神経毒症状を引き起こす可能性がある薬やサプリメントで、まだ検査をしていないものがたくさんあるの。だから質量分析装置を備えた専門機関に血液サンプルを送って、われわれが見逃した可能性のある薬物を特定しようとしているところ。その結果を待たなければならないけれど、現実的な可能性としてはなんらかの薬物の効果でしょうね。血液検査では骨髄抑制と、どういうわけか肝臓損傷の兆候が見られたの。私は目下、医学的な謎を抱えているのに、確認すべき病歴もわからないというわけ。彼の身元の特定に関して何か進展はあった?」

「いえ、まだ何も」

「これを見て」ドクター・ワーズワースは手錠のかかったジョン・ドウの手首をそっと持ちあげ、緩めに装着されているプラスチック製のリストバンドを引っ張ってみせた。「病院でよく使われる身元確認用のリストバンドに似ているけれど、この病院のものではないし、患者にこんな奇妙なタグをつける精神科の施設は知らないわ。まったくわけがわからないのよ。民間施設だとしても、せめて患者を識別できる情報と施設名くらいは書かれているはずでしょう。でも手書きで日付が書かれているだけで、そこも妙なのよ。二日前の土曜というのは、もしかしたら彼が脱走した日なんじゃないかしら? それとも最後に治療を受けた日?」ドクター・ワーズワースは顔をあげてサビッチを見ると首を振った。「ひょっとすると、治療を行うたびにリストバンドを取り替えていたのかもしれない。それと、ここを見て。小さな文字で〝E2〟と書かれているの。ほかには何も」

サビッチは淡い黄色の幅広のプラスチック製バンドを見つめた。土曜ということは、施設に入った日である可能性は低いだろう。ドクター・ワーズワースの言うとおり、最後に治療を受けた日に違いない。だが、なんのために？〝E2〟というのは何を意味するのだろう？　何か心に引っかかったが、すぐに消えてしまった。「お役に立てそうにないですね」サビッチは言った。「首都警察に確認しましたが、ジョン・ドウについて精神科施設からの問い合わせはありませんでした。身元を知る手がかりもないそうです。指紋照合システムでも該当する指紋は出なかった」

ドクター・ワーズワースは点滴を確認し、わずかに調整した。「別に珍しいことではないでしょう？　身元を確認できないのは」

「ジョン・ドウが政府機関に勤めたことがなく、軍隊に入ったこともなく、逮捕歴がないというだけです。顔認証プログラムのほうでも全国の行方不明者を調べてみましたが、だめでした」メイヤーも同じことをしただろうかと、ふと思った。

ドクター・ワーズワースが言った。「スタッフがこの地区とメリーランド州とバージニア州にある医療機関や精神科病院を片っ端から当たっているわ。だけど今のところ、該当者は出てきていない。小規模な施設や家族のもとで暮らしていたとしたらあちこち捜しまわっているでしょうに。それでふと思ったんだけど、なぜ家族が……家族だとしたらなおのこと、どうしてこんなリストバンドをつけるの？」

サビッチはゆっくりとした口調で言った。「ジョン・ドウはどこかから逃げだしてきたのかもしれません、ドクター。自分には使命があると思いこんでいて、それでこの上の階で出産したばかりの女性を巻きこんだんです。なぜ彼女でなければならなかったのかもまだ判明していません」

「あなたがジョン・ドウからミズ・ムーディを救ったことは、ここにいる誰もが知っているわ」

サビッチは黙ったまま、ただかぶりを振った。

「ほかにも見てもらいたいものがあるの」ドクター・ワーズワースはジョン・ドウの両腕にかかっている薄手の毛布をめくった。「両腕にある注射痕を見て。重度の麻薬依存症者だと思うかもしれないけど、これは麻薬依存症者によく見られる傷跡とは違う。慎重に刺す場所を選んでいるし、きちんと手入れされているから感染の形跡がまったくないの。麻薬依存症者が自分でこんなふうにできるはずがないわ。それから首と鎖骨の下も見て。太いカテーテルが挿入された跡があるでしょう。これは治療や透析のために長期間静脈にアクセスする必要がある人に使用されるものなの。つまりなんらかの医療行為から生じた傷跡ということ。なんの治療なのかはまだわからないけれど」院内のスピーカーから、ドクター・ワーズワースを救急治療室に呼びだす声が聞こえた。急患のようだ。サビッチは手早く名刺を渡した。彼女はそれをポケットにしまうと、サビッチと握手をし、彼の手を握ったまま言った。「サビッチ捜査官、頭部のMRI検査で何かおかしなことがあったら連絡するわ。あなたのほうも役に立ちそうな情報が見つかったら知らせてくれるわね？　あなたはこの人を気にかけているんでしょう。私も彼が何者で、これがどういうことなのか知りたいの」ふたたびジョン・ドウに目をやって首を振り、病室を出ていった。

サビッチはジョン・ドウを見おろした。男はかなり若く、まったくの無力だった。その瞬間サビッチは、〝僕はエニグマだ〟と男が言っていたことをはっきりと思いだした。〝E〟とはエニグマの略だろうか？　では〝2〟は？　この男の前にもうひとりエニグマなる人物がいたのだろうか？　サビッチは携帯電話を取りだし、首都警察のベン・レイバンに電話をかけた。「ベン、現場にいるのか？」

「ああ、暴力事件だ。家庭内の。まったく、いやになる。どうかしたのか？」

「頼みがある。昨日のジョン・ドウのことが気になるんだ。まだ昏睡状態で、ひとりでは動けない状態だ。誰かが自分を捜しまわっていて、カーラ・ムーディと一緒に連れ戻されると言っていた。その言い分が正しいとすれば……」ばかげた話だと思われたくなかったので単刀直入に言った。「この男のことをよく思っていない者がいる可能性がある。警護の警官をひとり配備してもらえないか？」

一瞬の間のあと、ベンが言った。「それは勘か、サビッチ？」

「ああ、そうだ。それといくつか奇妙で不可解なことがあるんだ」

「警部補に確認して、数日間、警護をつけると病院の警備員に話を通しておくよ」ベンがにやにやしているのが目に浮かぶようだ。「メイヤーには頼みたくなかったわけだな？」

「一生ごめんだ。できるだけ早くこっちによこしてほしい」

「ちょっと待っててくれ」

サビッチはジョン・ドウを見つめ、ベン・レイバンがふたたび電話に出るのを待った。

「オーケイ、ゴーサインが出た。病院の敷地内にちょうど警官がひとりいた。トミー・シャープ巡査だ」

「ありがとう、ベン」サビッチは電話を切った。ジョン・ドウの事件がＦＢＩの管轄下にあればよかったのに。それ以上に、カーラ・ムーディの家に入ったときに、先を見越して携帯電話のボイスレコーダーをオンにしておけばよかった。緊急事態で興奮していたせいで、ジョン・ドウがなんと言っていたのか正確に覚えていない。

サビッチは椅子を引いてきてジョン・ドウのベッドのそばに座ると、現状を確認するメッセージをカムに送った。彼女から返信が来た。

〈まだ生きていて、まもなくケンタッキー州のマギー・フィールドに着陸します。キャボットの腕はたしからしく、とりあえず今のところ墜落はしていません。ユーモアのセンスが抜群の人ですね〉

サビッチはにやりとして返信した。

〈国立森林公園に着いたら連絡を入れること。デュークとハービンジャーについてどう思うか、ぜひ意見を聞かせてくれ〉

ジャックにもほぼ同じ内容のメッセージを送ったが、飛行中なので返信はないだろうと思い、携帯電話をポケットに戻した。ジョン・ドウの両腕のあちこちに見られる注射痕をまじまじと眺める。何があったんだ？　経口では投与できない薬が必要なのか？　どんな薬だ？

ドアのほうからアルド・メイヤー刑事の聞き覚えのある声が聞こえ、サビッチは顔をあげた。「おい、ここで何をしている？」

7

月曜午後
ワシントンDC
Kストリート南西と十七番ストリート北西の交差点角
ボウラー・ボウラー&ボウラー法律事務所

ドゥーチェ・ボウラーの法律事務所が、これといった特徴のない古びたブラックソーン・ビルディングの五階に入っていたのは驚きだった。ルース・ノーブル捜査官とオリー・ヘイミッシュ捜査官が足を踏み入れたのは、十八世紀のフランスの応接間だった。金めっきが施されたソファや椅子が置かれ、淡い黄色の壁には古典絵画が飾られ、三つある窓には床まで届く長さのブロケードのカーテンが、金のロープのタッセルでゆったりと寄せてある。受付デスクまでが十八世紀風で、白いデスクに金の装飾が施され、脚が優雅にカーブしていた。最新式のものといえば、デスクに置かれたパソコンのモニターとキーボードと二台の電話だけで、この場の雰囲気を壊す現代的な服を着たクライアントさえひとりもいない。

ルースとオリーはピカピカに磨きあげられたオーク材の床を横切り、デスクに向かっているひょろりとした若い男性のもとへ行った。黒いスーツに白いシャツ、グレーのネクタイを締めた男性は金めっきが施された椅子から立ちあがり、ためらいがちな笑みを浮かべた。「いらっしゃいませ。ケンドリックと申します。あいにくですが、ただ今お役に立てる者がおりませんのでご予約をお取りしましょうか？」

ケンドリックがかつらをかぶり、膝丈のズボンをはいていても、オリーは驚かなかっただろう。「ミスター・ドゥーチェ・ボウラーに会いに来たんだ、ケンドリック。待っているクライアントはいないようだが、ビジネスはあまりうまくいっていないのかな？」

「いいえ、とんでもない。予約が必要なんです。特にミスター・ボウラーが裁判の準備に追われているときは」

ルースはケンドリックに身分証明書を示し、自己紹介した。「今すぐ会わせてもらう必要があるの、ケンドリック」

「あなたたちは本当にFBI捜査官なんですか？　あなたみたいな美人がいるなんて思いもしなかったな。いや、そんなことはどうでもいいですね。ボウラー夫妻は会議室にいます」ケンドリックは腕時計に目をやった。「ちょうど休憩中かもしれません。ほんの数分前にベアクロー（熊の手の形をしたアーモンドペースト入りのペストリー）を持っていったところなので。面会する時間を作れるかどうかきいてみましょうか」

「居場所を教えてくれればいい、ケンドリック」オリーは言った。「できれば今すぐ」

ケンドリックはうろたえた表情を浮かべたが、やがて肩をすくめると、ルースとオリーの先に立って淡いグレーのカーペット敷きの長い廊下を進んだ。壁面には一定の間隔で壁龕（ニッチ）が設けられていて、ルイ十五世とボルテールに始まる十八世紀のフランスの著名人の胸像が飾られ、それぞれに生没年が記されたプレートが添えられていた。

「あのかつらは暑かっただろうな」オリーは言った。「見てるだけで頭がかゆくなってくる」

ケンドリックが振り返ってにやりとし、一番奥に鎮座している胸像を指した。マリー・アントワネットだ。「ミセス・ボウラーのお気に入りで、ただひとりの女性です。ミセス・ボウラーによると、ボートが浮かぶほど大量に香水をつけていたそうですよ。当時はあまり入浴しなかったらしいので。それと、実際のマリー・アントワネットはこんなに胸が大きくなかったそうです」金色で縁取られたドアを四つほど過ぎたところで、人の話し声が聞こえてきた。ケンドリックが言った。「すべてのドアを閉めておくことになっています。クライアントも秘書も含めて、いかなる情報も内密にすることをミセス・ボウラーが望んでいるからです。壁に耳ありとよく言っています」両開きのドアを開けると、会議室に足を踏み入れて告げた。「ミスター・ドゥーチェ……ああ、ボウラー夫妻、FBI捜査官のおふたりが訪ねていらっしゃいました。申し訳ありませんが、どうしてもお会いしたいと」

痩せ形で、バスケットボール選手並みに背の高い男性が立ちあがった。片手に食べかけのベアクローを持ったまま口を拭き、唾を飛ばしながら言った。「ケンドリック、どういうことだ？　FBI捜査官の面会の申しこみなんか受けていないぞ。話すことなど何もない」ミスター・ボウラーは肉づきの薄い手を振り、テーブルに置かれた書類の山を示した。「私は目がまわるほど忙しいんだ。引き取ってもらえ」

「ボウラーご夫妻ですね？」ルースはほほえみ、自身とオリーを紹介した。ふたりは身分証明書を手渡し、それ以上何も言わずに待っていると、ミスター・ボウラーはしかめっ面で身分証明書を返した。

ミセス・ボウラーが立ちあがった。「夫にはあなたたちと話している時間などないの。とても重要な裁判の準備をしているところなのよ。もちろんわかっているんでしょう？　夫にあなたたちと話す義務がないってことは」

オリーは思わず吹きだしそうになった。ミスター・ボウラーは身長が二メートル以上ありそうだが、共同経営者である妻はせいぜい百五十センチほどで、頭は夫の脇の下にかろうじて届く程度だ。年齢は夫とほぼ同じで、五十代前半だろう。夫婦ともに上品な身なりをしていて、ルースの推測が間違っていなければ、ふたりとも〈バーニーズ・ニューヨーク〉を贔屓(ひいき)にしているようだ。夫とは違って、ルネ・ボウラーはベアクローを手に持っていなかった。

ケンドリックが言った。「申し訳ありません、ミスター・ボウラー。おふたりがどうしてもとおっしゃったので」ケンドリックは愚か者ではないらしく、そそくさと部屋を出て両開きのドアを閉めた。

オリーは言った。「こちらへうかがったのは、マンタ・レイことリアム・ヘネシーの件で尋ねたいことがあったからです。あなたは彼の弁護人ですね、ミスター・ボウラー？」

ボウラーは胸を張り、頭を後ろにやって威圧的な態度を取ろうとしたが、淡いブルーの目がルースとオリーのあいだをきょろきょろと動いていたので試みはうまくいかなかった。とはいえ明らかに不安を感じている様子なのに、冷静で事務的な口調を保った。「たしかに以前弁護を担当したが、今はもうヘネシーの弁護人ではない。私もほかの市民と同様に、彼が連邦政府の拘束から逃走したことをニュース速報で知った。法執行機関はとんでもない不始末をしでかしたと言わざるをえないな。私はヘネシーのために全力を尽くして、致死量の薬物注射の代わりに懲役刑を手に入れてやったが、もうたくさんだと思った。だから彼から手を引いて、クライアントのリストから削除した。これ以上ヘネシーと関わるつもりはない。というわけで、君たちに話すことも何もない。さあ、悪いが仕事が山ほどあるんだ」

ボウラーの額に汗が光っていることにルースは気づいた。彼女は怖い表情を浮かべ、流氷よりも冷ややかな声で言った。「ミスター・ボウラー、ここでお話をうかがうか、さもなければフーバー・ビルディングに連行するかのどちらかです。どちらを選ぶかはお任せしますよ」

ボウラーは一瞬、車のヘッドライトに照らされた鹿のような目でルースを見つめたあと、妻に目をやった。小柄な体格にもかかわらず、このバスを運転しているのはミセス・ボウラーだとルースはすぐに察しがついた。もっとも十センチのスティレットヒールを履いていても、彼女はバスの運転手というよりもロットワイラー犬のようだ。

ルースはミセス・ボウラーのほうを向いた。「ご存じのとおり、ノーザンネック地方拘置所のヘネシーの面会記録にはご主人の名前しか記載されていませんでした。もちろん監視カメラの映像も確認しましたが、ご主人は間違いなく何度か面会していた。ヘネシーの逃亡を手配したのが誰であれ、仲介役を務めることができたのはご主人だけです。ヘネシーが一カ月前に盗んだ六つの貸金庫の中身と引き換えに、逃走を手助けしたのではないかとわれわれは疑っています。そうではありませんか?」

ボウラーの額にはまだ汗が光っていて、ミセス・ボウラーは鮮やかなピンクのマニキュアを施した親指の爪を見つめている。彼女はかすかに眉をひそめた。マニキュアがはがれたのだろうか?

ルースが様子をうかがっていると、ミセス・ボウラーがボブカットのブロンドを振り払った。「弁護士と依頼者間の守秘義務についてはある程度理解しているわよね、ノーブル捜査官。おふたりに暗唱して聞かせてあげましょうか、ヘイミッシュ捜査官? ミスター・ボウラーはヘネシーの逃亡にはいっさい関与していない。夫が依頼人と交わした会話に関する質問に答えるのは職業倫理に反するわ。帰ってちょうだい」

オリーはにこやかに言った。「ミスター・ボウラーがヘネシーと共謀して彼を自由の身にしたのだとすれば守秘義務が適用されないことはもちろんご存じですよね、ミセス・ボウラー。この事務所は経営難に陥っているわけではないし、もともと刑事事件はほとんど扱っていないはずだ。疑問なのは、われわれが事情を聞きに来ることくらい察しがついたはずなのに、なぜこんな危険な計画を引き受ける気になったのかということです。金銭のやり取りを記録に残す危険を冒すとは思えないから、おおかたヘネシーの弁護は無料で引き受けたと主張するつもりなんでしょう。教えてください、誰かに脅されてこんな真似をしているんですか？　それとも誰も知らない事実を知ってしまったんですか？」

オリーは話しながら、ミスター・ボウラーに一枚の紙を手渡した。

「このふたりの名前に覚えがあるはずです。何しろ、あなたのクライアントですからね。ふたりとも、エルサルバドルの麻薬カルテル〈MS - 13〉のマネーロンダリングを行った容疑で取り調べを受けています。連邦検事はあなたの関与も疑っているようで、躍起になって捜査を進めています。あなたは非常にまずい立場に立たされているわけだ。このままだと弁護士資格剝奪、刑務所行きの可能性もありますね。われわれの捜査に協力する充分な動機になるんじゃありませんか？　協力してくれれば、連邦検事はあなたの関与が疑われる事件の捜査ファイルを閉じる気になるでしょうね。誠意を見せるなら今ですよ。本当は誰の代理人を務めたんです、ミスター・ボウラー？　誰に雇われてリアム・ヘネシーとの仲介役を引き受けたんですか？」

ミセス・ボウラーが嫌悪感もあらわに言った。「私たちは告発されているわけじゃないし、仮に告発されたとしても事実無根だと証明されるはずだわ。うちは評判のいい法律事務所なのよ」

ルースはミセス・ボウラーの話を聞き流した。「ミスター・ボウラー、ヘネシーが逮捕されたら、彼はあなたがどんなふうに逃走の手引きをしたのか事細かく話すでしょう。躊躇なくあなたを裏切るでしょうね。万一その前にヘネシーが死ぬようなことがあれば、あなたが高価なカーペットの下に隠している埃をすべて見つけだすまで捜査の手を緩める気はないので、そのつもりでいてください。あなたのクライアントも取り調べることになるので、あなたは足手まといな存在だとすぐに気づかれる。中でもロシアのクライアントは喜ばないでしょうね。聞くところによると、彼らは辛抱強いとは言えないみたいだから」ミスター・ボウラーのグッチのネクタイの上にある喉ぼとけが激しく上下した。ルースは身を乗りだした。「あなたは刑務所でうまくやっていけないでしょうね、ミスター・ボウラー。もう若くないし、捕食者たちから身を守るすべもない。ヘネシーとの仲介役としてあなたを雇った人物の名前を明かしたほうが身のためですよ」

ミセス・ボウラーが小さな手を夫の腕に置いた。「彼女の話に耳を貸さないで、ドゥーチェ」向きを変えてルースとオリーに向きあうと、テーブルに両手をついた。「私の話を聞いて、ノーブル捜査官。夫は仲介役なんて引き受けていない。ヘネシーは目端のきく男よ。塀の外側にいる仲間と連絡を取る手段を持っていたに違いないわ。夫はヘネシーの逃走にはいっさい関与していない」

そのとき、両開きのドアが開いた。「お母さん？　いったい何事？　ケンドリックはいったいなんの話をしてるの？」

オリーとルースが振り返ると、見るからに気の強そうな長身の若い女性がつかつかと会議室に入ってきた。身長は百八十センチ以上あり、ダークブラウンの長い髪は、目鼻立ちのくっきりした顔にかからないように切り揃えられている。年の頃は三十歳手前といったところだ。父親によく似た彼女が事務所名にある三人目のボウラーだ。性格が母親譲りなのはひと目でわかる。

女性が誰なのかははっきりわかったが、ルースはあえて尋ねた。「あなたは？」

「マグダ・ボウラーよ」女性はくっきりした眉をあげた。「あなたたちは？」ルースとオリーは自己紹介し、マグダが差しだした手に身分証明書を置いた。マグダはそれをしげしげと見つめてから返した。「なぜここに？」

ルースは答えた。「あなたのお父さまがマンタ・レイことリアム・ヘネシーと立てた計画について詳しい事情をきいているところです」

「時間の無駄よ。私たちはもうヘネシーの弁護人じゃない。そのことは両親がすでに話したはず。いやがらせはいいかげんにして」

ルースはほほえんだ。「まあ、人聞きの悪い。あなたはいやがらせがどんなものか知らないようね」ミセス・ボウラーに視線を投げた。「刑務所にネイルサロンはありませんよ、ミセス・ボウラー。すでにご存じでしょうが、あなたたちを雇った人物は非常に危険です。よくよく考えてみたほうがいいですよ。手遅れになる前に」

「手遅れですって?」マグダ・ボウラーがルースとオリーの前に立ちはだかった。必死に自制心を保っている様子だ。「その脅し文句は気に入らないわね。ヘネシーを取り逃して、自分たちが無能であることを証明したあとではなおさらよ」

「マグダ、こっちに来なさい!」母親の声で、マグダがはっとわれに返った。やはりこの家族が乗ったバスを運転しているのはミセス・ボウラーで間違いない。

ルースとオリーがじっと見ていると、マグダ・ボウラーはぎくしゃくした足取りで歩いていき、両親のあいだに立った。ルースとオリーが会議室から立ち去るまで、三人は無言のまま殺人光線のような視線をふたりの背中に向けていた。マリー・アントワネットの胸像の前を通り過ぎながら、ルースはオリーに言った。「ミスター・ボウラーは今にも口を割りそうだった。ひどく怯えていたわ」

「思うんだが……」オリーはケンドリックに手を振った。ふたりは法律事務所を出てエレベーターへ向かった。中に乗りこむと、オリーは言った。「ミスター・ボウラーはリストに記載していないクライアントが、まさかマンタ・レイを逃走させるとは思ってなかったんじゃないかな。彼らは三人ともこの件に関与しているのか？　ミスター・ボウラーが独断でやったとは思えない。君の言うとおりだ、ルース。あの三人のうちの誰かが口を割るとしたら、それはミスター・ボウラーだ」

ルースは携帯電話を取りだし、サビッチに電話をかけ始めた。「オリー、だとしたらボウラーを見張るべきだわ。可能性はあるでしょう？　あれだけ揺さぶりをかけたんだから、自分を雇った人物に会おうとするかもしれない」

8

月曜午後
ワシントン記念病院

カーラ・ムーディは息子のアレックスを腕に抱いたとき、自分でも信じられないほどの幸福感を覚えた。その瞬間、すべてが意味をなし、人生の目的が見つかった。幸せで、将来を思うと胸が躍った。こんな気持ちになったのは本当に久しぶりだ。

この一年で人生が操縦不能になり、カーラはもがき苦しみ、疑心暗鬼に陥り、情緒不安定になっていた。今となってはたいした問題ではなかったと、あっさり認めることができた。アレックスを産み育てるためにボルティモアを離れるという決断は、人生で最善の考えだったと確信した。けれども彼女の決断を心から理解してくれる友人はいなかった。おばのエリザベスとおじのカールに至っては、カーラが未婚で妊娠したのを知ると、まるで三十年前の恥ずべきティーンエイジャーのように扱った。ほとんどの友人と同様にふたりも中絶を勧めてきたので、しかたなく縁を切った。母は夫とふたりの子どもと一緒にオレゴン州に住んでいて、めったに話をすることはない。どちらにせよ、母がカーラを気にかけているとは思えなかった。

そういうわけでカーラはすべての責任を自分ひとりで背負い、何本か電話をかけた末にジョージタウンのギャラリーでアルバイトの仕事を見つけると、ホンダに荷物を積みこみ、南へ向かった。貯金のほかに相続財産が少しだけあったので、ジョージタウンに家を借りることができた。そして驚いたことに、ギャラリーの仲介によってカーラ自身が描いた絵に買い手がついた。週を追うごとにアレックスはおなかの中で大きくなり、それにつれて画家としてのキャリアも花開いていくように思えた。

長い陣痛のあいだ、隣人のドクター・ジャニス・ハドソンがずっとつき添って指南役を務め、アレックスが生まれた瞬間もその場にいて声をあげて喜んでくれた。カーラが初めてアレックスを腕に抱いたとき、あなたは人に与えられた中でもっとも感慨深い経験をしたのだとドクター・ジャニスはささやいた。自分自身とかけがえのない命――ふたりの人生の責任を負っていることを決して忘れないでと。さらにドクター・ジャニスは〈ローリー・ギャラリー〉のオーナーに連絡を入れてくれた。そのおかげでカーラのもとには今、アレックスの出産を祝う大きな花束が三つも届けられていた。

アレックス。かわいい息子の黒髪はカールしていて、目はカーラと同じ色合いで、癌に冒されてあっけなく他界した父とも同じ色合いだ。カーラは父と祖父の名にちなんで、息子をアレックス・アイブス・ムーディと名づけた。ふたりとももうこの世にはいないけれど、どちらも善良な人で、最後まであきらめずに画家を目指せと応援してくれた。父と祖父がこの奇跡を見ることはないし、アレックスも決して彼らに会うことはできないのだと思うと悲しくなった。

今はアレックスがいないのに、カーラは新生児用ベッドから目を離すことができなかった。少し前に看護師が病室に来て、黄疸を防ぐための光線療法を行うためにアレックスを連れていったのだ。恐ろしく聞こえるかもしれないけれど、これは一般的な治療で、赤ちゃんは痛くないから心配しなくていいと看護師は説明した。あれからまだ十分しか経っていないのに、もうアレックスが恋しい。同じ部屋の三メートルと離れていない場所に寝かせ、母乳を与えたり、歌を歌ってやったり、全身全霊をかけて愛し続けると伝えたりしたかった。

看護師がアレックスを抱いて病室に戻ってきたので、カーラは顔をあげた。「小さな天使は眠っていますよ。アレックスはとてもお利口さんで、治療は眠っているあいだに無事に終わりました。ミズ・ムーディ、この子をもう少し眠らせてあげてください。三十分くらいしたら自然に目が覚めるでしょう。そうしたらおっぱいを欲しがると思います」看護師は新生児用ベッドにアレックスをそっと寝かせた。「何か欲しいものはありますか？」

「いいえ、結構です。本当にこの子は大丈夫なんですね？」

「健康そのものですよ」看護師はほほえみながらうなずき、病室を出ていった。

カーラはベッドの端に座ると、足をぶらぶらさせながら新生児用ベッドを見つめた。今すぐ抱きあげて、今朝スコットランド民謡を歌ってあげたときにそうしたように、アレックスが唇をぴちゃぴちゃ鳴らすのを見たかったが、もう少しだけ待ってみることにした。その代わりに、トスカーナのブドウ畑を描いた油絵のシリーズについて考えた。〈アロンゾ・グループ〉のワシントンDCの新しいオフィスの受付に飾るための作品で、完成目前だった。まさしくわれわれが求めていた絵だと副社長から褒められ、カーラはすっかり有頂天になった。これから描くつもりのアレックスの肖像画についても考えた。人生はなんてすばらしいのだろう。

そのとき、前日に味わった恐怖がふと心によみがえった。まだ忘れられない。ダクトテープで椅子に縛りつけられて身動きが取れず、自分がひとりで生きる道を選んだせいで、おなかの赤ちゃんを守れないかもしれないと怯えていたことを。でもあの男はもうカーラに危害を加えることはできない。三階に入院しているが、昏睡状態にあると看護師が言っていた。身元が確認できるものを持っていなかったらしく、男はジョン・ドウと呼ばれていた。覚えていることをもう一度すべて警察に話さなければならないのはわかっているけれど、今はそんな気になれない。ふたたび新生児用ベッドのほうに目をやってほほえんだ。アレックスは天使のようにぐっすり眠っている。

カーラはベッドから起きだし、足音を忍ばせて新生児用ベッドに近づいた。身を乗りだすと、小さな顔のまわりを覆っているライトブルーの毛布を持ちあげ、神からの贈り物をじっくり見ようとした。

9

「ここで何をしてるのかときいたんだが」メイヤーの声は落ち着いていた。好ましい変化だ。ともかく銃を抜くつもりはないらしい。

サビッチは立ちあがった。「やあ、ジョン・ドウの様子を見に来たんだ」

「昏睡状態だ。このとおり」メイヤーが一歩前に出て立ち止まった。「電話できればわかる話だろう」

「そっちが電話をくれればよかったじゃないか。君のほうこそ、なぜここに？」

「関係ないだろう。これはあんたの事件じゃなく、俺の事件だ。意識が戻ったかどうか確かめに来たんだ。こいつには答えてほしいことが山ほどある。まずは名前を教えてもらわないとな」

「身元の件では、まだ誰からも問い合わせはないのか？」

「ああ、一件もない。精神科病院からも、刑務所からも、家族からも。とはいえホームレスには見えないから、そのうち誰かが引き取りに来るだろう。たいていそうだ」メイヤーがベッドに近づき、冷静に若い男を見おろした。「ほとんど死にかけてるように見えるな。いっそ殺してやったほうがよかったかもしれない。たとえ目を覚ましても、待っているのはつらい未来だ。ほら、腕の注射痕を見てみろ。血管はすでにぼろぼろで、裁判に耐えうる責任能力があったとしても、刑務所で長期間過ごすはめになるだろう。検査結果について何か聞いてるか？」

サビッチはジョン・ドウが自殺を図る可能性はないと言おうと思ったが、やめておいた。「いや、微量の抗精神病薬が検出されただけだ」

病室の外から声が聞こえ、メイヤーが振り返った。その声に耳を傾け、サビッチに食ってかかる。「シャープ巡査がここで何をしている？　さてはあんたのしわざだな？　この男に警護をつけたのか？」

「正確に言うと、ベン・レイバンが手配してくれた」

「どうせあんたがレイバンに電話をかけたんだろう？　うちの仕事にＦＢＩが首を突っこむ権利はないはずだ。だいたい、なんでここにいる？　お得意の手柄泥棒か？」

サビッチはメイヤーが床の上で胎児のように身を丸めている姿を想像しながら、さらりと言った。「なぜ俺に尋問して、ジョン・ドウが身元の特定に役立つようなことを口にしていなかったかどうかを確認しない?」

「もしあんたが何か知ってるなら、とっくにカメラに向かって怒鳴っているはずだ。それに正気をなくした男がわめいていた言葉を気にする必要などない。おそらく薬が切れたんだろう。神についてああだこうだと叫んでいたが、まったく意味不明だった」メイヤーが言葉を切り、顎を突きだした。「誰が見ても明らかだ。ミズ・ムーディもきっと同意見だろう」

「ジョン・ドウは取り乱していて、まあたしかに錯乱状態だった。だが妊婦を誰かから救うために精神科病院を抜けだしてきたような印象を受けた理由を知りたくないのか? なぜ誰もやつを引き取りに来ないんだ?」

「いや、誰かを救うためにあそこに現れたわけじゃない。正気をなくしていただけだ。こっちは死体が山積みなんだよ、サビッチ。ちゃんと名前があって、家族が法の裁きを求めている死体が。でも、この男は? 精神科病院の連中が名乗りでたら、知りたいことはすべて教えてくれるだろう。おそらくこいつに関する分厚いファイルを持ってるはずだ、期待して待ってろ」メイヤーは嫌悪感もあらわな冷ややかな目でサビッチを見た。「どういうわけか事件から手を引く気はないらしいな。FBIだってくだらん仕事を山ほど抱えているだろうに」顔をしかめ、肩をすくめた。「いいだろう、教えてやる。ミズ・ムーディに話を聞いたが、この男には今まで一度も会ったことがないそうだ。彼女を連れ去ろうとしていたが、男がひどく混乱していたから理由はわからなかったらしい。警察が到着したとたん、男は半狂乱になって支離滅裂なことを言いだした。そういうわけだから、適当に選んだ家に侵入しただけだと思う。ざっとこんなところだ。それ以上の収穫はない。こいつは目を覚ましたら、もといた場所へ連れ戻されるか、手錠をかけられて刑務所に送られる。それで一件落着だ」

「精神科病院に入っていなかったとしても、手首にリストバンドが装着されていたということは、どこかの施設に入っていた可能性がある。この男と同じように、記録に残らない追跡不可能な場所に」

「おいおい、もっと現実的になれ。陰謀説でも唱えるつもりか？　さては、正気をなくした男のたわ言から何かでっちあげようとしているな。そもそもなんでここにいるんだ、サビッチ？」

「おそらく君と同じ理由だ。この男が何者で、どんな人間なのか知りたい。彼の身に何が起きたのか知りたいんだ」

メイヤーはじっと動かない男の顔を見おろした。一瞬、無防備になり、メイヤーの顔から怒りの表情が消える。彼は低い声で言った。「まだ若いな。うーん、二十二から二十五歳ってところか？　ああ、そうだ、俺はこの男の身に何が起きたのか知りたい。なぜ頭がどうかしてしまったのか」つまりメイヤーも内心ではこの若い男に関心を持っているが、表に出さないようにしていたわけか。それとも自分でも気づいていないのか？　メイヤーが首を振った。「この男がどんな人間なのか知りたいと言ったな。どういう意味だ？」

「正直に言うと、自分でも何が言いたいのかわからない」

「まあ、どっちにしても、あんたには関係ない話だろう？　それなのにこれといった理由もなくうちの経費で警護をつけるなんて、税金の無駄遣いだ」

「男が妙なことを言っているのを聞いたんだ。あれは単なる妄想ではない気がする。引っかかっているのは、どんな連中から逃げてきたのか……」サビッチは言葉を切り、首を振った。「二、三日だけだ。数日でいいから、この男の安全を確保してほしい」

サビッチはプラスチック製のリストバンドに視線を落としてから、メイヤーを見た。

「エニグマという言葉を聞いたら、何を思い浮かべる？」

メイヤーはむっとした表情になり、また肩をすくめた。「言葉遊びをしてる場合か、サビッチ。エニグマといったら、第二次世界大戦中にドイツ軍が使っていた暗号機の名前だってことくらい誰でも知ってる。英国人がその暗号を解読する映画があったじゃないか」（二〇一四年製作の『イミテーション・ゲーム／エニグマと天才数学者の秘密』）

「身元確認用のリストバンドを見てくれ」

「なんだ？　この〝E〟がエニグマの略だと思ってるのか？」

「可能性はある。エニグマは謎めいた人物とか、不可解なものとか、理解しがたいものを表す言葉でもある」サビッチはゆっくりと言った。「ジョン・ドウは自分のことをそう呼んでいたんだ……エニグマと」

サビッチの言葉を聞き、メイヤーが一瞬黙りこんだ。「それがどうした？　知ったことか。この男が暗号クラブのメンバーだと？　秘密組織か何かか？　現実を見ろよ、サビッチ。こいつが口にした言葉の意味がわかったら、笑い話になりそうだな」メイヤーは胸を張り、サビッチのほうに身を乗りだした。「とりあえず、この男には近づくな。あんたには関係ないことだ」小さくうなり、きびすを返して病室を出ていった。

メイヤーが立ち去ると、ドアの隙間から警官が顔をのぞかせた。「サビッチ捜査官ですか？　トミー・シャープ巡査です。お会いできて光栄です」彼は背後を見た。「メイヤー刑事はご機嫌斜めみたいですね」それほど心配していないような口ぶりで言う。

サビッチは握手した。「シャープ巡査」

「トミーと呼んでください。みんなからそう呼ばれているんです。逮捕したやつらからも」一瞬、口をつぐんでから言い添えた。「やめてほしいんですけどね」シャープ巡査は新人ではないにせよ、警察学校を出てまだ二、三年しか経っていない駆けだしに見える。体つきは若い雄牛のごとくたくましいが、顔は童顔だ。

「了解だ、トミー」

シャープが病室に入ってきて、ベッド脇に立った。「昨日、ジョージタウンであなたが倒した男だそうですね。厄介な相手には見えませんが、何が起こりそうなんですか？　なぜ警護が必要だと？」

サビッチは言った。「確証があるわけじゃないが、誰かに追われていると怯えていたことはわかっている」

「頭がイカれてるせいだとは思わないんですか？」

サビッチは笑みを浮かべた。「〝頭がイカれてる〟という言い方が適切かどうかわからないが、まあどうなるか見てみよう。何かあってから後悔するくらいなら、直感に従ったほうがいい。この男にぴったり張りついて、素性のわからない怪しい人物は決して近づけないでくれ」

シャープがうなずく。「ジョン・ドウはかなり若いようですね」

「ああ、君と同じくらいかな」

シャープがにっこりした。「いいえ、僕のほうが二歳は上ですね」

トミー・シャープ巡査に自分の携帯電話の番号を伝えると、サビッチはエレベーターで産科のある階へ向かった。産科病棟の入口で、レイ・ハンターと書かれた名札をつけた警備員に身分証明書を見せた。短髪の頭頂部を真っ赤に染めた警備員は退屈そうな顔をしていたが、サビッチの身分証明書を見て赤い眉をあげた。「ここで何か問題でも、サビッチ捜査官？」

「いや、新米ママのカーラ・ムーディに面会に来たんだ」サビッチは警備員の名札をもう一度確認した。「なぜだ、レイ？　このフロアで何か問題が起きたことがあるのか？」

「いいえ、今週は何も。先週は、元夫が断りもなく自分の子どもを連れ去ろうとしましたけどね。でも幸い、赤ん坊に乳児用のセキュリティバンドを装着したままだったんです。その男はそれがなんなのか知らなかったらしく、予定どおりに警報が鳴って、エレベーターも階段もすべて封鎖されました。大混乱になりましたが、男を説得して赤ん坊を無事母親の病室に帰すことができましたよ」レイはかぶりを振った。「赤ん坊を連れ去ろうとする連中から産科病棟を守るために、われわれがここにいなければならないなんて悲しいことです。まったくおかしな世の中だ」

サビッチはレイに会釈すると、カーラ・ムーディの病室の番号を尋ねるためにナースステーションへ向かった。そのとき、廊下の先から複数の人の大きな声と、誰かの悲鳴が聞こえた。

カーラの声だ。

10

月曜午後遅く
ケンタッキー州ロンドン
ロンドン＝コービン空港（マギー・フィールド）

カムは前に進みでて、署長の大きな手を握った。「ハービンジャー署長ですね？カム・ウィッティア捜査官です。こちらはジャック・キャボット捜査官」

ふたりが身分証明書を手渡すと、ハービンジャー署長はうなずき、身分証明書を確かめてから返した。「ようやく名前と顔が一致したよ。私はクインという名前だが、みんなから署長と呼ばれている。ただ署長と。それでいいかな？」

「ええ、かまいませんよ、署長」ジャックが言った。

署長は振り返り、娘の手を取った。いらだちと称賛の入りまじった声で言う。「この子が娘のキムだ。すでに知っていると思うが、娘はマンタ・レイと仲間のふたりが国立森林公園に入っていくのを目撃した。今からロンドン・レンジャー・ステーションへ行き、そこでこの子をおろして、ガイド役を務めてくれるパークレンジャー長のウェイン・デュークを拾うつもりだ。彼はデュークと呼ばれている。道すがら車の中でキムと話をしたら、何かの参考になるかもしれないと思ってね。いや、実を言うとこの子が君たちに直接話したいと言いだして、それを思いついてからは貝のように口を閉ざしてしまった。娘は母親にそっくりなんだ。この子の言うことを聞いたほうが面倒がなくていいと、私はつらい経験から学んだわけだ」

キムはぐるりと目をまわすと前に出て、白い歯を見せてにっこりした。彼女は長いブロンドをポニーテールにしていた。澄んだブルーの瞳は、シャーロックの目より少しだけ濃い色合いだ。カットオフジーンズとノースリーブの白いシャツから日焼けした肌がのぞいていて、見るからに健康そうな体つきだ。ハイカットシューズと厚手の白の靴下が、いかにも野外で多くの時間を過ごしているティーンエイジャーらしい。

「会えてうれしいわ、キム」カムがキムの手を握り、身分証明書を手渡すと、ジャックも同じようにした。敬意を表され、キムはうれしそうに目を見開いた。カムはハービンジャー署長に向かってうなずいた。「キム、私があなたの年だった頃には、父に最後通告なんか突きつけようものならただではすまなかったわ。いつも残念に思っていたけど」キムは教会でまわされる献金皿のお金をごっそり奪った罪人のような顔で、父に向かってにんまりした。

「俺もだ」ジャックが言った。「両親は俺をくそ真面目な人間に育てようとしていたから、軍隊に入ったときは休暇を取ったみたいな気分になったよ」

ジャックがクールな表情をしてみせたので、全員が吹きだした。

署長は片方の眉をあげた。「自分の思いどおりになったのは運がよかったからだぞ」娘をにらむ。

ジャックが言った。「キム、とにかくマンタ・レイについて話が聞けるのはありがたい。本名はリアム・ヘネシーというんだが、どこでその呼び名を手に入れたのかはわからないんだ。まず、君が目撃した男がマンタ・レイだと確信している理由を教えてくれないか」

署長が腕時計に目をやる。「質問はロンドン・レンジャー・ステーションへ向かう道中にしてくれ。さっきも言ったとおり、パークレンジャー長のウェイン・デュークと合流することになっている。そこでハリー・モルシとも落ちあう予定だ。彼はペニントン・ギャップで、アウトドア用品を幅広く取り揃えて販売している。この数日間に必要なものはすべて持ってきてくれるから、われわれは何も用意しなくていい。キム、ハリーが家まで送ってくれるそうだ」

「やっぱり私も一緒に行こうか、パパ。だってほら、ハイキングには慣れてるし、森を知り尽くしているでしょ。私だって――」

「キミー、だめだ。約束はちゃんと守ること」

最後にはキムもうなずいたものの、不満げだった。どうやら冒険を求めているようだが、今回はそういうわけにはいかない。

署長はカムとジャックに向き直った。「デュークの部下がわれわれをイースト・ブランチ・ロードまで車で送ってくれる予定になっている。できれば日没前に、そこから森へ入りたい。月がのぼるとはいえ、森の中はそれほど明るくないだろう。早々に捜索を中断して、夜が明けてからマンタ・レイたちの足跡を捜さなければならない」

「ちょっと待ってくれ」ジャックはそう言うと、ぼろ切れで手を拭きながらスカイレーンを眺めているつなぎの作業服姿の男性のところへ行った。ジャックは男性と顔を寄せあって二分ほど話していたが、やがて男性がうなずき、ふたりは握手をした。ジャックが戻ってきて言った。「俺のベイビーは信頼できる人に任せた。これで大丈夫だ」

署長は作業着姿の男性に小さく手を振った。「ハンク・ウィザーズは全幅の信頼を置ける男だ。おそらく飛行機のことならなんでも知っている。ＦＢＩの飛行機だろうと関係ない。自分が世話した飛行機にもしものことがあれば、彼は便所で犬かきするくらいの覚悟を持って仕事をしている」

カムは最後にもう一度スカイレーンを見た。「私たちがいないあいだに、あなたのベイビーが少しでも成長してくれたらうれしいんだけど。たとえば、あと五メートルくらい機体が長くなって、エンジンが一基か二基増えるとか」

ジャックがカムの腕をぽんと叩いた。「大丈夫だ。帰るときには、君は喜んで乗りこむ気がするよ」

SUVの後部にバックパックを積みこむと、カムはハービンジャー署長の隣の助手席に、ジャックはキムと一緒に後部座席に乗りこんだ。署長は飛行場から車を出すと、アスファルトで舗装された二車線の道路に出た。「さっきのところを右に曲がったら、コービンに着くんだが、われわれは大通りを通ってロンドン・レンジャー・ステーションに向かう」署長はカムに笑みを見せた。「どうでもいい話だったな。よし、ジャック、カム、どうぞ始めてくれ。キム、まず教えてほしい。ふたりの質問に答えるんだ」

ジャックが口を開いた。「キム、森に入っていった男がマンタ・レイだと確信した理由は?」

キムがジャックのほうに身を乗りだした。「署長室であの男の——マンタ・レイの指名手配のポスターを見たことがあって、すごくハンサムなのにもったいないと思ったのを覚えてたの。私は友達のパムと一緒にイースト・ブランチ・ロードから出てきたところだった。午前中、町の子どもたちとハイキングやピクニックをして過ごしていて。帰りに車で砂利道を走っていたとき、彼の姿をはっきりと見たの。ふたりの男と一緒だった。ひとりがマンタ・レイに黒っぽい色のウールの帽子を渡してた。自分の目を疑ったわ。それで私がはっと息をのんだらしくて、パムが私の知り合いだと思って車を停めようとしたの。私はパニックを起こして、急いで走り去るように言って、すぐに父に電話をかけた」キムは少し間を置いてから言った。「そのときは思いつかなかったんだけど、写真を撮っておけばよかった。ごめんなさい」

ジャックは言った。「一瞬の出来事だったのに、君は冷静だった。よくやったよ、キム」

キムが顔を輝かせた。「こっちが見ていることに気づかれたんじゃないかと思って、ちびりそうだったわ。でも今思えば、向こうは私たちのことなんか気にしてなかった。森に入ることに集中していたから」

カムは携帯電話を取りだしてマンタ・レイの写真を見つけると、キムに手渡した。

「あなたとパムが見たのはこの男だった？」

「ええ、そう。彼よ」キムはため息をついた。「すごくセクシーだし、アイルランド出身だってポスターに書いてあったでしょ。アイルランド訛りがあるって。犯罪者なのが残念でならないわ」

ジャックが言った。「やつらは森へ入っていったと言ったね。何か装備は身につけていたかな?」

「いいえ、キャンプ用品もバックパックも持ってなかった。一緒にいたふたりの男は、小さなブルーのジムバッグを持っていたけど、新品みたいだった。でもそれだけで、水筒さえ持ってなかったわ」

そのジムバッグに入っていたのは下着ではなく、おそらく武器に違いない。

カムは言った。「マンタ・レイがまだオレンジ色の囚人服を着ていたなんてことはないわよね?」

「オレンジじゃなかったわ。見るからにごわごわした既製品のジーンズをはいていた。チェックのシャツもハイキングブーツも、すべておろしたてに見えた。新品のブーツでは長時間歩けないってことを知らなかったのかも」

「一緒にいたふたりの男はどんな服装だった?」

「ごく普通の服よ。長袖シャツにジーンズ、それとウールの帽子。おろしたてって感じゃなかったけど、ぼろぼろでもなかったわ」

ふたりは経験豊富なハイカーで、大自然にも対応できるのだろうか。それともマンタ・レイと同様に都会育ちなのだろうか。

カムは言った。「森に入ったら、あらかじめ指定された場所で道具や食料を手に入れるつもりかもしれない。きっとそうよ。マンタ・レイの逃走も周到に計画していたわけだし」

署長が言った。「キム、そこのファイルをジャックに渡してくれ」

キムはその上に座っていた。彼女はファイルを引っ張りだして開いた。「父に言われて、地元の画家のミスター・レオ・プルーイットに会って、似顔絵を描いてもらったの。ミスター・プルーイットは浮き世離れした人で、普段は岩とか熊しか描かないんだけど、試しに描いてもらった。なかなか悪くないと思う。うん、ほんの数秒間見かけただけのわりには、かなりいい線いってる」キムは鉛筆で描いたスケッチをジャックに渡した。「マンタ・レイは描いてもらわなかった。必要ないでしょ」カムは助手席に座ったまま体の向きを変え、ジャックが持っている似顔絵を見た。黒い顎ひげを生やした丸刈りの大男が描かれていた。「この男はマンタ・レイより背が高くて、いかつい体つきでタフそうに見えた。なんていうか、いかにも殺し屋って感じ」

「マンタ・レイの身長は百八十三センチだから」カムは言った。「この男は百九十センチってところかしら」

キムはうなずいた。「ええ、すごく大きかった。ジムで鍛えているような体つきで、ステロイドを使ってるのかもしれない。脚が太いせいでジーンズの生地が伸びていて、左膝の上に小さな裂け目が入ってたのを覚えてる」

ジャックが似顔絵に目を落とした。「サングラスをかけていたのが残念だな」

「ええ。でもミスター・プルーイットは本当にうまく特徴をとらえてるわ。黒縁で、レンズがほぼ正方形だったから、ちょっとおかしな感じがしたの。彼がマンタ・レイに帽子を手渡して、そのあと自分も帽子をかぶった。それで髪が見えたの。ダークブラウンだった」

署長が口を開いた。「キム、そいつが歩く姿を見たか？　年を取っていたか？　それとも若い男だったか？」

キムはポニーテールの毛先を指でもてあそびながら考えた。「三人をちらっと見ただけだけど、パパほど年寄りじゃなかった」

「そりゃあどうも。じゃあ、三十代後半くらいか？」

キムはうなずいた。「たぶん。それと日に焼けていた。少なくとも顔は」

「もうひとりの男についても教えてほしい」ジャックが言った。

キムは二枚目の似顔絵を取りだした。今度はかなり大まかなスケッチだ。細い顔に大きなアビエーターサングラスをかけ、黒っぽいウールの帽子を目深にかぶっているせいで髪も隠れている。

キムは言った。「この男は大男やマンタ・レイよりもずっと背が低かった。私と同じくらいだったから、百七十センチってところかな。でも彼がリーダーみたい。つまり、私の目にはそう見えたってことだけど。ついてこいと言わんばかりに肩を怒らせて、先頭を歩いてたから。だけど少し違和感を覚えたの。顔の形とか、やけにほっそりした頰骨とか」肩をすくめた。「最初は外国人かなと思った。ヒスパニック系かもしれないって。だけど、よくよく考えてみたら……」キムは身を乗りだした。「男だったかどうか自信がなくなってきた。ひょっとすると女だったのかも」

思わぬ展開だ。ジャックは言った。「女？」似顔絵に視線を落とした。どちらとも言えなかった。「なぜそう思うんだい？」

「うーん、百パーセントの確信があるわけじゃないけど、私たちが車で走り去るときに、こっそり振り返って見てみたの。三人は急いで移動していて、この人は一番前にいた。ゆったりしたジーンズをはいてたけど、ヒップの形が見えたの。あれは男じゃなくて女のヒップだった」

署長はバックミラー越しにキムを見た。「タイミングがよかったな、キム。でかしたぞ」彼は笑みを浮かべると、角を曲がって舗装された短い私道に入り、カエデやオークやカラマツの木々に囲まれた赤い煉瓦(れんが)造りの低層の建物に向かった。「ここがデュークと合流することになっている、ロンドン・レンジャー・ステーションだ」腕時計を確認した。「ハリーもそろそろキャンプ用品を持って、やってくる頃だな。車から荷物をおろしたら、待っているあいだに概要を説明しよう」署長は森林公園の地図を取りだし、SUVのボンネットの上に広げた。「ここを見てくれ。ケンタッキー州東部、アパラチア山脈の山麓部のカンバーランド高原に沿って森が広がっているだろう。自動車道路、サイクリングやハイキングや乗馬用の小道、さらに私有地も広がっている。観光客向けの区画は避けるつもりだ。おそらくマンタ・レイたちもそうするだろうからね。キムが三人を目撃した場所——イースト・ブランチ・ロードまで、デュークの部下のパークレンジャーが車で送ってくれる。ここから八キロほどのところだ。デュークが来たら、もっと詳しく検討してくれるだろう」

全員が地図から顔をあげたとき、若い男性が赤いフォードF - 150からおりてきて手を振った。男性は〈ジョン・ディア〉（世界最大の農業機械メーカー）の野球帽をかぶり、ジーンズにコットンシャツを着ている。

署長は地図を折りたたんでポケットにしまった。「ハリーだ。時間どおりだな」

ハリー・モルシは自己紹介すると、キャンプ用品が山と積んであるトラックの荷台のほうへ彼らを案内した。「どの程度の装備を整えたいのかわからなかったから、ほとんど全部持ってきたよ。〈MSR〉の軽量ガスコンロがふたつ、燃料ボトルとポンプ、〈ナルゲン〉の最新の携帯用浄水器もあるから、ジアルジア症にかかる心配をせずに小川の水を飲める。それからビビィバッグ（寝袋のような形のひとり用テント）とマットつきの軽量の寝袋を三つ。天気予報を見る限り雨は降らないとデュークは言っていたが、万一の場合に備えて、軽量のレインジャケットと予備の靴下も用意しておいた。雨が降って地面が濡れたときにシェルターを作るための防水シートを何枚かと、必要に応じてそれを固定できるようにナイロン紐とバンジーコードもある。それからインスタントのオートミールとフリーズドライの卵、ドライフルーツ、ナッツ、フリーズドライの炭水化物も」

ジャックは言った。「署長、双眼鏡と衛星電話は持ってきましたよね？」

「忘れるわけがない」署長が言った。「ボルトアクション方式の照準器つきのレミントン７６００も車に積んである。正確で信頼できるし、追撃に向いている」

ジャックはうなずいた。「いいライフルです。使わずにすむことを願いますが」ハリーのトラックの荷台に目をやった。「ハリー、いろいろと用意してくれてありがとう。でも、われわれはできるだけ軽装で速く動きたいと思っている。そんなに長居するつもりはないから」

11

月曜午後
ワシントンDC
ワシントン記念病院

サビッチはカーラの病室に駆けこんだ。ナースステーションにいた看護師があとに続く。カーラは新生児用ベッドのそばに立ち、両手に抱えた毛布で包まれたものを見おろしていた。もう悲鳴はあげておらず、無言でその場に立ち尽くしている。

「カーラ？」

彼女はゆっくりと振り返り、うつろな目をあげてサビッチを見た。「あの子がいないのよ、ディロン。どういうことかしら。アレックスがいなくなったの。看護師さんに伝えなきゃと思ったんだけど、どうしても悲鳴を止めらなくて。光線療法のためにあの子を連れていった看護師が、連れて戻らなかったのよ。代わりに、これを持ってきたみたい」カーラはサビッチに毛布を手渡した。毛布の中には、病院のタオル三枚をねじったものが入っている。

警報が鳴ると同時に、看護師長のフィリー・アダムスが病室に駆けこんできた。フィリーはゆっくりと気持ちを静めてから、カーラと毛布にくるまれたタオルを見て何が起こったのかを正確に理解し、緊急指令モードに入った。「アレックスが行方不明になったんですね、ミズ・ムーディ。レイがすぐに緊急事態の対応手順を実行します。警報が鳴っているということは、エレベーターも階段も封鎖されています。病院の警備員がまもなくここに来るでしょう。あなたも知ってのとおり、アレックスのへそにはＩＣタグが、足首には別のタグが装着されています。今から看護師にすべての病室を確認させます。ミズ・ムーディ、必ずアレックスを見つけますからね」看護師長がサビッチを見て眉をあげたので、彼は名乗った。

サビッチは警報も、話し声も、廊下を駆けまわる足音も無視し、病室をのぞきこむ者たちの顔にも目をくれなかった。新生児用ベッドに毛布を置くと、両手でカーラの腕をつかみ、彼女を落ち着かせようとした。「何が起きたのか話してくれ、カーラ」

カーラはジョン・ドウが自宅に侵入したときに見せた力を奮い起こしたようだ。「看護師が来て、光線療法を行うためにあの子を連れていったの。黄疸を防ぐためだと言っていたわ。しばらくして毛布を抱えて戻ってきて、三十分ほどで自然に目が覚めるから、それから授乳するよう言った」

フィリーが言う。「ミズ・ムーディ、アレックスには光線療法なんて必要ありません。あれはすでに黄疸が出ている赤ちゃんに用いるものですから」

サビッチは言った。「看護師が戻ってきたのはどれくらい前だった?」

「十分ほど前よ。私は自分のベッドに座ってしばらく赤ちゃんのベッドを見ていたんだけど、どうしてもアレックスを抱っこしたくなったの。顔を見て話しかけたくてたまらなくなって、近づいて顔のまわりを覆っていた毛布をめくったら、あの子がいなかった」カーラは声を詰まらせた。「ディロン、タオルだったの、タオルしかなかったの」

サビッチは言った。「カーラ、その看護師の名前は?」

「さあ、わからない。見覚えのない人だった。初めて見る顔だけど、とても手慣れていて感じがよかったの」

「外見はどんなふうだった?」

「キャップをかぶっていたから髪は見えなかった。細い黒縁の眼鏡をかけていたけど、似合わないと思ったのを覚えているわ。看護師の制服の上に白衣を着ていて、年は三十代半ばくらいだった」

サビッチはさらに尋ねた。「頭に思い浮かべてみるんだ。太っていた？　痩せていた？　健康そうだった？　何か変わったところはなかったか？」

「細身で背が高かったわ。百七十センチくらいかしら。少し足を引きずって見えた。左足を痛めていて、体重をかけられないみたいだった」

「ほかに何か覚えていることは？」

カーラは首を振った。

レイ・ハンターが病室に入ってきて、フィリー・アダムスの隣に立った。

フィリーは彼の腕に手を置いた。「レイ、今の状況は？」

レイが答える。「警備主任のオスロ・エルクがCARDチームと首都警察に通報して、警備員全員をすべての出口に配置しました。まもなくふたりの捜査官がFBIワシントン支局の捜査官と一緒に来るそうです」カーラに説明した。「CARDというのは〝未成年者誘拐緊急展開部隊（Child Abduction Rapid Deployment）〟の略です。FBIの特殊部隊で、病院から連れ去られて行方不明になった赤ちゃんを捜しだす専門家です」

病院の警備主任であるオスロ・エルクが病室に入ってきて、サビッチとカーラに簡単に自己紹介してからフィリー・アダムスに向かって言った。「セキュリティ記録を確認してみたんですが、夜勤の看護師のポリー・パレンが四十五分前にカードキーを使ってこの病棟に入っています」

「ポリーが？　シフトには入っていないはずだけど。ちょっと待って」フィリーは携帯電話をかけ、相手の返事にうなずいて通話を終えた。「看護師のアビー・ヒントンによると、ポリーは勤務に入っていないけれど、数分前に見覚えのない看護師を見かけたらしいわ。アビーはさして気にも留めなかったみたいで、よそから来た訪問看護師か臨時雇いの看護師だと思ったらしいの」

カーラはフィリー・アダムスを見つめた。「見知らぬ女に私たちの赤ちゃんを任せたってこと？　その女が部外者ではないことを確認しなかったの？」

フィリーが肩を落とした。「申し訳ありません。誰もが仕事に追われていたのと、私には連絡が来ているとアビーは思ったらしくて。絶対に起きてはならない事態ですが、私たちは自分たちにできる限りのことをしていたんです」

カーラが今にもフィリーにつかみかかりそうな顔になる。サビッチはカーラの腕に手を置いた。

警備主任のエルクが口を開いた。「ということは、その女はポリー・パレンのカードキーを手に入れたわけですね。念のためにパレンに連絡を取ってみますが、まず間違いないでしょう。警報が鳴って、職員用の裏階段も含めてすべてのドアが封鎖される前に、女が外へ出ていなければいいんですが。サビッチ捜査官、監視カメラの映像を一緒に確認してもらえませんか？　私はすでに一度見ましたが、さらに詳しく見ていただきたいんです。当病院は全部の階段に監視カメラが設置されているので、女がこのフロアを立ち去ったときの様子が確認できます」

三人の看護師がカーラにつき添うことになった。サビッチはエルクと一緒に病室を去る前に、カーラの両腕をつかんで顔をあげさせた。「アレックスの安全を守るべきだった人たちを怒鳴りつけたい気持ちはよくわかる。でも信じてくれ。彼らは今、一丸となって最善を尽くしている。気をしっかり持って、アレックスは必ず帰ってくると信じてほしい」

エルクと一緒に五階分の階段をおり、ロビーから少し離れたところにある警備室へ向かう。サビッチはマスコミがすでに事件を嗅ぎつけ、クリスマスツリーのライトをつけたように色めき立っているかもしれないと思った。もうじき大混乱になるだろう。エルクが口を開いた。「カメラは産科病棟に八台、表階段に二台、職員用の裏階段に二台あります。病室にはカメラがないので、その女が赤ん坊を連れ去る瞬間はとらえていません。くそっ、まったくひどいことをする。私がここで働き始めてからこんなことが起きるのはこれで二度目ですよ。前のときの赤ん坊は無事に帰ってきましたが、今回はプロのしわざに思えます。なぜこんなことまでして、ミス・ムーディの赤ちゃんを奪い去る必要があったんでしょうね」

その理由はジョン・ドウが知っているはずだ。やつは止めようとした。カーラを救おうとしたのだ。

サビッチはジョン・ドウの事件がFBIの管轄下に置かれることを望んでいたが、今本当にそうなった。誘拐事件は連邦犯罪であり、アレックスとジョン・ドウはひとつの事件としてつながっている。そう言われたら、メイヤー刑事は不快感をあらわにするに違いない。

「準備できました、主任」監視カメラの操作係が、椅子の上で飛び跳ねそうなほど興奮した口調で告げた。

エルクが言った。「ギリーが表示しているのは、産科病棟、エレベーター、階段の三箇所に設置されている監視カメラの映像です。警報が鳴る十五分前のものです。ギリー、早送りして、平常時の光景をサビッチ捜査官にお見せしろ」

背後でドアが開く音が聞こえたが、サビッチは振り返らなかった。

画面をじっと見ていると、警備員のレイ・ハンターが産科病棟を訪れた見舞客の身元を確認したり、スタッフのIDカードに目をやったりしていた。一般の人や、カートや医療機器を押した看護師がエレベーターを出入りしている。廊下に設置された監視カメラの前を通り過ぎる看護師たちは、リネンや薬やパソコンをのせたカートを押しながら病室を出たり入ったりして仕事をこなしている。

やがて黒縁の眼鏡をかけ、手術用のキャップをかぶった看護師が、カーラの病室に向かって廊下を歩いてくるのが見えた。緊張した様子はなく、とても落ち着いている。カーラが言ったとおり、細身で背が高く、年は三十代半ばくらいだ。女はカーラの病室に入ったが、毛布にくるまれたアレックスとおぼしき赤ん坊を抱いてすぐに出てきた。十分後にアレックスを抱いて戻ってきて、ふたたびカーラの病室に入っていく。

エルクが言う。「監視カメラの位置を把握していて、うまく避けてる。隣の空き部屋にいったんアレックスを置いて、あとから取りに行ったようです。見ててください」

一分後、女はアレックスを抱いて職員用の裏階段へ通じるドアへ向かい、カードキーを差しこみ、ドアの向こうに姿を消した。無駄のないすばやい動きだった。

女は五階分の階段を足早におり、ロビーに出てきた。東側のドア近くだ。

「東側の出口と駐車場のカメラの映像に切り替えてくれ」エルクは指示を出した。

ギリーがキーボードを何度か叩くと、ロビーの映像が表示された。女は女性用トイレに入った。しばらくして出てきたときには、看護師の制服も眼鏡もキャップも身につけておらず、アレックスだけを抱いていた。やがて女は三十代半ばくらいの男とロビーで落ちあった。女と同じく長身で健康そうで、シャツにチノパンツというカジュアルな服装だ。男は赤ん坊を抱いている女の肩に手を置き、並んで歩きだした。東側の出口から出ていくふたりは、どこから見ても幸せそうな新米パパとママだった。

「ちょっと待った。少し戻してくれないか」サビッチは言った。「顔をもっとよく見たい」

ギリーはふたりがカメラに近づいたところまで映像を戻し、顔を拡大した。サビッチは何枚か写真を撮り、CAUのフォルダにアップロードした。

「これなら顔認証プログラムにかけられるだろう。どちらか一方でもデータベースに登録されているかもしれない」

ギリーが東側の出口の外に設置されているカメラの映像を表示すると、彼らがふたたび姿を見せた。赤ん坊を抱いた男女はそのまま東へ進み、パーカー・ストリートに出た。カーラの言っていたとおり、たしかに女は左足をかばい、少し引きずっている。ほとんど目立たないが。ふたりが交差点で立ち止まると、まもなくダークブルーのトあの通りには銀行がいくつかあるので、監視カメラが役に立ってくれるかもしれない」

あの車を通報して、未成年者誘拐事件の発生時に発令される速報を流してもらいます。

「でも首都警察の警官は、パーカー・ストリートをパトロールしているはずですよね。

「ありません。これが病院の敷地から一番接近できるカメラです」エルクが言った。

「ナンバープレートを読み取れないか？　ほかのカメラは？」サビッチは尋ねた。

ヨタの古いSUVが停まった。ふたりは車に乗りこみ、そのまま走り去った。

サビッチが振り向くと、警備室のドアの脇にシャーロックが立っていた。「たしかに無駄のない動きね。病院のスタッフとカーラをだませるほど看護の知識を持っている女がカードキーを盗みだし、使い方まで知っていた。そして男と合流し、すみやかに病院から立ち去った。今、私たちが答えを出さなければならないのは、なぜかということね。そしてジョン・ドウとどういう関係があるのか」

「さすがだな」サビッチはシャーロックの頬に手を触れながら言った。「ここに来て一分しか経っていないのに核心をついてくるとはな。カーラに話を聞いてくれないか。どんな些細なことでもいいから何か思いだせないかどうか確認してほしい。まもなくCARDの捜査官たちが来るはずだ。とりあえず犯人たちの外見と、アレックスを連れ去った女が足を引きずっていることだけはわかっている。

エルク主任、捜索を始めるに当たって、首都警察との調整をお願いできますか？

それとマスコミ対応も」

「ええ、やむをえませんね」

サビッチとシャーロックが警備室を出ると、広報室に電話をかけるエルクの声が聞こえた。

ふたりで階段をのぼり、ドアを開けて産科病棟に足を踏み入れると、ＣＡＲＤの捜査官たちがレイ・ハンターと話しているのが見えた。白髪を短く切り揃えたベテラン捜査官のコンスタンス・バトラーがサビッチを見つけてうなずき、自己紹介した。もうひとりのボルト・ハラー捜査官も近づいてきて握手をする。「エルク主任と一緒に監視カメラの映像を見たそうね。アンバー・アラートを発令して、アレックスとダークブルーのトヨタのＳＵＶに関する情報提供を呼びかけるために、彼が調整に動きだしたところよ。サビッチ捜査官、あなたが見たことを話して。そのあとミズ・ムーディに話を聞くわ」

「ここは任せたわ、ディロン」シャーロックが言った。「私はカーラの様子を見てくる」

12

月曜午後遅く
ワシントンDC
Kストリート南西と十七番ストリート北西の交差点角
ボウラー・ボウラー＆ボウラー法律事務所

ルースは直感を信じて、ブラックソーン・ビルディングの向かい側に愛車フィアットを停めた。建物から従業員たちが続々と出てくる。仕事を終え、月曜の夜に一杯引っかけるために街へ繰りだすのだろう。そのとき、受付のデスクにいたケンドリックが出てきたため、ルースはとっさに身をかがめた。ケンドリックは建物から出て、歩道で少し足を止め、あたりを見まわした。タイミングを見計らったかのように真っ赤なマスタングが一台停まり、ケンドリックが乗りこんだ。一瞬だけ、運転席に座っている人物が確認できた。ブロンドでサングラスをかけている。

数分後、ミセス・ボウラーと娘のマグダが建物から出てきた。ふたりともブリーフケースを手にしている。マグダが母親に食ってかかっているのが遠目からでもわかった。いったい父親は何をしでかしたのかと問いつめているのだろうか？　それともFBIが今後、自分たちにどんな捜査の手を伸ばしてくるのかとか？　ふたりはブラックソーン・ビルディング脇にある車庫へ姿を消し、しばらくするとダークブルーのBMWに乗ってふたたび姿を現した。ふたりともフロントガラスをまっすぐに見つめ、もはや言い争っている様子はない。ミセス・ボウラーは慎重な運転で車の流れに乗った。あのふたりは何をどれくらい知っているのだろう？　今回の件にどの程度関与しているのだろうか？

ドゥーチェ・ボウラーが出てきたのは、その三十分後だった。ひとりきりだ。うつむきかげんで小脇にブリーフケースを抱え、ひとり言を言っているのか、かぶりを振りながらときおりうなずいている。これからどうすべきか決めようとしているのだろうか？　それともすでに電話連絡をして、必要な手配はすべて整えたのだろうか？彼は車庫に姿を消し、しばらくするとダークグレーの真新しいレクサス・GS　Fに乗って現れた。妻とは違い、車の流れに無理やり割りこんだせいで、後続車数台からクラクションを激しく鳴らされたが、無視を決めこんでいる。明らかに緊張している様子だ。これは期待できるとルースは思った。夕方五時を過ぎても蒸し暑さはおさまらず、ボウラーは腕まくりをしている。車のエアコンをがんがんに効かせているに違いない。

ルースは難なく車の流れに乗った。ボウラーの車の三台あとにぴたりとつけ、運転しているうちに気づいた。彼はメリーランドにある自宅へ戻ろうとしているのではない。バージニア方面へ向かおうとしている。直感を信じ、すぐに張りこみを開始してよかった。

三十分後、到着したのはアレクサンドリアだった。ルースがボウラーの車を追ってキング・ストリートからマーケット・スクエアを通り過ぎ、左折してクイーン・ストリートに入ると、彼は公共駐車場に駐車した。運のいいことに、ルースは小さなフィアットを、道路脇に停めてある二台のSUVのあいだに停めることができた。車に乗ったまま見張っていると、ボウラーは駐車場から出て、クイーン・ストリートを渡り、〈ビルボ・バギンズ〉へ入っていった。黄色い外壁と赤い日よけが有名なレストランだ。

ルースはオリーに電話をかけ、ボウラーの居場所を伝えた。「彼はまだひとりだけど、人目のあるこの場所で誰かと会う約束を取りつけているに違いないわ。十五分したらまた連絡するわね。それか、ボウラーの約束相手が現れたらすぐに電話をかける」電話を切って数分間そのまま待ち、ボウラーを追ってレストランへ入った。ひんやりとした薄暗い店内は、サービスタイムのアルコールを楽しむ仕事帰りの人や旅行客で混雑していて、あちこちで話し声や笑い声があがっている。びっしりと並べられたテーブルのあいだをウエイターたちがひっきりなしに移動している中、ルースはすぐにボウラーの姿を確認した。バーカウンターで前かがみになり、マティーニらしきものを飲んでいる。ルースはトイレへと続く廊下にすばやく身を隠した。ここならボウラーの様子がよく見えるし、正面入口から入ってくる客の姿も確認できるだろう。だがそれからなんの動きもないまま、六時近くになった。直感が間違っていたのだろうか？　ボウラーはただお気に入りのレストランへ一杯やりに来ただけなのだろうか？　大変だった一日のストレスを和らげるために？　それはありうる。彼にとって、今日はさぞストレスのたまる一日だったに違いない。ボウラーは腕時計をちらりと見て、スツールを回転させ、ルースと同じように正面入口を確認すると、ふたたび腕時計を見おろした。

奥にあるブース席が空くと、ボウラーはすぐにスツールから立ちあがり、席を移りたいと要求した。ボウラーの様子がよく見えるように、ルースはバーカウンターの一番端の席まで行って、ベルギー産のブロンドエールビールを注文した。ときおりボウラーのほうへさりげなく目をやる。観察は得意だ。忍耐強く対象者の様子を確認し、大事な点は決して見逃さない。ボウラーは指先でこつこつとテーブルを叩き、たまにマティーニを飲んでいる。正面入口からほとんど目を離そうとしない。

ルースはオリーに報告の電話をかけた。「相手がまだ姿を見せないの。ボウラーはいらだちを募らせていて、怒っているようにさえ見える。いいえ、まだ応援の必要はないわ。ええ、姿を見られないように慎重に捜査する。十五分したらまた連絡するから」

ルースはふたたびビールを口に含んだ。その瞬間、右側から男性の声が聞こえた。

「やあ、僕はジョン・マーフィー。観光客じゃなくて、ここの住民なんだ。よければ、君にもう一杯ベルギービールをおごらせてくれないか?」

今日のルースは黒のパンツに白いシャツを合わせただけの目立たない格好だ。グロックは黒いジャケットの内側に隠してある。胸元を強調する装いでもなければ、口紅さえつけていない。それなのに声をかけてきたこの男性には、笑みくらい返してもいいだろう。ルースはスツールを回転させ、彼に笑顔を向けると、結婚指輪をはめた左手をひらひらさせた。「こんばんは、ジョン。あなたってとてもいい人みたいね。でも残念ながら私は結婚していて、夫を待ってるところなの」

男性は軽く会釈をし、悲しげな笑みを浮かべた。「だったらしかたがない。君の夫より僕のほうが魅力的だと証明したいのはやまやまだが、あきらめるとしよう」そう言い残して立ち去った。

ずいぶん楽観的な考えの男性だ。ルースは夫のディックスのことを考え、ふたたび笑顔になると、ひと口ビールを飲むふりをしながらボウラーの様子をもう一度確認した。その十分後、オリーに二度目の電話をかけようとしたとき、ボウラーが突然席から立ちあがり、二十ドル紙幣をテーブルに放ると、ごった返す人の波を縫って正面入口へ向かいだした。せかせかと歩きながら携帯電話に誰かの番号を入力し、しばし耳を当てていたが、やがて電話を切った。明らかに腹を立てている。待ち合わせ相手にすっぽかされたのだろう。ボウラー自身と同じくらいがっかりしている人物がここにもうひとりいることなど、彼は知る由もない。

ルースは店を出ると信号を無視して通りを渡り、ボウラーを追った。ボウラーはまっすぐ公共駐車場へ向かっていく。しかたなく道路脇に停めた自分の車へ戻ろうとしたが、ふいに気が変わり、そのままボウラーの尾行を続けることにした。駐車場には係員がひとりもおらず、券売機が置かれているだけだ。あたりは薄暗く、蒸し暑い。よどんだ空気の中、数人が行き来している。慎重に距離を保ち、駐車場の反対側を歩きながら、ボウラーのレクサスが停めてある二階へあがった。ボウラーの五メートルほど先を、年配の夫婦が歩いている。どこからか誰かの口笛と会話の断片が聞こえてきた。

そのとき、駐車場のすべての照明がふっつりと消えた。

13

月曜午後
ワシントンDC
ワシントン記念病院

シャーロックが足を踏み入れたとき、カーラ・ムーディの病室には、座っているカーラに覆いかぶさるように四人の人物が立ちはだかっていた。彼女の出産に立ちあい、アレックスを取りあげたドクター・ハムショー、それにフィリー・アダムスと首都警察の刑事ふたりだ。ひとりの刑事に質問されているが、カーラは頭をゆらゆらと動かすだけで何も答えようとせず、小さく丸めた体を揺らしながら涙を流し続けている。シャーロックが自己紹介し、その場にいる全員に身分証明書を見せると、ドクター・ハムショーが言った。「ミズ・ムーディを落ち着かせるために、催眠鎮痛剤を投与しました。でもあいにく普通の人より薬剤に敏感な体質で、ほぼ意識を失った状態になっています。あと数分もすれば、意識が少しははっきりするでしょう」医師は前かがみになるとカーラの脈拍を計り、瞳孔を確認した。

シャーロックはカーラを見つめた。顔面蒼白で、こぼれ落ちる涙を止められない様子だ。耳にかけた黒髪を両肩に垂らしている。シャーロックよりも濃いブルーの瞳は落ち着きなく揺れ動き、信じられないほど長いまつげに縁取られていた。カーラ・ムーディは二十七歳。泣き腫らした目をしていても若く見える美人だ。ただ鎮痛剤を投与されても、彼女の痛みが本当の意味で和らいでいるとは思えない。シャーロックは四人にミズ・ムーディとふたりきりにしてほしいと伝え、彼ら全員が病室から出ていくまで待った。それからカーラの椅子のそばにひざまずき、ポケットからティッシュペーパーを取りだしてカーラの頬の涙を拭くと、彼女の手を取ってゆっくりと話しかけた。「私はシャーロック捜査官よ。ディロン・サビッチは私の夫なの。昨日、短いあいだだったけれど、あなたとは病院で顔を合わせたわね」

カーラが生気のない目をシャーロックに向けた。「ええ、覚えているわ。その赤い髪、とってもきれいだったから。あなたとディロンは、夫婦揃ってＦＢＩ捜査官なの？」

「ええ、一緒に仕事をしているの」シャーロックは身を寄せて、カーラの手を強く握った。「催眠鎮痛剤はよく効くけど、量が多いと、ピーターパンと一緒にふわふわ宙を飛んでいる気分になってしまうわよね。あなたは今、自分がどこにいるかわかっている?」

カーラは眉をひそめ、かぼそい声でささやいた。「ピーターパンの姿は見えないけど、ええ、そうなの、おとぎの国にいるみたいな気分。頭の中がぼんやりとかすんでる。どうせなら、青い海原に囲まれた穏やかな緑の大地にいたいわ」

カーラはシャーロックから目をそらし、うつろな目で窓の外を見つめた。

シャーロックは静かに話しかけた。「アレックスがあなたを必要としているの。だから、あなたはこっちの世界へ戻ってこなければならないわ。アレックスを気にかけてあげないと。今、私があなたを必要としているのと同じくらい、アレックスもあなたを必要としているはず」

カーラはシャーロックにふたたび視線を戻すと、乾いた唇を舌で湿らせた。「そうよ、あなたはディロンの奥さんよ。今、思いだしたわ。あなたはあの日、ジョン・F・ケネディ国際空港で大勢の人の命を救った。私はあなたみたいに勇敢にはなれない」

「それはあなたの思い違いよ。ディロンも私も、あなたを心から尊敬しているの。だってあの頭がどうかした男が自宅に侵入してきたとき、あなたはひとりだったのに、とても冷静に見事な対応をしたでしょう。それは、あなたがアレックスを守れるのは自分しかいないと知っていたからだわ。実際そのあと、あなたの陣痛が始まったし」

カーラが手を握り返してきて、消え入りそうな声でありがとうと言ったのが聞こえ、シャーロックの胸は同情と激しい怒りでいっぱいになった。もし愛する息子ショーンが誰かに誘拐されたら、母親として自分に何ができただろう？　想像もつかない。しかも誰もがわが子を守ってくれるはずの病院から誘拐されたとすれば、たとえ私が負けん気の強いＦＢＩ捜査官であっても、衝撃のあまり何もできなかったに違いない。

シャーロックはさらに体を寄せた。「カーラ、そろそろおとぎの国からこっちの世界へ戻ってきて。まばたきを何回かするの。そう、その調子よ。私から目をそらさないで。あなたにはアレックスを見つけだす手助けをしてもらわないといけないの。何が起きたか話してもらえる？」

「ええ、やってみるわ」カーラは頭を振ってはっきりさせると、入院着の上からかけられた、アフガン織りのベッドカバーのほつれた糸を指で引っ張った。それからアレックスを連れに病室へ着た看護師について話し始めた。そのあと看護師がどんなふうにアレックスを抱いて病室へ戻ってきて、新生児用ベッドに寝かせたかもだ。「アレックスは健康そのものだと励ましてくれたの。とてもお利口さんで治療中も目を覚まさなかったし、まだ眠り続けている。だからもう少し寝かせてあげるべきだと言って出ていったわ。言われたとおり、寝かせてあげようと思ったけど、やっぱり我慢できなかった。わかるでしょう？

十分くらい経ったあと、どうしてもアレックスの顔を見て、抱っこしたくてたまらなくなったの。もしアレックスが眠りたいなら、抱っこしたまま好きなだけ寝かせてあげればいい。だからベッドから出て、赤ちゃんのベッドまで歩いていった」突然声を落とし、喉を詰まらせたように苦しげな呼吸になった。

シャーロックはカーラの手を握る手に力をこめ、彼女の意識を現実へ引き戻した。

「その看護師がアレックスを連れ去ったのね？」

カーラは無言のままうなずき、また涙を流した。「どうしてこんな残酷な行為ができるの？ こんなことをする人がいるなんて信じられない」ふいに黙りこみ、両手をきつく握りしめて、ささやき声で続ける。「本当に幸せな気分だった。アレックスはとても元気な赤ちゃんで、私の息子なんだもの。あの頭のどうかした男のせいで恐ろしい思いはしたものの、そんなことさえもう気にならなかった。あの子は私のすべてだから」口をつぐみ、しばらく頭を前後に揺らしていたが、やがて言葉に詰まりながらも低い声でようやく話し始めた。声に出して言うことで、現実を直視できるかもしれないと考えているように。「ベッドには誰もいなかった。毛布とタオルはあったけど、アレックスの姿はどこにもなかった」

今すぐカーラを抱きしめ、一緒に泣きたい。そんな衝動を覚えたものの、シャーロックはどうにか声の平静を保ち続けた。「カーラ、お願いだからしっかりして。アレックスを連れ去ったその看護師を前に見たことはある？」

「顔をはっきり見たわけじゃないから。それに名札も。だけど前に見かけた顔ではなかったはずよ」

シャーロックは携帯電話の画面に一枚の写真を表示させた。サビッチがＣＡＵへ転送してきた、監視カメラの映像写真だ。「これがその女？」

カーラはたちまち全身をこわばらせた。「ええ、そうよ。どうしてこんなことを？とても感じがよくて優しかったのに。よくもアレックスを連れ去るなんてことができたものだわ。この女は何者？　なんていう名前なの？」

「身元はすぐにわかるはずよ。あなたはディロンに、女が足を引きずっていたと話したそうね」

「ええ、少し左足を引きずっていたわ」

「カーラ、ここからはＦＢＩのＣＡＲＤチームの出番だわ。病院から連れ去られた赤ちゃんを捜しだす専門家なの。どうか信じて。アレックスを見つけだす助っ人として、彼らほど頼りになる人たちはいないはずよ」

カーラが信じられないと言いたげな顔でシャーロックを見る。

いったいどこまでカーラに教えたらいいものだろうか？ シャーロックは一瞬迷ったが、やはりカーラは真実を知る権利があると考えて顔をあげた。そのとき、病室の入口にサビッチとハラー捜査官が立っていることに気づいた。いったい、いつからいたのだろう？ サビッチは何も話さないまま、こちらに向かって一度だけうなずいた。

シャーロックはカーラに向き直った。「これは一般的な赤ちゃんの誘拐事件とは違う。アレックスが連れ去られたのには何か理由があるはずなの。私たちはその理由があのジョン・ドウと関係があるのではないかとにらんでいる。昨日あなたの自宅へ押し入って、今はこの下の階で監視下にある男よ。あの男は何か手がかりになることを言っていなかった？ あなたにも意味がわかるようなことを」

「ちょっと待って。アレックスはあの頭がどうかした男のせいで誘拐されたというの？ どうして？ 全然意味がわからない。わからない」

「私たちにもその理由はまだわからない。でも必ずすべてを突き止めてみせるわ。だからどうしても思いだしてほしいの。何か思いだせることがあれば、なんでもいいから話して」

「あれから、男に言われた言葉の断片をつなぎあわせようとしたけど、わけのわからない奇妙なことばかり口走ってたわ。私にわかるのは、あの男が誰かに対して恐れと怒りを同時に感じていたことよ。彼はその相手を憎んでいた。それに私の家へ来たのは、私やアレックスを傷つけるためじゃない。自分が私たちを何かから救えると信じこんでいる様子だった」カーラはシャーロックを見つめた。

「ごめんなさい。それくらいしか思いだせないわ。役に立った？」

「ありがとう、とても役に立ったわ。ねえ、カーラ、もうひとつ教えて。アレックスの父親は誰なの？」

14

カーラ・ムーディは引っぱたかれたかのように体を揺らし、がくりとこうべを垂れた。弾みで顔に豊かな黒髪が覆いかぶさる。シャーロックはカーラの髪をふたたび耳にかけてあげると、体をかがめて手を彼女の両肩に置いた。「お願いだからこちらの世界へ戻ってきて、カーラ。私を見て、話を聞かせて。とても重要なことなの。アレックスの父親が誰か教えて」

カーラは顔をあげ、また唇を舌で湿らせた。「シャーロック捜査官、私はおとぎの国に戻ってなんかいない。アレックスの父親が誰なのか、自分でもわからないの」

想定外の答えだ。「父親として複数の男性が考えられるという意味？」

カーラは体を震わせた。「いいえ、そうじゃない。本当のことを言うと、妊娠がわかったとき、自分でも信じられなかった。そんなはずはないと言い張って医師と言い争ったくらいなの。どうして妊娠したのかさっぱりわからなかった。医師からは軽蔑した顔で、聖母マリアの無原罪の御宿りと同じだとでも言いたいのかと尋ねられたわ。でも本当なの。そのときは誰ともつきあっていなかったんだもの。医師が逆算したところ、私が妊娠したのはちょうど友達のシルビー・ボーンが、ボルティモアにある自宅で開いたパーティに参加した日だった。彼女の夫のジョシュの誕生日を祝うケータリング形式のホームパーティだったわ。だけど翌朝目が覚めたとき、どうやって自宅まで帰ってきたのかさえ思いだせなかった。きっと飲みすぎたせいで意識をなくしたんだと考えたらひどく恥ずかしくなって、シルビーに電話をかけて謝ったわ。そうしたら酔っ払って家にどうやって帰ったかわからない客はほかにも大勢いたし、あなたは服を脱いでテーブルに飛びのって踊りだしたりしたわけじゃないから心配しないでいいと慰めてくれた。でも問題は、私がその日はワインをグラス一、二杯しか飲んでいないのに、正体をなくすほど酔っ払ってしまったことなの」

「パーティにはどれくらい参加していたの？」

「三十人くらいかしら。ほとんど知らない人たちだったけど、シルビーが言うとおり、みんなたくさんお酒を飲んで楽しんでいたわ」

「飲んでいたワインのグラスをそのまま置いて、トイレに立ったりダンスをしたりしなかった？」

カーラは視線をあげ、シャーロックの顔を見つめた。「ええ、したはずよ。私、睡眠薬をのまされたに違いないもの。今ではそう確信している」

シャーロックはカーラの肩に置いた片方の手に力をこめた。「そうね、話を聞いているとその可能性が高いと思う。カーラ、最初から思いだしてもらえる？　その夜に関して思いだせることを教えてほしいの」

カーラは意識を集中させるように目を閉じた。「シルビーの家に着くと、顔見知りの人たち数人に出迎えられたわ。初めて会う人たちも何人かいて、ひとりで来ている男の人もいれば、恋人や奥さんと一緒に来ている男の人もいた。全員ジョシュの友達だったの。ジョシュに誕生日おめでとうと言ったら、抱きしめられてキスをされたけど、本当は彼を蹴飛ばしてやりたかった。キスをしたとき、私の口の中に舌を入れようとしたのよ。だからすぐにジョシュから離れた。それまでも彼のことはあまり好きになれなかったし、あの日はすでに飲みすぎてる様子だったから」口をつぐみ、心細そうな表情になった。

「とても参考になるわ、カーラ。その先も聞かせて」

「翌朝目が覚めたら、自宅のベッドに寝ていた。それから三週間後、医師から、吐き気がするのはやはりのインフルエンザのせいじゃなくて妊娠しているからだと言われたの」

「警察に相談はしたの？」

「いいえ。だって、なんて言えばいいの？　私は妊娠したけど、何も覚えていないから睡眠薬をのまされたんだと思いますとでも？　そんなこと、相談できない」

「シルビー・ボーンには話した？」

「同じ理由で話さなかったわ。どう話せばよかったっていうの？　パーティに参加していた男性の名前を全員教えてほしい、そのうちのひとりに睡眠薬をのまされて妊娠させられたから、なんて言えると思う？」

それこそカーラがすべきことだった。そしてすぐさま警察に相談すべきだった。すでに十カ月が経った今、友人のシルビーは、パーティに誰が参加していたかさえ思いだせないだろう。

「翌朝起きたとき、誰かとセックスした痕跡に気づかなかった？」

「いいえ。実際あとで妊娠がわかったとき、そんな痕跡もなかったのに、あのパーティでどうやって子どもができたんだろうと不思議に思ったものよ。セックスしたあと、相手の男が私の体を洗わない限り、ありえないもの」カーラが身を震わせた。

「考えただけでぞっとするし、本当に屈辱的だわ。できるものなら、その男を捜しだして殺してやりたかった。だけどもちろん、相手が誰かを特定することはできなかった」

「ほかの友達や家族には妊娠したことを話さなかったの?」

「最初は話さなかったわ。でももちろん、おなかが大きくなってきたら話さざるをえなくなった。その頃、仲よくしていた友達がふたりいて、そのうちのひとりがシルビーだったの。ふたりには結局本当のことを話したわ。睡眠薬をのまされたんだと思うって。シルビーはひどく動揺した。どうしてすぐに話してくれなかったのか、話してくれていたら、パーティに来ていた男たちを調べられたのにと言っていたわ。そのとおりだけど、やっぱり話せるはずがない。そうでしょう? もうひとりの友達はブレンダ・ラブといって、テキスタイル・アーティストをしているの。ブレンダからはすぐに堕ろすようにと言われたわ。いやなことはすべて忘れて、前向きに生きたほうがいいって。まるで私にとって、アレックスがどうでもいい存在みたいな言い方をされた」

「シルビー・ボーンには堕ろすよう勧められなかったの?」

カーラがうなずく。「シルビーには本当に助けられたわ。親身になって話を聞いてくれたし、ずっと応援してくれた。このまま赤ちゃんを産みたいけれどどう思うかとシルビーに尋ねたら、自分が同じ立場でも産むと思うと言ってくれたの。だってその子は私の赤ちゃんだし、私だけの赤ちゃんだから。顔のない精子提供者なんて……これはシルビーの言葉そのままだけど、くたばればいいとも言ってくれたわ。そう言われて本当にうれしかった。

家族といっても、私にはボルティモア近くのミル・クリークに住んでいるおじのカールとおばのエリザベスしかいないの。私が話しても、ふたりとも応援するどころか堕ろしたほうがいいの一点張りだった。私はカトリック教徒ではないけど、それでも堕ろす気にはなれなかった。おなかの子を産みたいと思ったの。当時は絵の勉強のためにボルティモアのギャラリーでアルバイトをしていて、美術品を販売するのは得意だったから、電話で仕事を探してジョージタウンにある〈ローリー・ギャラリー〉で働けることになった。だから荷物を愛車のホンダに詰めこんで、ここワシントンへ引っ越してきたわ。ギャラリーで感じのいい人たちとも出会えた。もちろん、隣人のドクター・ジャニスとも出会えてよかったわ。出産の最中、ずっとつき添ってくれたの」

カーラが疲れた様子を見せたので、シャーロックは彼女の手を軽く叩いた。「ドクター・ジャニスから聞いたんだけど、あなたはアーティストなんですってね。あなたのことを新印象派だと言っていたわ」

「ええ、それに近いわね」カーラは疲れきった笑みを浮かべた。「作品中、本来ならぼかして描ける点があったとしても、迫真性を大切にしているの」

「ドクター・ジャニスから聞いたかしら？　ディロンの祖母はサラ・エリオットなの。ドクター・ジャニスはサラととても親しくしていたんですって」

カーラは口をぽかんと開けた。「あの、あのサラ・エリオットと？　本当に？　信じられない。ドクター・ジャニスはどうして話してくれなかったの？　不思議だわ」

「今あなたのしていることのほうが大切だし、誰とも比べる必要がないとドクター・ジャニスが考えたからだと思うわ。ディロンも美しい彫刻作品を作っているし、彼の妹のリリーも『ワシントン・ポスト』に『ノー・リンクルズ・レムス』という風刺漫画を連載しているの」

この話題でカーラは三分ほど現状を忘れたようだが、すぐに現実に引き戻された。

「ねえ、アレックスをどうやって見つけるつもり？」

シャーロックは両手でカーラの顔を挟みこんだ。「すでに私たちはいいスタートを切っている。アレックスを連れ去った女の名前はすぐにわかるはずだし、私はこれから個人的にシルビー・ボーンに話を聞きに行くつもりよ。そうそう、アレックスのD

ＮＡサンプルが必要だわ。そうすれば発見できたとき、別の赤ちゃんと取り違えることがなくなるから。それにあなたのものも必要なの。ＦＢＩの技術チームがすぐに採取しに来るはずよ」

「私と同じく、アレックスもふさふさの黒髪なの。昨日、看護師さんからもらった小さな赤ちゃん用のブラシで髪をとかしてあげたばかりよ。そのブラシに髪が残っているはず。それで大丈夫？」

「完璧だわ。それと、あなたの友達のシルビーの情報も教えて」

カーラはシルビー・ボーンの住所とメールアドレス、携帯電話の番号をシャーロックに伝えた。「引っ越していなければ、まだここにいるはずよ」

「あなたからシルビーに電話をかけた？　アレックスが誘拐された件は話したの？」

「いいえ、電話はできなかった。彼女にできることは何もないもの」

シャーロックはブレンダ・ラブの情報も聞きだして立ちあがり、ポケットに小さなタブレットを戻した。「あなたにＣＡＲＤの捜査官たちを紹介しないと。ここにいるハラー捜査官とバトラー捜査官が、これまでの状況と今後の捜査計画を説明するわ。アレックスの名前はすでにアンバー・アラートで流れているの」そこで口をつぐみ、かがみこんだ。「もし自分の息子のショーンが誘拐されたらどうなるか、私には想像もできない。カーラ、あなたは本当に勇気のある人ね。それにとても頭がいい。彼らにボルティモアで起きたことを詳しく話して。昨日、ジョン・ドウとのあいだで何が起きたのかも。どんな情報でも助けになるの。今後の捜査の進捗状況はすべて、あなたに必ず知らせるようにするわ」

カーラにハラーとバトラーを紹介したあと、シャーロックは病室の外へ出て、サビッチとともにエレベーターへ向かった。エレベーターの封鎖はすでに解除されていた。

「誘拐犯の目的は何？　金銭ではない。だったらなんなの？」シャーロックはエレベーターのボタンを押した。「目的がなんであれ、私と同じようにあなたも確信しているはずよ。この誘拐にはジョン・ドウが関与していると」

「それにあの男がわれわれに何も話せないってこともだ」サビッチは答えた。「カーラの友達に話を聞けば、アレックスの誘拐にあの男がどんなふうに関わっているか、手がかりがつかめるかもしれない」

15

バージニア州アレクサンドリア
クイーン・ストリートにある公共駐車場

突然あたりが真っ暗になり、ルースはつまずきそうになったが、すぐに冷静さを取り戻して手近な車のドアに体を押し当てた。不思議なことなど何もない。これは罠だ。ボウラーを狙った罠。年配の男性の叫び声が聞こえた。「おい、誰だ？　何をしている？　もし金が欲しいのなら――」声が途切れ、続いてうめき声が聞こえたが、すぐに途絶えた。女性の金切り声が聞こえたものの、それもすぐに聞こえなくなった。ボウラーの前を歩いていた年配の夫婦だろう。きっと命を奪われたのだ。

オリーに電話をかけ、早口でささやいた。「至急応援を！　待ち伏せされていたの！　場所はレストランの向かいの公共駐車場。ボウラーの生死は不明。急いで！」

微動だにせず、耳を澄まし、何か動きがないかどうか探ろうとする。けれども何も聞こえない。暗闇の中、ルースは叫んだ。「FBIよ！　ミスター・ボウラー、そのまま隠れていてください！　物音をたてないで！　駐車場の出入口はわれわれに包囲されています！」

静寂が落ちた。

付近にいる捜査官や地元の警察官たちが到着するまでに、あとどれくらいかかるだろう？　手探りでグロックを引き抜いて暗さに目が慣れるのを待ち、できるだけ浅い呼吸を保とうとする。空気は相変わらずよどみ、動く気配はない。あの年配の夫婦が生きていますようにと祈る思いだ。偶然この時間、この場所に居合わせたせいで命を奪われるなんて理不尽すぎる。ただ、今ここで、自分がふたりのためにできることはひとつもない。

ルースは心を決め、声を張りあげた。「ミスター・ボウラー、もう気づいているはずです。これはあなたがレストランで会おうとしていた人物が仕掛けた罠です。私の声のするほうへ来て、誰に雇われたのか話してください。そうしたら暗殺者はあなたを殺す理由がなくなります」

一発の銃弾が、ルースの右側にある車のフェンダーに突き刺さった。暗殺者は立ち去っておらず、声のするほうに向けて発砲してきたのだ。ルースがとっさに両膝をつき、後ろにあったバンの背後に身を潜めたとたん、もう一発銃声が聞こえた。今回はそんなに近くない。続いた三発目は、バンから二台離れた場所にあるコンクリート壁を直撃した。コンクリートの破片が飛び散る。

男の声が聞こえた。「ＦＢＩの雌犬め、応援なんかどこにもいないじゃないか。とっとと失せろ。そうすれば命だけは見逃してやる」

ルースはグロックを構え、男の声のしたほうにすばやく三発連射し、次に少し低めの両側を狙って二発撃った。車体に命中した音が三回、ガラスが砕け散る音が一回聞こえた。五発目は？　犯人を仕留められただろうか？　でもコンクリートの床に銃が落ちる音も、うめき声も聞こえない。ルースはそのまま微動だにせず、様子をうかがった。

捜査官たちは今どこまで来ているのだろう？　地元警察は？　このままボウラーを発見させずに犯人を足止めしなければ。そのとき、待ちに待った音がようやく聞こえてきた。最初はかすかな音だったが、確実にサイレンが近づいてきている。オリーが地元のアレクサンドリア警察に連絡したのだろう。数台のパトカーが軋み音をたてながら駐車場の前に停車する音がした。続いて聞こえてきた何人かの叫び声から、彼らが出入口を封鎖しているのがわかった。

恐ろしいことにいきなり照明がつき、駐車場が明るくなった。

ルースは声を限りに叫んだ。「明かりを消して！」

何者かの足音と怒鳴り声が聞こえたと思ったら、あたりに一発の銃声がとどろいた。

照明がふたたび消え、幾筋かの懐中電灯の明かりが駐車場を照らしだす。だがルースにはわかっていた。もう手遅れだ。

最初に年配の夫婦を発見した。ありがたいことに死んではいなかった。とはいえ、ふたりとも頭を強打されて意識不明だ。ルースが彼らの喉元に手を当てると、ゆっくりとした着実な脈動が感じられた。

アレクサンドリア警察の巡査が叫んだ。「もうひとり男を発見！　死亡している！」

しくじったとルースは思った。ボウラーを守りきれなかった。暗殺者に殺されたのだ。年配の夫婦の横を早足で通り過ぎ、叫んだ警官がひざまずいているところへ駆けつける。黒いトヨタの背後の床に仰向けで横たわっているのは若い男だ。心臓を一発で撃ち抜かれ、だらりと伸びた右手のそばには、３５７マグナムが転がっていた。

ルースは心臓が口から飛びだしそうになるほど仰天した。この男が暗殺者に違いない。つまりボウラーは銃を所持していただけでなく、駐車場の照明がついた瞬間、暗殺者を仕留められるほどの至近距離にいたということだ。

すぐに大声で叫んだ。「ミスター・ボウラー！　暗殺者は死亡しました。もう安全です。すぐに出てきてください！」

ドゥーチェ・ボウラーの姿は駐車場から忽然（こつぜん）と消えていた。

16

月曜午後遅く

メリーランド州ボルティモア

〈ジェン＝コア・テクノロジーズ〉創業者、ボー・ブレッケンリッジ・マドックス邸

リスター・マドックスは父のベッドルームのドアの前に立って耳を澄まし、片手をあげてノックをした。中から聞こえてくるのは、新しい薬を患者に勧めているハンナの声だ。ペパーミントのような味がするのだと言って薬をのませようとしている。父はペパーミントが好きだっただろうか？　実際、父にとっては初めて試す薬だ。父に投与するために、リスター自身が調合した。今はただ祈る思いだ。何度この祈りの言葉を繰り返してきたかわからない。頼むから、この新薬が効きますように。

リスターはゆっくりとドアノブをまわし、王のベッドルームへ足を踏み入れた。英国ケント州にあるレストレーション・ハウスの王のベッドルームを完全に模した一室

だ。一六八四年、かのチャールズ二世が宿泊した際にやすんだベッドルームと同じく、高くて白い漆喰天井には彫刻が施され、黒と白の天井蛇腹がアクセントとして配されている。その下の壁には金色のシルクのダマスク織りがかけられており、連双窓の脇には明らかに年代物とわかる凝った造りのラッカー塗りの飾り戸棚と、小さなチェンバロが並んでいる。チェンバロの蓋は持ちあげられていて、本体の両面には古典的な光景を描いた優美な彫刻が施されていた。巨大な部屋の中央に陣取っているのは、父の四柱式ベッドだ。ベッドの上から両脇にかけて、中世の光景をさまざまな濃淡のブルーで表現した、希少なポーランド刺繍の布で覆われている。彫刻が施されたベッドの四本の支柱すべてが黒いシルクのダマスク織りで包まれ、ベッドにかけられているのは、金色の縁取りがされたストロベリー色のシルクの上掛けだ。ベッドルームの壁全面に、レストレーション・ハウスにある本物の王のベッドルームを完全に複製した、十七世紀のレースの装いをした男女の姿が描かれている。

幼い頃、父に連れられて初めてレストレーション・ハウスを訪れた日のことは今でも覚えている。父に手を引かれ、壮麗な部屋を次から次へと案内されながら、チャールズ二世とスウェーデン女王クリスティーナの話を聞かされた。まさにその建物の壁の内側やその付近で、終わりのない暴力が振るわれていた話もだ。そういった残虐さがいつしか壁にしみこみ、壮麗な建物にはいまだに亡霊が出るらしいと父は語り、こう尋ねた。〝おまえはその亡霊たちの気配を感じ取れるか？〟リスターはこれまで一度も、レストレーション・ハウスで亡霊の気配を感じたり、幽霊を見たりしたことがない。だが父は違う。一度幽霊を見たと、やや自慢げに話していた。そのあとも頻繁に訪れたせいで、今ではもうさまざまな記憶がないまぜになっているが、八歳の誕生日に、父から年代物のムラーノガラスでできたワリー・ビーズ（心を落ち着かせるために触る数珠に似た形状のもの）を贈られたことははっきりと覚えている。それ以来ずっと、これを握りしめてきた。今もそうしているように。

レストレーション・ハウスにある本物と、ここにある王のベッドルームの違いを見分けられる者はまずいないだろう。父はそれほど忠実に英国にある王のベッドルームを再現させた。さらに自分の宝と言うべきこの敷地全体に〈ザ・ウィロウズ〉という名をつけた。ちなみに、この建物の内外もレストレーション・ハウスにそっくりだ。三階建てで暗赤色の煉瓦造りの屋敷の周辺には美しい英国式庭園が広がっている。父が〈ザ・ウィロウズ〉の建設地として選んだのは、父自身が〈ジェン＝コア・テクノロジーズ〉を創業したキャロル＝カムデン工業地域から車で十五分ほどの距離にある、パタプスコ川が流れるアナランデル郡だ。〈ザ・ウィロウズ〉は隅々まで贅を凝らした広大な領地で、母屋は巨大で緑豊かな私園の真ん中に建ち、建物の周囲にある英国式庭園を取り囲むように古いオークやカエデの木がずらりと立ち並んでいる。さらにそのまわりに配された石造りの背の高い壁のおかげで、世間の好奇の目にさらされることもない。〈ザ・ウィロウズ〉の背後はパタプスコ川に面していて、水際までなだらかで緑豊かな芝生が広がっている。子どもの頃、木製の桟橋のふちに座って片足をぶらぶらさせて水につけながら、父が家族や友人たちを楽しませるために所有するクルーザーの後部から颯爽と飛びこむ姿を見ていたものだ。父の飛びこみのフォームは力強く、完璧だった。リスターの母はこの驚くべき大邸宅で少なくとも何年かは暮らすことができたが、数年後に亡くなる頃にはモルヒネ投与のせいで意識が混濁し、骨と皮ばかりになっていた。

母が息を引き取ったとき、自分の手からだらりと垂れた痩せこけた手を思いだすと、リスターは今でも身震いしてしまう。なぜ父は自分の妻の死の床につき添っていなかったのだろう？　もう何年もずっと疑問に思っているが、本人には一度も尋ねたことはない。尋ねる勇気がなかったせいだ。

〈ザ・ウィロウズ〉はとにかく広大で、建物だけで千平方メートルほどもある。すでに南側の翼棟にエニグマ3がいることを、父は知る由もない。あの赤ん坊を研究施設

〈アネックス〉に戻すのをやめたのはリスターの決断だ。普段は〈ジェン＝コア・テクノロジーズ〉の近くにある寒々とした建物〈アネックス〉を研究施設として使用しているのだが、エニグマ2が脱走したうえに、今日クインスが任務をしくじってしまった以上、そこを使用するのはあまりに危険だ。バーリーとクインスがようやくエラ・ピーターズのもとへエニグマ3を届け終えるまで気が気でなく、ワリー・ビーズを指でもてあそばずにはいられなかった。エラ・ピーターズは小児科の看護師で、あの赤ん坊に二十四時間つきっきりだ。眠るときでさえ、赤ん坊の部屋から離れようとしない。エラはもともとリスターの父にひとかたならぬ恩義を感じていて、息子であるリスターが必死に父を助けようとしている姿を見て、忠誠を誓ってくれた。かつて夫からひどい虐待行為を受けて殺される寸前だったエラをどうやって救ったかを父から聞かされたのは、かなり大人になってからだ。残念なことに、その一週間後、エラの夫は酔っ払い運転のせいで死んだと。そうだ、すべてうまくいくだろう。じきに何もかもがふたたび軌道に乗るはずだ。クインスも今回の失敗の埋め合わせができるに違いない。

リスターは王のベッドルームの奥へと進んだ。ブーツの低い靴音がむきだしのオーク材の床板に響き渡る。父はこの部屋の床にカーペットを敷くのを頑として拒否した。

本物の王のベッドルームにも敷かれていないからだ。

今の父は見る影もない。三十年以上にわたり、非情なまでの冷酷さで〈ジェン＝コア・テクノロジーズ〉を見事に支配してきた往年の威光はすっかりなりを潜めている。かつて世界に名を知られた遺伝学者が、今は車椅子に座ったままだ。リスターが近づいても表情ひとつ変えない。リスターが覚えている限り、かつて何年間か父の恋人だったハンナ・フォックスが、今では看護師として父の面倒を見ている。ハンナは父のそばをかたときも離れようとしない。いつも父に抱きつきながら、体に触れたり、キスをしたり、まるで父が理解しているかのように何か話しかけたりしている。ハンナは近づいてくるリスターを見つめると、空になった注射器を掲げ、年齢のわりにまだ美しさが損なわれていない顔に笑みを浮かべた。「結果がわかるまでにどれくらいかかるの？」〝今回は〟という言葉をあえて使わずに、ハンナが尋ねた。

リスターは父の手を取った。かつて子どもだった頃、この手に握られると、ことのほか力強く感じられて安心したものだ。「今夜までには」

父の前では、リスターは常に低いささやき声で話すようにしているが、ハンナは違う。彼女は至って普通の声で尋ねた。「そんなにすぐに？」

「新薬だから、はっきりとは言えない。だがもし効果があるなら、すぐに変化が見られるはずだ」

ハンナが祈りを捧げるように顔をあげた。ハンナが父を心から愛していることは、リスターにもよくわかっている。このふたりを隔てるものは、どちらかの死にほかならない。新たに処方したこの薬は違いを生みだせるだろうか？　そう、きっとうまくいく。自分が今何をしようとしているのか、どんな望ましい結果を出そうとしているのかを父に教えてあげたい。まだ希望はあるのだと伝えたい。だが当然ながら、何を語りかけても今の父には理解できないだろう。だが、たぶんもうすぐ事態が変わるはずだ。少なくともほんの少しは。

リスターは車椅子の前に進みでて体をかがめると、そこに座る信じられないほどハンサムな男性の頬にキスをした。顔には皺が見当たらず、とても五十歳を超えているようには見えない。「やあ、父さん」

まったくの無反応だ。

「わが社の経営状態に関する週報を持ってきたよ」リスターはブリーフケースから小さなタブレットを取りだし、その週の報告を始めた。父は息子から一度も目を離そうとしなかった。

17

月曜、暗くなる一時間前
ダニエル・ブーン国立森林公園
イースト・ブランチ・ロード

夕闇が迫る中、カムはパークレンジャー長、ウェイン・デュークの後ろを歩いていた。デュークが四十五歳であることは知っているが、実際の彼はもっと老けて見える。何年も屋外で活動し、浅黒く日焼けした顔に皺が刻まれているからだろう。くだらない話はいっさいせず、贅肉がほとんどないランナーのごとき体つきをしていて、どこからどう見てもタフそうだ。相手が熊だろうと、酔っ払った旅行客だろうと、常に対処する準備ができているに違いない。腰のホルスターにベレッタを装着し、肩にはバックパックとともにレミントン７６００をかけて森の中を歩いているその姿に、力みはまったく感じられない。デュークは片手をあげ、振り返ってカムたちに話しかけた。低い落ち着いた声だ。バージニア訛りが感じられる、ゆったりとした話し方だった。「そいつらのたどった道を突き止めたいなら、ある程度予測を立てる必要がある。俺たち全員の意見が一致しているのは、やつらが徒歩で北に向かい、文明社会からなるべく遠ざかろうとしている点だ」デュークが右手に分かれている、蛇のようにくねくねした小道を指さした。「もしここで右に曲がったなら、やつらは小高い丘を目指していることになる。低木が続いて見晴らしがきき、木もまばらで、少なくとも尾根に沿って進めば歩きやすいが姿が丸見えになる。だから俺は、やつらが川へ向かったんじゃないかと考えてる。そこなら木々が鬱蒼としていて姿も隠せる。険しくて歩くのは骨が折れるが、俺なら見つかるリスクと引き換えに川を目指すだろう。ここを少し行った先に、川へ下る道があるんだ。

ジャック、あんたは陸軍の特殊部隊にいたと署長から聞いている。そこで先導役を任せたい。署長、あんたとウィッティア捜査官は、俺のあとにぴったりついてきてくれ。川に着いたら、手分けしてあたりを捜索しよう。ブーツの跡や折れた小枝、位置がずれた岩など、そいつらが通った形跡をなんでもいいから捜しだしたい。これから向かうのはハイカーたちもほとんど通らない場所だ。おそらく手つかずの証拠が見つかるだろう」

ジャックが口を開いた。「デューク、先導役はここの地形をよく知っているあなたのほうが適任だ。俺もあなたの意見に賛成です。やつらは捜査の目を避けるために、木が生い茂っているほうへ向かったに違いない」

「だったら出発しよう」ジャックたちが背後に一列に並ぶと、デュークが肩越しに言った。「これから目指す曲がりくねった川に沿って八キロほど行くと、490号線と89号線に出る。そいつらは今夜じゅうに八キロ歩き通そうとするかもしれない。そうすれば、道路巡回中の地元警察に見つかるリスクも抑えられる。だが、そんなに無理はしないかもしれない。もし暗くなる前に川の近くで痕跡を発見できたら、やつらをずっと追い続けられるはずだが、月が出ているとはいえ、いったん森に入ると真っ暗で何も見えなくなる。川沿いで痕跡を探すには、夜明けまで待たなければならない」

ジャックは言った。「少なくとも、向こうは誰かに追跡されているとは考えていないはずです。ヘリコプターを飛ばして上空から捜索する選択肢を排除したのはそのためです。運がよければ、不意打ちを食らわせられる」

デュークは行く手をさえぎる枝を払いのけた。「ダニエル・ブーンはこの国でも一番見通しのいい森林公園だ。見晴らしのいい地形があちこちに広がっているし、それをつなぐようになだらかで低い坂が起伏している。坂の傾斜は最高でも二十度程度だ。木々が深くなるのは川の周辺で、その川にはあと三十分程度で到着する。そこで野営しよう」

一同は無言のまま、森を歩き続けた。聞こえるのは、人間がたてる足音と呼吸音だけだ。夕闇が濃くなるにつれ、デュークは歩くペースを速めた。少なくとも気温はさがり始め、日中の暑さが和らいできている。緩やかな丘陵地帯を通り過ぎて、木々が鬱蒼と茂っているところにたどり着くと、デュークが片手をあげた。

「目指す川はこの先にある。あの下り道を行ったところだ。全員がもっと先まで進みたがっていることはわかっているが、ここで急ぐ必要はない。向こうは俺たちより三、四時間程度先を行っているはずだ。川は夜明かしするにはうってつけの場所だと思う。頭上を覆うものは何もないが、今夜は雨の予報が出ていないから、屋根代わりになるものを探す必要はない。しかもキャンプ用コンロも利用できる。ただし今夜以降は、さらに慎重になる必要があるだろうな。やつらに気づかれる危険を冒すわけにはいかない」

やがて全員がそれぞれビビィバッグを広げ、マットと軽量の寝袋を中に置いて円を描くように並べた。

ジャックは燃料容器とともにキャンプ用コンロを二台設置し、ガスの小さな炎が燃えあがるのを見つめた。こうして炎を見つめるだけで、なぜか落ち着くものだ。署長が今夜の夕食はチリライスだと宣言するのを聞き、ケチャップさえあれば自分は大満足だと心の中でひとりごちながら、今度はインスタントコーヒーを淹れるために、手桶一杯分の水をコンロにかけた。

みんなで倒木に座ってチリライスを食べ、コーヒーを飲んでいるあいだに、あたりがゆっくりと漆黒の闇に包まれていく。デュークはヘッドライトを取りだし、伸縮性のあるバンドを調節して頭に装着した。「これでよし。せっかくのうまいチリライスを何ひとつ見逃したくないからな」

一同は笑い声をあげ、それぞれがデュークにならってヘッドライトを装着した。

署長はブラックコーヒーの最後の一滴を飲み干すと、空になったカップを振ってみせた。「近くにスターバックスがないのがつくづく残念だ。お世辞にもこれはコーヒーとは呼べないな。さてと、デューク、明日われわれがたどるルートについて詳しく教えてくれ」

デュークが低い声で説明を始めた。近くにいるいかなる野生動物たちの警戒心もあおりたくない様子だ。「知ってのとおり、このダニエル・ブーン国立森林公園はオハイオ近くまで達している。洞窟は数えきれないほどあるし、湖や山脈、滝、渓谷、こういった川も多数あり、それらを結ぶ行き方は何百通りもある。しかもここには私有地もあれば、所有者が運営している農園も、民家も、道も、巨大なキャンプ場も、開けた野原もたくさんある。

一番重要なのは、シーズン真っ盛りの夏だと、大勢のバイカーやキャンパーたちがやってくることだ。この点は俺たちにとって有利に働くだろう。やつらが何より人と出会うのを避けたがっていることを考えれば、観光客たちが利用する道は捜索対象から除外できる。それ以外の道でなんらかの痕跡を見つけられたら、それはやつらが残したものと考えていいはずだ。とはいえここにたどり着くまでに、マンタ・レイが残したものをひとつも見つけられていないのは痛い。もしあれば、ミロのハウンドドッグのコーディを使って追跡できるんだが」

カムが口を開いた。「心配することはありません、デューク。私たちには人間版のハウンドドッグがいますから。ジャックはコーディと同じくらい鼻がきくんです。そうでしょう、ジャック？」

ジャックはカムに向かってにやりとした。ヘッドライトに照らされ、彼の顔はハロウィンのかぼちゃみたいに輝いて見えた。「ああ、太陽の光と足跡ひとつさえあれば、いつでも相手を捜しだせる自信はある」

「ただし、覚えておいてくれ。今のは全部、俺が一番正解に近いと思った筋書きにすぎない」

署長が空のカップをデュークに向かって振った。「いや、長年この森を見てきた君が立てた予測には、やはり価値がある。やつらはどこへ向かったと思う？　君の見立てを聞かせてほしい」

デュークは最後のコーヒーを飲み干すとカップをぬぐい、ポケットからヒップの形に曲がった地図を取りだして広げ、コンロの火明かりのそばに置いた。「マンタ・レイと一緒に逃げているのはふたりだと聞いた。仮にそのふたりが経験豊かなハイカーだとしても、知ってのとおりマンタ・レイはそうじゃない。あんたたちの話によればやつは都会育ちで、こういう場所に慣れていないはずだ。一緒にいるふたりが何者であれ、やつに首の骨を折ってほしくはないだろう。そう考えると、ここと、ここにある、荒野が広がるふたつの地域は除外していいと思う。通り抜けるためにはどちらも、切り立った危険な渓谷をいくつか渡らなければならない。そこで俺は、やつらがこのヘラード・ブランチをたどるんじゃないかと考えた。そうすれば、姿を見られる危険性の高い尾根を避けられる。もし読みが当たっていたら、今いるこの場所と490号線のあいだのどこかで、やつらを捕まえられるだろう」

一同はデュークが指し示している地図上の指の動きを目で追った。

「やつらはワインディング・ブレード・ロードを横断して、ふたたび木々が生い茂ったデニー・ブランチ沿いの地域に入るまで、しばらく低木の茂みが続く地域を進まなければならない。俺たちが今いる場所から六・五キロ離れた場所だ」

ジャックが口を開いた。「マンタ・レイはこういう場所が苦手に違いない。ベルファストの路上育ちだし、アメリカに来てからはニューヨークで路上暮らしをしていた。それがやつらの足を引っ張る大問題になることを祈りましょう」ヘッドライトを調節し、立ちあがった。

カムが尋ねた。「ジャック、どこへ行くつもり？」

「ちょっとこの周辺をまわってみて、本当にやつらが近くにいないかどうか確認してくる。ひとつ、アフガニスタンで学んだんだ。決して敵を過小評価してはならないとね」

18

月曜夜
ダニエル・ブーン国立森林公園

「蛇の巣穴みたいに真っ暗じゃないか。なあ、火をつけよう」

エレーナはマンタ・レイのほうを見た。ヘッドライトが彼の方向へ向けられる。

「言ったでしょう？　火は絶対に使えない。気づいたパークレンジャーにここへ来られて、私たちが何者か、どうしてキャンプ指定外のこんな場所で火をたいているのかと質問される事態だけはどうしても避けなければならないの。さあ、リアム、マカロニチーズを食べて」

マンタ・レイのヘッドライトがこちらへ向けられた。「そうなったらそいつの喉にナイフをぶっ刺してやればいい。誰も気にしないさ。そうだろ？」言葉を切り、頭を傾けた。「リアムだって？　何年か前にアメリカで事件を起こしてから、俺のことをリアムと呼ぶのはおまわりだけになった。なのに、どうしてあんたは俺をリアムと呼ぶんだ?」

マンタ・レイ――オニイトマキエイなんて名前があまりにばかばかしいからよ。そんな名前は口にしたくもない。エレーナは、ジェイコブソンが夕食に選んだインスタントのマカロニチーズをひと口食べた。全然おいしくなかった。でも一方で、おいしさなど期待していなかった。うじうじ泣き言を言うのはやめろとこの男に言ってやりたいのはやまやまだけれど、昨夜セルゲイから、マンタ・レイをどう扱えばいいか言われたことを思いだした。薄暗いベッドルームで彼女の隣に横たわり、柔らかなヒップに軽く手を滑らせながらセルゲイは言った。

〝彼を生かしたままにしておくんだ。ただし、詳しい話をなるべく聞かせないようにすること。やむをえない場合を除いて、彼をいらだたせてはいけないよ、いとしい人（モイ・ゴールビ）。切れ者であるうえに、容赦ない殺人者だ。あの銀行強盗事件で彼の共犯者がへまをしたのは、私たちにとって非常に運がよかった。彼のことは任せてくれ。私が相手をする〟

これまでのところ、マンタ・レイは切れ者にも容赦ない殺人者にも見えない。実際、セルゲイからマンタ・レイに情報を吐かせる必要はないと言われたとき、なぜだろうと疑問に思った。でもマンタ・レイの瞳を見つめたとき、ぽっかりと空いた穴のように底知れぬ闇が広がっていることに気づいた。とはいえ、もしかするとあの銀行で彼がコルティーナ・アルバレス名義の貸金庫から盗みだした、鍵のかかった小さな金属製のボックスを隠した場所について、情報を引きだせるかもしれない。結局、母からいつも言われていたように彼女は弁が立つ。小さな女の子だったときから、誰が相手でも話を引きだすのがうまかったのだから。エレーナはかぶりを振った。ここ何年も母のことなんて考えもしなかったのに。そう、汚くて狭いモスクワのアパートメントで、母が痩せこけた両手にウオッカの空のボトルを握りしめながら死んでしまって以来ずっと。

エレーナは振り返ってジェイコブソンを見た。この男がマンタ・レイを徹底的に打ち負かさないよう細心の注意を払わなければ。この愚か者はマンタ・レイを叩きのめせば、あの金属製のボックスに関する情報を聞きだせると考えているに違いない。あるいは、こちらが隙を見せればマンタ・レイが逃げだす可能性があると。だがエレーナは彼が逃げだすとは考えていなかった。とにかく自分たちの任務はマンタ・レイの身の安全を守って世話をすることにほかならない。そのことをジェイコブソンもきちんと理解する必要がある。それなのに彼は今、所在なさそうに下生えに小石を投げている。このアイルランド人の男の目を見ても、何も気づかないのだろうか？　そう、気づかないのだろう。ジェイコブソンはほとんど何も気づくことがない。対象を殺す段にならない限りは。

エレーナはマンタ・レイがじっとこちらを見ているのを意識した。彼がふたたび尋ねてくる。「どうして俺をリアムと呼ぶんだ？」

彼女はどうにか笑顔を作り、いかにもマンタ・レイを尊敬しているかのような表情を浮かべた。「リアムという名前には重みが感じられるからよ。その名前のほうが、白昼堂々、銀行を襲う男にふさわしいと思う」敬意を払うこと。それこそがこの男の求めていることだから。「でももしあなたがそうしてほしいなら、これからはマンタ・レイと呼ぶわ」

「重みが感じられるだって？　エレーナ、気に入ったよ。重要人物になったみたいだ。しばらくリアムでいるのも悪くない。これからもそう呼んでくれ」

マンタ・レイは先ほどより強いアイルランド訛りで答えると、魅力的な笑みを浮かべた。賭けてもいい。彼はこの笑顔で、大勢の女たちを夢中にさせてきたのだろう。

エレーナはそう思いながら笑みを返した。

このアイルランド野郎が、これほど絶対的に優位な立場でなければよかったのに。

心の中でつぶやき、エレーナは続けた。「もしあのまぬけな共犯者が銀行の窓口係を殺さなければ、あなたは鮮やかに逃げ去ったはずだわ」

マンタ・レイが肩をすくめる。「普段はそんなにまぬけなやつじゃなかったんだが、マービンにはひとつだけ問題があった。金に目がなかったんだ。金を見ると、どうしても自分のものにしたくてたまらなくなっちまうところがあった」コーヒーカップを掲げ、うなずいてみせた。「わが相棒に。あばよ、マービン。あの世に一緒に持っていけなくて残念だったな」

「持っていくって何をだ？　あの金か？」ジェイコブソンが尋ねた。

マンタ・レイは当然だとばかりにうなずいた。「マービン・キャスはすでにうなるほどの金を持ってた。今やあの母親は大金持ちだ。母親と一緒に、数百万ドルもの金を隠し持ってたんだ。だから金を全部自分のものにするか、それとも息子を取り戻せるなら全額手放すかはわからないが」

「これまでに聞いた話からすると、母親は間違いなく息子より金を選ぶに違いないな」ジェイコブソンは最後のマカロニチーズをのみこんだ。「キャスのせいで、あんたは撃たれた。なのに、なんで怒ってないんだ？」

「あいつは最高に高い代償を払うはめになったからな。哀れなやつだよ」

ジェイコブソンが言う。「聞いた話によると、キャスはよくバーで勝てる見こみのない喧嘩(けんか)をしてたんだってな。いつも相手にボコボコにされてたそうじゃないか。自制心が足りないやつだったんだろうよ」

マンタ・レイは答えた。「へえ、あいつの噂(うわさ)を聞いたことがあるんだな？　ああ、マービンはとっさの思いつきで行動するやつだった。ほとんどの場合がそうだった。だが俺に、ベルファストへ行く計画を立てていると話してたよ。一緒に来てほしい、俺が育った場所や俺が五年間過ごしたメイズ刑務所を見せてほしいと言ってた」肩をすくめて言葉を継いだ。「だが、もうどうでもいい話だ。そうだろ？　いや、もしかすると、人間は死んでもまだ夢を見てるものなのかな？　マービンはベルファストへ旅する夢を見てるのかもしれない」

ジェイコブソンはそのことについてしばし考える様子を見せたが、すぐに首を振った。「いいや、死んだらそれまでだ。死人には何も意味はない」

あんたたちはふたりとも愚か者だとエレーナは言いたかったが、代わりに言った。「キャスは死んだけど、あなたは死んでないわ、リアム。あなたは強いからこうして生き抜いてる。でも私たちは借りがあるわね」コーヒーカップを掲げながらつけ足した。「キャスに。彼がいなければ、私たちの誰ひとりとして、ここにはいられなかった」

マンタ・レイはエレーナにうなずいて空のコーヒーカップを掲げると、またしても驚くほど魅力的な笑みを浮かべた。「そのとおり。人生の教訓のひとつだ——やるべきことはやってみなってな」

ジェイコブソンが軽蔑したように鼻を鳴らすのを聞き、エレーナは彼を鋭く一瞥した。横槍を入れる気満々なのだろう。無知な愚か者としか言いようがない。ジェイコブソンはごつごつした大きな両手を曲げながら、マンタ・レイを見つめて口を開いた。

「そんなことは俺だってよくわかってる。だがあんたが教訓を垂れるたびに、そのことを教えてやるつもりはない」

マンタ・レイはジェイコブソンに向かってにやりとした。「なあ、俺は脅し文句ってやつをよく理解できないんだ。一度だって理解したことがない。前回、メイズ刑務所で俺に何か指図しようとしたやつは、結局俺が入ってた独房の隣の壁まで脳みそを飛び散らせるはめになった。掃除が大変そうだったよ」

「ジェイコブソン、黙ってて。ここを仕切ってるのはあなたじゃない」この男はあの地獄のようなベルファストの路上で五年間生き抜いてきたのだ。そんな相手を、自分がすくみあがらせられるとでも思っているのだろうか。

マンタ・レイは目の前にいる男女ふたりを見比べた。筋肉ばかと頭でっかちだ。ただ、エレーナにこの場を仕切っているのが自分だと思わせているのはなんとも楽しい。女は今もこっちをじっと見ている。マンタ・レイがもう少し何か言い返し、反応するのではないかと考えているらしい。たとえばエレーナのためにジェイコブソンの首の骨を折るとか？　マンタ・レイは人の心を読むのがうまかった。エレーナが突破口を探りだし、こっちの心を開かせようとしているのは百も承知だ。ジェイコブソンの心の中は絵本みたいに簡単に読み解ける。こいつはなんのためらいもなく相手を殺せる武器でしかない。そのための技術をいくらか持ってはいるが、それだけの男だ。だがエレーナはいまだに謎めいている。このふたりが護送車から逃亡させてくれたことはありがたいが、何も知らないやつらに主導権を握られているあいだは慎重にならなければならない。こいつらの目的はこの自分を痛めつけることではない。もしそうできるんだったら、ジェイコブソンがとっくにやっているだろう。むしろ、目の前にいるエレーナはこっちの信頼を得ようとしている。実に笑えるじゃないか？　だったらその努力を続けさせて、こっちが女を利用して今後何ができるか探りだすまでだ。こいつらの案内でこの神に見捨てられた荒野からようやく抜けだせたら、エレーナとやりたいことをやりたい放題すればいい。

マンタ・レイは無言のまま、土に指先でケルト文字を描いた。エレーナからマカロニチーズのお代わりを差しだされ、それを口に入れた。くそみたいにまずい。この一カ月間、リッチモンドの拘置所で出た食事と同じくらいのまずさだ。だが、どうにかのみ下し、自ら行動に出ることにした。そろそろ目の前にいる〝動物たち〟に餌をやるべき時間だろう。「あんたたちはいいことをした。今朝、護送車から逃げるのを助けてくれたな。あれはまったく見事だった」

「俺が計画したんだ」ジェイコブソンが答えた。「恩返ししてくれてもいいだろう。あの貸金庫から盗んだものの隠し場所を教えろよ」

エレーナはベレッタを引き抜き、ジェイコブソンの口に突っこんで引き金を引きたいという強い衝動を覚えた。この愚か者は主導権を握りたがっているのだろうか？ こちらが頼めば、マンタ・レイが貴重な情報をあっさり打ち明けるとでも？ マンタ・レイは重々承知しているはずだ。その情報を握っているからこそ、自分が生かされていることを。「あなたがＦＢＩに隠し場所をいっさい話さなかったことに、ボスがとても感心していたわ」

「むしろほっとしてたんじゃないのか？ あんたたちのボスが誰だか知らないが」マンタ・レイは肩をすくめた。「ＦＢＩなんてちっとも怖くない。やつらは自分たちのばかばかしい法律やルールから逃れられずにいる」腕を大きく広げ、ふたたびあの魅力的な笑みを浮かべた。「まったく、アメリカ万歳だよ。とにかく、あんたたちはいい仕事をしてくれた。なあ、もしこんなふうに褒めあうのを続けたいなら、俺に今後の計画を教えてくれてもいいだろ？　俺たちはこの森のすぐ外で見つけた車のトランクにあったキャンプ用品をいただいて、今こうして川沿いに歩くのを満喫中だ。あんたたちのボスに会うのは明日なのか？」

エレーナは答えた。「いいえ、明日じゃない。これはキャンプとハイキングを楽しむちょっとした休日だと考えてほしいの。知っておいてほしいのは、私たちはあなたをＦＢＩから守るつもりだということだけよ」

「ってことは、ほとぼりが冷めるまで森で過ごすつもりなのか？　悪くない計画だ。どれくらいいる予定だ？」

「またあとで教えるわ」エレーナは言った。

それ以上の答えを聞けるとは期待していなかったのか、マンタ・レイは何も言わずに片方のブーツと分厚い靴下を脱ぐと、自分のヘッドライトで足を照らした。

エレーナは眉をひそめ、かがみこんだ。「何をしているの？」

「かかとが痛むんだ」

ジェイコブソンが小袋に入ったピーナッツをたいらげてから口を開いた。「痛いってどんなふうに？」

「赤くなっていて、触るとじんじんする。きっとマメができるんだろう。どうしてぴったりのサイズのブーツを用意してくれなかった？」

「ぴったりのサイズよ」エレーナは答えた。「だけど、実際に履いてしばらく歩きまわってみないと、ぴったりかどうかはわからないものだわ。ジェイコブソン、救急セットを出して」

ジェイコブソンはエレーナをじろりと見たが、バックパックから救急セットを取りだし、マンタ・レイに向かって放り投げた。エレーナが見守る中、マンタ・レイは慎重な手つきでかかとにネオスポリン軟膏を塗り、マメの上からガーゼを当てると、伸縮包帯を巻いて固定した。

それこそエレーナが必要としているものだった。ひどくなりそうな足のマメ。これからは歩くペースを緩めよう。そうしてはいけない理由なんてどこにもない。とにかくここで時間をつぶさなければならないのだから。マンタ・レイが包帯を巻き終えた足を見おろし、左右にひねっている。信じがたいが、彼は足まで美しい。まるでミケランジェロの《ダビデ像》だ。ふと、初めてマンタ・レイの写真を見たときのことを思いだした。その瞬間、たちまち女性ホルモンが刺激され、全身を駆けめぐり始めた気がしたものだ。彼はどこからどう見ても美しい。賭けてもいいが、これまで落とせなかった女はひとりもいないはずだ。

エレーナはマンタ・レイに明るい笑みを向けた。「長い一日だったわね。朝になれば、きっとかかとの具合もよくなっているはずよ。さあ、そろそろやすんで」

マンタ・レイは口を開きかけたが、結局何も言わずに寝袋を見つめた。こんな棺桶みたいにぎちぎちで身動きの取れない寝袋に入って寝るなんてありえない。本当なら、暖かい火のそばで体を伸ばして眠りたいが、それは無理というものだ。結局、寝袋の上に体を横たえることにした。エレーナがブーツを脱ぎ、寝袋にもぐりこむのを見つめながら頭をめぐらせる。ボスにどう対処すべきだろう？　自分が金の卵を産む鵞鳥であることは言われなくてもわかっている。もしボスがそのことを忘れたなら、この世で一番のまぬけだ。

風がなく、夜になってもまだ昼間の暖かさが残っていた。ジェイコブソンのいびきを聞きながら、マンタ・レイは目を閉じ、十八歳だった頃の自分を思いだした。ベルファストでもっとも治安の悪い場所で暮らし、一瞬だけの刺激を求めて喧嘩をし、勝利していた日々。そう、勝つことが何より好きだった。負かされた相手の顔を見るのはいい気分だった。たとえ負けを認めさせるために相手を殴ったり、棍棒で何度も打ったりしなければならなかったとしてもだ。それにもちろん、金も大好きだった。母からはどこでこんな金を手に入れたのだと文句を言われたが、結局母も渡された金を受け取った。だがあのまぬけな警官を殴打したらしょっぴかれて、メイズ刑務所に送られるはめになった。ひどい空腹など些細な問題にしか思えなくなったあの場所へ。悲惨な生活が果てしなく続くかと思えたあの場所へ。〝被告人リアム・ライアン・ヘネシーを、これによりメイズ刑務所禁固五年の刑に処す。この裁判確定の日からただちに刑を執行する〟

判決文が読みあげられて木槌が振りおろされた瞬間、母のすすり泣く声が聞こえたことを、マンタ・レイは今でも覚えていた。

19

月曜夜
ワシントンDC
ワシントン記念病院

カーラ・ムーディはもう涙を流していなかった。あの女にアレックスの誘拐を許した人々に対する怒りももはや感じていない。この病院に対して、運命や神に対して、そして非難できるはずのすべての人に対して怒りを募らせてもなんの助けにもならない。暗闇の中を何もしがみつけるものがないまま、ふわふわと漂っている気分だ。数分ごとに看護師が来てはそばに座り、ＦＢＩがアレックスをどうやって取り戻してくれるかという話を延々と繰り返している。カーラは聞いているふりをして、ときおりうなずいているものの、心の奥底では暗闇にゆっくりと溶けこみ、そのまま自分の存在がどこかへ運ばれてしまいそうな心もとなさを感じている。部屋の向こう側にある、空っぽの新生児用ベッドを見つめずにはいられない。アレックスのベッドだ。あのあとドクター・ジャニスがすぐに駆けつけてつき添ってくれたが、ほとんど何も話そうとしなかった。もちろんアレックスが誘拐されたことはみんなが知っている。アンバー・アラートのせいだ。ドクター・ジャニスはずっと、カーラの代わりに電話に対応してくれた。

もう遅い時間だが、どうしても眠れない。というか、本当は眠りたくない。だからとうとうベッドから起きだし、ドクター・ジャニスが自宅から持ってきてくれた着古したピンク色のガウンを羽織り、使いこんだウサギのスリッパを履いて、病室からそっと出た。廊下はがらんとしていて、ナースステーションは十メートルほど離れた場所にある。産科病棟つきの警備員がひとり巡回しているが、アレックスが誘拐されたときとは違う若い男性だ。いかにも退屈そうに見える。彼が休憩室へ行くのを見届けてから、カーラはこっそり階段をおりて三階にたどり着いた。

三階に足を踏み入れたとき、ジョン・ドウが何号室にいるのかわからないことに気づいた。けれど廊下の先に、壁にもたれるようにして警官がひとり椅子に座っていた。片手に雑誌を持っている。しばらく様子を観察していたが、すぐにトイレに行きそうな気配はない。カーラはゆっくりと近づいていった。こちらの姿を視界の隅にとらえた瞬間、警官が体をこわばらせ、腰の銃に手をかけようとした。

「私はカーラ・ムーディよ。そこで眠っている男性が命を救おうとした」〝それに誘拐された子どもの母親でもあるの〟そんなことは声に出しては言えない。つぶやくことさえできそうにない。「変な言い方をしてごめんなさい。でも彼の名前がわからないから」

夜勤のテッド・リックマン巡査は答えた。「いや、誰も知らないんです。みんな、あの男のことはジョン・ドウと呼んでいますよ」近づいてきた女性を上から下まで見つめ、ふたたび口を開いた。「ミズ・ムーディ、こんなところで何をしているんです？　もう真夜中なのに」

「意識不明なのは知っているの。でも、どうしても会いたくて。どんなに頭がどうかした人に思えても、彼は自分が私と赤ちゃんを何かから救おうとしていると信じていたのよ。少しでいいから会えない？」

リックマンはカーラのうつろな目を見つめた。いまだに衝撃から立ち直れていないのだろう。想像せずにはいられない。今、どんな気持ちでいるのだろうか？　この若い女性に夫がおらず、シングルマザーであることは知っている。それに彼女の赤ん坊が誘拐されたこともだ。リックマンはゆっくりと立ちあがってドアを開けて病室に入り、ドアのすぐそばでうなずいて、狭いベッドで微動だにせず眠ったままの男を指し示した。室内はランプの薄明かりがひとつだけ灯されている。

カーラが男を見つめ、ぽつりと言った。「全然動かないわね」

「ええ、まったく動きません。昏睡状態にあるんです」リックマン巡査は自分の小さなふたりの子どものことを考えた。ふたりが生まれたときはどれほどうれしかっただろう。もしあの子たちの身に今回と同じようなことが起きたら、自分はどうするだろうか？　そんなことは想像もできない。そのとき、携帯電話が鳴りだした。「ちょっと失礼します」

カーラはゆっくりと歩いてベッドに近づくと、ジョン・ドウを見おろした。頭がどうかしているとしか思えない男だ。私を守るために連れ去りたいと口走っていた。守るっていったい何から？　誰から？　ただこの男が何者であれ、自分の命を危険にさらしてまでカーラと赤ちゃんを気にかけていたのは明らかだ。リックマン巡査はドアのところに立ったまま今も電話中で、相手の話に耳を傾けながらこちらを見ている。巡査は私が正気を失ったと考えているのだろうか？　そうだとしてもかまわない。カーラは椅子を引いてジョン・ドウのかたわらに腰をおろし、若い顔を見つめた。頭にはいまだに包帯が巻かれていて、無精ひげが濃くなっている。奇妙にも、こうして見ていると、なんだか懐かしい気がしてしかたがなかった。でも、どうして？　この男とは面識さえなかったのに。彼は穏やかな寝顔で、規則正しい寝息をたてている。自宅へ押し入られ、椅子に縛りつけられたときは、恐ろしい怪物にしか見えなかった。だけどこうやってこんこんと眠り続ける姿を見ていると、彼はひどく若く見える。きっと二十五歳は超えていないのではないだろうか？

カーラは指先で男の頰に軽く触れてみた。無精ひげ越しに肌のぬくもりが伝わってくる。彼はどんな瞳の色をしていただろう？ 思いだせない。ブルーだっただろうか？

男の手を撫でながら、静かに話しかけた。「昏睡状態にある人でも、話しかけられた言葉は耳に届いていると聞いたことがあるの。私の声が聞こえる？ 私が誰だかわかる？ あなたがあのとき話していたことをちゃんと思いだせたらいいのに。でも私には意味のわからないことばかりだった。それに、とんでもなく恐ろしかったせいで全然覚えていないの」

カーラはしばし無言で座ったまま男の手を撫で、顔を見つめた。本当にハンサムだ。われ知らず、いろいろなことを口に出していた。自宅で大変な思いをしながら出産したこと。生まれてきた美しい男の子に、自分の父親にちなんでアレックスと名づけたこと。父の人となりや、父が恋しくてたまらないことも。

唇に塩辛さを感じて初めて、いつしか涙が頰を伝っていたことに気づいた。拳で涙をぬぐいながら言う。「泣いたりしてごめんなさい。だけどアレックスがいなくなってしまったの。誰かに誘拐されて忽然と姿を消してしまった。あの子を誘拐したのは、あなたが私を守ろうとしていたのと同じ人たちなの？　もうどうすればいいのかわからない。せめて、あなたの名前を知れたらいいのに。ねえ、目を覚まして名前を教えてくれない？」

男はぴくりともせず、ゆっくりと規則正しい呼吸音以外、なんの物音もたてていない。カーラはふたたび涙をぬぐい、指先で男の頰を軽く撫でながら、音楽について、自分の作品について話し始めた。豪雨の中、野生の花々が一面に広がる野原で絵を描いていたときのこと。アレックスが無事に戻ってきたら、こうしたいああしたいと計画していること。そうやって話し続けるうちにいつしか彼の肩に頭を休め、眠りこんでしまった。

ふと気づくと、かつて描いた野原の真ん中に立っていた。空から滝のような雨が降り注ぎ、聞こえるのは自分の体と大地に叩きつけられている雨粒の音だけだ。そのとき、雨とはまるで違う音を耳にした。そう、たしかに聞こえる。意識のどこかに引っかかる、この場にふさわしくない音だ。カーラはまばたきをして眠気を振り払い、ゆっくりと頭をあげて病室のドアを見た。ドアは閉まっている。寝こんでいる私をそっとしておこうと、リックマン巡査が気をきかせてくれたのだろう。そのとき病室に近づいてくる足音が聞こえ、続いてドアがゆっくり開く音が聞こえた。巡査が様子を見に戻ってきたに違いない。そう思って安心し、ジョン・ドウの肩にふたたび顔を伏せた。

リックマン巡査は無言のままだ。薄目を開けて様子を確認したところ、巡査ではなかった。見知らぬ男だ。病室へ静かに入りこんできたのは、軍隊で鍛えあげたような引きしまった体つきの男だ。手術着姿で、顔にはマスクをつけている。足音から、ローファーを履いていることに気づいた。看護師たちが履いている柔らかい靴底のシューズではない。男は注射器を手にしている。

この男は私を助けに来たのではない。敵だ。

男がこちらを見て眉をひそめた。カーラはすばやく目を閉じて寝たふりをしたが、心臓が早鐘を打っていた。どうにかして落ち着かなければ。ベッドのほうへ歩いてくる足音が聞こえたので、もう一度薄目を開けてみた。男が片手をあげ、ジョン・ドウの手首につながれた点滴用チューブに何かを投与しようとしている。

カーラは体を起こし、ベッドサイドテーブルにあった水差しをつかむと、ベッドの反対側にいる男めがけて投げつけ、金切り声をあげた。こぼれた水が弧を描いて男にかかり、水差しが男の胸に強くぶつかった。男は悪態をつきながら飛びすさったが、すぐにこちらへ向かってきた。カーラが一瞬体をそらしてから、勢いよく男の胸に拳を叩きつけると、体のバランスを崩した男の手から注射器がどこかへ吹っ飛んだ。そのままカーラが椅子を強くつかんで声を限りに叫び続けているうちに、やがて男は悪態をついて部屋から走り去った。

十五分後、サビッチとシャーロックがジョン・ドウの病室へ駆けつけたとき、カーラはまだ彼の体にしがみついたままだった。看護師ふたりと用務員ひとり、警備員ふたりがカーラを囲んでもう大丈夫だと慰めていたが、彼女は頑として聞き入れなかった。彼が危ないとうわ言のように繰り返すのをようやくやめたのは、シャーロックの姿を見たときだった。

シャーロックは周囲の人をかき分けて進みでると、カーラに手を伸ばして引き寄せ、きつく抱きしめてささやきかけた。「もう大丈夫、大丈夫だから」体をそらしてふたたび口を開いた。「カーラ、何が起きたのか教えて」

カーラは大きく息を吐きだした。「医師か看護師みたいな格好の男が部屋に入ってきたの。手に注射器を持っていて、点滴用チューブに何か入れようとしていた。とっさにこの人を殺そうとしているんだとわかったわ。でもリックマン巡査は助けに来てくれなかった。いったいどこに行ってしまったの？」

いい質問だと思いながら、シャーロックはカーラの真っ青な顔を両手で優しく包みこみ、冷静な声を出すよう心がけて話しかけた。「でも、カーラ、あなたはその男を阻止したの。あなたがこの男性の命を救ったのよ。しかもたったひとりで。本当に勇気があるわ。男性の意識が戻ったら、あなたがどんなふうに命を救ったか、私からよく話して聞かせるわね」

シャーロックはサビッチの様子を確認した。通話中だ。あたりを見まわし、首都警察のリックマン巡査の姿を探す。どこにも見当たらなかった。

夜勤のエレビー看護師に、ジョン・ドウの生命兆候（バイタル）を確認するよう頼んでから尋ねた。「この男性患者を警護していた巡査を見なかった？」

エレビーは首をかしげた。「私には事情がまるで理解できません。ご存じないんですか？　一時間前、巡査は電話を受けて自宅に戻るよう命じられたと言っていました。ジョン・ドウの件は今後はＦＢＩが担当するから任務終了だと言われたそうです。巡査はナースステーションに立ち寄って、ミズ・ムーディが今、患者と一緒にいると伝えて帰りました」

その話を聞きつけ、サビッチはシャーロックとエレビー看護師のほうへ歩み寄った。巡査に任務終了を告げたのが誰かはわかっている。メイヤーだ。激しい怒りがふつふつとこみあげてくる。今ここに居合わせなかったのは、メイヤーにとっていいことだろう。やつのことだから、おそらくビールでも飲みながらテレビで野球観戦している最中に、俺への個人的な恨みを晴らすために巡査を引きあげさせると決めたに違いない。ジョン・ドウの身の危険も考えずに。

もちろんメイヤーはサビッチに電話をかけて知らせてはこなかった。だが、その時点でメイヤーは気づくべきだったのだ。サビッチに連絡を入れなければ、自分が実に厄介な事態を引き起こす可能性があることに。サビッチは携帯電話の画面をすばやくスクロールし、メールの履歴を確認した。案の定、CAUの秘書のシャーリーから、遅い時間にメールが届いていた。首都警察のメイヤー刑事からの電話で叩き起こされ、サビッチにジョン・ドウの件はFBIが担当することになった以上、警護に当たっている首都警察の巡査は引きあげさせると伝えてくれと言われたという内容だった。

激怒に手を震わせながら、ジミー・メートランドの携帯番号にかけた。夜中の二時近くだったが、メートランドは三度の呼び出し音ですぐに応じた。冬眠から目覚めた熊のような低いうなり声をあげている。「どうした？」

サビッチはメイヤーが何をしたか、その結果何が起きたかを説明した。それを聞いたメートランドが完全にベッドから起きあがったのがわかった。FBI内で、メートランドほど怒らせたら怖い男はいないという話は伝説のように語り継がれている。サビッチの上司は必ずメイヤーに当然の報いを受けさせるに違いない。そう考えたとたん、サビッチは自分が冷静さを取り戻したことに気づいた。銃殺隊を仕向けるのはどうかと進言すべきだろうか？　銃殺隊が無理なら、街中で手出し無用の一対一の対決を申しでるのは？

メートランドはさらに詳しい話を聞いてから言った。「ジョン・ドウの警護には、捜査官ふたりを二十四時間態勢で当たらせる。即刻だ」

サビッチは顔をあげ、ジョン・ドウのそばに立っているカーラとシャーロックの姿を見つめた。カーラが男のぐったりした手を握ったまま言うのが聞こえた。「この人、本当に何も言ってくれないわ」振り返って、ふたたび口を開いた。「ここに来た不審な男は、柔らかい靴底のシューズを履いていなかった。そのせいで、何かおかしいと気づいたの。それにあの警官もいなくなっていたから」

シャーロックはもう一度カーラを抱きしめた。「信じて、こんなことはもう二度と起こらないようにするわ」

シャーロックはサビッチがゆっくりとうなずいたことに気づいた。喉元が激しく脈打っているのは、夫が激しい怒りを感じている証拠だ。何か悪いことが起きたと直感しているのだろう。それは行方がわからない、警護に当たっていた巡査に関することに違いない。

20

火曜早朝
ダニエル・ブーン国立森林公園

カムは物音を聞きつけた。何かがこすれるようなかすかな音だったが、すぐに目を覚まし、グロックを手に取った。ビビィバッグのネット越しに暗闇を見つめると、鼻先に男の黒い顔がぬっと現れ、悲鳴をあげそうになった。

「おはよう、特別捜査官。俺だ、ジャックだよ。そろそろ起床時間だ」

脅かされたせいで、彼を殴りつけたくなった。「ばかね、もう少しで撃つところだったじゃないの」

薄暗かったのでどんな表情をしたかわからなかったが、ジャックは背を向け、署長とデュークも起こした。全身から張りつめたエネルギーが放たれている。カムは自分の体がそのエネルギーに反応しているのを感じた。ジャックが自分のヘッドライトを点灯させた。「周囲を確認してきたが誰もいない。ヘッドライトを使っても大丈夫だ。あと十五分もすれば、あたりが明るくなる。追跡がしやすくなるだろう」

オートミールとコーヒーの朝食をすませ、冷たい川の水で顔を洗うと、一同はデニー・ブランチに沿って移動し始めた。のぼり坂に差しかかるたびにペースを落とし、歩ける道を探りながら進んでいく。マンタ・レイたち一行がこの川沿いに移動したという確信はあったが、それでも歩くスピードをある程度落とし、人が通った痕跡がないかどうかを慎重に確かめなければならなかった。朝食の補助として、エナジーバーを水筒に入れた水で飲み下しているうちに、まぶしい朝日がのぼって気温がゆっくりと上昇し始めた。慎重に進んでいると、鹿と狐の姿を見かけた。ハナミズキの枝の上から彼らを見おろしている栗鼠(りす)たちもいたが、人の痕跡はまったく見つからなかった。

午前八時になると、ジャックはいったん川から離れ、森に通じるのぼり坂へと進んだ。そしてようやくブーツの跡と踏みしめられた低木を見つけ、興奮して叫んだ。「これを見てください！」一同はジャックのまわりに集まり、ブーツの跡を確認した。東の方向へ向かっている。「川の流れに沿って、ここをのぼっていったんだ」

「まさかこんなところを通るとはな」デュークが言った。「だが一理ある。このルートのほうが簡単だし、木々もたくさんあるから姿を見られる恐れも少ない。ジャック、あんたの言うとおりだ。やつらは東に向かい、尾根めがけてのぼっていくつもりだろう。あいつらがハイカーと遭遇しないことを祈るばかりだ。それにしてもどうしてこんな上のほうを捜そうと思ったんだ?」

ジャックは痕跡から目を離さずに答えた。「もしやつらが川沿いを歩いているなら、痕跡はとっくに見つかっているはずだと思いました。それなのにまだ見つからないってことは、俺たちの知らないなんらかの理由でやつらが進路を変えざるをえなくなったんじゃないかと」地面を指さした。「ほら、この足跡だけ、右足に体重がかかっている。おそらく、新しいハイキングブーツを履いたせいで、マンタ・レイが足を痛めているんでしょう。ほかのふたりの足跡は左右均等だ。やつらはゆっくりと進んでいるはずです」ジャックは肩越しに振り返ると、カムににやりとしてみせた。「すぐに追いつけそうだ」

デュークは少し先に行き、しゃがみこんでブーツ跡をじっくりと観察した。「俺の考えでは、あいつらはゆうべ暗くなる前にここを通り過ぎたはずだ。川の近くへおりて、なるべく早くインディアン・クリーク・ロード、つまり490号線に出ようとしたに違いない。できるだけ暗いうちに高速道路を横断すれば、姿を見られる機会も少なくてすむ。高速を横断すれば、また人けのない地域に入る。そこで夜明かししようと考えたんだろう」デュークは立ちあがり、両手をズボンでぬぐった。「急げばここから約十五分で490号線に着ける」

「よし、十分で行きましょう。ここからは道が見えているから追跡しやすくなる」ジャックはそう言うと先頭に立ち、やや足を速めた。

十分後、一同はロックキャッスル川へ到着するとそこを横断し、州間高速道路490号線に出た。車が一台停まっているが、誰も乗っていない。キャンパーやハイカーの姿もひとりも見当たらない。一頭の雌鹿が子鹿を連れて道を渡っているだけだ。

ジャックは衛星電話を取りだし、デュークに手渡した。「そろそろ、レンジャーたちに連絡すべきでしょう。俺たちがやつらを追って高速道路まで来ていること、おそらく道の反対側で痕跡が見つかるはずだということを伝えてください。署長、先に行って保安官代理たちに、俺たちが高速道路にいて今から北へ移動することを伝えてください。ここから北の方角にある道路の巡回を抜かりなく行う必要があることも」

デュークと署長が順に衛星電話で連絡を終えると、一同は高速道路を渡り、ふたたび痕跡を発見した。低木の茂みが多く、背の高い木がまばらな場所だ。カエデの茂みがときおりあるだけで見通しがいい。そのまま川沿いを歩いていくと、再度木々や草木が鬱蒼とした場所に入った。痕跡はどこにも見当たらない。

カムはふいに、聞こえるのは風に揺れる木々の音だけで、鳥や小動物の声がぱったりとやんでいるのに気づいた。まるでここに危険が潜んでいるのを感じ取り、気配を消しているかのようだ。

突然ジャックが片手をあげて立ち止まり、かがみこんだ。カムもとっさに彼にならった。背後でぶつかりそうになったデュークが声をあげている。「なんだ？ どうした？」

「何かがおかしい。空気を吸ってみてください」

ジャックの言うとおりだ。深く息を吸いこんだカムはたちまち、喉がいがらっぽくなった。あたりに何か濃くて不快な悪臭が漂っている。低い声で言った。「血だわ」

デュークが指さした。「あそこだ、あのスクラブオークの下からにおいがする」

一同はひとりの若い男性を発見した。うつぶせに横たわった体は、スクラブオークの枯れ葉と、葉のついた小枝に覆われている。それらをどけて、たるんだ灰色の顔を見る前から、死んでいるのはわかっていた。

「まだ二十歳にもなっていないな」署長は習慣から、若者の首に指を当てて脈を確認した。何も感じられない。十字を切りながら祈りの言葉をつぶやく。

カムは若者の丸まった左手のすぐそばに落ちている、壊れたサングラスを拾いあげた。「あいつらは心臓を刺して、見つからないように枯れ葉をかけたのね」

ジャックが言う。「そして動物に食われるよう、そのまま置き去りにしたんだ。遺体を埋める時間が惜しかったんだろう」

デュークが若者の尻ポケットから財布を見つけだした。「ジェームズ・デリンスキー、二十一歳、バージニア州リッチモンド出身だ。バージニア工科大学の学生証が入っている」

カムはかがみこんで、若者のまぶたを閉じるとささやいた。「気の毒に、ジェームズ。本当に残念だわ」

署長はすでに衛星電話をかけており、遺体発見の報告をすませると、デュークに電話を渡して正確な場所の説明を任せた。現在地は高速道路に近く、保安官代理たちがすぐに徒歩で駆けつけられる場所だ。サイレンもヘリコプターも使うつもりはなかった。マンタ・レイたちに音を聞きつけられるわけにはいかない。

署長が衛星電話をジャックに返した。「本当に気分が悪くなる。腹が立ってしかたがない。人の命を奪っていい理由などない。しかもまだこんなに若いのに」

カムはジャックを見あげた。若者をじっと見おろしている。無表情のままだが、激しい怒りに駆られているのがわかった。もしこの瞬間マンタ・レイが姿を現したら、ジャックはためらいもせずに彼を殺すだろう。自分ならどうするだろうかとふと思う。

署長が口を開いた。「悪いときに、悪い場所に居合わせてしまったんだな。私の甥のビリーも、ちょうど同い年くらいだ。ここでハイキングするのが大好きでね。場合によっては、ビリーがこうなっていたかもしれない。通常の手順を踏むなら部下たちが到着するまで彼のもとにとどまるんだが、今回は違う。この若者のために一番いいのは、彼を殺した犯人を見つけだすことだ」自分の寝袋を取りだし、ジェームズ・デリンスキーの遺体を覆うと、周囲に岩をいくつか置いた。動物よけのためだ。署長は眉をひそめた。「最悪だな。マンタ・レイを殺す計画を立てられないとは。そうすれば、やつの捜査にかかる税金をかなり節約できるのに」

カムは答えた。「残念ですが、これはマンタ・レイだけの問題じゃありません。マンタ・レイの後ろ盾となっている人物が何者なのか突き止めて、そいつら全員を捕まえる必要があります」

それから北西に進み続け、パーク・セメタリー・ロードを横断してホース・リック・クリークへ入ると、そこにマンタ・レイたちが通った跡が残されていた。ここで休憩し、水筒の中身を補充したらしい。デュークが言った。「見てくれ、マンタ・レイは今や足を引きずっているぞ。ここで左足のブーツを脱いで、川の水に足を浸している。冷やして痛みを軽減するためだろう。こんな調子でさらにこの荒々しい地形を進み続けられるとは思えない。やつらは尾根を越える道に戻っているはずだ。北へ向かうのに一番楽な道へ」

デュークはサングラスを外して東の方向を見ると、地面に地図を広げた。

「俺たちは今、ここにいる。あいつらはここにある曲がりくねった川沿いに進むのをあきらめて、本道を避けるためにベセル・リッジをのぼろうとしているというのが俺の考えだ。そうすれば最終的にグラベル・リック・クリークにたどり着く。最初は大変だが、進むにつれて楽になるルートだ」

一同はただちに尾根へ向かった。たしかに最初は険しい急勾配が続いた。巨石や岩壁が裂け目をなし、巨人の手でえぐられたかのようにところどころに深い岩溝ができている。気温がさらに上昇しだしたせいで、体力は奪われる一方だ。ジャックのペースについていこうとしながら、彼は山地に生息するシロイワヤギの生まれ変わりではないだろうかと、カムは思わずにいられなかった。こんなに厳しいルートだというのに、ときに小走りになり、ときに地面に這(は)いつくばりながら楽々と進んでいく。聞こえるのは自分の荒い呼吸と、岩だらけの地面を砕くブーツの音だけだ。

やがてジャックが低く口笛を吹いた。そばに集まった一同が目にしたのは、マンタ・レイが残したいくつもの痕跡だ。どうやらマンタ・レイはここで歩みを止め、しゃがみこんで、ほかのふたりを待たせたらしい。

「俺たちは確実にやつらに追いつきつつあります」ジャックが言った。「ベセル・リッジのてっぺんから、あいつらの姿が確認できるかどうか見てみましょう。デューク、尾根の下には何があるんですか？」

デュークが静かに答えた。「サンディ・ギャップという小さな町と小学校だ」

21

火曜午前

メリーランド州ボルティモア

シャーロックとCARDのコニーことコンスタンス・バトラー捜査官は渋滞している車列の隙間を縫って、予定よりも早い時間にボルティモアに到着した。アッパーミドルクラスが暮らしていることで有名なマウント・クレア地区に入ると、コニーは真っ赤なミニ・クーパーを、ビクトリア朝様式のタウンハウスの向かい側にある通りに停めた。白く塗られたタウンハウスは壁のグリーンの縁取りがアクセントになっていて、窓台にあるブルーに塗られた植木箱では赤と白のペチュニアが揺れている。ここまでの車中で、シャーロックはコニーに、ジョン・ドウがカーラの自宅に押し入った日曜から、彼の命が狙われた昨夜までの経緯をすべて説明した。

コニーはエンジンを切ると、シャーロックのほうを向いて笑みを浮かべた。「ということは、あなたは三時間ほどしか寝ていなくて、またいつでも眠れるってわけね」

その言葉が合図になったかのように、シャーロックはあくびをした。ブリーフケースから小さな保温ポットを取りだし、ブラックコーヒーをぐっと飲む。サビッチが淹れてくれた、特別な豆をブレンドした豊かな味わいのコーヒーだ。カフェインに刺激され、血のめぐりが一気によくなった気がした。「これを飲んだからもう大丈夫。さあ、あなたの意見を聞かせて。ここではどんな収穫があると思う？」

コニーは答えた。「シルビー・ボーンはアレックスの誘拐について何か知っている可能性が考えられるわ。ジョン・ドウも関係しているはずだし、あなたもそう考えているのはわかっている。でも期待を裏切るようで申し訳ないけれど、ゆうべ誰かが彼を殺そうとしたからといって、私はすぐに次の可能性に飛びつく気にはなれないの。ひとつ変に感じたのは、カーラがジョン・ドウの病室にいたこと。日曜に自宅に押し入られたとき、カーラは彼とは面識がないと言っていたはずなのに。あなたはそれについて何か知っているの？」

シャーロックがコニーについてわかっているのは、彼女がＦＢＩに二十五年間勤務しているベテラン捜査官であること、今はＣＡＲＤチームの五名のうちのひとりであることだ。きっとこれまでいろいろなことを目にしてきたに違いない。だがそんな経験豊かなコニーでも、これが単なる誘拐事件以上のものでどの程度複雑で厄介なのか理解するのに苦労している。たしかに無関係に思えるピースがあまりに多すぎる。それは自分でもよくわかっているのだが、それらのピースが最終的にはひとつにつながるだろうと思えてならない。一方でどうしてそう思うのか、正確には自分でもよくわからなかった。シャーロックはゆっくりと答えた。「アレックスが誘拐されて以来、カーラはあの男性に親しみを抱いていると思うの。日曜にカーラの自宅に押し入ったとき、ジョン・ドウが彼女たちの身が危険にさらされている理由をわかりやすく説明できなかったのがつくづく残念だわ。ねえ、コニー、私は単なる偶然の一致というのを一度も信じたことがないの。今、私の直感はシルビー・ボーンが完全に潔白ではないと叫んでいる。カーラが信じているように、十カ月前にカーラの身に起きたことにシルビー・ボーンも関係しているに違いないわ。あなたもその点については同感？」

「もちろんよ。もしシルビー・ボーンがこの件に関与しているなら、彼女はカーラの友人ではないことになるし、報いを受けるに値するわね。あなたが自分でききだしたい？　それとも私がきくべき？」

コニー・バトラー捜査官は感じのいいおばあちゃんのように見える。かわいらしい顔はノーメイクで、白髪は短く切り揃えられ、うるさそうにも面倒そうにも見えない。

いかにも近所の子どもたちに手製のクッキーをあげて喜んでいる人物のような印象だ。シャーロックはコニーに向かってにんまりした。「最初は私が話を聞くわ。そうしたら、あなたが突然話に割りこめるから」

コニーがシートベルトを外した。「了解。私道にジャガーが停めてあるわ。カーラの話では、たしか自宅で仕事をしているのよね？」

「ええ、あれは彼女の車よ。シルビー・ボーンは月曜から木曜まで、女性向けのファッション・ブログを更新しているの。女性がどんな装いをすべきか予算別に紹介したり、ファッションやメイク、髪型なんかのヒントになる情報を書いたりしてるわ。週に一度はユーチューブの動画配信もしているけど、カーラによれば画面には一度も登場したことがないそうよ。ナレーションだけがボーンの声なの。あらゆる年齢と体型のモデルを使って、彼女たちの今の魅力を最大限に引きだせる装いをボーンがセレクトするという内容の動画よ。本人の個性を活かすことを重視していて、年は何歳か、周囲にどんな印象を与えたいかといった点からファッションアドバイスをしているの。カーラによると、ボーンのユーチューブのチャンネルはとても人気があるんですって」

「ええ、私も知っているわ。病院でカーラがボルト・ハラー捜査官と私にボーンの動画の話をしてくれて、『サイクリング・マッドネス』という番組だと教えてもらったの。ずいぶん妙なタイトルだし、中身とは関係のない題名がついた本みたいで気になっていたから、昨日ユーチューブで動画を何本か見てみたら、とても面白かった。チャンネルを作成してから何年か経っているはずだけれど、まだ登録者数が伸びているの」

「しまった、私も自分で確認すべきだったわ」シャーロックはそう言うと、うなずいてドアのほうを指し示した。「カーラは、ボーンの夫のジョシュはBMWに乗っていて、投資会社の〈イーリー&ブリッグズ〉に勤めていると話していたわ。カーラはボーンと偶然知りあったときのいきさつを話した？　ボルティモアの繁華街にある、当時カーラが働いていたギャラリーで彼女の絵を展示したときにボーンが来たと？　それ以来、ふたりは急速に仲よくなったということも？」

「ええ、そう聞いたわ。あなたはシルビー・ボーンがはっきりした意図を持ってカーラに近づき、仲よくなったと考えているの？」

「ええ、たぶん。でもはっきりとはわからない。わかっているのは、カーラがボーンのパーティで妊娠したのは偶然ではないということよ。その点に関して、ボーンがどう言うか確認しに行きましょう」

シャーロックがシートベルトを外して車のドアを開けたとき、コニーの携帯電話が鳴りだした。シャーロックが振り返ると、コニーは画面を見つめて言った。「電話に出るわね。シャーロック、先に行って。すぐに追いつくから」

シルビー・ボーンはファッション雑誌の広告から抜けだしてきたような女性に違いないとシャーロックは考えていた。そういった広告でよく目にする、体型を適切に維持して趣味のよさを活かしたらこうなるのだという手本のような。いや、もっと簡単に言えば、自分の持っている魅力を最大限まで駆使した女性を想像していた。だがドアを開けて出てきたのは、とても背が高くてがりがりに痩せた、三十代半ばの女性だった。ぴっちりした黒のカプリパンツに丈の短いストレッチ素材の黒いトップスを合わせているせいで、全身の筋肉と骨の形がわかるほどだ。黒髪は分けられ、長い顔の横から両肩に垂らされており、分厚すぎる眼鏡をかけていた。シャーロックはまばたきをし、笑みを浮かべると口を開いた。「ミズ・シルビー・ボーン？」

「ええ」シルビーは細い手首に巻いた黒のフィットビットとアップルウォッチを見おろした。「今、仕事中なの。それにまだこんな早い時間よ。失礼だけど、あなたはどなた？　どんなご用件？」

シャーロックは自己紹介すると、シルビーに身分証明書を手渡した。

シルビーが黒い眉を片方あげた。「FBIですって？　いったい何事？　わけがわからないわ……ああ、ジョシュに話があって来たのね。あいにく夫はいないの。仕事に出ているわ。投資会社で、早い話、気の毒なクライアントたちに将来どうなるか誰にもわからない投資商品を言葉巧みに売りつける仕事をしているの。夫が何か厄介事に巻きこまれたの？」大きなため息をついて続ける。「わかったわ、中へ入って。愚かな夫が何をしでかしたのか、話を聞かせて」

シャーロックが振り返ると、コニーはまだ電話中だった。片手にタブレットを持ち、話の内容を聞きながら記録している。「もうひとり、私のパートナーがすぐにあとから来るはずよ」

シルビーは一歩さがって、身ぶりでシャーロックを招き入れた。「死ぬほどコーヒーが飲みたい気分なの。あなたにも一杯淹れてくるわね」手でリビングルームを示しながら言う。「散らかっているけど気にしないで。家政婦が午前中に来ることになっているから。きれいに片づけてくれるから高いお給料を払っているわ。最近では自分でベッドを整えたこともないのよ。そうはいっても、前だってちゃんとやってたわけじゃないけど。だって時間がもったいないんだもの」

シャーロックはリビングルームに足を踏み入れた。白を基調とした部屋には、ダークブルーの家具がしつらえられ、カーテンも、床に何枚か敷かれた小型のラグもすべてダークブルーで統一されている。シックな内装だが、床一面に服や下着、靴――サンダルから高さが十五センチもあるピンヒールまで――が転がっていた。同じくダークブルーの安楽椅子の隣には雑誌が何十冊も積みあげられ、そのてっぺんにマグカップが数個置かれていた。どのカップも空であることを祈りたい気分だ。

シャーロックはシルビーに笑みを向けた。「私も家政婦は大好きなの」

シャーロックが見守る中、シルビーはダークブルーの革張りの椅子に積みあげられたサンプル生地の山を押しのけ、椅子の肘掛け部分についたしみを指先でこすった。

「さあ、座って。コーヒーを持ってくるわね。今回は弁護士をどの程度悩ませる問題なの？ お願いだから、夫が誰かを殺したなんて言わないで」

「いいえ、私の知る限り、それはないわ」シャーロックは答えると、シルビーが足早にリビングルームから出ていくのを見送った。言葉巧みな夫のジョシュは、このリビングルームに対する印象をつかもうとする。周囲を見まわしながら、リビングルームをどう思っているのだろう？ すぐにシルビーがマグカップふたつを手に戻ってきた。マグカップを手渡される前にシャーロックは携帯電話を取りだし、ジョン・ドウの写真を画面に表示させてずばりと尋ねた。「あなたはこの男性に見覚えがある？」

22

シルビーは写真をまじまじと見つめた。「眠っているみたいに見えるわね。お願いだから、この人は死んでいるなんて言わないでよ」

「ええ、死んでいないわ。彼のことを知っている？」

「いいえ、一度も会ったことがないわ。どうして？　この人は誰？」

「ご主人の友人ではない？　あるいは近所に住む人という可能性は？」

「いいえ。もしそうだったら見たことがあるはずだもの」シルビーはシャーロックのほうへマグカップを突きだした。「あなたがミルクや砂糖を入れない人だったらいいんだけど」今、どちらも切らしているの」広いリビングルームを冷静な目で見まわしながら続けた。「今日は私が奥で仕事をしていて運がよかったわね。そうじゃなければ、このリビングルームは座る場所さえなかったはず。ねえ、そろそろ教えて。ジョシュはいったい何をやらかしたの？」

シャーロックはコーヒーをひと口飲んだ。強烈な濃さだ。飲むにつれて、喉から胸にかけてちりちりと焼けつく感じが広がっていく。おいしい。マグカップをシルビーに向けて掲げながら口を開いた。「ありがとう、とてもおいしいわ。実はあなたのご主人はなんの関係もないの。私がここに来たのは、カーラ・ムーディのことできたいことがあるからよ。あなたの親友なんでしょう？　五カ月前にワシントンＤＣに引っ越したのよね？」

シルビーが身を乗りだす。「ええ。カーラは元気？　もうずっと話してないの。メールのやり取りはしているけど、その週にどうしていたかを知らせる短いやり取りだけよ。カーラに何かあったの？」

「日曜日、カーラに赤ちゃんが生まれたの。アレックスと名づけられたわ」

シルビーは満面に笑みを浮かべ、腰を浮かせた。「まあ、よかった。どうして連絡をくれないんだろうと心配になっていたところなの。アレックスは元気なの？　かわいい赤ちゃん？　ええ、カーラがあんなに美しいんだもの、アレックスもかわいいに決まってるわ」

「ええ、そのとおりよ。たしかあなたはカーラが働いていたギャラリーで彼女と知りあって、それからすぐにとても仲よくなったのよね」

シルビーがまた笑みを浮かべる。「そう。それってすごいことでしょう? 私もあんなことは生まれて初めてだったの。でもカーラは……すごく特別だった。会った瞬間、すぐにそうだとわかったわ。それに、カーラは着こなしのセンスも抜群だし、見た目もいい。私がユーチューブでやっている『サイクリング・マッドネス』という番組にファッションモデルとして出演してほしいといつも頼んでるの。彼女なら何を着せても似合うはずだから。でも一度も出演してくれたことはないわ」

「そうよね、カーラは本当に美人だもの。ミズ・ボーン、彼女と初めて出会った日、あなたはなぜそのギャラリーに行ったのか覚えている?」

シルビーはソファの肘掛け部分に詰まれた雑誌の山に視線を向け、一番上に置かれている下着関係の雑誌に目を留めると、笑みを浮かべた。「そうだ、思いだした。母のために絵を買いたいと思ったからよ」

「お母様がギャラリーに飾ってあった絵を気に入っていたの?」

「正直に言うと、よく覚えてないの。カーラと出会って、母にプレゼントする絵のことなんか忘れてしまったから。ねえ、説明してくれる? なぜあなたはここに来て、私にそんな質問をしているの?」

「実は、あなたにききたいことがあってここへ来たの。十カ月前、あなたのご主人の誕生日パーティでカーラが薬をのまされたときのことについて、詳しい話を聞かせてもらえないかしら」

シルビーは薄い両肩をこわばらせたが、無言のまま、まるでコーヒーが自分に答えを教えてくれるかのようにマグカップをのぞきこんだ。やがて顔をあげ、ゆっくりとシャーロックに視線を戻した。「カーラは妊娠五カ月になるまで何も教えてくれなかった。身ごもったのがあのパーティの夜だということも、自分があの場で何が起きたと考えているかも。

にわかには信じられなかった。でもそのうちに、あの夜の招待客には夫の友人も何人かいて、私が知らない人たちだったことを思いだしたの。さんざん飲んで、私が用意したすばらしいオードブルをがつがつ食べていた男たちのうちの誰が、そんな卑劣な真似をしたんだろうと考えてみたわ。でも正直な話、誰も思い浮かばなかった。ジョシュに尋ねても最初は真面目に答えてくれなかった。だからパンチを食らわせて、こっちは大真面目なんだと言ったら、男友達の多くはセックスに目がないけど、相手に薬をのませて無理強いするようなやつはひとりもいないと言われたわ。だから夫を信じたの。

私は、うちに恋人や夫婦を招待するのが得意なの。男女のバランスに配慮するのをいつも楽しんでいるわ。でも、あの日は夫の三十五歳の誕生日だった。だからさっきも言ったとおり、夫の友達も何人か来ていたわ。独身の人も離婚した人も、セックスの相手を探している人もいた。とにかく飲んで踊りまくって、だいたいが酔っ払っていたの。ジョシュはそういうパーティが好きなのよ。ただ、ご近所からうるさいと警察を呼ばれるような問題を起こしたことは一度もないわ。だって、いつも近所の人たちも招待するようにしてるから。もちろん彼らは全員カップルだし、家が近い分、ほかの招待客よりも飲んでいるはずよ。

とにかく、あの日は大勢の人が出入りして、楽しいひとときを過ごしたの。全員の動きを把握することなんてできなかった。私はほとんど女性たちと一緒に過ごして、ファッションに関するいろいろな忠告をしていたわ。モード大おばさんのお葬式には何を着ていけばいいかとか、甥っ子のピーターの大学の卒業式にはどんな格好で出席すればいいかとか。とても長い夜だった。覚えているのは、夜の十時を過ぎたあたりで、カーラの姿が見えなくなったことよ。彼女はあまりお酒を飲まないし、ジョシュの友達の中にもいいと思える人がいなくて、結局家に帰ったんだと思ったの。

翌朝、カーラから電話をもらってごめんなさいと言われたときは、本当に驚いたわ。なぜ謝っているのか全然わからなかった。カーラはめったに飲みすぎたりしない人だから、何も謝る必要はないと言ったの。あの夜、わが家にはすっかり酔っ払った人たちが出たり入ったりしていたし、アルコールが完全になくなるまで帰ろうとしない人たちもいたんだもの。そのとき二日酔いで気分が悪いのかときいたけど、カーラはそんなことはないと言って電話を切ったの」

シルビーは体をかがめ、ダークブルーのラグの上にあった白いトップスを拾いあげた。体にぴったりフィットするセクシーなデザインだ。シルビーは眉をひそめてそれを見つめ、椅子に向けて放り投げると、片方の袖が椅子の肘掛けに引っかかった。

「それなのに今、カーラは私に電話をかけて赤ちゃんが生まれた話を聞かせてくれる代わりに、ここにFBIをよこしたというの？　まさか赤ちゃんの父親が私の夫だと考えているんじゃないでしょうね？　もちろんあの夜、夫がカーラにキスをする様子を見て怪しいとは思ったけど、夫はあの晩ずっとなんだかんだと言い訳してたわ。それに正直な話、ジョシュにそんな卑劣な行為ができるとは思えない。それにあの夜、夫はぐでんぐでんに酔っ払っていた。朝の三時近くにようやくベッドに寝かしつけなければならなかったほどなの。しかも私に《ハッピー・バースデー・トゥー・ユー》をもう一度歌ってくれと言って聞かなくて、歌が終わる頃にはいびきをかいて眠りこんでいたんだから」

リビングルームの入口にコニー・バトラー捜査官が立っていることに気づき、シャーロックとシルビーは顔をあげた。シャーロックがふたりを引きあわせると、シルビーはコニーにコーヒーを勧めたが、コニーは断った。シルビーはロッキングチェアの上に重ねられた雑誌の山をどかして、そこに座るようコニーに告げた。

シャーロックはコニーに話しかけた。「ミズ・ボーンは十カ月前のパーティで怪しげな行動を取っていた男は思いだせないと言ってるの。そうよね、ミズ・ボーン？」

「ええ。ジョシュと私で、当日ここにいた独身男性を思いだせるだけ思いだしてリストにしたほうがいい？」

「ええ、そうしてくれると助かるわ」シャーロックは答えた。「これが私の名刺よ。連絡先が書いてあるわ。できればなるべく早くお願い」

コニーもシルビーに名刺を手渡した。「あなたが最後にカーラと連絡を取ったのはいつ？」ふたりが見守る中、シルビーはふたりの名刺を、手近にあった明るいピンク色のベストの上にぞんざいに投げた。

「一週間前よ。シャーロック捜査官に話したとおり、私たちはメールでお互いの近況報告をたまにしていたの。カーラは絵の仕事が順調に進んでいると教えてくれたわ。とても幸せそうだったし、赤ちゃんが生まれるのを楽しみにしてた。それに〈ローリー・ギャラリー〉の仕事も好きだし、今度オーナーが彼女が描いた絵の展示会を開こうと言ってくれているとも書いていたわ」そこでシルビーは口をつぐんだ。「カーラは無事に出産して、赤ちゃんはアレックスと名づけられた。その子はとてもかわいらしい。どうしてあなたたちがここに話を聞きに来たのか、さっぱりわからないわ」

シャーロックが立ちあがると、コニーも立ちあがった。「ミズ・ボーン、カーラの息子のアレックスは昨日、ワシントン記念病院の産科病棟から誘拐されたの。私たちはその誘拐事件と、カーラがあなたのパーティで薬をのまされたことに何か関係があるのではないかと考えているわ」

シャーロックはそのとき、シルビー・ボーンの目に何かがよぎるのを見た。恐れの色、そして何か思い当たる節があるような陰りが。だが一瞬だったため、本当にそうだったのかどうか自信は持てなかった。

シルビーが立ちあがった。痩せた体を柱のようにまっすぐ伸ばし、長い腕を体の脇に垂らして拳を握りしめている。「カーラが私に電話をかけてこなかったのはそれが理由なの？　あなたたちから、赤ちゃんが誘拐された責任は私にあるかもしれないと聞かされたから？」憤懣やるかたない様子で大きく息を吐きだし、手首を見おろした。フィットビットとアップルウォッチのうち、どちらを見たのかは定かでない。「その件について、私にわかることは何もないわ。さあ、もう帰ってもらえる？　締め切りがあるの。まさかこれほどひどい侮辱を受けるとは思いもしなかった」

シャーロックはシルビーに名刺をもう一枚手渡した。「ミズ・ボーン、話す気になったらいつでも連絡してほしいの」いったん口をつぐんでから、つけ加えた。「あなたがカーラの親友として、アレックスを見つけだすためならどんな手助けでもしてくれるはずだと期待しているわ」

シルビーは名刺を受け取るとシャーロックをしばし見つめ、今度は豹柄のタイトパンツの上に無造作に放った。それからふたりのあとをついて玄関のドアのところまで行くと、無言のまま、彼女たちの鼻先でドアを乱暴に閉めた。そのあとすぐにデッドボルト錠をかける、がちゃりという音がした。

「彼女を怒らせる結果になったけれど、あれはあれでよかった」コニーはそう言うと、シャーロックを横目でちらりと見た。「シルビー・ボーンは何か知っているわね」

「ええ、彼女はポーカーに向いていないわ」タウンハウスの石造りの階段をおりて、コニーのミニ・クーパーが停めてある通りへ戻る途中、シャーロックは突然方向転換をして大きな声で言った。「あの美しいジャガーをもう少しよく見てみたいわ。きっと買って六年くらいね」

ジャガーに近づいて前かがみになって内装を確認し、とりとめのない感想を口にしながら車の反対側にまわる。それから即座に、道路脇に立って待っていたコニーの隣へ戻ってきた。

「しばらくあたりをぶらぶらしてみない？　通りを下ったら、もうボーンには私たちの赤い車が見えなくなる。これから彼女がどこかへ出かけないかどうか確かめましょう」

コニーは片方の眉をあげた。「ええ、そうね。ボーンは愛車のジャガーにあなたがGPS追跡装置を取りつけたところは見ていないはずだから」

シャーロックはにんまりした。「ええ、気づいたのはもうひとりの捜査官だけのはず。本当に素敵な車だったわ」

「一瞬なぜあんな大声でしゃべり始めたのかわからなかった。だけど、すぐにあなたの目的に気づいたわ」コニーは車のエンジンをかけた。「このまま車を出すけれど、今から私の話を聞けば、あなたはここでぐずぐずしていたくはなくなるはずよ。それにどのみち、今日はジョシュ・ボーンとは話せないだろうし。さっき、私が電話で何を話していたのか気になっているでしょう？　今から話すわ。耳を疑う話よ」

23

火曜朝

ダニエル・ブーン国立森林公園

マンタ・レイはかかとに耐えがたい痛みを感じていた。まるで悪魔にピッチフォークを思いきり突き刺し続けられているかのようだ。自分でもよく思いだせないが、前に脇腹を撃たれたとき以来、体にこれほどの痛みを感じたことがあっただろうか？先ほどジェイコブソンが持っていた抗生物質入りの軟膏を塗ったが、なんの効果も感じられない。そのうえ、包帯のせいで痛みがさらにひどくなっている。大きなカエデの木とわずかな低木の茂みのあいだにある岩に力なく座りこむと、ジェイコブソンとエレーナがそばへやってきた。ふたりがこちらを見おろす。

「かかとが痛むのか？」

ジェイコブソンが尋ねたが、ちっとも心配そうではない。くそっ、このまぬけ野郎め。「ああ、ものすごく痛い」

「ちょっと見せて」エレーナはマンタ・レイの脇にしゃがみ、彼が靴下を脱ぐのをじっと待ちながら思った。こんな泣き言を言うなんて、小さな女の子みたいだ。でもマンタ・レイの痛むほうの足を自分の腿にのせて、傷口を確認して初めて納得した。今朝よりもかなり悪化している。見ているだけで、こちらまで気分が悪くなりそうだ。傷口がぱっくり開き、赤く腫れて炎症を起こしている。雑菌が入り、感染症を引き起こしているようだ。いい兆候とは言えない。取り急ぎ、ジェイコブソンに救急セットを出すよう命じた。

傷口に抗生物質入りの軟膏をさらに塗布し、ガーゼ包帯を巻く。これが最後の三枚だ。そのあいだもマンタ・レイは何度か低くうめき、体をこわばらせている。よほど痛むのだろう。エレーナは彼のバックパックから新品の白いTシャツを取りだした。戦闘用ナイフのケイバーで二枚に裂くと、それをさらに二枚に裂いて伸ばし、足とかかとに伸縮包帯のように巻きつけた。なるべくきつく巻いて足首のところで結んでから、マンタ・レイにアスピリン四錠と彼の水筒を手渡した。マンタ・レイがアスピリンを口に放りこみ、温かな岩に背中をもたせかけて目を閉じるのを眺めながら、考えをめぐらせる。できる限りの手当てはした。でも目の前の現実と向きあわなければならない。マンタ・レイはこれ以上歩けないだろう。それはつまり、自分とジェイコブソンも動けなくなるということだ。とはいえ、しばらく横になって休んでも問題はない。結局、先を急ぐ旅ではないのだから。

エレーナは立ちあがり、あたりを見まわした。ベセル・リッジは眺めのいい場所だ。こんな晴れた日には三百六十度、ありとあらゆる方向が見渡せる。眼下に広がる大地には、木々に覆われたいくつもの丘とリボンのように流れる何本もの川が広がっている。一方、はるか遠く先の大地には、小さな白い家々や牧草地で草を食んでいる馬たちの姿も見える。午後の容赦ない日差しをさえぎれる木立の下で休むことにしよう。この場所にとどまれないのはつくづく残念だが、ここにいつまでもいるわけにはいかない。それは百も承知だ。ここからクローバー・ボトム・クリークを目指しておりていき、人目を避けられる木々の下で野営しながら、マンタ・レイの足の傷口が完全に乾ききるのを待たなければならない。あの周辺なら誰かに姿を目撃されることもないだろう。むしろ一番の問題は、単調で退屈な日々になりそうなことだ。同時に、ジェイコブソンが暴走しないよう支配し続けなければならない。とりあえず今は、マンタ・レイのために間に合わせの松葉杖を作らせれば、少しはジェイコブソンの気をそらせるはずだ。セルゲイに連絡をしなければならない。マンタ・レイのかかとの具合が最悪で、これ以上動けない現状を伝え、出迎え場所として指定されている州間高速道路64号線に向けて北上するのはしばらく中止し、どこかで待機する必要があることを伝えなければ。

マンタ・レイが言った。「俺が今、何を望んでるかわかるか？　文明的な生活に戻りたくてたまらない。快適なホテルにチェックインしたい。こんな冷たい川じゃなくて、熱々の湯をたっぷり張った浴槽や、雑誌の山が置かれた広々としたトイレが恋しい。しかも水着特集で始まる雑誌だ。あそこに見えてる町にホテルはあるのか？　ほら、あのちっぽけな集落はなんて名前だ？」

「サンディ・ギャップよ。ただし、私たちはあの町周辺のどこにも行けない。隠れ続けなければならないの。あの若いハイカーを殺したのは間違いだった。あんなことはもう二度と繰り返したくない。さもないと状況がさらに悪くなってしまう」

「もしあんたたちがぴったりのサイズのブーツを用意してたら、こんなことにはならなかったはずだ」

エレーナは深呼吸をして、ありったけの忍耐力をかき集めた。本当なら、今すぐマンタ・レイの喉をケイバーでかき切ってやりたくてしかたがない。「サイズは合っているわ。言ったとおり、問題はあなたがそのブーツを試し履きできなかったことにある。あなたは都会育ちだし、初めての長時間の徒歩移動で足が慣れていなかった。これからあの川を目指して、そこで休むつもりよ。あなたのかかとの具合がよくなるのを待つの」マンタ・レイが足を負傷する事態など想定もしていなかったが、ここでそれを認めるつもりはない。決して。きっといつの日か、セルゲイとこの話をしてふたりで大笑いすることになるだろう。「予定よりもキャンプ日数が増えるけど、まだ食料は充分あるわ」

ジェイコブソンが何か言いかけている気配に気づき、エレーナは鋭く一瞥した。驚いたことに、彼は何も言わなかった。でもジェイコブソンのことだから、おとなしく従っている時間は長くは続かないだろう。そう、それほど長くは。

エレーナは立ちあがり、ズボンの土埃を払った。「移動中はジェイコブソンと私がなるべく手を貸すけど、あなたもこの尾根をおりきるまではどうにか頑張って。あと何分かしたら、またアスピリンをあげるわ」

マンタ・レイには、エレーナの判断が正しいように思えた。ジェイコブソンの様子をちらりと確認すると、大きな岩にもたれかかって小枝を口にくわえ、負け犬を見る目でこちらを見ている。この地獄みたいな場所から脱出できたら、すぐにあのまぬけ野郎をこの手でぶっ殺してやろうと自分に言い聞かせた。

そんな考えはおくびにも出さず、マンタ・レイはふたりに笑みを向けた。今の自分にとって、こいつらは救世主であると同時に護衛でもある。なるほど、自分は囚われ人かもしれない。だが自分にとってこのふたりは、自由と金を手に入れるためのチケットにほかならない。しかもその自由と金は本来計画していた以上のものになりそうだ。こいつらのボスは、自分があの貸金庫から盗みだした金属製のボックスを喉から手が出るほど欲しがっているに違いない。盗みだしたほかのものと一緒に、自分の革製のバッグにしまってあるあのボックスを。できるものなら今すぐ、あのボックスを開けたい。そうすればこいつらのボスが必死に手に入れようとしているのがどんな種類の金か知ることができるのに。とはいえ、ひとたびアレクサンドリアにあるあの倉庫に逃げこめば、時間もエネルギーもたっぷり確保できる。余裕を持って、あのボックスがそのままの状態であることを確認すればいい。

「エレーナ、あんたは誰も俺たちを追いかけてこられないはずだと言ったな。だったらなぜ移動しなきゃならないんだ？　どうしてここでキャンプをしない？　ここは眺めもいい。それにジェイコブソンが川までおりて、俺たちに必要な新鮮な水を調達してくれるだろう」

エレーナはその言葉を聞き、またしても心の中で繰り返した。〝我慢しなさい、我慢しなさい〞三人でこの逃亡劇を始めて以来、もう何度自分に言い聞かせたかわからない。「リアム、答えはわかっているはずよ。たとえここに少し木立があったとしても、誰かに姿を見られる可能性が――」いきなり衛星電話が鳴りだし、飛びあがった。緊急事態が発生したとき以外、絶対に連絡は取らないというのがセルゲイと約束したルールだ。つまり何か悪いことが起きて、計画を変更せざるをえなくなったのだ。男ふたりが見つめる中、エレーナはバックパックから衛星電話を取りだし、彼らの視線を避けていくつか連なった巨大な石の背後に向かって歩き始めた。

マンタ・レイはジェイコブソンに尋ねた。「あんたたちのボスからか？」俺に完全に支配されている、あんたたちのボスからか？「エレーナは何をあんなに心配しているんだろうな？」

ジェイコブソンは肩をすくめ、エナジーバーを一本取りだすと、ふた口で食べ終えた。

マンタ・レイはジェイコブソンを見つめた。心なしか、先ほどよりもかかとの痛みがましになったように感じられる。こうやって足を休めてアスピリンをのんだおかげだろう。「なあ、もしここにしばらくいるなら、ナイフを一本、俺に持たせてくれよ。そしたら次にうろうろしているハイカーに出くわしたとき、俺の手で始末できる。それにしても、さっきの仕留め方は見事だった。それは認める」

ジェイコブソンはやや得意げな表情を浮かべた。「ああ、昔ボスからちゃんとした始末の仕方を習った。あの若いやつは死んだ瞬間も、自分の身に何が起きたかわからなかったに違いない」

「あわてず騒がず。それが一番のやり方だな。だけど俺は後ろにさがって、自分以外の誰かがあんな楽しい遊びをしているのを見てるなんてまっぴらだ。今度誰かとばったり出くわしたら、骨と財布以外何も残らないようにきれいに始末してやる」

ジェイコブソンがまた肩をすくめる。「もともとボスは誰も死なせたくなかったはずだ。だが、さっきはしかたなかった。あの若いやつに姿を見られちまったからな。あのまま生かしておけば、あいつは間違いなく最初にすれ違ったレンジャーに俺たちを見たと話してただろう。殺すしかなかった。そうだろう？」

「あんたは親切にもあいつの財布を残してたな。身元がすぐにわかるようにするためだろ？」

「ああ、俺にだってそれくらいの優しさはある」

エレーナはバックパックに衛星電話をしまって戻った。ジェイコブソンの言葉を聞きつけ、不満げに言う。「あの若い男が何も話さない可能性だってあったのに。あなたがすべきだったのは、もっと頭を働かせて私に彼と話をさせることだったのよ」

まったく、どうしようもない愚か者だ。先の若者を殺害したことは、今の電話でセルゲイに報告しておいた。本当は報告したくなかったけれど。そのせいで、セルゲイが躊躇なくジェイコブソンを殺すだろうとわかっているからだ。同時に、セルゲイが私を殺そうとはしないこともわかっている。そんなことは絶対にしない。

ジェイコブソンが言った。「電話はボスからか？　何か問題でも？」

エレーナは何も答えず、足元の地面についたいくつものブーツ跡を見おろした。木の小枝を折ってブーツ跡を消すようジェイコブソンに指示しかけたが、すぐに思い直した。もはや足跡などたいした問題ではない。大切なのはここから立ち去ることだ。それも一刻も早く。

エレーナは地図を取りだし、クローバー・ボトム・クリーク・ロードまでの一番簡単な行き方を探した。これなら大丈夫だろうというルートを見つけて口を開く。「リアム、しっかりして。痛めたかかとを守るために、靴下でもＴシャツでもシャツでも、とにかくなんでもいいから巻きつけて。すぐに出発しなければならなくなったの。ジェイコブソン、リアムのために松葉杖を作っている暇はもうない。彼を助けながら、ここから尾根を越えて道路までたどり着く必要がある。簡単ではないけど、そうするしかないの」

ジェイコブソンがエレーナに詰め寄る。「教えろよ。何か問題が起きたのか?」

「FBIがここにいるの。すでに森の中を追いかけてきている。案内役がひとりいるそうだから、たぶんレンジャーね。ボスが言うには、FBIは私たちがどこから森林公園に入ったのか突き止めている。どうやって突き止めたのかはボスにもわからないみたい。おそらくFBIはすでに私たちの痕跡を見つけているはず。痕跡を隠す時間の余裕なんてなかったから。一刻も早く出発しなければ。目指す道路まで、あと……」エレーナは腕時計を確認した。「三時間で着く必要がある。だけどもしリアムがかかとに傷を抱えていなかったとしても、三時間で道路まで行くのは厳しいわね。ジェイコブソン、キャンプ用品やバックパックをすべて、あそこにある低木の茂みに捨てて。もう必要ないから。武器と双眼鏡、衛星電話だけ持っていけばいい。さあ、あと二分で出発するわよ」

マンタ・レイは首をかしげ、きついアイルランド訛りで尋ねた。「なあ、あんたのボスはどうやってFBIが俺たちを追ってることを知ったんだ?」

エレーナはお気に入りのワルサーPPKをウエストバンドに装着した。「ボスは大勢の人を雇って、この森周辺のFBIや地元警察の動きに目を光らせてるの。きっとそのひとりがレンジャーで、詳しい経緯をボスに報告したんだわ。でもボスにも私にもわからないのは、私たちがどこからこの森林公園に侵入したかをFBIがどうやって正確に特定したのかということよ」

エレーナがマンタ・レイの様子を確認すると、かかとにTシャツとシャツを巻きつけている。彼はシャツの袖口を縛りあげると立ちあがり、負傷したほうの足に少し体重をかけてみてうなずいた。「悪くない。こんなにぐるぐる巻きにしてると、前にダブリンで見た痛風のじいさんの絵を思いだす。俺の足はあのじいさんの足にそっくりだ」

ジェイコブソンがマンタ・レイに鋭い視線を送る。彼を蹴飛ばしたくてうずうずしている様子だ。この森を脱出しても、森の外でさらに過酷な人狩りが待ち受けているのがわかっているのだろう。

「ジェイコブソン、彼に手を貸して。とにかくすぐに出発しないと」

24

デュークは岩の下に張りついている、血のついたアルコール消毒布を拾いあげた。

「血痕は乾いているが、まだ血のにおいがする。おそらく、やつらは一時間ほど前までここにいたんだろう。それ以上引き離されているとは思えない。血のついた包帯をすべて、この岩の下に隠している。地面に埋めようともしていない」残留物を見つめた。「この様子だと、マンタ・レイの足の傷は相当悪化しているな。ここで休んで傷の手当てをしたんだろう。それにやつらのうちの誰かは腹が減っていたらしい」

デュークはポケットから証拠袋を取りだし、血液がついた消毒布六枚とエナジーバーの包装紙を入れて口を閉めると、袋をポケットに戻した。

「マンタ・レイの傷がひどいことを願いますよ」ジャックはひざまずいて、岩だらけの地面に残されたブーツ跡を観察した。「どうやら、傷ついたほうの足は動かせないみたいだな。この現場を見ただけで、やつらが大あわてでここを立ち去ったのがわかる。大柄な男はマンタ・レイの脇の下から腕をまわして肩を貸し、やつを助けているに違いありません。もしそうなら、進むペースが遅くなるはずだ。デューク、足跡からすると、やつらは尾根を横切ろうとしているようですが、そこからどこへ向かうつもりなんでしょう?」

「クローバー・ボトム・クリークだ。だが、わけがわからない。なぜ突然こんなにあわて始めたんだろう? マンタ・レイの足の傷がそれほどひどいなら、どうしてこの場に残らなかった? ここなら木々が充分生い茂ってるし、ハイキングに来る者もほとんどいないのに」

「だが、あいつらはそのことを知らないはずだ」署長が言う。「きっと最初からこのルートを行く計画だったんだろう。尾根を横切って川に向かうつもりだったんだ。あそこなら人目に触れることがない。しばらく隠れるにはうってつけの場所だ」

カムは口を開いた。「彼らはマンタ・レイのために松葉杖を作ろうともしなかった。どうして作らなかったんでしょうか? 大柄な男が手助けしたとしても、マンタ・レイにとって尾根を横切って川までの危険な道を全速力で下るのはどう考えても大変なはずなのに」

デュークが言った。「もし俺なら、ここに残る」

ジャックはあたりを見まわし、誰に言うともなしにつぶやいた。「なぜあいつらはここなら安全だと考えなかったんだ?」

デュークが言う。「きっと衛星電話を持ってるんだろう。仲間の誰かが電話をかけてきて、やつらが殺した若いハイカーが発見されたと教えたに違いない。それでじきに森全体が探知犬と警察官だらけになるのを心配したんだろう」

カムは遠くに見える石灰岩の崖を見つめた。途方もないほど切り立っている。崖から目をそらし、頭を傾けるとゆっくりと口を開いた。「いいえ、そうじゃない。そんな話が漏れるほど長い時間は経っていないもの。マンタ・レイたちがこの場に残らなかったのは、あのハイカーの若い男性が殺されたこととは何も関係ないはずです」

「この小さなブーツの跡を見てください」ジャックは立ちあがると、足跡をたどり始めた。「この女は早足でほかのふたりから離れ、ここにある大きな岩の裏側に向かい、そこで立ち止まっている。それから右に何歩か歩いたあと、今度は左に戻っている。つまり、ここで行きつ戻りつしたということです。どうしてだろう?」

カムは問題の足跡を見つめた。「デュークが言うように、衛星電話を持っていたんだわ。私たちのことを知った誰かが電話をかけてきて、早くここから移動して尾根から離れるよう伝えたんじゃないでしょうか?」

ジャックが眉をひそめる。「だがなぜ電話をかけてきたやつは、俺たちがマンタ・レイたちを追っていることを知っていたんだ？」

署長が口を開いた。「デュークと私はそれぞれの仲間に捜査情報を伝えているが、彼らが情報を漏らすわけがない。かといって背後で糸を引いている犯罪の首謀者が、わざわざこんな場所へ状況を尋ねにやってくるわけもない」

デュークがうなずいた。「とはいえ、この状況を見ると、やつらがここで大きな決断を下したのは明らかだ。しかも即決したに違いない。署長、部下に電話をかけて、クローバー・ボトム・クリーク・ロードの巡回を強化するよう伝えたほうがいい」

自分のバックパックを背負いながらジャックが言った。「たとえ追跡しているのを悟られたとしても、やつらがあの道路にたどり着く前に捕まえられるはずです」

一同はすぐに出発し、驚くべき眺めが三百六十度広がる尾根沿いを移動し始めた。先頭を行くジャックは早足で歩いているが、痕跡をひとつも見逃すまいと、道からかたときも目を離そうとしない。頭上から太陽の光が容赦なく照りつける中、ジャックのペースに合わせるうちに、カムはたちまち全身から汗が吹きだした。息があがらないよう、安定した呼吸を保つことに意識を集中させる。

突然ジャックが立ち止まってかがみこむと、小さな紙切れを拾いあげた。

みんながジャックのまわりに集まった。「これを見てください。あいつらのうちのひとりが、ここでアスピリンの包みを開けて捨てている」

カムは言った。「つまり、マンタ・レイの傷のせいで立ち止まったのね。手を貸してもらっていてもさらにアスピリンをのむ必要があるほど、傷の状態がひどいということだわ」

署長が言う。「いい気味だ。さぞみじめな気分に違いない」

デュークはあたりのにおいを嗅ぐと、低い声でささやいた。「やつらは近くにいるに違いない。できるだけ静かにしたほうがいい」

一同は尾根の東側をおり始めた。作物がいっさい見当たらない不毛な土地が続いている。周辺にあるのは、ありとあらゆる大きさの岩と雨裂だけだ。さまざまな形の雨裂は、空から降ってきた雨水が川に流れ落ちる過程で、地表面が侵食されてできたものだろう。尾根を半分ほど下ったところにある低木の茂みに近づいたとき、ジャックはふいに足を止めた。「見てください、マンタ・レイがここで転んでいる。手助けしていた男も。女がふたりを助けようと、ここに両膝をついています」三人のブーツ跡が入り乱れ、一面に生い茂った低木林からあわてて離れて、少しなだらかで危険度の低い地帯へ向かっている。

ジャックがそれらの足跡を早足でたどっていくと、マンタ・レイたちがあちこちに移動しつつ、なるべく平らな箇所を探しながら着実に下っているのがわかった。

「ここでまた立ち止まっている」ジャックが言った。「ほら、見てください」

署長が足跡を確かめようとかがんだとき、あたりに銃声が鳴り響いた。しんとした空気を切り裂く、はっきりとした轟音(ごうおん)だ。署長が脇腹をつかみ、がくりと膝をついた。

25

火曜午後早く
ワシントンDC
ワシントン記念病院、カフェテリア

こみあう病院のカフェテリアで、サビッチとシャーロックは、座っていたカーラ・ムーディとドクター・ジャニスの姿を見つけた。こちらに気づいたカーラが手を振る。彼女の目に希望が宿ったのがすぐにわかった。ドクター・ジャニスがカーラの手を取って握りしめる。「こんにちは、ディロン、シャーロック。カーラと一緒にランチをとっているところなの。一緒にどうぞ」いったん口をつぐんだ。「何かわかったの？」

シャーロックは体をかがめてカーラを抱きしめ、耳元でささやいた。「いくつか手がかりを得たの。あなたに聞いてほしいこともあるわ。さまざまなことがひとつにつながり始めたのよ」そう言っても言いすぎではないだろう。

サビッチがドクター・ジャニスの手を取った。「それはクリームチーズがたっぷり入ったベーグルですか？」

「ええ、それに近いわ」ドクター・ジャニスが答える。「無脂肪だけれど、これは本物のクリームチーズなのだと自分を納得させられる味よ。年寄りの胃にはこっちのほうがいいだろうと思って」

そう聞かされ、サビッチは複雑な気分だった。覚えている限り、ドクター・ジャニスは出会った頃からずっと頼りになる立派な医師だ。歳月とともに年を取るのはどうしようもないことだが、それでもその現実と向きあいたくなかった。

カーラが含み笑いを漏らした。「よく聞いて、ドクター・ジャニス。私はあなたを本当に頼りにしているの。あなたにはアレックスの二十五歳の誕生日を絶対に一緒に祝ってもらうつもりよ」

ドクター・ジャニスは声をあげて笑った。「あらあら。そうね、頼りにしていてちょうだい。アレックスにケーキを運んでもらう必要があるかもしれないけれど、誕生日パーティに同席できるように頑張るわ」

サビッチはシャーロックにカーラの相手を任せると、注文する人たちの列に並び、妻と自分のためにツナサラダ・サンドイッチを買った。一方のシャーロックは椅子にもたれ、カーラの顔を見つめた。顔が青ざめ、目のまわりが赤くなっているものの、ドクター・ジャニスの助けのおかげでどうにか持ちこたえている様子だ。今日のカーラはジーンズに白のシャツを合わせ、スニーカーを履いている。ドクター・ジャニスがカーラの自宅から持ってきたシャツの袖口には、オレンジと黄色の絵の具のしみがついていた。「産科病棟にあなたを訪ねたら、看護師からドクター・ジャニスと一緒にカフェテリアへ行っていると聞かされたの。ゆうべ私たちが帰ったあと、少しでも眠れていたらいいんだけど」

「自分の病室に戻るまでFBI捜査官がつき添ってくれたし、そのあとは看護師さんからどうしてもと言われて睡眠薬をのんだの。だから大丈夫。あれからちゃんと眠れたわ」ただし夜明け前に恐ろしい悪夢にうなされ、汗びっしょりになって目が覚めた。でもそれはあえて話さず、カーラはどうにかにやりとしてみせた。「私を退院させたがっていることはわかってるの。看護師長がそんな話をしているのが聞こえたから。でも結局ここの人たちも私を追いだすより、少しでも私を手助けする姿勢を見せたがってるはずだわ。きっと私から訴えられるのを恐れているはずだもの。それに大事なのは、私が本気で家に戻りたくないと考えていることよ。ええ、家になんて帰れない……今はまだ。アレックスを取り戻すまでは。それに、ここにはジョン・ドウがいるから。もし彼が目を覚ましたらすぐに知りたいの」

まったく手をつけていなかったハム・サンドイッチの半切れを手に取ると、これまで一度も食べたことがないかのようにまじまじと見て、ほんの少しだけ口にした。

「シャーロック、ドクター・ジャニスと私で、ゆうべあのジョン・ドウを殺そうとした男が何者かについて話しあったの。ハラー捜査官にも話したとおり、犯人はアレックスの誘拐を手助けした、監視カメラに映っていたのと同じ男だとは言いきれないわ。ゆうべの男は手術用のマスクをつけていたから。

いったいあの男たちは何者なの？　なぜジョン・ドウを殺そうとしたの？　ジョン・ドウの腕を見たら、注射を打った跡がいっぱいあったわ。やつらはあの男性に何をしたの？」

シャーロックは答えた。「言ったとおり、いろいろなことがわかり始めてきているところよ。まずシルビー・ボーンに話を聞きに行ったことから話すわね」

ドクター・ジャニスが口を挟んだ。「私は失礼したほうがよさそうね。全部極秘事項なんでしょう？」

「お願い、行かないで」カーラがドクター・ジャニスの手をつかんだ。「あなたにも全部聞いてほしいの。お願い」

「ドクター・ジャニス、あなたも同席してくださってかまいません」シャーロックは言った。「それに質問があれば、いつでも話に割って入ってほしいわ」

「わかったわ。どれだけ役に立てるかわからないけれど」

「それなら話を始めるわね。カーラ、もう一度きくけど、日曜に自宅へ押し入られるまで、ジョン・ドウとは一度も会ったことがなかったのよね？」

「ええ。すでに話したはずよ。なぜ蒸し返すの？」

「もうちょっと我慢して話を聞いてほしいの。カーラ、思いだしてみて。十カ月前にあった、シルビー・ボーンの夫の誕生日パーティの場にジョン・ドウがいた可能性はある？」

「ええ、彼に気づかなかった可能性はあるわ。あの日はみんながあちこち移動しながら話の輪に加わっていたから。シルビーはどう？ あの男性のことを知っていた？」

「今朝、バトラー捜査官と私で話を聞いたところ、一度も会ったことがないと答えたわ」

カーラがシャーロックの顔を見つめる。「でも、あなたはシルビーの話を信じていないのね？」

「そうでないという証拠が出てくるまでは、彼女を事件関係者だと見なしているとだけ言っておくわ。シルビー・ボーンについては、もうすぐいろいろなことがわかるはずよ」

「あなたは私にシルビーとは連絡を取るな、アレックスのことやあの子の誘拐について彼女に話さないほうがいいと言っていたわね？」

「ええ、あなたがそれを守ってくれて本当によかった。私の口からシルビー・ボーンにそういう話を伝えるのが狙いだったから」

ドクター・ジャニスがゆっくりと言った。「そうして驚かせることで、シルビーの反応を観察するつもりだったのね？　その瞬間、どんな顔をするか、無意識にどんなボディランゲージを見せるか確かめたかったんでしょう？」

「そのとおりです」

「何か注目すべき点はあった？」

「ええ、そう思います」

カーラは紙皿の上にサンドイッチを落とすと、シャーロックのほうへ体を傾けた。

「信じられない。私たち、とても仲がよかったのよ。シルビーはショックを受けていたでしょう？　本気で私のことを心配してくれていたはずよ」

「ええ、彼女もそう言っていたわ」シャーロックはカーラの手を取った。「でもドクター・ジャニスの言うとおりよ。何かしっくりこなかった。何かがおかしいと思ったの。カーラ、あなたにとっては残念なことだけど。

私たちがシルビー・ボーンの家を出てから三分もしないうちに、彼女はボルティモアのある番号に電話をかけたの。その電話の所有者が誰か、もうすぐわかるはず。それにシルビー・ボーンに誕生日パーティの出席者リストを送るよう頼んだら、彼女はバトラー捜査官宛てにメールで送ってきたわ。今、リストに載っている人たちをバトラー捜査官とハラー捜査官が訪問しているところなの。

それとバトラー捜査官と私は立ち去る前に、シルビー・ボーンの車の下にGPS追跡装置を取りつけた。だから今後彼女がどこへ出かけても、誰と会っても、私たちはその情報を得ることができる。そのときまでに、私たち全員がすべきことがたくさんあるの」シャーロックは言葉を切ってカーラを見つめた。恐怖と困惑が入りまじった表情を浮かべている。親友だと思っていたシルビーが自分を裏切っていたらどうすればいいのかと不安を募らせているのだろう。「カーラ、招待客リストを確認する作業を手伝ってもらえない？　あなたとドクター・ジャニスに、男たちの名前と写真、話の内容をまとめた資料に目を通してもらいたいの。そうすれば捜査の助けになるかもしれない」

「ええ、もちろんできることはなんでもするわ」カーラが答えた。シャーロックはその声に新たな活力を聞き取った。「ドクター・ジャニス、あなたも協力してくれる？」

「ええ、いい考えだと思うわ。リストを持ってきて」ドクター・ジャニスは水の入ったボトルを掲げ、シャーロックに小さくうなずきかけた。すべきことを与え、自分自身以外に目を向けさせるのはカーラにとっていいことだとわかっているのだ。

サビッチがシャーロックの前にツナサラダ・サンドイッチを置き、ミネラルウォーターのボトルを渡した。「聞こえたよ。このふたりにも、パーティの参加者リストを確認してもらうんだね」

シャーロックはサビッチに笑みを向け、ブーツを履いた脚で夫のすねをつついた。

「耳がいいわね。そう、ふたりとも協力してくれるの」

カーラがゆっくりと探るような表情でシャーロックの顔を見た。「でも、もしシルビーが何か知っていて罠を仕掛けていたのだとしたら、彼女との友情そのものが真っ赤な嘘だったってことになるのね。だってもしそうなら、シルビーは私が薬をのまされるのをあらかじめ知っていたことになるもの。もしかすると、あのジョン・ドウが誰なのかも知っているのかもしれない」かぶりを振りながら続ける。「だけど、まだどうしても信じられない。シルビーはボルティモアで一番仲よくしていた友達だったから。その彼女がなぜこんなひどいことをするの？」

「さっきからあなたが口にしているのは、どれももっともな質問だわ。そのすべての答えがじきにわかるはずよ。約束するわ、カーラ」シャーロックは淡々とした口調で続けた。「こういう場合、ひとつ考えられるのは、アレックスを誘拐した人物が本物の父親である可能性ね。つまりあのパーティであなたに睡眠薬をのませた男ということ。一般的に言うと、親のひとりが子どもを誘拐するケースはよくあるの。特にその子の親権を得る望みがない親ならなおさらよ。ただし、今さっき、今回はそのケースに当てはまらないことがわかったばかりなの」シャーロックは深呼吸をした。「カーラ、あなたに話さなければならないことがある。あなたにとっては受け入れがたいことかもしれない。今朝、私がシルビー・ボーンから話を聞いているあいだに、バトラー捜査官にかかってきた電話でわかった新たな事実があるの」

カーラは明らかに困惑した様子でシャーロックを見つめたまま、何かにすがるようにドクター・ジャニスの手をそっと握った。

「バトラー捜査官に電話をかけてきたのは、FBIのDNA鑑定の専門家ドクター・フランツ・ベネディクトだった。前に、あなたとアレックスのDNAが採取できるものの提出を頼んだのを覚えているわよね？　あれはアレックスを発見したとき、すぐにＤＮＡを確認できるようドクター・ベネディクトに鑑定を依頼するためだった。実はディロンも昨日ドクター・ベネディクトに、ジョン・ドウのＤＮＡを送って鑑定を頼んでいたの。そうすればＦＢＩのＤＮＡ情報データベースと照合して、身元がわかるかもしれないから。そうしたら偶然、彼と不思議なほどそっくりなＤＮＡマーカーの持ち主がいた。信じられないことに、ジョン・ドウとその人物が父子関係にあることがわかったの。

カーラ、あのジョン・ドウこそアレックスの父親だったのよ」

26

火曜午後早く
ダニエル・ブーン国立森林公園

「伏せろ！」ジャックは叫ぶと同時に署長めがけて飛びかかり、ふたりして低い岩の露頭の背後に転がった。さらに銃声が何発か響き、周囲の土がはねあがる。カムは頭上わずか五センチの岩肌に弾が突き刺さる音を聞きつけ、巨大な岩の背後に飛びすさって地面に伏せた。心臓が口から飛びだしそうだ。

デュークがすぐ隣に飛びこんできて腹這いになった。手にベレッタを掲げて大声で尋ねる。「署長は無事か？」

「脇腹を撃たれました！」ジャックが叫び返した。「傷の深さはまだわからない。ふたりともそのまま伏せて！」

デュークが言う。「拳銃と思われる発砲音が少し離れた場所から聞こえた。ジャック、どの方角からかわかったか？」

「いいえ。俺たちの前方は空き地だし、やつらは木々のあいだに隠れられて見通しがいい分、有利だ。向こうから丸見えじゃ、俺たちはここから動けない。伏せたままでいてください。俺は署長の止血をしないと」

カムは両膝をついて岩の端からあたりの様子をうかがった。たちまちもう一発銃声が聞こえ、膝近くにあった小さな岩が砕け散った。だがその一瞬前に、カムは閃光を目撃した。

大声で報告する。「狙撃者は三十メートルほど先、私の位置から一時の方向にいる！　発砲は地面からじゃない。おそらくあのオークの木からよ」彼女は間髪をいれずに行動に出た。「デューク、伏せたまま援護射撃をお願いします」

デュークはベレッタを掲げ、オークの木に向けて六発連射した。そのあいだにカムは首をもたげ、閃光が見えた方向へ撃った。たちまち右側から弾が飛んできて岩を粉々に砕き、その破片のひとつがカムの腕に当たった。氷の塊がぶつかったかのような冷たさを感じた次の瞬間、腕の感覚がなくなった。

カムはあとずさりして叫んだ。「狙撃者はふたりいる！　一時の方向と三時の方向。三時の方向の狙撃者は地面から発砲。あのカエデの木の根元よ。ジャック、署長は大丈夫？」

署長本人が答えた。「カム、私は大丈夫だ。君たちは伏せたままでいろ」

これは一種の膠着状態なのだろうか？　カムは必死に頭をめぐらせた。自分たちは動くこともままならない。相手からは丸見えで、すぐに標的にされてしまう。腕に燃えるような痛みを感じてふと見ると、砕け散った岩の破片が腕に突き刺さり、手の甲に血が流れ落ちていた。肩越しにデュークに視線をやると、地面に腹這いになったまま、正面の大きな岩からまわりにすばやく目を走らせている。「デューク、悪いけど、少し手伝ってもらえますか？」

デュークはカムに視線を戻し、彼女の腕に突き刺さっている岩の破片に気づくなり、すぐに体を回転させてカムのもとへ来た。「くそっ、カム、すまない。気づきもしなかった。敵のほうばかり見ていて――」

「私も今、気づいたところです。引き抜いてもらえますか？　バックパックにシャツがもう一枚あるから、それを包帯代わりにします。デューク、早いところお願いします」

デュークはカムがバックパックからシャツを取りだし、袖口を引き裂く手助けをした。次の瞬間、彼は大きく目を見開いた。「カム、あそこにあるのはなんだ？」

カムが言われた方向へ顔を向けたのと同時に、腕から岩の破片を引き抜かれた。あまりの痛みに衝撃を覚えたものの、どうにか悲鳴をあげずにすんだ。ふたたび息ができるようになると、すぐに感謝を伝えた。「デューク、名演技でした。本当にありがとう」こみあげる吐き気をのみこみ、どうにか体勢を立て直そうとする。デュークが無言のまま、腕の傷口に引き裂いたシャツを強く押し当てた。そのわずかな動きを狙撃者に見られたに違いない。ふたりの正面にある岩に、さらに銃弾が容赦なく撃ちこまれた。

それから静寂が訪れた。

カムは歯を食いしばってささやいた。「あいつらは私たちがこれ以上任務を遂行できないと考えたんでしょうか？　私たちのうちのひとりを殺したと」

「いや、やつらにも署長が脇腹を撃たれたというジャックの言葉が聞こえたはずだ。向こうが俺たちのことをどう考えているかなんてわからない。ただひとつ確実なのは、君の腕に岩の破片が突き刺さったのは偶然だってことだ」

引き裂いたもう片方のシャツの袖口をデュークに巻きつけられ、傷口に激痛が走ったが、カムは気丈にもにやりとしてみせた。デュークは血だらけになった最初のシャツの袖口を丸め、血のついた岩の破片と一緒に自分の証拠袋へ入れると、カムの傷口に巻いたシャツの切れ端をきつく結んだ。

「署長のバックパックに救急セットが入ってる。抗生物質入りの軟膏を塗っておけば、腕の状態もしばらく大丈夫なはずだ。痛み具合はどうだ？」

頭がどうにかなりそうなほど痛かったが、カムは答えた。「私なら大丈夫です。最後の発砲から三分ほど過ぎてます。向こうにとって一番大事なのは、マンタ・レイの身の安全のはず。彼らはすでに、マンタ・レイと一緒に移動したと思いますか？ それともまだ私たちのうちの誰かが頭をあげるのを待っていると思いますか？」

「確かめてみよう」デュークは自分のレミントンにカムのバックパックを引っかけて、高々と掲げた。

銃弾は飛んでこない。デュークは一瞬待ったあと、手近にある茂みをめがけて石を放り投げた。だが何も起こらない。

ジャックと署長もあたりに耳を澄ました。署長が尋ねる。「やつらはもう行ったと思うか？」

「まずは最後まで手当てさせてください。少しばかり痛いかもしれないから、好きなだけ悪態をついてもらってかまいませんよ」傷の手当てをされているあいだ、署長は悪態を吐き続けた。やがて手当てを終えると、ジャックはにやりとした。「署長、さすがの俺も、罵り言葉をこんなにたくさん聞いたのは初めてですよ。傷はそんなにひどくないし、脇腹にめりこんでいた弾はすでに取り除きました。じきに出血もおさまるはずです。医学訓練を受けているから、これくらいの処置ならお手の物です」ガーゼ包帯の上から署長のシャツの一枚をぐるぐる巻きにして結び終えると、上からベルトを縛りつけて尋ねた。「具合はどうです？」

「とりあえず生きてるよ。君はとんでもないサディストだが、とにかく処置が手早い。ありがとう、ジャック。借りができたな」

「ええ、覚えておきますよ」そう答えたものの、ジャックにはわかっていた。待ち伏せされて攻撃されたにもかかわらず、負傷者がたった一名ですんだのは運がいいとしか言いようがない。だから署長も考えているはずのことを口にした。「もし署長が足跡を見ようとかがまなかったら、最悪の事態になっていたでしょう」

「そうとも、私のことはミスター・ラッキーと呼んでくれ」署長が答えた。「妻はかんかんになるだろうけどな」

デュークとカムが這ってジャックと署長のもとへ来た。デュークが口を開いた。

「ここ数分、やつらにわざとターゲットになるものを示し続けたが、いっさい反応しない。今も、ここに来た俺にもカムにも発砲してこなかった」

「安全第一でいきましょう」ジャックは顔をあげないまま言った。「準備ができたら出発です。南側の側面を進むほうがより安全だと思います。あの木々に沿って移動すれば……」顔をあげ、カムの腕に巻かれたシャツに目を留め、はっと息をのんだ。

「何があった？」

カムはジャックの目に恐れの色が浮かぶのを目の当たりにし、あわてて答えた。

「たいしたことはないわ。心配しないで。デュークが手当てしてくれたから大丈夫」デュークが言う。「岩の破片が腕に突き刺さったんだ。だから引き抜いておいた。今必要なのは、救急セットに残ってるものだ。消毒用のアルコールはあるか？」

「いいえ」ジャックが答えた。「だがアルコールガーゼなら何枚か残っています。じっとしてろ」そう言うなり、滅菌ガーゼと自分の水筒の水で、カムの傷口を洗浄し始めた。カムは最初に鋭く息をのんだものの、それ以外無言のまま、水に流された血液が岩肌に落ちるのを眺めている。「これでよし。あとは抗生物質入りの軟膏を塗って、包帯を巻こう」処置を終えたジャックは一瞬カムの表情を確認すると、署長を見た。「署長とカムはここに残って隠れていてください。デュークと俺でやつらを追います」

カムはどうしても納得できなかった。「なんですって？　私に頭を思いっきり叩かれたいの？　ジャック、今の言葉は取り消して。署長は重傷だけど、私は違う。あなたと同じくらい、あのいまいましいやつらを捕まえたくてうずうずしてるの」

ジャックが署長を見ると、署長はしかたがないと言いたげにため息をついた。「そうだな、君の言うとおりだ。動くには動けるが、私のせいで君たちのペースを遅らせてしまう。私はここでひとりでも大丈夫だ。今の私の考えを聞いてくれるか？　やつらは愚か者ではない。向こうの狙いは私たち全員を殺すことではないと思う。誰かひとりに重傷を負わせて、全員の足止めを余儀なくさせることだ。だから今こそすばやく移動しなければならない」

ジャックはうなずいた。「だから署長を狙ったんです。さっきも言いましたが、もし発砲の瞬間に体をかがめていなかったら、まともに銃弾を浴びて俺たちは追跡をあきらめなければならなかったかもしれません」

デュークが言う。「俺は今もあいつらがクローバー・ボトム・クリーク・ロードを目指していると考えてる。ここから約三キロだ。そこから東へ八キロ行ったところに、私有の滑走路がある。俺たちに追われているとわかった今、やつらが望んでいるのは一刻も早く車で拾われてその滑走路に向かうことに違いない。飛行機に乗れば一時間以内にバージニアに到着できる」

「だったらやつらを追いかける必要はない。その道路をすぐに封鎖させることです。あなたたちが知っている最速の方法で」ジャックはかたわらにいる署長を見た。速くて浅い呼吸をしている。傷が相当痛むのだろう。「署長、できるだけ早くここへ戻ってきます」

署長にしてみれば、こんなところに残りたくなかった。だが脇腹の痛みがあまりにひどく、ほかの三人のスピードについていけないのは明らかだ。「ああ。デューク、移動しながら関係部署に電話をかけて、クローバー・ボトム・クリーク・ロードを封鎖するよう指示してくれ。さあ、行くんだ。私のためにもあいつらを捕まえてくれ」

ジャックたちは各自のバックパックを署長が待機する場所に置いていくことにした。もはや必要ないし、体が軽くなる分、木々の茂みや絶えず変化する土地をさらにすばやく移動できるだろう。カムは、腕の傷の痛みが和らいでいることに気づいた。鈍い痛みに変わったのは、岩だらけの大地を全速力で移動して、全身にアドレナリンが駆けめぐっているせいもあるはずだ。

二十分後、ジャックは立ち止まり、拳を掲げた。すぐそばまでやってきたあとのふたりにも、木々のあいだから眼下に広がる景色が見えた。クローバー・ボトム・クリーク・ロードがまっすぐに延びていた。

27

クラクションが三回激しく鳴らされる音に続いて、車が急停止するキーッという音が聞こえた。ジャックは叫んだ。「やつらの迎えの車だ！　急ぎましょう！」

一気にクローバー・ボトム・クリーク・ロードまで下ると、はるか遠くで一台の黒い車が加速するのが見えた。古いシボレー・タホだ。ジャックが道路の真ん中まで走りでる。カムもすぐあとに続き、リアタイヤを狙って発砲した。タイヤが破裂し、タホは左側に大きく横滑りしたが、運転者がどうにか車体をまっすぐに戻し、今や道路の縁を進み続けている。岩だらけのごつごつした路面にタイヤがこすれ、耳障りな音をたてるとともに火花が飛んだ。

三人は代わる代わる発砲しながら車を追ったが、ジャックが弾倉を交換しているあいだに、タホは車体を大きく傾けながら角を曲がって見えなくなった。

彼らが全力疾走で追いかけて角を曲がると、タホが停止していた。保安官の乗ったクラウン・ビクトリアが二台、タホと向かいあうように道をふさぎ、クラウン・ビクトリアのドアの背後には警察官が四人、銃を手にして身構えている。カムは思わずジャックの腕をパンチし、腕に走った痛みに顔をしかめながらも満面の笑みを向けた。「やった、捕まえたわ！」

タホに近づくうちに、頭上からヘリコプターの音が聞こえてきた。警察の応援だろうか？　デュークは一瞬そう考えたが、思い直した。いや、自分はヘリコプターの要請などしなかった。だったらあのヘリコプターは？　そのとき、警察官のひとりが叫ぶのが聞こえた。「やつはこの車にはいない！　運転してる男だけだ！」

そのとき背後のどこかにヘリコプターが着陸する音が聞こえ、ジャックが叫んだ。「車はおとりだ！」駆け足で、すぐさま道を引き返した。カムも続いた。

ジャックのすぐあとからカーブを曲がった瞬間、カムが目撃したのは、道路の真ん中に着陸したヘリコプターに乗りこもうとしているマンタ・レイと護衛ふたりの姿だった。最後に大柄な男が乗りこもうとしたタイミングで、ヘリコプターはふたたび上昇し始めた。降着装置(スキッド)はおろしたままだ。

ヘリコプターは空中でホバリングし、大男が乗りこむまでその状態を保とうとしていたが、男はカムたちに気づき、ドアフレームに手をかけたまま発砲してきた。続けざまに放たれた弾がジャックの足元の土をはねあげる。わずか数センチしか離れていない場所だ。ジャックは援護射撃するようカムに向かって怒鳴ると、狙いを定めて大男に向けて何発か連射した。男のシャツがたちまち血に染まり、手から銃が吹っ飛んで道路に落ちた。

彼らが固唾をのんで見守る中、男は片手で自分の体をヘリコプターの入口まで持ちあげた。機内から誰かが手を伸ばし、男を引きあげようとしている。だが流れる血のせいで手が滑り、男の手がヘリコプターから離れた。男はなおも必死になってヘリコプターのスキッドをつかみかけたが、やはり手が滑った。男は両腕を振りまわしながら下を見て、一瞬ジャックと目を合わせた。なすすべもなく体をよじって回転し、叫び声をあげながら、十メートル上空から未舗装の道路に向かって落下していく。すさまじい勢いで地面に叩きつけられ、男はぴくりとも動かなくなった。カムは吐き気がこみあげた。今、耳にした、男の体が地面に叩きつけられる音は、当分忘れられないだろう。顔をあげると、離れつつあるヘリコプターから女がひとり、カムたちを見おろしているのが見えた。あるいは絶命した相棒を見ていたのかもしれない。どちらなのか、カムにはわからなかった。

カムは急速に離れつつあるヘリコプターに向かって悪態をついた。

「あの女、自分が勝ったと考えてる！」腹立ちまぎれにブーツで岩を蹴った。たちまち腕に激痛が走り、肘を押さえてグロックをだらりとおろす。

そのときデュークが駆け寄ってきた。「くそっ、あの運転してる男は俺たちの姿が見えるのを待って、俺たちを邪魔するためにあんな猛スピードでタホを発進させたんだ」体をこわばらせて立ち尽くしたまま、道路の真ん中に横たわる男の死体を見つめた。「こりゃあ……ひどい」

「向こうはどうでしたか？」ジャックの声で、デュークは現実に引き戻された。

彼は死体から目をそらして報告した。「保安官代理のひとりが、タホを運転していた男のことを知っていた。クライド・シバーズという名前で、地元の住民だ。この先にあるマッキーという小さな町に行く途中、いきなり森の中から三人が道に飛びだしてきて、シバーズの車めがけて発砲し始めたんだそうだ。リアタイヤに命中して愛車のタホをめちゃくちゃにされ、彼自身も殺されかけた。だからあんたたちＦＢＩを訴えたいと話してる」

カムは言った。「シバーズは単なる手先ですね。やつらがシバーズに詳しい事情を話しているとは思えないけど、それでも話を聞く価値はあるはず。この先五十年、Ｆ

BIの地下牢に放りこんでやると脅してやりましょう」

ジャックは頭を傾けて、絶命した大男を指し示した。「あの男が身分証明書のたぐいを持っているかどうか確かめてみよう。デューク、その保安官代理は、俺たちがあの若いハイカーが殺されたことを伝えたのと同じ保安官代理ですか？」

「ああ、ベンダー保安官代理だ。ジャクソン郡保安局管轄のマギーが担当区域だ」

デュークは未舗装の道路の真ん中に手足を投げだして横たわっている男の死体をもう一度眺めた。「こりゃあこの一年で起きたマリファナ絡みの事件よりもさらに厄介だな。ベンダー保安官代理にこの男の検死の手配をさせよう」

大男は顔を下に向けて地面に落下し、体の脇に両腕を垂らしている。右肩にジャックの弾が命中していたが、もはや血は出ていない。ジャックは男の体を仰向けにはせず、ひざまずいて男のポケットを確認した。カムが拾いあげた男のベレッタを見て口を開いた。「いい銃だわ。使いこまれて年季が入っているけど、手入れが行き届いている。まさにプロの武器ね」顔にかかる髪を払い、顔をしかめた。腕に怪我をしていたのをすっかり忘れていた。「すべてがプロの仕事だわ。卑劣なおとりを使ったとしてもね」

ジャックはため息をつくと、デュークに衛星電話を貸してほしいと頼んだ。「先延ばしは許されない。告解の時間だ」背を向けて電話をかけ、事情を説明し、相手からの指示を聞き取ると電話を切った。「サビッチに今までの経緯をすべて話した。クライド・シバーズと一緒に、俺たちもFBIの地下牢へ放りこまれるかもしれないな。さあ、署長を病院に連れていこう。カム、君も腕の傷を診察してもらう必要がある」

「デューク、よかったら署長の様子を見てきてもらえますか？　そのあいだに私はオリーに電話をかけて、今のヘリコプターの持ち主が誰なのか調べてもらいます。飛び立つ前に、N382で始まる機体記号が見えたの。そのあとに数字ふたつと最後にひと文字続くはずだわ」

「すばらしい視力だな、カム」ジャックは言った。「だがその機体記号は偽物に違いない。ただし全部が偽物ではないだろう。オリーに、ヘリコプターの型式はロビンソンR66で白色、ブルーの細いラインが入っていると伝えてくれ。きっと役に立つだろう」肩をすくめると聞こえないように悪態をつきながら、道路に転がっていた石を蹴飛ばした。

28

火曜午後
ワシントンDC
フーバー・ビルディング

昼日中に上司であるミスター・メートランドにオフィスへ呼びだされ、サビッチは内心驚いていた。メートランドのオフィスはフーバー・ビルディングで一番大きな部屋というわけではない。それなのに、そこに備えつけられているのは標準サイズのデスクと椅子ではなかった。オフィスに並んでいるのは、ミセス・メートランドが選んだアメリカを代表する一流のアンティーク家具ばかりだ。壁を背にして置かれた巨大なガラス製の飾り戸棚には、メートランドの輝かしいキャリアを示す記念品の数々や、有名人や偉人、さらに家族と一緒に写っている額入り写真がずらりと並んでいる。サビッチが気に入っているのは、昨年撮影されたメートランド家の息子四人とその母親の写真だ。大柄でがっちりとした四人の息子に囲まれ、ブロンドのミセス・メートランドはますます小柄に見えるが、彼女こそメートランド家のリーダーにほかならない。

サビッチに椅子に座るようメートランドが促したとき、彼に長年仕えている秘書のミセス・ゴールドがふたりの男性を連れて入ってきた。ファン・ラミレス警部とアルド・メイヤー刑事だ。サビッチはメイヤーが顔を引きつらせていることに気づいた。FBI副長官のオフィスに呼びだされて緊張しているのだろう。

メートランドがラミレス警部と握手をし、メイヤーにうなずいた。「来てくれてありがとう。特別捜査官のサビッチは知っているね？」

「会えてうれしいよ、サビッチ捜査官」ラミレスはサビッチと握手をした。

メートランドはふたりに椅子もコーヒーも勧めようとせず、単刀直入に切りだした。

「ファン、今日来るよう頼んだのは、そこにいる君の部下が、私の長年のキャリアにおいても見たことがないほど愚かな行動をしでかしたからだ」

メイヤーが前に進みでた。激しい怒りのせいで顔を真っ赤にしている。「話を聞いてください。私はうちに所属する巡査の見張り役としての任務を解いただけです。しかも言わせてもらえば、そもそも最初から私はその任務に反対していました」頭を大きく傾け、サビッチを示した。「うまいこと私を出し抜いた彼が懇意のベン・レイバンに連絡して、警官を昏睡状態にある男の警護につけさせたんです。昏睡状態ですよ？　私たちはその男が何者かも、危険な目に遭う可能性があることも知らされていなかった」

サビッチは静かに口を開いた。「もしカーラ・ムーディが現場にいて守ってくれなければ、彼はゆうべ殺されていただろう」

もちろん、メイヤーもあの事件のことはすでに知っている。だが口を閉じていたのは一瞬で、またしても前に進みでた。「俺のしたことはすべて正しい。何もかも正規の手続きにのっとってやったんだ。これはＦＢＩが担当する案件だと言ってきた以上、警護もあんたのほうで調達できるだろうと、あんたの秘書にちゃんと連絡した」

張りつめた緊張感の中、メイヤーの言葉がむなしく響く。メートランドは冷静きわまりない声で尋ねた。「君がミズ・ニードルハムにその連絡をしたのは何時だ？」

「さあ、覚えていません。夜遅くだったはずです。ただ、病院でまだ任務についている、うちの気の毒な巡査のことは忘れませんでした。俺は彼を家に帰してやりたかった。なぜなら彼はここの人間じゃないから。そう、一度たりともＦＢＩに所属したことなんてないからです」

「メイヤー刑事、君が彼女に電話をかけたのは何時だった？」メートランドはふたたび尋ねた。相変わらず冷静な声ではあるが、先ほどよりかすかにいらだちが感じられる。「さあ、どうなんだ？」マホガニー材の巨大なデスクの背後に立って腕組みをし、メイヤーをにらみつけた。今すぐメイヤーを窓から放りだしたくてたまらない様子だ。

メイヤーは足元に視線を落とし、それから自分の上司を見た。「覚えてません」

サビッチは淡々と言った。「ミズ・シャーリー・ニードルハムが私にメールを送ってきた時刻は昨日の夜の十一時三十三分でした。もしジョン・ドウの命が狙われたという連絡を受けていなければ、朝になるまでメールを確認しなかったはずです」室内に聞こえているのはメイヤーの荒い息遣いだけだ。ラミレス警部は無言のまま、まっすぐ前を見つめ、部下には目をやろうともしない。サビッチは冷静な声で続けた。「君があのジョン・ドウに関心を寄せているのはわかっていた。私と同じように、君も彼が何者なのか、その身に何が起きたのかと考えていた。だがメイヤー刑事、君は私が気に入らないからという理由であの男性の命を危険にさらしたんだ。そのことをどう申し開きするつもりだ？」

メイヤーは自分を抑えきれず、うっかり本音を口走った。「日曜日、あんたが自分の名前を売ろうとしゃしゃりでてきたからだ。そのためにあの頭がどうかした若い男を撃って倒したんだろう。いや、たいしたもんだよ。もしあんたがマスコミの注目を浴びようと出しゃばらなければ、俺が担当したはずなのに」

ラミレス警部はメイヤーの前に進みでると、硬い口調で言った。「私の部下の職務怠慢のせいでひとりの人を命の危険にさらしたことを、心から詫びたい。サビッチ捜査官、私にどうしてほしい？」

俺がこの手でメイヤーの肋骨を一、二本折ってやりたい。いや、もっといいのはこいつの身柄をシャーロックに預けることだ。サビッチは口を開いた。「メイヤー刑事、ひとつ質問させてほしい。もしゆうベジョン・ドウが殺されていたら、君はその責任が自分にあると感じたか？」

メイヤーは銃で撃たれたかのような衝撃を覚えた様子だ。「彼の身に危険が迫っているなんて、俺はまったく考えてなかったんだ！　ただあんたが……」

「ただあんたが、なんだ？」メートランドが尋ねる。

「サビッチがいばり散らして、レイバン刑事になんでも話して俺にいやがらせをしてると思ったんです。実際、日曜もそうでした！　俺はむかついて――」

メートランドがさえぎる。「サビッチ捜査官の質問に答えるんだ、メイヤー刑事」

今にも脳卒中を起こすのではないかとサビッチが心配になるほど、メイヤーの顔はこれ以上ないくらい赤くなっている。誰もひと言も発しようとしない。とうとうメイヤーが低い声でささやいた。「ああ、そうだ。自分に責任があると感じたと思う」

ラミレス警部が淡々とした口調で尋ねた。「だったらここで認めるんだな？　サビッチ捜査官が警官に警護させたのは正しかったと？」

メイヤーは石のように押し黙ったままだ。ラミレスはそれ以上何も言わず、ただメイヤーを見つめて答えを待った。

メイヤーがとうとう答えた。「はい、今回の件は彼が正しいとわかりました」

メートランドが言う。「それにもしサビッチ捜査官があの若者に個人的な関心を向けなかった場合、ジョン・ドウはまだ生きていたと思うか？」

メイヤーはサビッチのほうを向いたが、それ以上何も言えないままだった。

一方のサビッチは考えていた。そろそろこの話し合いを終わらせる頃合いだろう。メイヤーは充分すぎるほどの怒りと罪悪感と恥辱を覚えている。彼はいい刑事として――優秀な刑事とは言えないが――長いキャリアを積んできた男だ。そんなメイヤーがついに自分の非を認めたのだ。

メートランドが口を開いた。「メイヤー刑事、言っておきたいことがある。この話し合いはサビッチが求めたものではない。私が望んで君たちを呼んだんだ。私が自分の耳で、君の口から謝罪の言葉を聞きたかった。君の上司は優秀で公平な警部だ。彼が適切な懲戒処分を下すかどうかを決定するだろう」前かがみになり、デスクに大きな両手をついた。「もし私がサビッチ捜査官なら、今回の彼と同じふるまいができたかどうかは疑問だ。強い口調で君にそんな尊大な態度はやめろ、自分を正当化しようとするのはよせ、正当化できる点などひとつもないじゃないかと迫っただろう」言葉を切り、ラミレス警部にうなずいた。「警部、わざわざご苦労だった」ふたりが部屋から出ていくと、メートランドがサビッチに言った。「メイヤー刑事は君を嫌っている以上に、あのジョン・ドウを本気で気にかけているのだろうな」

「そうかもしれません。ただメイヤーが私への嫌悪感にとらわれていたのも事実です。今後、彼がどうするか様子を見ましょう。この件に対処してくださって感謝します」

メートランドはデスクをまわりこんでこちらへ来ると、サビッチの腕をパンチした。痛みをこらえて苦笑を浮かべたサビッチに向かって言う。「わかっている。この件はそのまま放っておくつもりだったんだろう？　だが私にはそうできなかった。メイヤーを呼んで責任を問う必要があると考えた。メイヤーは実に運がいい。もしもう一度こんなことが起きたら、絶対にこんな軽い処罰ですませるつもりはない」

29

バージニア上空、ヘリコプター機内

リアムはエレーナの様子を観察した。こちらの脇腹にワルサーPPKを押し当て、唇を引き結んだまま何も話そうとしない。きっとジェイコブソンのことを考えているのだろう。あれは実に見事な落下だった。ヘリコプターから、FBI捜査官ふたりが待ち受けている道路へ真っ逆さまに転落したのだ。まさに十点満点。自分としては、何かとむかつくあの野郎にふさわしい、満足のいく最期だったと言っていい。

リアムはエレーナに白い歯を見せて笑った。「俺たちの森での短い休日は、あんたの計画どおりにはいかなかったな。だが生きていれば、いいときもめぐってくるものさ。これからいよいよあんたのボスに会いに行くんだろ？」

「黙ってて」エレーナが脇腹にさらに強く銃を押しつけてくる。

それでもリアムは笑みを浮かべ続けた。エレーナが彼を撃つはずがない。すでにエレーナ自身が明らかにしているが、それはこの女の弱みにほかならない。リアムは突然、蛇のようなすばやい動きで銃身をつかんで銃を取りあげると、片方の手でエレーナの後頭部を強くつかみ、もう片方の手の親指と人差し指で彼女の顎の両側を締めあげ始めた。頸動脈(けいどうみゃく)を押さえつけているうちに、やがてエレーナは気を失い、ぐったりと体をもたせかけてきた。リアムは彼女のこめかみに向かってささやいた。「水まきホースを締めあげているみたいだ。うれしいよ。ここで引き金を引いてはいけないと、あんたが理解してくれて」こめかみにキスをして続けた。「俺に貸しができたな、スイートハート。手を離すのがもう少し遅かったら、あんたは死んでただろう。だが死んでほしくはないからな」

　パイロットが体をひねって叫んだ。「おい！　何をしてる？　エレーナにいったい何をした？」ヘリコプターががくんと傾いたが、すぐに水平に戻った。

　リアムは、パイロットが手探りで操縦席の隣にあるボックスを開けようとしていることに気づいた。自分のヘッドセットのマイクをオンにし、こちらの言葉がパイロットに聞こえるようにしてから話しかける。「なあ、銃なんか必要ない。心配することは何もないさ。この女は死んだわけじゃない。ただ少し昼寝してるだけだ。これ以上エレーナにわずらわされたくなかった。ほら、女ってそういうもんだろ？」笑い声をあげ、ワルサーPPKを手に取って、弾倉がフル装塡されていることを確かめる。よし、上等だ。「よう、相棒、俺は銃を持ってるが、何も心配はいらない。あんたが俺たちをちゃんと目的地まで運んでくれる限りは」

「だが、どうしてそんなことをした？　必要ないじゃないか。エレーナは君を傷つけたりしないはずだ、マンタ・レイ」

自分はもはやマンタ・レイではない。そう、リアム・ヘネシーだ。そう考えると、笑いがこみあげてきた。金色の奥歯が見えるほど満面に笑みを浮かべる。撃たれて以来初めて、ふたたび主導権を奪い返せたような実にいい気分だ。もしうまく立ちまわれたら、すぐに大金持ちになれるだろう。死んでしまった哀れな相棒のマービンよりもずっと金持ちに。マービンよ、安らかに眠れ。

さあ、ショウの始まりだ。

パイロットの後頭部を見つめ、アイルランド訛りを駆使して、ゆっくりした口調で話しかけた。「なあ、あんた、最初に覚えておくべきは、俺の名前がリアム・ヘネシーだってことだ。リアムと呼んでくれ。認めざるをえないが、エレーナはいいやつだ。だけど俺のほうがもっといいやつだ。それに率直に言うと、この女には俺が撃てないことはわかってる。もし俺が死んだら、エレーナのボスの壮大な計画が俺と一緒に墓場行きになるからな」パイロットに見えるよう、ワルサーを持ちあげてみせる。「ほらな、相棒、俺は状況がよくわかってる。おそらく、あんたよりもずっとな。しばらく話でもして楽しもう」

「俺が教えられてるのは、君の名前がマンタ・レイということだけだ。だが君は実際、何者なんだ？」

俺はあんたにとって最低の悪夢だよ。リアムが笑ってワルサーをパイロットのうなじに押しつけると、相手はたちまち体をこわばらせた。リアムはパイロットのうなじに銃口をこすりつけ、前後させながら言った。「なあ、相棒、何度も言わせないでくれ。俺の名前はマンタ・レイじゃない、リアムだ。それに俺はあんたたちのボスにとってこの世で一番大切な男だ」ワルサーを持つ手をさげた。「あんたの名前はなんていうんだ？」

「ラルフ、ラルフ・ヘンリーだ。君がアイルランド人だってことも知らなかった。なあ、聞いてくれ。エレーナを殺すな。もし殺せば、ボスは怒り狂って俺たち全員を撃ち殺す。エレーナはボスの恋人なんだ。もう何年もつきあってる。誰もが知ってることだ」

「ああ。俺もこの女のことは全部知ってる」リアムはためらうことなく言いきった。

「エレーナは暗殺者であり、ボスのボディガードであり、ベッドで奉仕する恋人でもある」

ヘンリーはリアムを見やり、必死に頭をめぐらせた。まだ不安と恐怖で体が硬直しているが、少なくともこの頭がどうかした野郎はもはやこちらのうなじに銃をこすりつけてはいない。この男はきちんと理解する必要がある。もしヘリコプターが墜落したら、自分も死ぬのだということを。ヘンリーはリアムと目を合わせ、ゆっくりとうなずいてみせた。

リアムは心の中でつぶやいた。よし、こいつは俺が内情に通じていると考え始めている。「なんなら俺のことはあんたのボスのパートナーだと考えてもらってもいい。だが俺があのボスを完全に信頼するほど愚かだと思うか？　しかもエレーナは完全にあいつの味方だ。あんたがさっき言ったように、ふたりは親密な仲だし、俺だってこのまま生きてたいなら優位な立場を保たなきゃならない。もしこのままエレーナを寝かしておかなければ、ボスは完全に優位な立場に立って、結局は俺をぶっ殺して地中深くに埋めるだろう。今は俺が勝つ見こみのほうがかなり高いが」

リアムにとって、ヘンリーが彼を恐れているのは都合がいい。テロリストを見るような目でこちらの様子をちらちら確認している。恐れという感情は人の強い意欲をかきたてるものだ。

いつ相手に圧力をかけるのをやめて手なずけ、必要な情報を引きだすべきかというタイミングは心得ている。リアムは座席の背にもたれ、意識を失っているエレーナにどう対応するか思案し始めた。女の血圧が上昇して意識を回復するまで、あと数分しかない。頭はぼんやりしているはずだが、烈火のごとく怒ったエレーナは、目を覚ますなり戦おうとするはずだ。ジェイコブソンと違い、彼女を過小評価するつもりはさらさらない。エレーナの体を縛るものはないだろうか？　あたりを見まわしたが、何も見当たらなかった。座席の下からツールボックスを引っ張りだして開けてみたところ、うってつけのものを見つけた。ダクトテープ。まさに救いの神だ。さっそくエレーナの手首と腿と足首にダクトテープを巻き、さらに両腕を胸の前で固定し、テープの先を前の座席の肘掛け部分にきつく巻きつけた。こうすれば正面を向かせた状態のまま拘束できる。もしエレーナが少しでも体をひねれば、すぐにわかるだろう。

リアムはにやりとし、パイロットにひらひらと手を振った。「用心のためにこうしただけだ。大丈夫、心配ないさ。それよりもさっきの道路での、あんたの操縦はたいしたもんだったな。本当にすごかったよ。ヘリコプターを楽々と着陸させて、ジェイコブソンがＦＢＩのやつらに向かって撃つときはちゃんとホバリング状態を保ってた。

それから機体をちっとも揺らさずに、すばやく上昇させた。いい仕事だったよ。あの大男が撃たれたのはあんたのせいじゃない」

ヘンリーは思わず唇をなめた。自分がかなりまずい立場にあるのは百も承知だ。何しろ、こいつらが警察から逃げる手助けをしたのだ。しかも途中で男がひとり、悲惨な死を遂げるのを目撃した。しかしそれでも、どうしても自分を抑えられなかった。この頭がどうかした男に褒められて誇らしい気分になっている。

リアムがそれに気づいたのか、すかさずつけ加えた。「どうやってあんな操縦法を習得したんだ？　教えてくれよ」

ヘンリーはとりあえず肩をすくめ、控えめな言動を心がけた。「そんなに大変じゃない。パイロットとしての訓練を受けた者なら誰だってできる。とにかくすばやく離着陸してボスのところへ戻るよう言われている」

それはいったいどこだ？　リアムは尋ねた。「あんたはボスのために働き始めてもう長いんだろうな？」

「彼がアメリカにいるときはいつもパイロットを務めている」

「ボスがアメリカにいないときは、あんたはどうしてるんだ？」リアムはヘンリーが眉をひそめたことに気づいた。質問を間違えたらしい。急いでつけ加える。「もちろんほかの大物を乗せて飛びまわってるんだろうな」それでもしかめっ面のままのヘンリーを見て笑いだした。「ニューヨークに飛んだことはあるか？　俺の住んでる街だ。ゴージャスなやつらが大勢いるし、どんな行為も許される」

ヘンリーは目を光らせると、しかめっ面をするのをやめて肩をすくめた。「ああ、どういう感じじか君も知っているんだな。彼らはたんまり報酬をくれる。しかもこっそり現金でだ。だから彼らの言うことが理解できなくても誰も気にしない。そうだろう？」

言うことが理解できないだって？「ああ、俺もだ。いらいらするけどな」

ヘンリーがもう一度こちらを見て、またしても肩をすくめた。「ロシア語なんて誰も勉強したくないに決まってる」

ボスはロシア人なのか？「ああ、まったくだ」

そのときエレーナが低くうめき、びくっとして目を覚ました。

リアムは体をかがめ、彼女の髪を撫でながら話しかけた。「しいっ、いい子だ、大丈夫。少しだけあんたに気を失っててもらう必要があったんだ。よけいな動きはするな。さもないと、もう一度同じことをしなきゃならなくなる」さらに体をかがめ、エレーナの耳元でささやいた。「次はさっきみたいにすばやく手を離すつもりはない。

完全に息の根を止める。だからじっとしていろ。俺にこんなふうにされたからって気分を悪くしないでくれ。だってどのみち、あんたに俺は撃てないんだから。そうだろ？　俺を殺すことはできるかもしれないが、その場合、ボスはあんたにどんなひどい言葉を言うことになるだろうな？　そのおかげで、俺にもこうしてチャンスが与えられてるってわけだ」

エレーナは低い声で言った。「ダクトテープをはがして」

「それはできない相談だな。俺の母さんはそんな愚かな息子には育てなかった」

「おい、何を話しているんだ？　エレーナを脅してるのか？」

「いいや、ラルフ、脅してなんかいないさ。エレーナは頭がぼんやりしているから、何が起きたのか知りたがってるだけだ。目的地に着くまで、ずっとおとなしくしてるはずだ」

それでもヘンリーは座ったまま振り向いた。「ミズ・オルロワ、大丈夫か？」

エレーナ・オルロワ？　彼女もロシア人だったのか？　てっきりメキシコ人の血が流れているのかと考えていた。だが、たしかに訛りが感じられない。自分は訛りを聞き取るのがうまいのに。リアムはエレーナの頬にキスをした。「ラルフを安心させてやってくれ。そのあとはいっさい口を開くな」

エレーナは咳払いをして、パイロットに叫んだ。「心配しないで、ラルフ！　私なら大丈夫」

「ほらな、ラルフ」リアムは身をかがめ、エレーナに顔を近づけてささやいた。「おとなしくしてろ。さもないとこのヘリコプターからあんたを放りだして、俺の行きたい場所へ行かせるぞ。そうしたら、あんたのボスの負けだ」

エレーナが目を合わせてきた。こちらの言い分を信じているのがわかった。

リアムは自分のヘッドセットに向かって話しかけた。「なあ、ラルフ、あんたのまわりにいるやつらはいつもロシア語しかしゃべらないのか？　あんたが彼らのパイロットなのに」

ヘンリーは機体を左にゆっくりと傾けながらかぶりを振った。「彼らはいつも要求してくるだけだ。自分の姉妹でさえ信用しないんだから」

リアムはうなずいた。「そうはいっても、今回ボスはしばらくアメリカに滞在する予定なんだろ？　俺との重要な取引のためにわざわざお出ましくださってるんだ」

「君とどんな取引をするにせよ、ボスにとって重要なものに違いない。おそらくまたプーチンと親密な関係に戻れるほど重要なものになるだろう」

「へえ、そいつはいいな。どうやってそれを知った？　あんたの前で、やつらはロシア語しか話さないはずだろ？」

「まあね。ボスの雑用係の少年が、こっそり教えてくれたんだ。アブラムが来て、ボスに自分のことだけに集中したほうがいいと忠告する前の話だが」

「アブラムは手ごわいよな」

「ああ、ボスもアブラムの言葉には耳を傾けるし、ポトマック川沿いとワシントンにあるふたつの屋敷の切り盛りも任せている」

「だよな」リアムはうなずきながら言った。「アブラムがボスに思いとどまるよう忠告する前、雑用係はほかに何か言ってなかったか？」

「いや、ただ何かでかいことを仕込んでいる最中だとしか言ってなかった。先月、ペトロフは俺にニューヨークの国際連合へ飛ぶよう命じたんだ。そのときは相当ご満悦な様子で、シャンパンを飲んでたよ。大使館の愚か者たちよりも自分のほうがはるかに重要人物だとかそんなことを話していた」

ロシア大使館のことか？「ペトロフはやつらとは全然違うからな。ペトロフにはペトロフなりの優先事項がある」

「そのとおり」ヘンリーは雲の合間から機体を下降させ始めた。たちまち眼下に、バージニアののどかな風景が広がっていく。迷路のごとく入り組んだ高速道路の南側に広々とした牧草地や木々や街が見えている。郊外の住宅地を北へと飛び続けると、やがて高速道路が車輪のスポークのように放射状に広がる地点まで来た。すべての道はローマに通ずというわけだ。ヘンリーが話しかけてきた。「君はこれまでペトロフのポトマックの屋敷へ行ったことはあるのか？」

「いいや。だが、じきに目にすることになるはずだ。今回の目的地だろ？」

「ああ、川のすぐそばにある、落ち着いたいい場所だ。ワシントンDCからヘリコプターであっという間だよ。ボスは君に何かを期待してるんだろうな？」

「ああ、何かを期待している」

「いったい何を？」

「きっと俺がやつをプーチンの一番の親友にさせることを望んでるんだろう」

30

火曜午後
ケンタッキー州マッキー

人口わずか八百人の小さな町マッキーに到着すると、カムとジャックはクラウン・ビクトリアからおり、町で最大の大きさを誇る赤煉瓦造りの三階建ての建物を見あげた。入口に並んだ堂々たるコンクリートの角柱が目を引く建物だ。

「小さな町のものとは思えない、とても印象的な建物ですね」

デュークが手をひらひらとさせた。「ああ、ここはこの地方の行政中心地なんだ。ジャクソン郡司法センターだけでなく、ジャクソン郡保安局もこの建物内にある。用事はなんでもここですませられるんだ。隣のブロックにある三軒のバーも、ここには頭があがらない」ふと口を閉ざし、足元の小石を蹴った。「病院に署長をひとり残してきたくはなかった。奥さんに電話をかけなければならないと、恐ろしい勢いで悪態をつきまくっていたからな。きっと病院に飛んでこられて大騒ぎされるのがいやなんだろう。カム、君が軽傷でよかった。縫合してアームスリングで吊るだけで入院する必要もなかったとは、神に感謝しないとな」

「もっといいのは、アームスリングのおかげで実際より重傷に見えることです。それと、私には病院に飛んできて大騒ぎする夫のことで思い患う必要がないことね」

ジャックはあたりを見まわし、町の印象をつかもうとした。マッキーは魅力的な町だが、多少風変わりなところもある。刑務所と法廷がある重厚感たっぷりな赤煉瓦の建物の向かいには背の低いグレーの建物があり、〈ミスター・ビルの銃器・食料雑貨店〉という看板がでかでかと掲げられていた。

カムとジャックは保安官と言葉を交わしているデュークを残し、保安官代理の案内で窓のない小さな取調室に向かった。すでにクライド・シバーズが木製のデスクの前に座っていた。デスクは傷だらけで、シバーズの年齢の少なくとも二倍の歳月は使いこまれてきたと思われる。彼は落ち着きなくデスクの表面を指先でこつこつ叩いていた。二十代前半で、旗ざおみたいに痩せた若者だ。唇の上にまばらな口ひげが生えかけている。怯えていて、少し気分が悪そうだ。シバーズはふたりと目を合わせると、こんな侮辱は耐えられないと言いたげな怒りの表情を浮かべようとした。

カムは椅子を引いて腰をおろすと、一瞬シバーズと目を合わせた。「ねえ、あなたのクライド・シバーズ（Clyde Chivers）っていう名前、韻を踏んでいるのね。気に入ったわ。名前をつけてくれたのはお父さん？　それともお母さん？」

シバーズはまばたきをすると、口を開きかけたがいったん閉じ、それからどうにか答えた。「いや、母さんの姉のメイベルおばさんがつけてくれた。おばさんは詩を書くから」口を閉じて肩を怒らせると、もう一度怒りの表情を浮かべようとした。「あんたたちは俺を殺そうとしたやつらだな。俺のタホをめちゃくちゃにしやがって。刑務所にぶちこまれなきゃならないのはあんたたちだ。俺じゃない」

ジャックが椅子にゆったりともたれかかった。岩の上でひなたぼっこをしている蜥蜴（とかげ）のようにリラックスしていて、まるで気負いが感じられない。「いや、俺たちは君を死なせたくなかったんだ。実際、あの場にいた誰も死なせたくなかった。ただ、君が迎えに来たふりをしていた三人の男女を逮捕したかっただけだ」

「三人の男女ってなんの話だ？　俺は友達に会いにマッキーへ行こうとしてた。それなのにどうして今、こんなところにいるんだよ？　あんたたちは何がしたいんだ？　俺はなんにもしちゃいない。あんたたちだって、俺がひとりだったってわかってるだろう？　なんの権利があって俺を――」

カムは身を乗りだして座り直すと、シバーズの目をまっすぐ見つめた。「クライド、黙りなさい。保安官が車の前の座席の下にあった新札の百ドル札五枚を見つけた。クローバー・ボトム・クリーク・ロードで下手な芝居を打つ見返りにその金を誰から受け取ったのか話して」

「何を言ってるのかさっぱりわからない。俺はなんにもしてない。さっきも言っただろう？」

ジャックが口を開いた。「よせ、否認を続けても時間の無駄だ。さっさとこの話し合いをすませよう」

「あんたたちに俺を拘束する権利なんてない。五百ドル持ってたからってなんだっていうんだ？　俺はなんの罪も犯しちゃいない」

「いいえ、それは違う。この世にはとても悪い人がいる。あなたはそういう輩が逃げだす手助けをしたのよ」

クライド・シバーズは無言のまま、頭を前後に振っている。

ジャックも身を乗りだした。「君に電話をかけてきて金を支払ったやつから聞いてないのか？　君が逃亡を助けたあの三人は、昨日若いハイカーをナイフで殺害したやつらだと？　被害者の名前はジェームズ・デリンスキー。バージニア工科大学の学生だった。あの三人は動物に食わせるために被害者の遺体を放置したんだ。つまり、君は殺人犯の逃走を幇助したことになる。さあ、何ひとつ隠し立てせずに犯した罪のすべてを白状するか、あるいは今後二十年をペニントン・ギャップの連邦刑務所で過ごすはめになるかのどちらかだ。刑務所にぶちこまれたくないなら、チャンスは今しかない」

シバーズはカムとジャックを見比べて唇をなめた。「いや、本当に何も知らないんだ。俺は……」ふたりから視線を引きはがそうとした。

ジャックは突然デスク越しにシバーズのシャツの胸元をつかんで椅子から無理やり立たせ、大きく一度体を揺さぶった。「いいか、クライド、よく聞け。相手はひどく悪いやつらだ。君が刑務所にいるあいだは、君を生かしておくかもしれない。だが、そのあとは？　わかるだろう？　あいつらにとって、君は〝やり残した仕事〟だ」

カムはすかさず続けた。「〝やり残し〟にどんな運命が待っているかはわかるでしょう？」

「いや、そんなはずはない。誰も俺を傷つけたりしない。あんたたちだって俺を傷つけられない。あんたたちは――」

ジャックは最後にもう一度クライドの体を揺さぶってから椅子に戻した。「なあ、クライド、俺は真実を打ち明けてほしいんだ。そのためならなんだってやる。勲章がもらえるほど真剣にそう願ってる。さっきも言ったとおり、俺たちが今話しているのは、ひどく悪いやつらのことだ。君につい最近連絡してきたのが誰か教えろ」腕時計を見てつけ加える。「あと三分やる」

「取引したい。なあ、本当に何も知らないんだ。司法取引させてくれ」

ジャックがカムをちらりと見た。「俺にそうする権限はないが、ここにいるウィッティア捜査官はこの件を担当する連邦検事と知り合いだ。もしクライドが俺たちに正直にすべて打ち明けた場合、連邦検事は刑を軽くしてくれると思うか？」

カムは考えこむような表情を浮かべた。「そうね、ミズ・チェリースは日頃から、ここにいるクライドのように自分が危険な状況に巻きこまれていることをなかなか理解できずにいる人たちに同情的なの。でも、クライド、まずはその連中がハイカーに対してしたみたいにあなたを刺し殺す前に、私たちが彼らを逮捕することを祈ったほうがいい。亡くなったのはあなたより年下の、しかも二、三歳しか違わない若い男性だったんだもの」

シバーズは唇を噛んで、恐怖に顔をこわばらせている。震える手で脇にある水の入ったグラスを取り、ぐっと半分飲むと、手の甲で口のまわりをぬぐった。「わかったよ。だけど本当に信じてくれ。あいつらのことは何も知らない。何ひとつだ。電話をかけてきた男は、言われたとおりにするだけいい、そうしたら俺のことは放っておくと言った。でも誓ってもいい。もし電話で脅迫されなかったら、俺だってあんなことはしなかった」

ジャックがシバーズと話を合わせるように目を見開いた。「信じられないな。君みたいな立派な市民を脅しつけようとするとは。いったいなんと言って脅迫されたんだ？」

「その男は俺がうちの土地でマリファナを栽培してるのを知っていて、保安官に通報すると脅してきた。それがいやなら、俺のトラックに置いてある五百ドルを受け取って言われたとおりにしろと言われたんだ」少々得意げにつけ加えた。「俺だってばかじゃない。ちゃんと金が言われた場所にあるかどうか確認した」

カムは尋ねた。「その男は誰？　あなたの知っている人？」

「いや、名乗らなかったし、聞いたことがない声だった。俺が副業でマリファナを売ってると聞いて、ぜひ俺の助けが必要だと言われた。あの三人については何も教えてくれなかった。ただ車でクローバー・ボトム・クリーク・ロードを走って、もし森から何人か人が出てくるのを見たら、確実にそいつらに気づかれるようにしてすぐに走り去れと指示された。そのときはただスピードを出すだけで五百ドルもらえるなんてラッキーだと考えたけど、あんたたちがこっちに向かって銃をぶっ放してきたときは本当に信じられなかった。しかも弾はリアタイヤに命中するし。おまわりがパトカーで道をふさいでいるのを見るまで、このままだと殺されると思ってぞっとしたよ」

「あなたに電話をかけてきた男について教えて。声は若かった？　年配者の声だった？　訛りはあった？　何か気づいたことはない？」

シバーズはしばし考えて答えた。「普通の話し方で、父さんよりちょっと若い感じの声だった。そういえば、たしかに訛りがあった。といっても、よくある南部訛りとかボストン訛りじゃない。ほら、オックスフォードを舞台にしたドラマのモース警部みたいな話し方だった。たしかそんな名前だったと思うけど」

「つまり電話をかけてきた男は三十代から四十代くらいで、上流階級の英国人のアクセントで話してたのね」

「そうだ。そいつは俺がこっそりマリファナ栽培をしてるのを知っていた。そう言われて気づいたんだ。きっとクライアントの誰かが、そいつに俺のやってることや名前を密告したに違いないって。そいつから保安官にばらすぞと脅されて、言われたとおりやるしかなかった。なあ、あんたの知り合いの連邦検事は俺の話を信じてくれるよな？」

「ええ、信じると思うわ。クライド、あなたの携帯電話を貸して」カムは手を伸ばした。

「さっき取りあげられた。返してもらえるかな？」

カムはうなずいてジャックとともに立ちあがり、部屋から出る際、ドアの前で肩越しに振り返ってクライドに言った。「あなたは無罪放免よ。どこでも好きなところに行っていいわ。ただし、くれぐれも周囲には気をつけて。あなたの携帯電話は通信指令係が持っているはずよ」

シバーズが椅子から立ちあがり、唾を飛ばしてわめき始めた。「なんだよ、俺をひとりにする気か？　ひどいじゃないか。なあ、俺は何も悪いことはしてない。わかるだろう？　俺のマリファナは仲間を元気づけてるんだ。俺がいなかったら――」

「もしそうしたいなら、自分の身柄を拘束し続けてくれと保安官に頼みこむこともできるぞ」ジャックはそう言って取調室のドアを閉めると、カムにウインクをした。

留置場の外でカムはシバーズの携帯電話を回収し、ふたりの保安官代理が見守る中、画面をスクロールさせた。その日の早い時間に、非通知番号の着信履歴が残っていた。

「きっとプリペイド式の携帯電話ね。彼らは用心深いもの」

「ああ、本当に頭の切れるやつらだ。シバーズに電話をかけた男は、今回の首謀者で英国人なんだろうか？　それともその男も誰かの手下にすぎないのか？」

カムは苦笑した。「頭が切れると考えてしまうのは、まんまと裏をかかれたせい？」

「俺としては、やつらの運がよかっただけだと思いたい。だが、その意見にサビッチが同意してくれるかどうかは疑問だな。あの大男の指紋をサビッチにメールで送っておいた。指紋照合システムに登録されているかどうか、すぐにわかるはずだ」

「今からどこへ行くつもり？」

「サビッチにワシントンへ戻るよう言われた。マンタ・レイが中身を盗んだ貸金庫の契約者六人のうち、ひとりの手がかりを得たそうだ。それと、君が目撃したロビンソンの機体記号は存在しなかったらしい。今、ルーシー・マクナイト捜査官がワシントン内に存在するロビンソンR66のリストをまとめているところだ」

「サビッチは、私たちをくびにすると言ってなかった？」

「ああ、言ってなかった。俺もあえて尋ねなかった」

31

火曜午後
ワシントンDC
ワシントン記念病院

ドクター・ワーズワースから電話をもらった二十分後、サビッチはジョン・ドウが入院しているワシントン記念病院に到着した。新たに警護として任命されたウィルコックス捜査官と短く言葉を交わし、すぐに病室へ入ると、ドクター・ワーズワースがジョン・ドウの点滴を確認しているところだった。彼女は確認を終え、振り向いてサビッチに笑みを向けた。「来てくれてありがとう、サビッチ捜査官。言うまでもなく、これまで私の患者が病院内で殺されかけたことなんて一度もなかった。だから今回、完全に無力なこの男性が病院で命を狙われたのが本当にショックだわ」医師は病室の窓際に立っている男性を顎で示した。警護として派遣された、もうひとりのFBI捜査官クロスビーだ。「警護に捜査官をふたりつけてくれて、とてもほっとしているの。クロスビー捜査官は、もし誰かがまた何かしようとしたら自分たちが徹底的に阻止するし、その犯人のほうが緊急治療室に運ばれるはめになると請けあってくれたわ。サビッチ捜査官、あなたに電話をかけたのは、この男性の検査結果が出たら報告すると約束していたからよ」医師はかぶりを振った。「正直に言うと、検査結果で腑に落ちない点がいくつかあるの」

「カーラ・ムーディの赤ん坊の父親がこのジョン・ドウだった事実と同じくらい不可解なことですか？」

「いいえ、あれ以上に奇妙なことはありえない。本当に驚くことばかりよ。だってこの男性は二日前にカーラの自宅に押し入った張本人で、彼女自身が頭がどうかした男だと信じて疑っていなかった相手だもの。しかも昨日はカーラの赤ちゃんが誘拐されて、夜にカーラは彼の命を救った。そして今、赤ちゃんの父親がこの男性だと判明したなんて。しかもカーラは一度も面識がないと言っていたのに」医師はまたかぶりを振った。「カーラはよく頑張っているわ。実際スタッフから聞くところによると、カーラはジョン・ドウとずっと一緒に過ごしていて、彼のことを自分と同じ被害者だと考えているようね。カーラは、この男性が自分をレイプした犯人だったかもしれないという可能性はまったく考えていないわ」

本当に異例の事態だ。今後は状況がどんなふうに展開していくのだろう？　サビッチはシャーロックから聞かされたシルビー・ボーンの話と、ボーンの車に取りつけたGPS追跡装置について考えた。すべてシャーロックが直感を信じてしたことにほかならない。そして自分はいつだって妻の直感を信じている。「もうすぐさらに詳しいことがわかるはずです。ドクター、検査結果で腑に落ちない点を聞かせてください」

ドクター・ワーズワースは眼鏡を外し、手をおろして白衣でレンズを拭くと、ふたたびかけた。「知ってのとおり、男性のCTスキャンとMRI検査の結果は正常だった。昨日話した最初の血液検査で出た異常な結果、つまり血球数に関しても数値がよくなっていて、ほぼ正常範囲に近づいている。今朝、神経科医にもう一度診断してもらったところ、反射神経も改善しつつあるそうよ。以前ほど深い昏睡状態ではなくなっている。つまり、もうすぐ意識を回復する可能性が出てきたことになるわ」

「ドクター、イヤリングが落ちそうですよ」

「なんですって？」ドクター・ワーズワースは長く細い指で、耳から落ちそうになっていたダイヤモンドのイヤリングに触れると、ほほえんでつけ直した。「ありがとう。これはどうしてもなくしたくない大切なイヤリングなの。結婚二十五周年の記念に夫がプレゼントしてくれたものだから。それで、前にも話したとおり骨髄生検を考えていたんだけれど、この男性が自力で、しかもこんなに急速に回復している以上、わざわざ針を刺して骨髄から組織のサンプルを採取するような、体を傷つける検査はしないほうがいいと考え直したの」

「つまり、ジョン・ドウは体内から自力で有毒物質を排出したということですか？　投与されていた薬物に関して、何か情報は得られましたか？」

医師は片手をサビッチの腕にかけ、深呼吸をした。「あなたに電話をかけたのはそれを伝えたかったからなの。検査室は、ジョン・ドウの体内から数種類の薬物を発見した。ひとつ目はケルセチンという天然サプリメント。一般に販売されていて、一種の総合ビタミン剤として宅配でも取り寄せが可能なものよ。癌や心臓病や老化のリスクを減らすと言われていて、この世の健康問題のほぼすべてに効果がある実質上の万能薬と謳(うた)われている。アメリカ食品医薬品局(FDA)はなんの根拠もない主張だと警告しているものの、市場に大量に出まわっていることに変わりはないわ」

サビッチは肩をすくめた。「人々が希望を必要とする限り、その希望をかなえると謳う薬が出てくるのはしかたがない」

ドクター・ワーズワースがうなずく。「ええ、悲しい真実だわ。少なくとも私が知る限り、このサプリメントは人体に害をもたらさない。彼の体内から発見されたふたつ目の薬物はエポエチンアルファで、静脈投与が義務づけられている薬よ。遺伝子組み換え技術を用いていて、骨髄を刺激して赤血球産生を促す天然ホルモンとして製剤されている。血液凝固を促進するから貧血改善に役立つ薬だけれど、ジョン・ドウが貧血に苦しんでいた形跡はまるで見られない」

医師は息を深く吸いこんだ。

「三つ目に発見された薬物は、検査室でも特定できなかったの。移植臓器の拒絶反応の予防に用いられるシロリムスという薬に化学的に関連していることはわかったものの、ジョン・ドウの血液内から見つかったのはシロリムスとは違うまったく新しい種類の薬物だった。その正体不明の薬物が彼の体にとって、特に神経系と骨髄にとって毒性が非常に高かったのではないかと私は考えているわ。その毒性を中和させるために、エポエチンが投与された可能性がある。三番目の謎の薬が引き起こす骨髄抑制に対処するためにね」

「最新の薬物を数多く試験しているあなたの検査室でも特定できない薬物なんてあるんですか？　未承認薬か、市場に出まわっていない薬ということでしょうか？」

ドクター・ワーズワースがうなずいた。「ええ、当然そういうことになるわね。実際、試験が実施されないか、あるいは充分でない化合物は数えきれないほどたくさんあって、ほとんどは製薬会社や薬科大学が化合物ライブラリーと呼ばれるものに登録しているの。そのうちのいくつかが、いつの日か薬物として利用できるかもしれないという期待をこめてね。ただし結局は効果がないか、人体にとって有害か、あるいはその両方だと判明するケースがほとんどよ。薬剤として有効利用できて、実際に販売に漕ぎ着けられる成分を見つけだすには、本当に多くの資金と時間が必要なの」

「ジョン・ドウの症状は、何者かによって与えられた実験薬、あるいは未承認薬のせいだということで説明がつきますか？　今、症状が改善しているのは、その薬剤を投与されていないからでしょうか？」

「ええ、彼にとって運がいいことにね」ドクター・ワーズワースはジョン・ドウの腕を取り、きれいに並んだ注射痕を指先でたどった。「最初はボランティアである種の治験に協力していたのかもしれないと思ったの。でも、どう考えてもおかしいわよね。もし健康維持のために正式な承認薬を投与されていたなら、薬の中毒作用としか思えないこんなひどい状態に陥るわけがないもの。そうでしょう？」

医師は指先でイヤリングに触れると、かぶりを振った。

「ゆうべ、この男性の命を狙った犯人には医学知識があったはずよ。殺人者が彼の点滴に投与しようとした注射器には、塩化カリウムがたっぷり入れられていたの。心臓を停止させ、命を奪うのに充分な量よ。しかも殺人者はたとえ私たちが検死を行っても、殺された事実に気づかないと計算していた。突然の心停止による自然死に見えたはずだから」

「もしカーラが犯人を追い払わなければ、今後ジョン・ドウは二度と目覚めなかったでしょう。われわれに詳しい事情を教えたり、自分の身に起きたことを話したりすることもできないままだったはずだ」

ドクター・ワーズワースは男性の手を取った。「ここで何が起きたにせよ、どう考えても道義に反するわ。ぞっとする。どうか二度とこんなことが起きないよう犯人を見つけてね」

32

火曜午後遅く
アレクサンドリア南部
ポトマック川沿い
アークチュラス・ロード一七〇一番地

ヘンリーは南側からポトマック川まで飛ぶと、ヘリコプターをゆっくりと降下させ、川沿い近くの草木が刈り取られた小さな区画に着陸する態勢に入った。ヘリコプターのウィンドウから外を眺めていたリアムは、着陸予定地点から二十メートルも離れていない場所にある木製の桟橋に、よく知っているクルーザーが一艘係留されていることに気づいた。昔、アイルランド沿岸で盗みを働いていた悪がき時代に、よく目にしていた英国製モータークルーザー、ハーディ50だ。馬力があって荒波にも強いが、小型のため周囲の関心をさほど引かずに上流へたどり着ける。おそらくボスのものだろう。このクルーザーならいつでも簡単にどこへでも逃げだせるはずだ。

無事着陸し、ヘンリーが着陸後の作業を入念に行っているあいだ、リアムは機内からローターの動きがゆっくりになっていく様子を見つめた。ローターがようやく止まると、あたりに墓場のような静寂が落ちた。桟橋に打ち寄せるポトマック川の波音がかすかに聞こえるだけだ。アレクサンドリアや無数の人が住む大都市圏のごく近くに、これほど静かな場所があるとは。あたりには幹線道路も近隣住宅も何ひとつ見当たらない。まったくのプライベートな空間だった。

ヘンリーは操縦席からおりると、リアムたちのためにドアを開き、指さしながら言った。「ペトロフの家は、あの林を抜けたところにある」

リアムはスイス・アーミーナイフを使ってヘリコプターの座席の肘掛け部分に縛りつけていたダクトテープを切ると、エレーナの体を機体の外へ出した。負傷しているかかとに体重をかけざるをえなくなり、痛みに顔をしかめながら、横にあるスキッドに彼女の体をもたせかけ、脚を縛りつけていたダクトテープを切り始めた。自分で歩けるようにするためだ。だがちらりと確認すると、エレーナの目にはまぎれもない憎悪が宿っていた。直感的に悟った。たとえ手首と腕をテープで拘束されていても、エレーナは攻撃してくるだろう。しかもこちらは足を引きずっている状態なのだから、たとえワルサーPPKを持っていてもエレーナに倒されるに違いない。ヘンリーが彼女に加勢する可能性も考えられる。

「悪いが、あんたにはもうしばらくそのままでいてもらわなきゃならない。俺にお仕置きをしたがってるのは百も承知だからな」エレーナの頬を軽く叩いて挑発してみたが、彼女は何も言おうとしなかった。リアムはポトマック川を見た。「ペトロフのクルーザーに乗ってるのは誰だ？」エレーナが釣られてそちらを向いた瞬間、ワルサーの床尾で彼女の頭を思いきり殴りつけた。エレーナは声もあげずにリアムの体にぐったりともたれかかった。

「おい！　どうしてそんなことをする？」ヘンリーが前に出た。

ヘリコプターからおりた今、ヘンリーは小うるさい存在になりつつあった。「エレーナなら大丈夫だ。あんただってヘリコプターの中でじっと待っていたくはないだろ？　あんたがこの女を運んだほうが手っ取り早いと考えただけだよ。

「俺は君たちをおろしたら、ここから離陸するよう命じられてる」

「だったら計画変更だ。離陸はなし。さっさとエレーナを運んでくれ。ペトロフの側近はどこにいる？　アブラムだったかな？」

「出迎えに来るはずだ」

リアムはその瞬間、ヘンリーがしまったという表情になったのを見逃さなかった。

自分が意に反して、与えなくてもいい情報を漏らしてしまったことに気づいたのだろう。「気にしなくていい。俺がだませないのはこの世にただひとり、おやじだけだ。正真正銘のくそ野郎だが。さあ、この女を運べ」

ヘンリーはエレーナの体を肩に担ぎあげようとはせずに両腕で抱きあげ、とたんによろめいた。リアムは思わずにやりとした。エレーナは筋肉質でたくましい体つきだ。決して体重は軽くないだろう。

ワルサーを振って威嚇しながら命じた。「俺の前を歩け。もし少しでもおかしな真似をしたら、こいつをぶっ放して頭を木っ端みじんにしてやる」

ヘンリーはワルサーを見つめて唾をのみこむと、弱々しい笑みを浮かべた。「君がまさかパイロットを殺したいなんて思うはずがないよな?」

なるほど、ヘンリーはユーモアのセンスを見せれば殺すのが難しくなると考えたらしい。たしかにいい作戦と言える。リアムは笑みを浮かべた。「ああ、その証拠にあんたはまだこうして生きてる。そうだろ?」見せつけるようにワルサーを揺らした。リアムは常に警戒を怠らないまま、ヘンリーの三歩あとから足を引きずりながらついていった。ヘンリーは着陸用の区画を横切ると、雑木林を縫ってくねくねと延びている踏みならされた小道を進んだ。真夏なので、どの木もグリーンの葉をいっぱいにつけている。雑木林の先には青々とした芝生が広がり、そこをのぼりきったところに川に面して一軒の家が立っていた。先ほど上空から何軒か目にしたような、いかにも目立つ大げさな大邸宅ではないが、かといってみすぼらしい小屋でもない。ひと言で言えば、優美で落ち着いたたたずまいの家だ。使われているのは木とガラスだけで、雨風にさらされてほどよく風化した、日常生活を忘れるための家。所有者と招待客たちがごくプライベートな時間を楽しめるようデザインされた空間だ。さっき見えたボスのクルーザーが係留された桟橋までは、正面玄関から三十メートルほどの距離があった。

足を引きずりながら、建物へと続く石畳の小道を進んでいくと、広々とした屋根つきのポーチが見えてきた。年代を感じさせるロッキングチェアが二脚並び、そこに色あせた赤いクッションが置かれている。ペトロフのような人物があのポーチでロッキングチェアを揺らしてマティーニを飲んでくつろいでいる姿を、リアムは想像せずにいられなかった。何もかもが静寂に包まれている。家の中からも、アブラムという男やそのほかの人物がいる気配すら感じられない。

だがそのとき木製の正面玄関のドアが開かれ、年配の男がひとりポーチへ出てきた。よく日に焼けていて、完全に頭が禿げあがっている。男は腕組みをして頭を傾け、こちらが近づいていくのを見守っている。背が高く、引きしまった体をしていて、白のスーツ姿だ。白いシャツの襟元のボタンを外し、素足に白いローファーを履いている。男はにこりともしなかった。

「あれがアブラムか?」

ヘンリーがうなずく。

「ほら、早く挨拶しろ、このまぬけ」

「アブラム、元気そうだな。ミスター・ペトロフはいらっしゃるか?」

「ああ、もちろんだ。ここ以外のどこにいるというんだ?」アブラムは意識不明のままヘンリーの腕に抱かれているエレーナから、かたときも目を離そうとしなかった。「彼はずっと待っていた。意外と早く着いたな。ただ、これは問題だ。ミスター・ペトロフは気を悪くするだろう。ミズ・オルロワを中へ。まさか死んでいるわけじゃないだろう? あるいは死にかけてもいないだろうな?」

リアムは足を踏みだしてヘンリーの横に立つと、ワルサーの銃口をまっすぐアブラムに向けた。「やあ、アブラム。俺はリアム・ヘネシーだ。エレーナのことなら心配ない。静かにしていてもらうために頭を軽く叩いただけだ。ペトロフのところへ案内してくれ」

アブラムは大きな手を体の脇で握りしめたが、やがて力を抜くと、背を向けて家の奥へと進み始めた。ヘンリーとリアムはあとに続いた。

リアムが見つめる中、アブラムはあるドアをノックして開けると、頭だけを突っこんで何か口にした。ロシア語だ。室内から聞こえた別の男の低く冷静な声も、やはりロシア語だった。

アブラムが振り向いた。「入れ」

リアムはワルサーを振ってアブラムに先に入るよう示すと、ヘンリーの背後から足を引きずりながら細長い部屋へ足を踏み入れた。大きな窓からポトマック川岸の全景が見える。ふたつの壁際に置かれた濃い色の塗装を施した木製の棚に中身はほとんどなく、ハードカバーが二、三冊並んでいるだけだ。部屋のはるか奥に、巨大なマホガニー材のデスクがある。デスクの背後で、男が立ちあがった。ヘンリーの腕に抱かれてぴくりともしないエレーナを見たとたん、足早にデスクをまわりこんできて、鋭い声で言った。「ヘンリー、何があった？　彼女は大丈夫なのか？」きびきびとした英国の上流階級のアクセントだ。男がすばやくリアムを見た。「いったい何をした？」

「エレーナなら大丈夫だ、ミスター・ペトロフ」

「もし傷つけていたら、君の命もないものと思え」

リアムは笑った。「少し頭が痛むかもしれないが、それだけですむはずだ。あんただって俺と同じくらいよくわかってるだろ。もし俺が頭を殴らなきゃ、エレーナは俺の体から肝臓をえぐりだして、七面鳥みたいに縛りあげてあんたを喜ばせてたに違いない。あんたに足で首根っこを踏んづけられたり、あんたの知りたい情報を吐くまで水をいっさい与えられずに監禁されたりするのを、みすみす許すわけにはいかないからな」

「マンタ・レイ、私は野蛮人ではない」

「俺のことはリアムと呼べ。リアム・ヘネシーだ。古い呼び名はもう今の俺には似合わない」

ペトロフは何も答えようとせず、ヘンリーに身ぶりで、淡いブルーのブロケード織りのソファにエレーナを横たえるよう指示した。つまりペトロフにとって、エレーナは本当に唯一の弱点ということだ。パワーバランスが一気にこちらへ傾くのを肌で感じ、リアムはにやりとした。

ペトロフの前で自分の弱点をさらしたくはないが、こいつはリアムのかかとの具合をすでに知っているはずだ。エレーナから話を聞いているに違いない。リアムは足を引きずりながら椅子に近づき、腰をおろした。ずきずきするかかとの痛みが和らいだことに安堵しつつ、ペトロフを見つめる。四十代半ばというところか。さほど大柄ではないが、存在感がある。自分が他人に多大な影響力を及ぼせることを理解し、その力の使い方を熟知しているようだ。どこか風変わりな印象を与えることは否めない。額が広く、中央の生え際はV字形になっていて先が槍のように尖っている。黒髪の左右の生え際は後退していて、どこかアメリカ人俳優のニコラス・ケイジを彷彿とさせる髪型だ。ベルファストにある古びたゴダード・シアターで、彼の映画を見たことがある。そういえば、ペトロフは目の色もニコラス・ケイジと同じ黒だ。だが鼻は長くて鼻筋が通っており、頬骨が高く、一度も日焼けをしたことがないかのように透き通った肌の色をしている。吸血鬼。そう、この残忍なロシア人は、ニコラス・ケイジと同じ髪型をした吸血鬼に見える。

リアムは言った。「俺はロシア語が話せない」

「そんなことははなから期待していない」ペトロフが答えた。〝なぜなら、おまえはアイルランドの無教養な愚か者だからだ〟言葉に出して言ったわけではないが、そう考えているのは火を見るよりも明らかだった。ペトロフがアブラムを見た。「ヘンリーをキッチンへ連れていって、ビールを飲ませてやれ。それとドクター・ミハイロフを呼んで、エレーナの手当てをさせろ。もちろんミスター・ヘネシーのかかとの治療もだ。必要があれば、また声をかける」

アブラムとヘンリーの話し声が遠ざかっていくのを聞きながら、リアムは無意識に自分のかかとをさすっていたことに気づいて手を止めた。ペトロフはエレーナに何かささやき、彼女の顔を撫でている。傷の具合を心配しているのは一目瞭然だ。

「ミスター・ペトロフ、あんたはさっき自分は野蛮人じゃないと言ったな。それは認めるよ。あんたは野蛮人とはほど遠い。だが今の俺にわかってるのは、あんたはあの貸金庫に入ってたものに関してできもしない約束をして、平気で俺の眉間を銃でぶち抜けるってことだけだ。そうなったら、アブラムはあの未舗装のヘリパッドに俺の死体を埋めるに違いない。だからこそ俺はエレーナから銃を奪った。つまりあんたと俺は今、対等の立場にあるということだ。さあ、交渉を始めようか」

33

心配そうにエレーナの顔を見つめていたペトロフは顔をあげると、白くてほっそりとした両手を振った。「ミスター・ヘネシー、君は誤解している。これは単なるビジネス上の案件だ。それ以上でも以下でもない。取り決めはちゃんと守ってきた。君を連邦保安官から自由にすると約束し、実際そうした。ＦＢＩの手から逃れるために非常手段を取る必要があったが、それもきちんと果たした。だから今、君は生きてこの場にいる」ぐるぐる巻きにされたリアムの足を身ぶりで示しながら続ける。「その足にＦＢＩ、それ以外にも君をどんなふうに助けてきたか、ここで数えあげる必要はないだろう？　それなのに、君はエレーナのお気に入りのワルサーの銃口を私の胸に向け続けている。これから君を金持ちにしてやろうとしているのに。むしろ感謝の気持ちを表してほしいくらいだ」

リアムは椅子の背にもたれ、腕組みした。ペトロフのことが気に入った。とはいえ、ペトロフは暗い路地裏では絶対に遭遇したくないタイプの男であることも承知している。「その感謝の気持ちとやらを表す方法として、俺に何を望んでる？」

「いや、ちょっとした礼儀を示してくれたらいい。私の貸金庫の中身を盗むよう、君を雇った人物の名前を確認させてほしい」

リアムは片方の眉をあげ、完全なアイルランド訛りで答えた。「ミスター・ペトロフ、俺はかかとが痛くて機嫌が悪い。悪いが、今は礼儀正しく接する気分じゃないんだ」

「私のかかりつけの医師が、かかとの治療をしに来てもか？」

「俺だけじゃないだろう。エレーナの治療もするはずだ」ソファに向かってワルサーを軽く振ると、エレーナの低くうめく声が聞こえた。「ほら、そろそろ意識を取り戻すんじゃないか。それが俺なりのあんたに対する礼儀の示し方だ。エレーナを殺さなかったことがな」

ペトロフはソファに座ってエレーナを腕に抱えて優しく起こし、耳元でささやいた。「動いたらだめだ。脳震盪を起こしている」エレーナがリアムに聞こえないようにペトロフに向かって何かささやくと、ペトロフは彼女の後頭部から左のこめかみにかけて長い指を軽く滑らせた。「ここにこぶができているだけだ。顔に傷はついていない。

痛むかい？　私のことがはっきりと見えているか？」

エレーナはうなずくと、これみよがしにフランス語で何かささやいた。ペトロフはエレーナの体を引き寄せると、彼女の髪に顔を押し当て、あやすようにゆっくりと揺らし始めた。

リアムは言った。「そう、俺はエレーナを殺さなかった。それにあんたが心から望んでるものを今から与えようとしてる。感謝の気持ちを表すべきなのはあんたのほうだろ。俺が望んでいるのは、自分の今後の人生を変えるための金だ。だがあんたに追われ、寝ているあいだに喉をかき切られるほどの大金は望んでない」

「金額はいくらだと考えている？」

「四百万ドル。それとあの貸金庫にあった宝石全部だ」

ペトロフはエレーナから目を離さないまま答えた。「朝までに金を用意させる。自分の身の安全を保証するためのほかの要求もあるんだろう？」

「よし、話が早いな。要求はあとひとつだけだ。四百万ドル渡したら、ヘンリーのヘリコプターで、どこでも俺の望む場所へ飛べるよう手配しろ。金とエレーナも一緒だ。エレーナは俺自身の身の安全を保障する人質だ。ヘリコプターであんたが欲しがってるものを回収しに行く。それが何にせよ、俺が貸金庫から盗んだあの金属製のボックスに入ってるんだろ?」

「そうだ。あれを開けなかったのか?」

リアムはうなずき、脇腹に銃弾を浴びたときの激痛を思いだした。

ペトロフがエレーナの耳元に口を寄せ、ロシア語でささやいた。「心配しなくていい。このアイルランド野郎は君に殺させてやる」

エレーナはうなずき、笑みを浮かべてペトロフを見た。

リアムはその笑顔が気に入らなかった。突然、エレーナの暗い瞳に喜びの色が浮かんだからだ。ペトロフはエレーナになんと言ったのだろう? いや、たいした問題じゃない。こっちにはワルサーがある。モロッコに行こう。映画で何度か見たことがある国だ。一面に広がる不毛な砂漠、奇妙な衣装をまとって駱駝(らくだ)に乗って移動する部族民たち、古い街路や市場があるフェズという名の大都市。眉をひそめるような暑さなど気にしない。エアコンをかければいい。あるいは黒い目をした少女たちを雇って、ヤシの大きな葉で扇(あお)がせるのもいいだろう。

リアムはふたたびペトロフとエレーナを見た。ペトロフはエレーナの後頭部を撫でながら、低い声で何か話しかけている。またしてもロシア語だ。リアムはペトロフに大声で言った。「今夜エレーナにはこの部屋で俺と一緒にいてもらう。誰かがこの部屋に忍びこもうとしたら、真っ先に死ぬのはエレーナだ。わかったか?」

ペトロフがエレーナの手を握りしめてうなずいた。「私もアブラムも君をわずらわせるつもりはない。ただし、ひとつだけ警告しておく。もしエレーナを傷つけたら、君を地球の果てまでも追いかけ、ジェイコブソンより悲惨な死を迎えさせてやる」

リアムは笑い声をあげた。「いい脅し文句だな。だけど、本当にそうできるとは思えない。だが、いいだろう。エレーナがするべきは、ひたすらおとなしくして俺に面倒をかけないことだけだ」

ペトロフがエレーナに向き直る。「彼を困らせてはいけないよ、モイ・ゴールピ。君はゆっくり休んで、体力を取り戻す必要がある」

「〝モイ・ゴールピ〟ってどういう意味だ?」

ペトロフは冷静な視線をリアムに向けた。「英語で言うと、私の鳩(マイ・ダブ)――鳩のようにいとしい人という意味だ」

「そりゃあご馳走(ちそう)さま。だが、その女が鳩だって? どっちかって言うと、毒蛇のほうが近い。エレーナは間違いなくジェイコブソンを撃ち殺そうとしてた。あの男は本当に使えなかったからな。あんたが高い報酬を払ってないことを願うよ」

ペトロフは肩をすくめた。「ジェイコブソンは首都警察にいる内通者から推薦された男だ。刑務所を出たばかりで、金を必要としているやつがいると言われてね。能力不足の罪は命で償ったからよしとしよう。もはやFBIにジェイコブソンを追跡されて、私や君にたどり着かれることもない。ちょうどよかった。

ミスター・ヘネシー、教えてほしい。なぜそんなに私を信じようとしない？　君の手腕には感服しているんだ。実際、盗んだものを見事に隠している。それに私は君のためにすると約束したことはすべてしてきた。それなのに、君はいまだに私に対してビジネスパートナーというよりもむしろ敵であるかのような態度を取っている」

エレーナが鋭い声で言った。「セルゲイは名誉を重んじる紳士よ。彼の言葉に嘘はない。あなたにとって、セルゲイを信じられない理由はひとつもないはずだわ」

「ああ、そうだな。泥棒の中では紳士だってことだろ？　森で、この男があんたに俺の手の爪をはがさせなかったことには感謝してる。だが俺はあんたたちのどっちともうまくやっていこうなんて気にはなれない。ミスター・ペトロフはさっき、あんたをなんて呼んでたかな？　彼の鳩(ヒズ・ダブ)だったか？　そう、いとしい人(モイ・ゴールビ)だ」

「私をそんなふうに呼ぶなんて許せない、このアイルランドのくず野郎！」

「ほらな、鳩というより禿鷲(はげわし)だ」リアムはたしなめるようにエレーナに向かって指を振った。「なんて失礼な言い草だ。ジェイコブソンが死んだあと、俺はあんたをヘリコプターから突き落とすこともできた。小さな金属製のボックスを開けて自分のために利用し、他人を介さないで直接交渉することもできたんだぞ。だが俺はミスター・ペトロフと取引していたからな。だからエレーナ、礼儀をわきまえろ。クローゼットにあんたを閉じこめる手間をかけさせるな。ところでミスター・ペトロフ、俺がビジネスパートナーである以上、これがプーチンとどういう関係があるのか聞かせてくれよ」

ペトロフが体をこわばらせる。「直接の関係は何もない。だがウラジーミル・プーチンはすばらしい男だ。この混乱の時代にロシアに必要な男であることは間違いない。それなのに君たち西側メディアはプーチンを怪物であるかのごとく報道し、西側諸国の政府は彼やその忠臣たちを中傷しようと躍起になっている」

「あの男はシャツさえ着てないじゃないか」リアムはぼそっと答えた。

そのあとドクター・ミハイロフが到着するまでに、リアムはアブラムが作ったレンズ豆のスープと黒ライ麦パンの大きな塊をたいらげ、アスピリンを三錠のんでいた。ひどく疲れていたが、どうってことはない。なんとか対処できるだろう。ずっと昔、刑務所にいた頃、常に警戒を怠らずにいるすべを学んだ。さもないと、いつ誰に喉をかき切られてもおかしくなかった。

ドクター・ミハイロフは小柄できびきびした男だった。ペトロフよりも年上に見える。アブラムと同じく五十代くらいに違いない。ペトロフと同様、医師もしゃれた身なりだ。淡いブルーのピンストライプのスーツに、イタリア製のタッセルつきローファーを合わせている。ミハイロフを見てリアムが思いだしたのは、いつか自宅へ盗みに入ったことがあるベルファストの政治家だ。きざなやつで平気で嘘をつき、約束を守ったためしがない。あの盗みで嘘つき野郎に相当の痛手をこうむらせることができたはずだ。

「ずいぶん時間がかかったな」リアムは医師に話しかけた。

ミハイロフは背筋を伸ばし、蔑みの目でリアムを見おろすと、あっさり無視した。そしてペトロフにすばやくお辞儀をした。「すぐに駆けつけられなくて申し訳ありません、セルゲイ」

ミハイロフがすぐにエレーナのかたわらに座り、先に彼女の治療を開始しても、リアムは何も言わなかった。

医師はエレーナに質問し、傷の具合を確かめると、錠剤を手渡した。それから立ちあがって再度ペトロフにお辞儀をすると、ほとんど訛りが感じられない流暢(りゅうちょう)な英語で報告した。「ミズ・オルロワは問題ありません。今、渡したのは頭痛薬です。とはいえ、彼女には休息が必要でしょう」

リアムは尋ねた。「明日の朝、また出かけられるか?」

ミハイロフは冷たい視線をリアムに向けると、ふたたびペトロフを見て眉をあげた。本当にむかつくやつだ。

ペトロフが言った。「ティムール、彼の質問に答えてくれ」

「わかりました」ミハイロフは体をこわばらせて立つと、モスクワの冬よりも冷たい声で答えた。「ミズ・オルロワは、明朝には回復して外出できるようになるだろう。ただし二、三時間が限度だ。そのあとは休息の必要がある」

リアムはミハイロフにとびきり魅力的な笑みを向けた。「そいつはよかった。さあ、相棒、こっちに来て俺のひどく痛む足を治してくれ」

34

火曜夕方
ジョージタウン
サビッチの自宅

サビッチがソファに腰をおろしながら、シャツのポケットに携帯電話を戻し、向かい側に座っているジャックとカムに言った。「ハービンジャー署長からだった。手術がうまくいって、一週間もすれば仕事に復帰できるそうだ。まだ少し頭がぼんやりしている様子だったが、それでも担当の外科医が妻を病院に呼んだ、よけいなことをしてくれたものだとこぼしていた」

カムが笑い声をあげた。「それは署長の空いばりです。目が覚めたとき、署長は奥さんがそばにいてくれてうれしかったに違いありません」

ジャックは三枚目のペパロニ・ピザにかぶりつき、シャーロックが箱の中に残っている最後のひと切れを見つめていることに気づくと、にやりとした。「どうぞ、食べてくれ」

シャーロックは最後のひと切れを手に取ると、カムに向かって軽く振った。「腕は大丈夫なの？」

「大丈夫。縫合されたところが少しむずむずするけど、何も心配ないわ」カムが一瞬ジャックを見て、それからサビッチに視線を戻した。「正直な話、私たちの目下の心配事は、あなたから叱りつけられるのか、それとも銃で撃たれるのか、どちらだろうということです」

サビッチはカムの心配事を一蹴した。「生きていればいろいろある。そうやって、われわれは先へ進んでいくんだ」

カムが言った。「ボルト・ハラーから聞きました。赤ちゃんの誘拐に続いて、ゆうべはあなたが日曜に捕まえたジョン・ドウの命が狙われる事件があって、あなたとシャーロックは休む間もなかったそうですね。詳しい話を聞かせてもらえますか？」

シャーロックが答えた。「本当に難しいパズルを解いているみたいなの。だけど少しずつピースがはまりつつあるわ。何が起きているのか、なぜ起きているのか、詳しい事情がわかるまでにそう長くはかからないはず。でも今の時点で重要なのは、マンタ・レイの身に何が起きているかよ」

続いてサビッチが口を開いた。「逃走に使われたヘリコプターがロビンソンR66だとよく特定してくれた。機体記号は偽物だったが、いい手がかりになる。今、ルーシーが調べてくれているところだ。

ジャック、君がヘリコプターから撃ち落とした男は、指紋照合システムに登録されていた。名前はアーノルド・ジェイコブソン。三十六歳で、十四歳のときから刑務所を出たり入ったりしていた。万引きから始まって自動車泥棒、家宅侵入と犯罪を繰り返し、ボルティモアの複数の闇金融業者で取り立て役を務めていた。一度ボルティモアで相手を半殺しにしたのにうまく逃げおおせたが、ボスと大喧嘩して、結局そのボスに売られたらしい。メリーランドにあるブロックブリッジ矯正施設で十年服役して、半年前に満期出所したところだった。仮釈放が認められなかったのは、自分の気に入らない相手なら誰でもナイフで刺すようなトラブルメーカーだったせいだ。オリーが彼の仲間を調べている。マンタ・レイを手助けした人物が誰であれ、その人物とジェイコブソンを結びつけるやつがいないかどうかをね。

ほかにも知っておいてほしいことがある。昨日の午後、ルースはマンタ・レイの弁護士だったドゥーチェ・ボウラーを監視していた。ルースとオリーはボウラーに揺さぶりをかけて、マンタ・レイとの取引のために彼を雇った人物とすぐに会うよう仕向けたんだ。ルースが公共駐車場までボウラーを追ったところ、そこで待ち伏せされ攻撃された。だが信じがたいことに、ボウラーは自分を殺すつもりで来た相手を射殺し、そのあと風のように姿を消してしまった。今、広域指名手配（APB）されている。暗殺者の名前はラッセル・バウアー。ジェイコブソンと同じく、バーで喧嘩した相手を殺しかけて刑務所に入れられ、出所したばかりだった。やはりジェイコブソンと同じく、仮釈放なしでまるまる六年服役している。バウアーの仲間も調べているところだ」

カムがサビッチを見つめた。「驚きました。ジャックと自分は嵐の真っただ中にいると思っていたけど、ルースもだったなんて。彼女は大丈夫なんですか？」

「ああ、大丈夫だ。バウアーは年配の夫婦を殴って意識不明にさせたが、殺してはいなかった」

ジャックは口を開いた。「ボウラーをすぐに見つけなければ。これまで捜査網をかいくぐる経験をしたことはないはずだ。きっと死ぬほど怖がっているに違いない」

シャーロックが言う。「ミセス・ボウラーと娘のマグダ・ボウラーの動きは別の捜査官たちが監視しているわ。ボウラーの携帯電話の電源がオフになっているせいで、居場所が特定できないの。でも家族に連絡を取るために携帯電話を使えば、すぐに彼を見つけだせるはず」

ジャックは言った。「ボウラーは気づく必要がある。今の時点で自分の一番の親友は俺たちなんだと」

「彼は弁護士だから」カムは肩をすくめた。「弁護士に友達はいないものよ」

サビッチがカムに笑みを向けた。「いい知らせもあって、君とジャックにまたひと働きしてほしいんだ。あの銀行の貸金庫の契約者たちのうち、俺はひとりに目をつけた。コルティーナ・アルバレスだ。彼女に最初に話を聞いたときの報告書は読んだか？」

カムがうなずいた。「アルバレスは三十代半ば。メキシコ出身の社交界の名士で、ここ十年はワシントンDCの官舎に住んでいる女性ですね。貸金庫には宝石しか預けていなかったと話し、保険加入証明書を提出しています」

サビッチがうなずいた。「ああ、彼女から話を聞いた捜査官たちが徹底的に裏取りをした。メキシコの公記録まで確認して、三十五年前にメキシコシティで生まれ、十八歳のときに両親を亡くし、非常に裕福だった親の唯一の相続人として遺産を受け継いだ事実を確認した。ちなみに、のちにアメリカへ移住し、入学したウィリアム・アンド・メアリー大学ではスラブ文学を専攻し、三カ国語を話せる。二十三歳でアメリカ市民権を獲得し、特に職歴はなく、頻繁に旅行をしている」

ジャックは尋ねた。「どうしてアルバレスが特に疑わしいと考えたんだ?」

「アルバレスのメキシコの公記録に関して、MAXでもう一度確認してみたんだ。たしかに記録は存在したし、すべてが信頼できる内容に見えた。だがそれでもどこか気に入らなかったから、MAXにさらに深く探らせた」

シャーロックはにんまりすると、サビッチの膝を軽く叩いた。「ほら、ディロン、先を続けて。狐につままれたような顔をしているこのふたりに、笑顔を取り戻させてあげて」

「コルティーナ・アルバレスなんて人物はいなかった」サビッチが淡々とした口調で言った。「記録によれば、アルバレスのアメリカのパスポートは十二年前に初めて発行されたとある。彼女の両親やきょうだい、祖父母、さらに彼らの住所や出生及び死亡に関する予備情報はどれも完璧で動かしがたいものに思えた。実によくできていた。だから話を聞いた捜査官たちもだまされたんだ。この女性に疑わしい点はひとつもないと信じこみ、関係者リストから外してしまった」しばし口をつぐむと、手にしていた〈ディジー・ダン〉の野菜ピザの最後のひと切れを口に放りこみ、ナプキンで手を拭いた。「今後も語り継がれるほど、ほぼ完璧な記録だった」

カムが身を乗りだして座り直した。興奮のあまり、持っていたピザを落としそうになっている。「だったら、あなたはどうしてそれを合法な記録だと思わなかったんですか？」

サビッチは肩をすくめた。「何もかもがあまりにできすぎていたせいだ。前によく似た仕事を見たことがあると気づいた。パスポートの偽造では右に出る者がいないと言われている、通称〝ミスター・完璧（ペルフェット）〟というイタリア人だ。本名はアントニオ・コスタス。かつてはミラノを拠点とする医師だった。コスタスは三十年以上その稼業に携わって大金を稼いでいるが、その作品は見破ることがほぼ不可能な最高水準のものだ。だが今回のパスポート申請のための情報は独自に作られたもので、ＭＡＸはコルティーナ・アルバレスの過去の記録をひとつたりとも発見できなかったんだ」

シャーロックが言った。「数年前に担当した事件で、私たちはドクター・コスタスという存在にたどり着いたの。今回ディロンはコルティーナ・アルバレスのパスポートを見て、これはドクター・コスタスを模したスタイルだとピンときた。あえて説明するならそういうことよ」

サビッチがふたたび口を開いた。「実のところ、今回の事件で何かおかしいという直感を持ったのはシャーロックだ。コルティーナ・アルバレスの住所は、ロック・クリーク・パーク近くにあるサッターリー・コンドミニアム・コンプレックスだった」

カムが言った。「その建物なら知っています。数年前につきあった男性が、コンドミニアムの一棟を所有していたんです。とても高級な高所得者向けの住まいでした。相続人だと主張している以上、アルバレスがあの建物に住んでいるのは妥当だと思いました。ごみためみたいな場所で暮らしているはずがありませんから」

サビッチは言った。「税金や保険料、水道光熱費はすべて期日に支払われている。二年前に買ったレクサスも、コンドミニアムの駐車場に停められている。クレジットカードは不定期に使用されているが、その支払いも毎月きちんとされている。ただしクレジットカードの使用履歴を見ると、ここ十年はワシントンにほとんどいない様子なんだ。行き先は主にヨーロッパだ」

「つまり」カムが口を挟んだ。「アルバレスは行く先々で自分が使える車を用意していて、どこでも行きたい場所へ運転していっている。言い換えれば、レンタカーを借りて手続きの記録を残すことはしなかったわけですね」

「そういうことだ」サビッチが答えた。「カム、君とジャックで明日の朝、アルバレスを訪ねてほしい。俺はこの目で本物のアルバレスを確かめてみたいんだ。だから彼女をフーバー・ビルディングに連れてきてくれ。そうすれば俺たち全員でじっくりと時間をかけて話ができるだろう。これがパスポートの写真だよ。二年前に更新されている」

ジャックは写真を見つめた。目鼻立ちがくっきりしていて、オリーブ色の肌をした三十代半ばの女性だ。短くカットされた赤い髪の毛先を尖らせ、グリーンの目のまわりに黒いアイライナーをくっきりと引き、ほとんど黒に近い濃い色の口紅を塗っている。黒のタートルネックセーターを着て、鼻ピアスをつけていた。「身長百七十センチ、体重五十五キロってところかな。ゴス好きに見える」そう言うと、カムに写真を手渡した。

カムは写真を凝視した。「この髪は染めているか、よくできたウィッグね。オリーブ色の肌からすると、瞳の色が本当にグリーンかどうかは疑わしい。きっと髪も瞳ももっと黒みがかっているはずだわ」サビッチを見て、ぽつりと尋ねた。「この写真も現実のものではない。そういうことですね?」

35

「アルバレスの写真を顔認証プログラムにかけてみたが、一致しなかった。つまりアルバレスはデータベースに入っていない。この写真が本当にアルバレスのものだったらの話だが」

カムがピザからオリーブをひと粒つまんでかじった。「ジャック、覚えてる？ハービンジャー署長のお嬢さんは、ジェイコブソンとマンタ・レイと一緒にいた女がヒスパニック系かもしれないという印象を抱いていたわよね」

「ああ、もちろん覚えている。だが俺たちはキムの言うことを気に留めなかった」

シャーロックが言った。「それはしかたがないわ。家族の中の内輪の話でおさまっていたんだもの。そうでしょう？」

サビッチが言った。「そうなると、その女のボスが女の名前で貸金庫を借りさせたことになる。問題はそいつらは誰かということだ」

ジャックはファンキー・ブッダをひと口飲んで、顔をしかめた。「ここにはバドワイザーはないんだろうな、サビッチ？」

一時間後、ジャックは玄関まで歩いてカムを送っていった。

「気をつけて運転しろよ。腕はもう大丈夫なのか？」

「心配するのはやめて。私は大丈夫だから」

「わかった。だが覚えておけよ。翼は折れていないとしても、ずいぶんと羽が失われた状態だってことを」

カムは笑った。「ホテル・サビッチでのお泊まりを楽しんで。聞いた話では、本当に興味深いと思われた人しか泊まっていけと言ってもらえないらしいわよ」

「というよりも、俺がこのワシントンではホームレスみたいなものだと知られているからだろう」ジャックは言葉を切り、彼女の左肩に目をやった。「君がサッターリー・コンドミニアムでデートした男、金持ちなんだろう？　誰なんだ？」

「名前はデリック・ベントハースト。デリックの銀行は世界経済を破綻させかねなかったけど、彼はそのことについては何も知らないと私の目を見て言ったわ。あの嘘つき。いいところを挙げるなら、おなかが出ていなくて笑顔が素敵だった」

「腹が出てないと、どうしてわかった？　まあいい、忘れてくれ。真剣に惚れてたわけじゃないんだろう？」

カムはこらえきれずに笑い声をあげ、身を乗りだしてジャックに顔を寄せた。「デリックは自分がゲイなのかどうか確認しようとしていたの。で、そうだとわかったわけ」

ジャックは満面の笑みを彼女に向けた。「なるほど、それは女性に二の足を踏ませるには充分だ。君の言うとおり、たいした嘘つきだな」

「ええ、そのとおりよ」

ジャックはカムのブルーのアームスリングに指で軽く触れた。「君も泊めてもらえるよう、サビッチたちに頼んでもよかったんだが。君の失われた羽のことを思えばな。だが客用ベッドルームがひとつしかないらしい。君は俺と一緒に寝るか、ショーンの部屋で寝ることになる」

カムはジャックを上から下までじろじろと見まわした。「まあ、あなたも身ぎれいになったみたいね、キャボット。でも顔じゅう黒いしみがついていたのもなかなかだったわよ。あなた、いびきはかくの？」

「どうかな。起きて自分のいびきを聞いたことはないから」

「ショーンはどうかしらね。まあいいわ、目の前の問題に話を戻しましょう」

ジャックは言った。「貸金庫の契約者たちに最初に話を聞いたときの報告書をもう読んでいたんだな」

カムがにっこりした。「もちろんよ。あなたも今夜ベッドにひとり横たわっているあいだに、コルティーナ・アルバレスの報告書を読み直すといいわ。おやすみなさい、ジャック。明日は給料分くらい働いたと言える活躍ができるといいわね」

カムが白のマツダをバックさせ、私道を出て通りへと消えていくまで、ジャックは玄関ポーチに立って見送った。リビングルームへ戻ると、ブルーのトランスフォーマー柄のパジャマを着たショーンが胸にタブレットを抱えてサビッチの横に立っていた。ショーンは顎が外れそうなほど大きく口を開けてあくびをした。

「パパが、あなたを〝ジャックおじさん〟と呼びなさいって」

「いいね。俺には甥っ子が三人いるけど、君を四人目にしてやってもいいぞ。さあ、もう遅い時間だ。どうして夢の国から出てきたんだい？」

「グリーンの大きなドラゴンがすぐ近くを飛んでいく夢を見たんだよ。僕の耳が燃えそうになって、それで目が覚めたんだ」ショーンはまたあくびをした。

サビッチが息子を抱えあげた。「ショーンは君に究極のデーモンとやらと対決してとにかく、眠りの世界へ戻ろうとしているのは、ほ……

ほしいらしい。当然、上級編ってことだ。俺は息子に、おまえの相手をするには、彼は最高の状態で挑まなければならないのだと言っておいた。つまり、ひと晩ぐっすり眠らないといけないと」

ジャックは、父親の首筋に顔を押しつけてふたたび眠りの世界へ戻ろうとしている男の子を見てほほえんだ。ショーンの中に、すでに男の部分が見える気がした。

ジャックはショーンの豊かな黒髪を軽く撫でた。「そのとおりだ。九時間ぐっすり寝たら、君をこてんぱんにやっつけてやる」

ショーンは小さな寝息をたてていた。

シャーロックがタオルで手をぬぐいながらキッチンから出てきた。「全部片づいたわ。ねえ、アストロの声がしたけど」ジャックにうなずいてみせた。「アストロはショーンが飼っているテリアなの。それはもう恐ろしい番犬でね。家の中にいるあいだは、ショーンから目を離すことはめったにないわ。もう遅いから、私たちも寝ないと」部屋に飛びこんできたアストロがジャンプし、シャーロックは両腕で犬を抱えあげた。

ジャックはブーツに目を落とした。「ああ、そうだな。サビッチ、あの、今日のへまのことだが、俺は——」

「ジャック、君はきっとすでに何度も頭の中でその光景を再現したはずだ。本音を言ってくれ。やり直せたとして、違うことをしたと思うか？」

「思わない」

「だろうな」サビッチは言った。「ショーンをベッドに寝かせるのを頼んでもいいかな」ショーンをジャックに預けた。「俺はアストロを散歩に連れていってから、戸締まりをしてセキュリティシステムのスイッチを入れてくる」

十分後、ジャックはとても寝心地のいいベッドの真ん中に転がって、コルティーナ・アルバレスに関する報告書を読んでいた。読み終わるとライトを消し、暗い天井を見あげて夜の静寂に耳を傾けた。頭の中では、ジェイコブソンが墜落する光景がまた再現されていた。ジェイコブソンは落ちていって、ジャックとカムが立っているところから三、四メートルしか離れていない未舗装の道路に叩きつけられた。その音をいつまでも忘れることはないだろう。

36

水曜午前
ワシントンDC
フーバー・ビルディング

サビッチがラッセル・バウアーの刑務所での記録を読んでいると、携帯電話からケニー・チェズニーの《ノイズ》が流れだした。

「サビッチだ」

「レイバンだ。どうやらわれわれ首都警察とＦＢＩの動きが完全にかちあっているようだな」

黒い眉の片方があがった。「こっちがうまく立ちまわれていればいいんだが。話してくれ、ベン」

「今朝、コルティーナ・アルバレスと話をしようとサッターリー・コンドミニアム・コンプレックスまで行ってきた。驚いたことに、君の仲間がふたり、車で立ち去るところを目にしてね。そのひとりはカム・ウィッティアだ。アルバレスは不在で、また旅に出ているそうだ。近所の住人が、ＦＢＩ捜査官からも同じくコルティーナ・アルバレスについて話を聞かれたと言っていた。どうなってるんだ、サビッチ？　われわれはどこでどうつながっている？　ＦＢＩはコルティーナ・アルバレスの何に関心を持ったんだ？」

貸金庫の契約者たちのリストが漏れたのか？　それはないとサビッチは思った。

「ベン、まずは君のほうから、コルティーナ・アルバレスに会いに行った理由を教えてくれないか？」

「話したら、俺の縄張りに君が首を突っこんでる理由も教えてくれるんだろうな？」

「ああ、できる範囲で」

「わかった。君はこれ以上、俺の邪魔はしないだろうから」

「ああ、邪魔はしない。だが、すべてを話すわけにはいかないんだ。現時点では取扱注意の微妙な案件でね」

ベンのため息が聞こえた。「ジョージ・ワシントン大学の学生が六週間前に殺されたのを覚えているだろう？　名前はミア・プレボスト」

「ああ、ベッドで発見されて、残忍にも六箇所も刺されていたってやつだろう？」

「そうだ。自宅アパートメントで、友人の女性に発見された。現場を捜索したところ、いくつかの指紋とクローゼットから男物の服が見つかって、ビンゴだと思った」

「恋人の男が犯人か」

「その線が有力だった。しかしそこで終わりじゃなく、まだ先がある。裏づけ捜査をしていると、昨日、ジョージ・ワシントン大学のジムから連絡があった。バレーボール部のコーチがロッカーを片づけていたら、ミア・プレボストの服とスニーカー、メイク用品などと一緒に小さなアドレス帳があったというんだ。そこにはひとりの名前と電話番号しか書かれていなかった。それがコルティーナ・アルバレスだった」

またずいぶん突飛な話だ。サビッチは何も言わなかった。

ベンが話を続ける。「そのロッカーのことをわれわれは知らなかった。ミア・プレボストは別のジムを使っていたからだ。カーラン・ハイツの自宅にほど近い〈ファイブ・ポインツ・フィットネス〉だ。そこでは思ったとおり、ワークアウト用のウェアにスニーカー、ヘアケア用品などが見つかった。ふたつのジムのロッカーを使っているなんて考えもしなかった。ああ、俺は愚か者だ。蹴り飛ばしてくれ」

「こっちが丸一日へまをせずに過ごせたら蹴ってやるよ。それで恋人はどうしたんだ？　なぜそいつを逮捕しなかったのかも教えてくれ」

「名前を公表するに足る証拠が見つかってないからだ。君もまだこのことは伏せておいてくれ。彼女の恋人はエリック・ヘイニーの息子、サクソン・ヘイニーだ」

「ギルバート大統領首席補佐官の？　あのエリック・ヘイニーか？」

「まさにその人物だ。ご想像どおり、そのせいでこの事件は政治絡みの地雷になってしまった。俺はチェビーチェイスにあるヘイニーの自宅で、彼と話す許可を得た。ヘイニーは、たしかにサクソンはこの女性とつきあっていて、二度ほど家に連れてきたこともあると証言した。美人だったので心配していたとも。それはなぜかときくと、微妙な笑みを浮かべて、息子は社交術をろくに知らないオタクだからと答えたんだ。だがヘイニーは息子のアリバイを証言した。ミア・プレボストが殺された夜、彼は息子と一緒にアレクサンドリアの〈ロレンツォ・カフェ〉にいた。ほら、あのロレンツォ・ファミリーが経営している古いイタリア料理の店だよ。地元の人気店で、夕食時はいつも人でごった返してる。あの夜に店で働いていたスタッフから話を聞いたが、ヘイニーとその息子が来ていたことを間違いなく記憶してる者はいなかった。ヘイニーはしょっちゅう来店するし、いつも現金払いだそうだ。ウエイターでひとり、居場所がわからない男がいて、もしかしたら彼がヘイニーと息子に給仕したのかもしれないが。

ヘイニーの許可をもらって、彼の前で息子のサクソンとも話をした。サクソンは二十四歳。コンピュータ科学の博士課程の学生だ。白い靴下からポケットプロテクター（小さなポケット状のペン挿し。胸ポケットに入れて、服が傷んだり汚れたりするのを防止する）に至るまで、見るからにオタクだった。俺の勘では、あの若者は蠅一匹も殺せないと思った。それでも手錠をかけるつもりでいたんだが、サクソンは泣きだした。プレボストが殺されたことに取り乱して支離滅裂な話をするばかりで、彼女を助けられなかったことで自分を責めていた。あの悲しみようは偽物じゃなかった。あそこまでうまい演技ができるやつはいない。特にサクソンには無理だろう。俺も相当ひねくれた見方をするほうだが、それでもサクソンを信じざるをえなかった。それで行きづまった。この名前——コルティーナ・アルバレスに行き着くまではね。でも、どうなんだろう。プレボストはそのアドレス帳を買ったばかりで、最初に書きこんだ名前がアルバレスだっただけかもしれない。俺にはわからない。それで今朝、アルバレスに会いに行ってみたら、君の仲間たちが去るところだったというわけだ。さあ、今度は君の番だ」

「俺からまず言えるのは、コルティーナ・アルバレスは存在しないってことだ」

37

水曜午前
ワシントンDC
ホワイトハウス

エリック・ヘイニー首席補佐官はオフィスの椅子に座り、窓の向こうに広がる美しい夏の朝の景色を見つめていた。子どもを連れたショートパンツ姿の観光客がこんな時間からやってきて建物を囲むフェンスの前で足を止め、こちらを眺めて指を差している。同じくショートパンツ姿のギルバート大統領が見られるとでも思っているのだろうか？

携帯電話が古式ゆかしい着信音を奏でた。見覚えのない番号だった。「ヘイニーだ。誰だ？　どうやって私の番号を入手した？」

「ミスター・ヘイニー、FBIのディロン・サビッチ捜査官です。四週間前にアボット前国務長官の執務室でお会いしました」

「ああ、君か、サビッチ捜査官。なんの用だね？」

サビッチはエリック・ヘイニーを好ましく思えたことがなかった。ラルフローレンのスーツを着た、権力の亡者のブルドッグにしか見えない。ギルバート大統領をむやみにかばい、王と直接話ができるのは自分しかいないとばかりに権力を振りかざして、いい気になっている。相手には、自分を見くびれば痛い目に遭うと思わせておきたいのだ。ヘイニーはワシントンが抱える秘密を何から何まで知っていて、いざというときにその情報を利用するのを楽しんでいると、サビッチは確信していた。

「ご子息のサクソンのことでお話があります」

ヘイニーは一瞬口をつぐんでから答えた。「サクソンはすでにベン・レイバン刑事と話した。これ以上話すことは何もない。それに、この件がＦＢＩとどう関係しているのかね？　これは首都警察が扱う事件だろう」

「あなたと話をする許可はレイバン刑事からもらっています。いつがよろしいですか？」

ヘイニーは書類が散らばったデスクの上で指を打ち鳴らした。秘書が書類を片づけるのはいつも午後だ。「話すのは息子のことだけ。ほかの件はいっさいなしだな？」

「はい」

「よかろう。だがホワイトハウスはだめだ。一時間後にロック・クリーク・パークで会おう」

ヘイニーは電話を切った。

サビッチは十五分かかって十六番街の渋滞を抜け、ロック・クリーク・パークに着いた。ポルシェを停め、腕時計を見る。まだ十時半だというのに、公園は観光客とおぼしき家族連れであふれ返っていた。子どもたちがサッカーボールを蹴り、フリスビーを投げ、蒸し暑くなりすぎる前の貴重な時間を楽しんでいる。サビッチは自分のほうに飛んできたフリスビーをキャッチすると、向こうで飛び跳ねている少年に投げ返してやった。その友人たちは、風船ガムがはじけて少年の顔じゅうに張りついたのを見て大笑いしていた。

五分後、サビッチは公園の静かな一角にあるベンチに座っているヘイニーを発見した。あたりにはオークの太い木々が立ち並び、そのあいだを縫って小川が曲がりくねって流れている。ヘイニーはひとりで、目の前の小川を見つめていた。おなじみのラルフローレンのピンストライプのサマースーツはグレーで、美しい仕立てのおかげで大柄な体がいくらか着痩せして見える。彼はブルーのシャツと赤い勝負ネクタイを合わせていた。サビッチが知っているだけでも、ヘイニーは十五キロ近く太ったはずだ。濃い色のサングラスをかけているので、この観光客のメッカに大統領の覚えもめでたい首席補佐官が座っていることになど誰も気づかないだろうとサビッチは思った。

ヘイニーがサングラスを外しながら視線をあげた。サビッチはそこに、あまりに長いあいだつらい思いをしながら生きてきて、そのつらさに今改めて直面せざるをえなくなった男のやつれた顔を見た。サビッチが気の毒に思ったのもつかの間、そのやつれた顔は消え、抑制のきいた冷たい顔が現れた。サビッチがよく知る、狡猾な政治家の顔だ。ヘイニーがどこまで尊大で無慈悲になれるか、サビッチはその目で見てきた。自分の邪魔をする相手は誰だろうと、ドロップキックを食らわせてやろうと構えている男だ。大統領の右腕で、自らを完全無欠だと思っているに違いない。

「ミスター・ヘイニー」

ヘイニーがうなずいた。「こんなところまでわざわざすまないな、サビッチ捜査官。この件には部下を関わらせたくない。理由はわかってもらえるだろう」握手はせず、ただ手を振ってサビッチに座るよう促した。

ヘイニーは、ギルバート大統領の予測によれば十五年後にはFBI長官になっているであろう男の顔を見た。先月、捜査に当たっているサビッチを目にして感銘を受けたことは認めざるをえない。サビッチは正しいと思うエンディングを迎えるためなら、必要なことはなんでもする男だ。ヘイニーはサビッチのような男を信頼できなかった。

「息子のことで話がしたいんだったな。私にはその理由が理解できないがね、サビッチ捜査官。君はレイバン刑事から私と話す許可をもらったと言った。しかし、ミア・プレボスト殺人事件は首都警察の管轄で、ＦＢＩは関係ない。いったいどういうつもりだ？」

「ご子息のサクソンと話をする許可をあなたからいただきたいんです」

「改めてきくが、なぜ君が関わっている？」ヘイニーは小指にはめられたハーバード大学のカレッジリングを見せびらかすように手を振った。

サビッチは慎重に言った。「捜査中の内容についてお話しすることはできません、ミスター・ヘイニー。レイバン刑事はサクソンの逮捕を見送りましたが、このままだと逮捕に踏みきるしかなくなるかもしれません。私ならご子息を助けられると思います。ミア・プレボストのこと、ご子息と彼女の関係について、話せることはすべて話していただきたいんです」

ヘイニーが一瞬凍りついた。息子のことを案じているのか？

サビッチは言葉を添えた。「もしこれが自分の息子でしたら、私はどんな形であれ、あなたからの協力を大いに歓迎したと思いますよ」

ヘイニーはサビッチをじろじろ見たあげく、結論に達したようで、ゆっくりと言った。「よかろう。君がサクソンを助けられるかどうかは疑わしいがな。あけすけに言わせてもらうと、サクソンは子どもの頃から聡明だった。息子が自分のまわりの世界に見られる奇妙なつながりを言い当てるたび、私は驚かされたものだ。サクソンは才能を遺憾なく発揮して研究に没頭してきた。息子は耳を傾けてくれる人なら誰にでもコミコン（映画・コミック・アニメ・ゲームなどのポップカルチャーを扱ったイベント）の話をするのが好きなんだ。熱烈な『スタートレック』ファンでね。クリンゴン語を話すし、言うまでもなく何時間だってコンピュータの前に座って過ごしている。

三カ月ほど前、息子が私に新しい恋人に会ってくれと言ってきた。ジョージ・ワシントン大学で心理学を専攻している女性だと。サクソンがあの美女と部屋に入ってきたとき、私は椅子から転げ落ちるかと思ったよ。ミアははっきり言って、サクソンがこれまでなんとかデートに漕ぎ着けた数少ない女性たちとはまるで違っていた。

サビッチ捜査官、私は何年も公職について働いてきて、あらゆる種類の人たちと関わってきた。たいていの人には自分なりの行動規範があって、ときに立派なものも、そうでないものもある。私がこの子はどうなのかと疑念を抱くようになるのに長くはかからなかった。二度目に家へ連れてこられたとき、ミアは私の仕事に多大なる関心を見せた。もちろん、私の仕事を面白そうだと思う人は多いだろう。それに正直なところ、下心を抱いて近づいてくる女性は多い。何しろ私は大統領の門番なのだから。しかしミアの場合、単に好奇心を持っているだけなのかもしれないと私は思った。それでもやはり、私という存在があるからサクソンとつきあっているのではないかという疑念は消えなかった」ヘイニーは肩をすくめた。「人を疑ってかかるのは、私の遺伝子に組みこまれた習性でね。この街でそうならないのは、よほどの愚か者だ。そういうわけで、私は調べもいい。実際、私は偏執狂になるよう教育されてきたと言ってもいい。ミアはたしかにジョージ・ワシントン大学の学生だった。三年生で、二十五歳。大学三年生にしては少々年を取っているとは思ったよ。専攻は心理学。私は息子に懸念を伝えたりはしなかったが、心配していた。息子はミアに夢中で、ミアも息子のことをとても好いているように見えた。あんなにも幸せそうな息子を見てうれしかったよ。それでも心配だった。何かが腑に落ちなかった」ヘイニーは言葉を切った。サビッチはヘイニーが目を閉じて大きく息を吸い、呼吸を落ち着かせるのを見守った。サビッチは言った。「何が起こったんです、ミスター・ヘイニー？　ご子息はあなたに何を話したんですか？」

「ミアが殺されたというニュースを聞いて、私はすぐさま息子のアパートメントへと車を走らせた。サクソンは地元のニュースでそれを耳にしたばかりだった。打ちのめされ、彼女の身に起こったことに対する怒りにわれを忘れてひどく悲しんでいた。サクソンは何度も繰り返し言っていたよ。ミアにあんな残酷なことができる神経が理解できないと。ミアは誰のことも傷つけなかった。彼女に敵はひとりもいなかった。

サクソンは私に言った。あの朝は自分のベッドで目を覚ましたが、前の晩は彼女のアパートメントにいたと。それ以外のことは息子はまったく覚えていなかった。サクソンは何が起きたか知らなかった。すぐにでも警察に行こうとしたが、私が思いとどまらせ、警察のほうから連絡してくるまで待つべきだと説明したんだ。私がこういう立場にあるから、マスコミはサクソンに総攻撃を仕掛けてくるだろう。私と息子を、あわよくば大統領まで傷つけられるスキャンダルをでっちあげて。

警察はすぐにミアとサクソンの関係にたどり着くに違いない。それは私にもわかっていた。サクソンは彼女の恋人だったのだから。ベッドをともにする仲だったし、ミアのアパートメントに泊まったことも何度もあった。息子はまずい立場にあった。ひどく酔っ払って気を失い、記憶がないと私に言った。警察はどう思うだろう？　サクソンが精神を病んでいたと考えるのではないか？　もちろん、起きたことを大統領に知らせるのは私の義務だ。大統領はサクソンのことをとても心配してくれた。情報を常時あげるよう私に指示したが、サクソンが罪に問われない限りは、われわれはいっさいコメントを出すことも、行動を起こすこともしないと言った。私は警察本部長のスタージスとも話をした。可能な限り、私の息子を取り調べたことは秘密にしておいてほしいと。

サクソンから話を聞いたベン・レイバン刑事は、サクソンが何も覚えていないと言っても最初は信じなかった。だがたとえ目が見えなくても、サクソンの悲しみやミアへの想(おも)いの深さは手に取るようにわかったはずだ。警察からはサクソンを直接犯罪に結びつける物的証拠はなかったと聞いている。

今、捜査の目は彼女の以前の交友関係に向けられているのだろうが、サクソンが私に話した元恋人は存在しなかった。ミアの作り話だったようだ。なぜそんなことを言ったのかはわからないが、私の知る限り、不利な状況にある交際相手はサクソン以外にはひとりも見つからなかった。想像はつくだろうが、私は息子のことがとても心配なんだ」

「教えてください。ミスター・ヘイニー、誰かがあなたに接触してきましたか？」

ヘイニーは鼻を鳴らした。「そんなことがあれば、君がすぐにでもすべてを白日のもとにさらしていたんじゃないのか」サビッチから目をそらした。両手は膝の上で固く握りしめられている。「たとえば金の要求があったとしても、私は驚かなかっただろう。だが誰も私に接触を試みてはいない。もう六週間も経つのに」改めて振り返った。「私にはこれがどういうことなのかわからない。わかるのは息子が無実だということだけだ」ヘイニーは立ちあがり、見るともなしに公園を見渡してから、サビッチに大きくうなずいた。「これがサクソンの携帯電話の番号と住所だ。君が行くことは私から伝えておく」

38

水曜午前
ワシントンDC
フーバー・ビルディング、犯罪分析課(CAU)

シャーロックは若く美しい女性のパスポート写真を眺めた。髪と目は黒で、シャープな顔立ちのまわりに夜の闇をまとっており、知性がうかがえる。ブレンダ・ラブは二十八歳で、カーラ・ムーディのもうひとりの親友だ。今は休暇でスペインに行っている。シャーロックは電話をかけて自己紹介し、カーラの赤ちゃんが生まれたこと、そのあとで病院から誘拐されたことを話し、質問に答えてくれるよう頼んだ。

ブレンダ・ラブは黙りこみ、シャーロックには背後の通りの喧騒しか聞こえなくなった。残念ながら、フラメンコなどはまるで聞こえてこない。ラブがやっと口を開いた。「あなたが名乗ったとおりの人かどうかわからないのに、どうやって信用しろというの?」

「カーラからあなたに電話をかけて保証してもらうわ。それでどう？」

ブレンダ・ラブは同意した。シャーロックは自分でも同じようにしただろうと感心した。

長く待たされることなく、ラブから折り返しの連絡が来た。プラド美術館の向かいの歩道沿いのカフェでラテを飲んでいるところらしい。シャーロックはラブがうらやましかった。シャーロックとサビッチは二年前にプラド美術館を訪れたことがあるが、そのときは三歳のショーンを連れていたのでゴヤの絵画のパワーを味わうのが精いっぱいだった。シャーロックは言った。「若い男性の写真をメールで送るわ。見覚えがあるかどうか教えて」

しばらくしてラブが言った。「受け取ったわ。ハンサムね。カーラよりちょっと若いかも。私よりは若いわ。でも、見たことは一度もない。なぜ？　彼がカーラの赤ちゃんを誘拐したと考えてるの？」

シャーロックは釣り糸を投げ入れてみた。「いいえ、それはありえないわ。今、病院で昏睡状態だもの。彼は赤ちゃんの父親でもあるのよ」

沈黙がおりた。「冗談でしょう。カーラはその人のことなんてひと言も言わなかったわ」ラブがため息をついた。「本当はカーラは、私にはまだ何も話せないけど、あなたがFBI捜査官であることは保証するって言ったの。あと、彼女はあなたと一緒に取り組んでいるからあなたとは話しても大丈夫だって」

シャーロックは言った。「私たちの話が終わったら、またカーラと好きに話してくれてかまわないのよ、ミズ・ラブ。今の彼女にはよき友人が必要だわ。カーラが初めてこの男を見たのは日曜だったんだけど、その話はあとまわしにしましょう。ミズ・ラブ、シルビー・ボーンのことは知っているわね？」

「ええ、もちろん」

「シルビー・ボーンとジョシュ・ボーンの友達は大勢知っている？」

「ちょっと待って、シルビーにも写真を見せたの？　シルビーは知ってるって？」

シャーロックは言った。「ええ、ミセス・ボーンに男性の写真を見せたわ。会ったことがないという答えだった。十カ月前のミスター・ボーンの誕生日パーティには、あなたは出席していないわよね？」

ラブが無作法にも鼻を鳴らした。「あのパーティはよく覚えているわ。私は初めから行く気がなかった。カーラにも行くべきじゃないと言った記憶がある。でもカーラは、シルビーがどうしても来てくれと言ってきたから、パーティでは自分の特別な友人にサポートしてもらうんだと言っていたわ。サポートですって！　そもそも、ジョシュは豚野郎よ。私はお金をもらったってあの男のそばには近寄りたくない」

シャーロックはもっと大きな網を投げてみることにした。「シルビー・ボーンのことがあまり好きではないみたいね。あるいはその豚野郎のことが」

「豚は豚だもの。それを隠そうとも思わない。でもシルビーは運に恵まれて稼ぎまくっているだけのまがいものよ。ねえ、シャーロック捜査官、私は悪口を言うのが楽しくてこんなことを言ってるんじゃない。私、ユーチューブで大人気の彼女の番組の『サイクリング・マッドネス』は、まったく別の女性のアイデアだったって聞いたの。あのクールなタイトルもシルビーが盗んだのよ。もちろん証明はできない。書類も何もないんだから。その女性というのは私の友達だから話してくれたの」シャーロックの耳にため息が聞こえた。「私はその友達を信じる。だっていかにもシルビーらしいと思うもの。彼女が私に気持ちよく接してくれたことなんて一度もないわ」

「あなたがそんなふうに思っているのをカーラは知っているの？」

一瞬の間があった。「ええと、いいえ、そういう思いをカーラにぶちまけるのが正しいとは思わなかったから。友達からシルビーのしたことを聞かされたあともよ。カーラには誰にも惑わされずに自分で決めてほしかった。私とシルビーのどちらかを選べとかいうことじゃない。大事なのは、カーラが本当にちゃんとした人だってこと。

私の言っている意味、わかる？　真面目で、いつだって人は善なるものだと思いたがっている。そう、とてもいい人なの。私がシルビーをどう思っているか言えば、カーラは傷つくだろうとわかっていた。それにシルビーはカーラにはとてもよくしてたから、私はそのまま放っておいたのよ」

シャーロックは進むべき方向を探りながら慎重に言った。「シルビーは、カーラがボルティモアで働いていたときにギャラリーで偶然出会って意気投合したようね？」

ラブがまた鼻を鳴らした。「ええ、カーラはそう言ってたわ。私もその運命の出会いの話を鵜のみにしていたけど、誕生日パーティから一カ月ほど経った頃、私はシルビーが自分の取り巻きのひとりに……ほら、SNSのお仲間っていうのがいるでしょう。その女性に話しているのを聞いてしまったの。三流のギャラリーで働いていた野暮ったくてお堅い女にユーチューブでファッションモデルをしてくれないかと言ったら断ってきたって。ああ、ほっとしたとシルビーは言っていたわ。そんなことを言う友達ってどう思う？」

たいした友達ではない。「カーラにはそれを伝えなかったのね？」

「伝えるべきだったのかもしれない。というか、これはシルビーの口から出た言葉だから、ただの噂でもないし。よっぽどカーラに言おうかと思ったのよ。でも、そんなときに突然カーラが妊娠したって言ってきて。それですっかり話がそれてしまったの。父親は誰なのかときいても、彼女は首を振ってお願いだから放っておいてと言うばかりだった。そんなときに、シルビーがいかに裏表のあるひどい女か話して、カーラの心労を増すことはしたくなかった。カーラがボルティモアを離れる決心をしたときも、私にはそうする意味がわからなかった。状況がよけいに悲惨になるだけじゃないかと思ったわ。でもシルビーの本性がどうであろうと……カーラの目の前ではいい人ぶって裏で悪口を言っていたとしても、カーラの人生からはいなくなるんだから、それでいいのかなと思って」

シャーロックは言った。「そここそがあなたの助けを借りたい部分なのよ、ミズ・ラブ。カーラはあのパーティで薬をのまされた。赤ちゃんの父親はそれまで一度も会ったことがない男で、彼がそこに来たのもそれが初めてだったらしい。シルビー・ボーンはその男を知らないと言い、あなたも知らないと言う。カーラはその件について、あなたに何も言わなかったのね?」

ブレンダ・ラブがシャーロックの言葉を理解するまでに、一瞬の沈黙があった。

「ええ、何も。パーティの二日後、ランチのときにカーラと話したの。パーティはどうだったかときいたら、飲みすぎて意識を失ったと言われたのには本当に驚いたわ。

シャーロック捜査官、ここではっきりさせておくけど、私はカーラが酔っ払ったところなんて一度も見たことがないのよ。それに意識を失っただなんて、いったいどれだけ飲んだらそうなるの？　彼女は何も思いだせないと言った。そこでもっと追及するべきだったのに、私はそうしなかった。恋人と別れ話の真っ最中だったから、自分のことで精いっぱいで。私って本当にどうしようもない——」

　シャーロックは話をさえぎった。「あとになってわかることはいつだってあるものよ。だから自分を責めないで。教えてほしいんだけど、ほかに誰か、当時カーラの人生に関わっていた人がいなかった？　あのパーティの前は？」

「いいえ、特には思いだせない。カーラに決まった恋人はいなかった。ときどきデートに出かけてはいたけど、そこまで真剣なつきあいではなかったはず。カーラは静かな生活を送っていたわ。絵を描くことに没頭していたから。彼女、上手なのよ。カーラの風景画を見たことがある？　夢の中に踏みこんでいくみたいというか、ぼんやりした光にすべての色が包まれているというか、そんな感じ」

「まだその機会には恵まれていないけど、いつかきっと見せてもらうわ。ミズ・ラブ、もう一度よく考えてみて。パーティの前、カーラの身にいつもと違うことが起こっていたのを覚えていない？　誰かに出会ってドラッグを勧められたとかいった話を、ぼろっと言ったりしなかった？」

しばらく考えたのちに、答えが返ってきた。「いいえ、記憶にないわ」

「わかったわ。じゃあ、カーラが何かの医療行為で薬をのまなければならなかったというようなことは？」

「いいえ。役に立てなくてごめんなさい。ああ、待って。パーティの何週間か前にランチをとったとき、カーラの腕に大きな醜い痣(あざ)がついていたことがあったわ。どこだったかは覚えてないけど地元の大学から連絡があって、研究のために血液サンプルを提供してくれと言われたって。一度血を採ってお金をもらって、それで終わったそうよ。明らかに採血した人が下手だったのね。この話って、何かの役に立ちそう？」

「役に立つかもしれないわ。カーラにも確認してみるわね」

「シャーロック捜査官、私は明日、飛行機で帰国するんだけど、来週まで仕事は休めるの。ワシントンまで行ってカーラのそばにいてあげたほうがいいと思う？　もう二カ月も会っていないわ。私が行けば何かの助けになる？」

「ええ」シャーロックは言った。「そう思うわ。でもまず電話をかけて、カーラがどう思うかきいてみて」シャーロックはブレンダ・ラブとの電話を終えた。

それからコニー・バトラー捜査官に連絡して進展を話した。

話が終わると、コニーが言った。「まったく気が滅入(めい)るわね、シャーロック。私、シルビー・ボーンは面白くて性根のまっすぐな人だと思っていたのよ。もしかしたらブレンダ・ラブが嫉妬して話をでっちあげて、誇張しているなんてことはない？」

「それはないと思う。でも、コニー、私もそうよ。ボーンを疑いつつも、彼女のことを気に入っていたわ」

「ボーンの車には今もGPS追跡装置をつけたままなんでしょう？」

「ええ」シャーロックはつけ加えた。「二週間前、私は才能あふれる新進気鋭の彫刻家の取り調べをしたけれど、彼女のことが本当に好きだったし、彼女を信じていた」

「でも本性は見た目とは全然違っていたってわけ？」

「ええ、まったく違った。それ以来、常に慎重を期すようにしようと心に誓ったわ」

「ボルト――ハラー捜査官は、アレックス・ムーディは身代金目当てで連れ去られたと確信していた。ジョン・ドウが赤ちゃんの父親で、ゆうべ誰かが彼を殺そうとしたと聞くまでは。今では彼も、今回は私たちの扱う誘拐事件の多くと違って、金目当てでも親権目当てでもない、何かまったく別の事件だというふうに考えを変えつつある。CARDの誰ひとり、こんなに複雑でとんでもない事件は扱ったことがないわ」

シャーロックは一瞬、間を置いた。「コニー、これは私の勘なんだけど、まったくの当てずっぽうでもなくて、どういうわけかカーラも危機に瀕しているんじゃないかという思いがぬぐえないの。病院は彼女をすぐにでも退院させてしまうかもしれない。そうなったら、誘拐に関わった人物がカーラになんらかの形で接触してくる可能性がある。確信はないけれど、ハラー捜査官にはカーラの家に張りついていてもらったほうがいい気がする。ブレンダ・ラブにも家に泊まってもらうのがいいかもしれない」

「それがよさそうね。ボルトと私で上司も交えて話しあって、また連絡するわ」

「昨日、私たちが去ったあと、シルビー・ボーンはどこにいたの?」

「いつもどおりで、特に変わったことはなかったわ。食料品店に寄って、『サイクリング・マッドネス』を撮影しているクライン・ストリートの小さなスタジオに行って、〈ベイ・ウォッチ・フィットネス・センター〉でヨガのクラスを受講して、最後にインナー・ハーバーの〈パパ・レオニ〉で夫と落ちあってディナーをとった」

「ボーンの財務記録にはこれまでのところ疑わしい点はないわ。通話記録にも。そうはいっても今は誰だってプリペイド式の携帯電話を買えるから、それほど信用できる情報ではないけれど。お互い、これからも監視を続けましょう、オーケイ?」

シャーロックはサビッチに最新状況を報告しに行こうとデスクから立ちあがったが、彼がMAXに向かっているのが大きなガラス窓越しに見えた。おそらくドクター・

ワーズワースがジョン・ドウの血液中から検出した謎の薬物を調べていて、ＭＡＸがそのライブラリーから何か発見できないか見ているのだろう。

シャーロックは暗記しているカーラの番号を携帯電話に入力した。電話に出たカーラは、ジョン・ドウのそばに座って彼に話しかけていたところだと言った。

「カーラ、ブレンダから電話はあった？」

「ええ。飛行機の行き先をワシントン・ダレス国際空港に変えたって。ブレンダに会いたい。でも私はこんな混乱状態だから。彼女がわかってくれるといいんだけど」

「ブレンダなら大丈夫よ。彼女もあなたの身に起きたことにひどく腹を立てている。カーラ、ブレンダのそばから離れないようにして。ブレンダが言っていたけど、あなたが妊娠する何週間か前、腕に大きな痣ができていたことがあるそうね。そのことについて話してくれる？　何かの研究のために血液を提供したんでしょう？」

「ブレンダったらそんなことを覚えていたの？　ええ、メリーランド大学から女性が電話をかけてきて、遺伝子学部で集団遺伝学の研究が行われていて、全国でさまざまな民族のスポーツ選手がどのように分布しているかを調べていると言ったの。ランダムに私が選ばれて、二百ドルの報酬と引き換えに血液サンプルを採らせてほしいと言われたわ。一度きりですむというから承諾したんだけど、あの男、採血するのは絶対あれが初めてだったのよ。ひどく乱暴で、終わってみれば大きな痣が残って一週間も消えなかった。どうしてそんな話を？」

「足りない情報を補っているだけよ。カーラ、血液を採取した男の特徴を言ってみてもらえない？」

「なんですって？　いったいなんのために？」

「いいから、お願い」

「ええと、覚えているのは、大柄で五十代くらい。さっきも言ったとおり、腕はよくなかった。私が働いていたギャラリーが閉まる時間に行けるから、もしよければそこで採血させてほしいと言ってきたの。どこかの研究室に行くより楽だと思ったから、私はそれでいいと返事をした。彼は自己紹介したけど、名前までは覚えてないわ。私に二百ドル札を一枚渡して帰っていった。それでおしまい。大学からはそれきり、誰からもなんの連絡もなかったわ」

「似顔絵捜査官に、その男の特徴を説明することはできる？」

「ええ。でも、だったら私が描くというのはどう？」

「すばらしいわ。カーラ、どうか気を強く持ってね。調子はどう？」

「私が今この瞬間も手を握っている男性が、私の人生の物語を語って聞かせている見知らぬ人がアレックスの父親だという事実をどうのみこめばいいのかわからなくて、いまだに苦労しているわ。ドクター・ワーズワースにきいてみたの。彼に私の声が聞こえてると思うかって。ドクター・ワーズワースは自分のお母さんが手術を受けたあと、まだ意識が朦朧（もうろう）としていたときも、ずっと話しかけていたって。そうしたら目を覚ましたときにお母さんがほほえんで、あなたはなんておしゃべりなのと言ったそうよ」カーラは笑った。「ドクター・ワーズワースには、彼はどんどん快方に向かっているからこのまま話しかけてあげてほしいと言われた。きっとすぐ目を覚ますからって。もう、何もかもがどうかしているとしか思えないわ。そうじゃない？」

シャーロックは言った。「どうかしているとしか思えないことも、いつかきっとわけがわかるようになるわ」カーラにはまだシルビー・ボーンのことは言わずにおこうと決めた。話してもなんの役にも立たない。明日になればブレンダ・ラブがカーラのもとに駆けつけるだろう。ブレンダならカーラのそばにいて元気づけ、すべてを切り抜ける力となってくれるかもしれない。

39

水曜午前
ワシントンDC

ジャックはサッターリー・コンドミニアム・コンプレックスの外でカムのマツダに乗りこみ、シートベルトを締めた。「俺ならこれを失態と呼ぶね。管理人によれば、ミズ・コルティーナ・アルバレスは旅行中だそうだ。いつも旅行をなさってますと言ってたよ。ラテンのお姫様は今回はミラノとフィレンツェに行ってるみたいだな。あちこちに家を持っているそうで、三週間は戻らないらしいぞ」たいして期待もせずに尋ねた。「もっと幸運に恵まれた情報はあったかい？」

カムも自分のシートベルトを締めるとすべてのウィンドウを開け、濃い色のサングラスをかけてジャックを振り向いた。「隣の人も同じことを言っていた。いつでも飛びまわってる、それがコルティーナだって。でもパスポートの写真を見て、彼女だとちゃんとわかったわ。あのつんつんヘアとゴスメイクでもね」

「少なくとも、ときどきはここで暮らしてるってことだな」ジャックは言った。「サビッチにはもう電話をかけた。俺たちに、マンタ・レイを捕らえたあのアレクサンドリアの倉庫街でルースとオリーに合流してほしいそうだ。あいつが銀行から盗んだ貸金庫の中身を捜してすでにFBI支局がくまなく調べたが、サビッチは俺たちに新たな目でもう一度見てほしいらしい。そこに何かがあるはずだと彼は確信している。昨日の午後、マンタ・レイと女を乗せたヘリコプターが着陸した場所はそこからそう遠くないはずだ。マンタ・レイと、ヘリコプターを用意したやつは誰であれ、貸金庫に入っていたものを取り戻したいと思ってるだろう。でなきゃ、なぜわざわざマンタ・レイを逃亡させる必要がある？　なあ、どうして君はアームスリングをしていないんだ？」

カムがスタートボタンを押すと、マツダは息を吹き返してうなりをあげた。「私は大丈夫よ、ジャック。心配しないで。ディロンの言ってることは正しいと思う。連中がマンタ・レイを逃亡させた理由は、なんであれあの男が銀行から盗んで隠しているものを手に入れるためよ。今さらそれを手放したくないなんて言いだしたりしたら、マンタ・レイは今頃、鼻の穴から手を突っこまれて扁桃腺を引きずりだされているかもしれないわ」

「そうかもな。だがマンタ・レイはかなり頭の切れる男だ。あいつが生きて逃げきってやると考えていることは賭けてもいい。ジェイコブソンが死んだ今、あいつなら逃げおおせられるかもしれない。いずれにせよ、誰かが隠し場所を見つけようとして倉庫街に舞い戻っている可能性はある」

カムはハンドルに拳を打ちつけ、顔をしかめた。「今日の私たちの運のなさを考えると、マンタ・レイはすでに来て去ったあとかも」

「あとどれくらいで到着する、カム？　腕はまだ痛むんだろう。運転を代わろうか？」

カムはすでに角を曲がっていた。マツダの屋根に警告灯を取りつけ、満面の笑みをジャックに向ける。「いいえ、こんなのはなんでもないわ。私、十二歳くらいまでレーシングカーのドライバーになりたかったの」マツダ・ミアータを飛ばして、目の前からどかない車をよけながら走った。フランシス・スコット・キー・ブリッジの交通量の多い流れをうなりをあげてすり抜け、タイヤを軋ませて右折してフランクリン・ブールバードへと入った。

ジャックは自分が運転席に座っているわけでもないのに、頭がどうにかなったかのように、にやにや笑いが止まらなかった。彼はスピードが大好きだし、アドレナリンが沸騰するのも大好きだった。血管の中を血が轟音をたてて流れていくのが感じられ、カムも同じように感じているのだろうかと考えた。カムのウエーブのかかったブロンドが後ろへと流れ、彼女が口笛を吹いているのが見えた。その瞬間、ジャックはとてもいい気分になった。エネルギーがわきあがるのを感じ、座席に深くもたれてそれを楽しむ。七分後、カムは荒れ果てた倉庫街から半ブロック離れた道路脇にマツダを停めた。マンタ・レイが引き裂いたシーツを出血している脇腹に押し当てて横たわっているのが発見された安宿のある倉庫街だ。

「上出来だ、ウィッティア。感心したよ。いつか俺とレースしないか？」

カムのアドレナリン濃度はまだ上昇中だ。「レースとなれば、なおさら手かげんしないわよ。とにかくディロンがマンタ・レイについて言ったことが当たっているのなら、私たちはここに急いで到着する必要があった」

「もちろんだ。君が信じるべきことを信じろ」ジャックはにやりとすると、ミアータをおりてあたりを見まわした。目に飛びこんできたのは、打ち捨てられた駐車場の向こうに、おそらく数十年前から窓ガラスが割れたままの倉庫や荷捌(にさば)き場が並んでいる荒涼とした風景だ。倉庫のまわりには、風を避けるために段ボール箱で作ったねぐらが密集していた。倉庫の階段にホームレスが六人ほど、建物の壁に背を預けて座っているが、こちらには目もくれなかった。

「これよ」カムが今にも崩れ落ちそうな倉庫を指さした。カムはサングラスを外し、ふたりは薄暗い内部へと入っていった。平屋のスペースは広々としており、空気中には鼠の死骸や腐った食べ物の悪臭が漂っている。ふたりはニトリル製の手袋をはめ、マンタ・レイが貸金庫の中身を隠したとおぼしき場所を隅々まで調べ始めた。まだ割れていない床板を叩き、破壊された壁板の裏側のあらゆる隙間を確認した。しかしマンタ・レイが隠した場所も、彼がそこにいた痕跡も見つからなかった。ふたりは広大な空間の中心に立ち、新たな目で見ようとした。だが、その新たな目にも何も映らなかった。

ジャックとカムは倉庫を出た。ホームレスは誰ひとり彼らに目を向けず、ほとんどはこっちを見るなと言わんばかりに頭を垂れている。しかしひとりの男が《カントリー・ロード》を歌いだし、ふたりのほうを見てほほえんだ。ジャックとカムはほかの人たちの目が自分たちの一挙手一投足に注がれるのを無視して、急いで彼に近づいた。男は倉庫の脇につっかえさせたぼろぼろの段ボール箱に背中をもたせかけていた。汚いタオルを頭にかぶり、汚れたTシャツの上に破れたアロハシャツを羽織っている。

見た目では五十歳なのか八十歳なのかわからない。ジャックは男の横に腰をおろし、べちゃっとした何かを踏んづけたのを感じた。百ドル札を一枚、財布から取りだす。「この男について何か教えてくれたら、これはあんたのものだ」携帯電話の画面にマンタ・レイの写真を表示した。

「それじゃあ足りないな」痰の絡んだ年老いた声が言った。「二倍か、ゼロかだ」

「なんだって？　あんた、ラスベガスから来たのか？　いいだろう」ジャックは二枚目にして自分の最後の札を取りだした。「これで銀行は空っぽだ。話してくれ」

男の血走った目がカムに向けられた。「あんた、きれいだな。俺にも昔、あんたと同じくらいきれいな恋人がいたよ。ときどきどうしてるかと思うんだ。もうそれほど若くもないだろうが。俺だって若くない」

「ありがとう。とても大事な話なの。彼を見たことはある？　大悪人で犯罪者なんだけど。私たちはこの男がここに戻ってくるかもしれないと思っているわ」

「そいつが誰なのか知ってるよ、お嬢さん。マンタ・レイってやつだ。あっちにいるサリーが」男は五メートルばかり先の段ボール箱の中でぼろぼろの毛布をかぶってうずくまっている赤毛のほうに、静脈の浮きでた手をひらひら振った。「俺は〝踊り子サリー〟って呼んでる。彼女はかつてはストリッパーでね。サリーが最初にあの男を見たんだ。そしてうまいハーフボトルのバーボンを一緒に飲んでた俺に言った。このマンタ・レイは自分がこれまで出会った中でも一番セクシーな子だって。あの子はひどい怪我をしてる、きっと大物に嚙みついたんだろうとサリーは言ってた」男は痩せこけた手を振った。「俺もその男を見た。男は体を引きずって、うめきながらなんとか進んでた」また写真を見てから、顔をそむけて唾を吐いた。「俺はサリーみたいには思っちゃいない。あいつは凶暴な雑種の犬にしか見えなかった。警察が連れてったあと、ここで見かけたことはない。捕まったのがいつだったか覚えてないが、ずっと昔だ、たぶん。去年だったっけか？」

「ずっと昔」カムは言った。「だったら長いあいだこの男を見てないのね？　今朝、見たということは？」

「まったくないな。つまりマンタ・レイは生き延びたってわけか。俺はやばいんじゃないかと思ってたんだがな。サリーもそうさ。やつは逃げおおせたんだな？　あんたらは警察だろ？」

「ああ、警察だ」ジャックは言った。「今朝、ここにあんたの知らないやつが車で来たのは見てないか？　あるいは昨日の夜遅くとか？」

「見てない。いつものご近所さんばかりだ。それと、お得意さんと待ち合わせする薬の売人くらいだな。くずどもさ。みんな牢獄に入れちまえ」男はまた顔をそむけて咳きこんだ。

カムが肩に手を置かれたのを感じて顔をあげると、ルース・ノーブル捜査官だった。「私に任せて、カム」ルースが近づいてきたことに気づかなかった。なんの音も聞こえなかったのだ。ルースは男の横に膝をついた。「こんにちは、ドギー」ティッシュペーパーを一枚渡して、彼が口をぬぐうのを待った。

40

「おっと、あんたか、ルース？　幸せそうだな。どうした？　顔を見るのは二週間ぶりくらいじゃないか？　もっと久しぶりかな。思いだせない。ディックスや息子たちはどうしてる？」

「みんな元気よ、ありがとう」ルースはドギーの汚れた首筋に指を当て、脈を計ってうなずいた。「お酒をやめるって言ってたわよね、ドギー」

「まあな。だけど男ってのは弱いもんだ、そうだろ？　サリーがいつも言ってる」

「弱いのはみんな同じよ、ドギー。あなたが私の友人に、昨日の夜も今日の朝も、マンタ・レイがこのあたりに来たのは見てないと言っていたのが聞こえたんだけど」

「そのとおりだ」

ルースがしばし考えた。「わかったわ。じゃあ、警察がマンタ・レイを連行したあとに、何か奇妙なものとか意外なものを見かけなかった？　何か気になることは？

あなたを驚かせるようなことは起こらなかった?」

「まあ、そうだな。ルース、俺たちみんながひどく驚かされたもんだ。結局は髪が土埃だらけになっちまった。こうやって頭にタオルをかぶるまではな」

「何を見たんだ?」ジャックがかがみこんでドギーに近づいた。「なぜ俺に言わなかった?」

ドギーは首をかしげ、ルースに向かって言った。「どうしてこんなに怒ってるんだ? このおまわりたちは俺にマンタ・レイのことしか質問しなかったぞ」

ルースは二十ドル札を一枚取りだした。「洗いざらいしゃべって、ドギー。いいえ、これ以上は渡さないわよ。もう充分私たちからお金を巻きあげたでしょう」

ドギーが狡猾な目つきでルースを見たが、彼女は首を振り、ドギーを見つめて答えを待った。ドギーは煙草(たばこ)のみらしいかすれた声で言った。「わかったよ、あんたの気が変わらないってんなら。おかしな白いヘリコプターが今朝早く、夜明けとともにここに舞いおりたんだ。自分の目が信じられなかったよ。ちょうどあそこに着陸した」指さそうと体を動かすと、タオルが白髪まじりの汚れた頭から落ちた。「ヘリコプターがおりられるほど広くもないってのに、スムーズに着陸したんだ。倉庫のすぐ目の前に。うるさいローターを止めもせず、ずっと回転して土埃を巻きあげてた。

いや、本当に信じがたかったな、ルース。このあたりにヘリコプターがおりてきたのなんて見たことなかったから。騒音でみんなが叩き起こされたし、さっきも言ったけど、猛烈に土埃を巻きあげてた。あんたにとっても充分に奇妙な話だろ？」ドギーはマリオットとプリントされた文字がかすれて毛羽立ったグレーのタオルをまた頭にかぶった。「これがもっと大きかったら、顎の下で結べたんだがな。ほら、あのヘリコプターがまたやってきて土埃を巻きあげるようなときにはさ」

ルースはドギーに向かってほほえみ、片手を彼の腕に置いた。「いい調子よ、ドギー。もっと聞かせて」

「ヘリコプターからは誰もおりてこなかった。でも、男の大声が聞こえた。拡声器を使ってたんだろうな。すごく大きな声だったから。男はハムバッグに向かって、早く出てこいと怒鳴った。俺が目をあげると、ハムバッグが三階の窓からヘリコプターを見おろしてて、すぐ行くと怒鳴り返して手を振った。連中にハムバッグの声が聞こえてたかどうかはわからない。あのローターがすごい勢いで回転してて、戦争でもおっぱじまったかってくらいうるさかったから。それに土埃が巻きあげられて目の前がよく見えなかったし。ほら、髪も土だらけだろ？　ハムバッグは体を低くして、顔を手でかばって走らなきゃならなかった。アフリカのシロッコ（初夏にアフリカから地中海を越えて南ヨーロッパに吹きつける熱風）

が吹くみたいに、俺たちみんなに土が降り注いだ。ハムバッグはヘリコプターに駆け寄った。あいつのしたことが信じられなかったよ。よじのぼってヘリコプターに入ってったんだ。しばらくしてまた出てくると、ヘリコプターはまっすぐのぼってった。だから俺はこうしてタオルをかぶっているのさ。あれがまた戻ってきたときに備えてな。これ以上、土埃をかぶりたくない」頭上のタオルをぽんぽんと叩いた。

「賢明だわ、ドギー」ルースは辛抱強くきいた。「でもあなたはマンタ・レイの姿は見ていないのね？」

「断じて見てないな、ルース。拡声器の声を聞いただけだ」ドギーがジャックを見た。

「金をもらってもいいか？」

「もちろんだ」ジャックは手を突きだした。「ドギー。俺はジャック、こっちはカムだ。ハムバッグはヘリコプターに駆け寄ったとき、何か持っていたか？」

「ああ、革の大きなバッグを持ってたな。ブラウンだったと思う。どこで手に入れたのか、なぜ持っていたのか、なぜヘリコプターに運んでいったのかは知らない。これ以上は何も知らないんだ、ルース。何ひとつ」

カムが言った。「ハムバッグは今もその倉庫にいるの？」

「いいや、いない。でもハムバッグはきっと戻ってくる。いつだって戻ってくる」

「彼について教えてもらえることはない？」

ドギーはジャックからカムへと視線を移した。「あんたらはパートナーなのか？」

「今はそうよ」

「お嬢さん、もしあんたがそんなにきれいじゃなかったら、自分で調べろって言うとこだ。だけどこっちの男は見るからに強そうだし……」ドギーは脳みその位置をもとに戻そうとするかのように頭を振った。そしてふたりに笑みを見せた。驚くほど白い歯がこぼれる。

「お願い、ドギー」カムが言った。「ハムバッグのことを教えて」

「ああ、そいつの本当の名前はハマーだ。自分ではハマー少佐と名乗ってる。俺たちがハムバッグと呼ぶのが気に入らなくてな。ときどきここに住んで、ときどき別の世界に戻る。四カ月とか六カ月もするとまたこっちにやってきて、向こうではろくでなしの詐欺師どもが寄ってたかって自分を殺そうとしたとかなんとかまくし立てるんだ。それから酒が必要になると、倉庫の中にある部屋へと姿を消して――」

カムは興奮のあまり彼をさえぎった。「ドギー、今、ハマーが彼の本名だって言った？」

「そうさ、ハマーだ。ハムバッグはクリスマスが嫌いだって言ってる。本当はそんなことないくせにな。ハムバッグがこのタオルをくれたのは、たしかクリスマスの頃だった」ドギーは耳の上からタオルを撫でて頭を振り、カムに笑みを向けた。「ほかに何を知ってるかって？　ハムバッグはいつだってわめいてる。連邦政府が自分と部下を行かせてくれれば、イラクで起きたサダムとの最初の銃撃戦にだって勝てたのにって。ハムバッグなら阻止されることはなかった、絶対にだ。バグダッドに向けて進軍して、あの忌まわしいテロリストどもを一網打尽にしただろうし、サダムを取り逃がしたりしなかったはずだ。興奮しすぎて何言ってるのかわからないときもあるが、ときどき……」また頭を振って正気を取り戻した。「あの戦争について俺が知ってるのは、それが遠い昔の話だってことだけだよ。遠い昔だ」

ドギーのタオルがまたもや落ちた。今度はルースが彼の頭に戻して撫でつけた。

「ルース、笑えるよな。ハムバッグはアメリカ軍の一員として戦ってるけど、やつはアイルランド系なんだぜ。それって奇妙じゃないか？　つまりどうしてアメリカを痛めつけるテロリストについてたわ言を並べてるんだってことだ。でも俺が思うに、あっちじゃいろんなとこのやつらが爆弾を投げあってるんだろ。誰がいい人間かなんて、どうやったらわかる？　俺にはわからない」

「アイルランド系」ルースは繰り返した。かがみこんでドギーをきつく抱きしめ、それから満面の笑みをカムとジャックに向けた。「ハムバッグはアイルランド系なのよ。マンタ・レイは撃たれた日に同胞を見つけたのかもしれない」

ジャックは言った。「あるいはすでに知り合いだったのかもしれない。だからそもそもマンタ・レイはここに来たんだ。ドギー、ハムバッグが住んでいるのはどの倉庫だ？」

ドギーは震える指で二十メートルほど先の細くて高い建物を指した。「ここらで一番古い倉庫だ。ハムバッグ以外はみんな、あそこは危険すぎると思ってる。さっき言ったとおり、ハムバッグがこのあたりにいるときは、あの三階に住んでる。あそこで暮らすようになってもう長い。いたり、いなかったりだが。いつからかわからないが、たぶん一年にはなるんじゃないか」

ルースはもう一枚二十ドル札を取りだしてドギーの襟元にねじこみ、彼に酒をやめて食べ物を買うよう言った。

「ルース？　言い忘れてたんだが、拡声器で怒鳴っていた男もアイルランド系だったと思う。きついアイルランド訛りでわめいてたからな。訛りを真似してただけかもしれんが、そんなの誰にわかるってんだ？」

「ありがとう、ドギー」ルースは立ちあがり、カムとジャックに笑いかけた。「ハムバッグのねぐらに行ってみるとしましょうか」ジャックとカムはドギーと握手をすると、ルースとともに六個の段ボール箱が集まった場所をあとにした。ルースが言った。「このあたりのホームレスはほとんど、ぼろぼろになった建物の中よりも外で暮らしたがるの。屋内に入る気になるのは、猛烈に寒いときくらいね。彼らは鼠が嫌いだし、上の階の床が崩れ落ちてくるのが怖いのよ。ハムバッグの本名がハマーだったたなんてちっとも知らなかった」彼女はかぶりを振った。「うかつだったわ」

ジャックは老朽化した倉庫を見あげた。「政府がこれだけ大金を費やしているっていうのに、どうしてここはいつまでもぼろぼろのままなんだ?」

カムが言った。「遅かれ早かれ、ここも建て直されてコンドミニアムになるわ。そうなったら、ドギーやサリーやほかのみんなはどこに行けばいいの?」

41

彼らが腐りかけた階段をあがってなんとか三階までたどり着くと、ハムバッグのねぐらはすぐに見つかった。三階で人が暮らしているように見えるのはそこだけだった。実際にはドアもない小さな部屋で、壁は壊れて木枠がむきだしになり、倉庫の正面側にある二枚の割れた窓はテープで段ボールを留めつけてあった。スペースのほとんどに、何十年分もの新聞が二メートルほどの高さに積みあげられていた。

「ハムバッグは物持ちがいいのね」カムは一九九三年の『ワシントン・ポスト』の山を注意深くまわりこんだ。「これは楽な仕事じゃなさそうだわ」

ルースが指さした。「隅のあの新聞の上に毛布が山になってるわ。あそこで寝ていたのね。マンタ・レイのバッグはベッドの下に隠していたのかしら?」新聞の山を底のほうまで探っていって目をしばたたき、声をあげた。「ねえ、これは何?」

カムとジャックはルースのもとに集まり、彼女が慎重に二〇〇三年の『ワシントン・ポスト』の広告ページを広げていくのを見守った。ルースはブレスレットを掲げた。ダイヤモンドが指のあいだから輝きを放ち、薄暗がりできらめく。「どうやらハムバッグはマンタ・レイの素敵なバッグをあさって、記念品をくすねていたみたいね。あるいはこれが報酬だったのかも」

ジャックはルースの手からブレスレットを取りあげ、前後に揺らして輝く宝石を観察した。「ひとつひとつはとても小さなダイヤモンドだが、数はたくさんある。一万ドル以上するかもな」

「一分でわかるわ」カムは携帯電話を取りだし、下部に説明が書かれた一連の写真を表示した。「ああ、これよ。貸金庫から盗まれた品物の目録によれば、これはミスター・ホレス・グッドマンのものね。〈ストロナック・グループ〉の大物。全国で不動産投資を行っている持ち株会社で、ボルティモアのピムリコやプリークネス・ステークスに家を持っている。これによると、このブレスレットには六万ドルの保険がかけられてるわ」

ジャックは言った。「ミセス・ホレス・グッドマンはこれを取り戻せたら狂喜乱舞するだろうな」

「誰だってそうよ」ルースが皮肉っぽく言う。

カムが言った。「ハムバッグはこのブレスレットが強盗の戦利品だと知っていたと思う？　それとも、バッグを開けて中を見たのかしら？」

「ずっと宇宙旅行をしてたということでもなければ、見ずにいられるわけがない」

ジャックは背筋を伸ばし、あたりを見まわした。「マンタ・レイが自分を呼んでいるのを聞いて、ハムバッグはどう思っただろうな？　窓の外を見るとヘリコプターが自分を待っていたら？」

「ほっとした？　それともうれしかった？」ルースが言った。「賭けてもいいわ。マンタ・レイはハムバッグに自分たちが親友だって信じこませたのよ。言いくるめて、戦利品を隠しておかせたんだわ」

「その線はありうるな」ジャックは携帯電話を操作し、一枚の写真をふたりに見せた。

「これだ、パトリック・ショーン・ハマー少佐。二〇〇一年に撮られた写真だ。九・一一テロ事件のわずか一週間後」カムとルースは、白髪まじりの髪を短く刈りこみ、ブラウンの鋭い目を持つ知性にあふれた顔をした兵士に見入った。ジャックは画面を下にスクロールした。「九〇年代の初めに離婚している。子どもはふたり、息子と娘がいるが、親権は元妻に渡している。子どもたちは今頃は俺たちくらいの年齢だな、カム。この写真が撮られたあと、ハムバッグは無許可離隊して失踪し、今もリストに載せられている。つまり行方不明のままってことだ。わざわざ彼を捜す者がいたとしてだが」

「ひとつの人生が失われた。ただ投げ捨てられるように」カムが言った。「投げ捨てたのは私たちよ」彼女は『ワシントン・ポスト』の束を蹴った。

ルースがダイヤモンドのブレスレットを小さなビニール製の証拠袋に入れた。「ハムバッグのために、これをここに残しておいてあげたいくらいよ。彼のような人を迎えるのが刑務所の監房だなんてあんまりだわ。ねえ、ハムバッグの名前は私たちの秘密にしておかない？」

ジャックが言った。「質問の意味がわからないな、ルース。彼の名前が何かなんて、俺たちが知っているはずもないだろう？」

42

水曜早朝
アレクサンドリア、倉庫街
ヘリコプター機内

リアムは拡声器に向かって怒鳴った。「ハマー少佐！」

エレーナは男が倉庫の三階の窓に姿を現して大きく手を振り返すのを信じられない思いで見つめた。一瞬ののち、汚れた白のTシャツとすすけたジーンズをミリタリーブーツの中にたくしこんだ手足のひょろ長い男が倉庫からこちらに向かって駆けだしてきた。脇に革のバッグを抱えている。

エレーナは首を振った。「信じられない。本当にホームレスに戦利品を預けて隠しておいたなんて。あの男はどう見ても頭がどうかしてるわ」

「ハマー少佐はホームレスじゃない。ちゃんとしたアパートメントの三階で暮らしていると俺に言ったんだ。頭がどうかしてるだって？　違うな。少佐と俺はアイルランドについて、ロンドンデリーについて楽しい会話をした。銃で撃たれるのがどんなものかってことも話した。俺には人を見分ける目があるんだよ」首を振りながらエレーナに向かってにやりとした。「ほかに選択肢がないときは、それがとりわけ役に立つ」リアムはヘンリーに言った。「俺がいいと言うまで離陸するなよ。まずはちょっとした再会の喜びを分かちあわないとな」ハムバッグの腕をつかんでヘリコプターの中に引っ張りこんだときもまだにやにやしていた。「よう、相棒。久しぶりだな。元気そうでよかった」

ハムバッグはバッグをリアムに向かって放り投げると、考える前にシートベルトを締めていた。ヘリコプターに乗るのは何年かぶりだったが、それでも体が覚えていた。いい感じだ。彼は身を乗りだしてリアムと抱きあった。「おまえのほうが元気そうだ。すっかりこざっぱりしたな、マンタ・レイ。生き延びるとは思えなかったが、ほら、おまえはこうしてここにいる。FBIがおまえを連行したあと、俺はここに戻った。おまえが言っていたとおりだ。あの倉庫の床をひっぺがして、壁をぶち壊して、石膏ボードをはがしてやがった。連中が来る前に逃げきれなかった俺たちはみんな、叩き起こされた。やつらが俺のところまであがってきたとき、俺はどうしたと思う？　連中がそこに立って俺の新聞を見つめていたから、こう言ってやった。それは全部、日付の古い順に並べてある。だから見たい新聞があったら見せてやる、とね。それから何をしたか知りたいか？　俺はドギーがいつも歌ってるあの古い歌を歌い始めた。《カントリー・ロード》を、やつらの目の前で。あいつらはあたりを見まわしてたけど、それでおしまいさ。俺は連中が首を振りながら立ち去るのを窓から見送った。やつらは不満げだった。自分が頭がどうかした男なんだとあいつらに思わせるのは大変でもなかったよ」

「頭がまわるな」リアムは言った。「よくやった、少佐。あんたは天才だ」ハムバッグを抱きしめた。「あんたは信用できるとわかってた。同郷だし、軍人だしな。あんたなら俺の荷物の面倒を見てくれるとわかってた。あんたにあげたあのブレスレットはまだ質に入れたりしてないよな？　ああ、そんなことはしないとわかってる。あれは俺たちが交わした契約だからな。質に入れるときには五万ドル以下に値切られないように気をつけるんだぞ、いいな？」

ハムバッグがうなずく。「あれはまだ俺の家にある。夜に眺めるのが好きなんだ。ろうそくの火をつけて、ダイヤモンドがきらきら輝くのを見るのが好きだ。あのダイヤモンドの隙間からおまえの血をぬぐい去るのには時間がかかったが」リアムの反対側に座っているエレーナに向き直り、うれしそうに笑った。「あんたはとてもきれいだな。名前は？」

「エレーナよ。あなたは誰？」

ハムバッグは肩を怒らせた。「アメリカ陸軍所属のパトリック・ハマー少佐だ。今は引退してるが。なんなりとお申しつけを、お嬢さん」エレーナに向かって敬礼した。

「近所の連中の中には、俺をいかさま師と呼ぶやつもいる。悪い冗談だ。俺の名前のハマーをいじってるんだよ」彼女の手首と足首のダクトテープをしげしげと見た。

「なぜマンタ・レイはあんたを縛りあげてるんだ？　こいつはほら、あんなにがっしりしたアイルランドの男だ。俺に言わせると、女たちに飛びかかられないように逃げまわらなきゃならない男だ。俺はダクトテープをこんなふうに誰かを縛るのに使ったことはない。あんた、何をしたんだ？」

「私はこの男を生かしておいたのよ。本当に愚かだった」エレーナは言った。

ハムバッグはふたりのあいだで視線を行ったり来たりさせ、眉をひそめた。「ええと、たぶん俺には関係のない話ってことだな。おまえが彼女を傷つけたりしない限りは。そういうことだよな、マンタ・レイ？」

「エレーナは俺と一緒にいれば安全だ、少佐。彼女が聞き分けよくしてさえいれば」

「ほらな、エレーナ、マンタ・レイは有言実行の男だ。信用していい。こいつはそうするいと言ったとおりに戻ってきた。ＦＢＩに救急車で運ばれてったたっていうのに。血まみれになってうめきながら横たわってたんだ。俺はこいつを助けようとした。なあ、わかるか？　マンタ・レイはひどい気分だったろうに、それでも俺に話しかけたんだ。そして今まで見たこともないような高価なブレスレットをくれた。あんたはこいつを信用していい。約束は守る男だ」ハムバッグはリアムに笑顔を向けた。「こうしてここに戻ってくるくらいの男なんだ」

「戻ってくることはあんたもわかってただろう」リアムは言った。バッグを開け、すべてが手つかずのままあるのを見て、ハムバッグの好奇心のなさに驚いた。リアムは金属製のボックスを取りだした。パンの保存容器くらいの大きさの平らなボックスで、鍵がかかっている。そう、リアムには本当に人を見分ける目があった。あのときは生き延びなければならず、リアムはハムバッグの人柄を正しく見抜いた。奇妙なことに、疑念はこれっぽっちも抱いていなかった。それからサイレンの音が響き、だんだん近づいてきた。リアムはハムバッグに、ＦＢＩが踏みこんでくる前に自分のそばから離れるよう言い含めた。「それであんたはＦＢＩが俺を連れていったあと、この世界の外には出なかったんだな？　俺のことは誰にも話してないよな？」

「ああ、どこにも行く気がしなかった。あまりにもたくさんの目と耳がありすぎて、全部が俺を見ているように思えたんだ。軍警察が俺を見張ってるかもしれない。自分がしたことのせいで、俺は連行されるだろう」

「気持ちはわかる。だが、もう誰もあんたを見張ってなんかいないよ、少佐。それは大昔の話だ」リアムはこの男が自分にとって脅威にならないと悟った。解放してやっても何も問題はない。ハムバッグが人として壊れてしまったことを気の毒に思い、そう思った自分に驚いた。そして彼を助けてやれたらいいのにと思っている自分にさらに驚いた。少なくともハムバッグにはあのブレスレットがある。「ありがとう、少佐。あんたが俺のためにしてくれたことすべてに感謝する。あんたはもう前に進め。外に出ていいんだ。自分の面倒は自分で見て生きていけ」ハムバッグを抱擁しながら耳元でささやいた。「ちょっと待ってくれ。ほかにもあげたいものがある」リアムはヘンリーに言った。「おまえの財布をよこせ」ヘンリーは片方の眉をあげたが、何も言わずにリアムに財布を渡した。リアムは五十ドル札を一枚取りだし、少佐のポケットにねじこんだ。「クリュッグを飲んでみるといい。俺のお気に入りなんだ。少佐、どうもありがとう」

ハムバッグはリアムに手を振り、ヘリコプターから飛びおりた。リアムたちはハムバッグが走っていって、ヘリコプターが上昇しながら土埃を巻きあげると、かがんで手で口と鼻を押さえるのを見守った。

エレーナはヘリコプターが南に旋回するまでハムバッグを見つめていた。「あなたはとんでもないリスクを冒したのよ」

「あんたはやつを見たのか？　ちゃんと見たか？」

エレーナがゆっくりとうなずく。「あなたの言うとおりだった。いったい何があってあんなふうになってしまったのかしら」リアムの膝の上にある金属製のボックスにちらりと目をやったが、何も言わなかった。

「俺は今からもっと大きなリスクを冒そうとしてる。あんたのボスと対峙するんだからな。それが終われば、俺は自由を手に入れる。残りの人生で好きなことをなんでもやれるだけの金を手に入れる」

「どこに行くつもり？」

リアムは彼女に笑顔を向けた。「それを口に出すのはあまり賢明とは言えないんじゃないか？　誰も俺を追ってこないところならどこでもいい。つまりこの大きくて美しい地球のほぼどこでもいいってことになる。ここだけの話、どこまでも砂丘が続いているところなんていいんじゃないかと考えてたんだ。たとえば、モロッコなんてどうだろう？」

エレーナが言った。「行ったことがあるわ。ほとんど地獄よ。熱と、砂漠と、駱駝の悪臭しかないところ。それに女が着なければならないあの服ときたら……」口をつぐんだ。

「あんたならどこに行く？」

「フィジー」

リアムはエレーナの全身をしげしげと見た。「あんたならビキニが最高に似合うだろうな。ハマー少佐に同意すると言わざるをえない」

「なんの話よ、このアイルランド野郎」

リアムはかがみこんで彼女の耳たぶを軽く嚙んだ。「あんたがきれいだって話さ」

エレーナが鋭く息を吐く。リアムは彼女がすばやく体を引く前に、温かさが羽根のように自分の肌をくすぐるのを感じた。

「あんたが俺を殺したいと思っているのは知ってるが、そんなことは起こらない。じっと座って、いい子にしてな」

エレーナは怒り、自分の無力さにいらだっていた。

「このボックスに何が入ってるか、あんたは知ってるんだろ？」

彼女は答えなかった。

「おそらく脅迫のネタだろうな。だが、いいか、俺にはそんなのどうだっていい」一カ月以上もペトロフをいらだたせてやったのは愉快だった。それももうじき終わる。リアムはかがみこんで指の節でエレーナの頬を撫で、《モリー・マローン》を豊かなバリトンで歌い始めた。祖父が好きだった歌だ。「〝美しいダブリンの街の、女の子たちはとても美しい。最初に目を留めたのは、いとしのモリー・マローン……〟」

エレーナは目を閉じ、セルゲイは彼女にこの男を殺させてくれると約束したと自分に言い聞かせた。チャンスがめぐってくれば、すぐにでも。

43

水曜午前
アレクサンドリア南部
セルゲイ・ペトロフ邸

ヘンリーはふたたびポトマック川沿いの荒野にあるヘリパッドにヘリコプターを着陸させ、ローターの回転を止めると、チェックリストに沿って点検作業を開始した。リアムは言った。「いい仕事ぶりだったぞ、相棒。五十ドルを返してほしいか?」ヘンリーはかぶりを振った。「あれはハマー少佐への俺からのはなむけってことにさせてくれ。クリュッグというシャンパンは本当にそんなにおいしいのか?」

「まさに神の恵みだ。試してみるといい」リアムはエレーナを担ぎあげ、アブラムからもらった靴のかかとを踏み鳴らした。その靴は大きすぎたが、今はちょうどよかった。かかとに厚く包帯を巻いているからだ。靴は白のエナメルで、エルビス・プレスリーになった気分を味わえた。だが何よりいいのは、その靴ならかかとが痛まないことだった。「俺の出番だ」リアムはヘンリーに向かって言うと、エレーナを腕の中で抱え直した。「動くなよ。さもないと頭から落っことすぞ。そのあとどうするかは知ったこっちゃないが」

あたりには人影ひとつ見えなかったが、リアムはペトロフが待ち構えていることを知っていた。リアムが安全でいられるのは、金属製のボックスを渡すまでのことだ。そのあとリアムの命を保障するものは、エレーナと彼女の頭に突きつけた銃しかなくなる。リアムにとって幸いだったのは、ペトロフがエレーナに強い愛情を抱いていることだ。そよ風がオークの葉をかさかさと揺らす中、リアムはヘンリーの後ろを歩き、全身のすべての感覚を研ぎ澄ましてあらゆる動きを警戒した。空気を嗅ぎ、アブラムがつけていた奇妙な柑橘系の香りを思い起こしたが、そこはなんのにおいもしなかった。

ペトロフとアブラムは玄関ポーチで待っていた。ふたりとも黙って立ち、リアムたちが近づいていくのを見つめている。ペトロフの目はリアムの手の中にある金属製のボックスに釘づけだった。ここからでもリアムなら彼の額を撃ち抜けることをペトロフは知っているはずだ。

今回はリアムは家の中にまで招かれなかった。

「エレーナをヘンリーに渡せ、ミスター・ヘネシー。それからそのボックスをポーチに置け」

リアムはエレーナをおろすと、ヘンリーにもたせかけるようにして立たせた。ポーチの端に金属製のボックスを置くあいだも、ペトロフから決して目を離さなかった。一歩後ろにさがり、ワルサーを振る。「さあ、四百万ドルをもらおうか、ミスター・ペトロフ」

ペトロフは背中側から厚くふくらんだ肩掛けバッグを引っ張りだし、金属製のボックスの横に置いてあとずさりした。

「ラルフ、エレーナを地面に寝かせて、バッグを取ってこい」リアムは言った。ヘンリーは言われたとおりにした。「バッグを開けろ。声に出して金を数えるんだ」

ペトロフが不服そうな音をたてた。

数え終わったヘンリーはショックで呆然(ぼうぜん)としているようだ。「こんなにたくさんの現金は初めて見たよ。たしかに四百万ドルある」

「二百ドルは手間賃として取っておけ」リアムは言い、ヘンリーが百ドル札を二枚抜き取るのを見つめた。「今度はエレーナをこっちへ渡せ」ワルサーを金属製のボックスのほうに振った。「それはあんたのだ、ミスター・ペトロフ。確認したいか?」

アブラムがボックスを持ちあげ、ペトロフに渡した。

ペトロフは一瞬ボックスを見つめ、こじ開けられた形跡がないかどうか確かめた。

リアムは笑った。「傷ひとつついちゃいない」

ペトロフはズボンのポケットから小さな鍵を取りだしてボックスを開け、中身を調べると、丁寧にボックスを閉めた。「好奇心を出さなかったようだな、ミスター・ヘネシー？」

「ミスター・ペトロフ、俺はそれに興味はない。一瞬たりとも興味なんか持たなかった。これは仕事だ。それ以上でも以下でもない」

「これが君が置いていったままの状態で残っていたことに驚いていると言わざるをえない。ＦＢＩは大々的に捜索したはずだ」

「ああ、たしかに。だが俺はＦＢＩよりも頭が切れる」

「リアムはホームレスの男にバッグを隠させたのよ」エレーナが言った。

ペトロフの黒い眉の片方が跳ねあがり、Ｖ字形の生え際と同じ角度を描いた。

リアムは肩をすくめた。「あんたの手元にはボックスが戻ってきた。脅迫がうまくいくよう幸運を祈ってるよ。俺はそろそろ帰らせてもらう。今度もまたエレーナを連れていくつもりだ。俺が行けと命じた場所にヘリコプターがおり立ったら、エレーナはラルフと一緒に送り返してやる」

ペトロフが眉をひそめる。「君には金がある。ヘリコプターも。エレーナを連れていく理由はないだろう」

リアムはまた肩をすくめた。「俺はいつだって保険を多めにかけておくんだよ、ミスター・ペトロフ。ヘリコプターに何が起きるか、ヘリコプターに向かう途中で何が起きるかわかったもんじゃないからな。あんたのラルフと俺に対する愛情よりも、エレーナに対する愛情のほうがずっと強いのはわかってる。だからこうするのが一番安全だ」

アブラムが低いうなり声を発し、一歩前に進みでた。

「あんたの犬を黙らせろ、ミスター・ペトロフ」

ペトロフはアブラムに向かって首を振った。リアムはふたりに向けて、ハムバッグがエレーナにしたのと同じ敬礼をした。

「心配いらない。エレーナはきっと無事にあんたのところに帰ってくるよ」リアムは声をあげて笑った。「エレーナがあんたのところに戻りたいと思えばだけどな、もちろん」

それからまもなく、リアムはヘリコプターのウィンドウから眼下のポトマック川を眺めていた。街が恋しかった。とりわけ夜景の光が。無数の大理石のモニュメントが、美しい景色が恋しかった。だが、ここはベルファストではない。リアムは標的に狙いをつけるときの胸弾む興奮を思いだした。考えると、今でも血が騒ぐ。そう、あの古きよき時代のベルファストに匹敵するものはどこにもない。

エレーナが言った。「私の望みは家に帰ってシャワーを浴びることだけよ」

リアムは彼女を見てほほえんだ。「もしかしたらこれから向かう先で、俺と一緒にシャワーを浴びられるかもしれない」

エレーナが向き直ってリアムを見た。「夢の中で好きにすればいい。あなたはアブラムの白い靴を履いたピエロみたいに見えるわ」

リアムはかがみこみ、ワルサーの銃口でエレーナのなめらかな頬を軽く撫でた。彼女は身じろぎひとつしなかった。その度胸は称賛に値する。リアムは体を引き、エレーナに笑いかけた。「あんたは根性があるな、いとしい人（モイ・ゴールピ）」

「いつかそのときが来たら、どうやってあなたを殺してやろうかと考えてるの」

リアムは声をあげて笑った。

そのとき、リアムのヘッドフォンにヘンリーの声が飛びこんできた。「どこに向かえばいいんだ、ミスター・ヘネシー？」

「ガソリンは満タンか、ラルフ？」

「ほぼ満タンだ」

「北に飛べ、相棒。どこでおろせばいいかはあとで教える」

44

水曜午前
クアンティコ・ジェファーソン宿舎
ドクター・ヒックスのオフィス

ＦＢＩの心理学者でビートルズの大ファンでもあるドクター・エマニュエル・ヒックスは、サビッチとシャーロックが青白い顔をした若い男性を先に歩かせてオフィスへ入ってくるのを見て立ちあがった。なんの希望もたたえていない男の淡いブルーの目の下には、くっきりとくまができている。男は今にも自ら棺（ひつぎ）の中に入って蓋を閉めそうに見えた。ドクター・ヒックスは末期患者に同じ表情を見たことがあった。ジーンズに白いシャツ、着古したダークブラウンのパーカーという格好をしたこの青年が、サクソン・ヘイニーだろう。ジョージ・ワシントン大学でコンピュータ科学を学ぶ二十四歳の聡明な学生で、大統領首席補佐官として名高い、エリック・ヘイニーの息子。こんなにも生気を搾り取られたような顔さえしていなければ、かなりハンサムだっただろうに。

「ミスター・ヘイニー」ドクター・ヒックスはそう言って、男がのろのろと差しだした手を握った。骨がないかのような感触だ。「よく来てくれたね」

サクソンがゆっくりとうなずいた。「サビッチ捜査官に言われたんです、あなたなら僕が記憶を取り戻す助けになってくれるかもしれないと」自分のスニーカーに目をやった。「どうしたらそんなことができるのか、僕にはわかりません。だってすべてが空白だから」

ドクター・ヒックスは座り心地のいい肘掛け椅子のほうに手を振った。「座ってくれ、ミスター・ヘイニー。われわれがこれから何をするのか説明しよう」

サクソンがすばやくサビッチを見た。サビッチはほほえみ、気楽な調子で言った。「サクソン、ドクター・ヒックスは私が生涯信用できると思っている人だ。君は真実が知りたいと言ったね。われわれの誰も、ミア・プレボストが殺された夜に君の身に起こったことが記憶からきれいさっぱり消えただなんて信じちゃいない」片手を軽くサクソンの腕にのせた。「ここが信念の見せどころだ」

サクソンはまじまじとドクター・ヒックスを見つめた。年頃は父と同じくらいだが、父と違って、ドクター・ヒックスは棒のように細い。細いメタルフレームの眼鏡の奥から、黒い目が鋭いまなざしで見据えている。

「どうやったらそんなことが可能なのかわかりません。僕は警察にもサビッチ捜査官にも、思いだそうとしたけど何ひとつ思いだせないと言いました。あなたが目の前でコインを揺らしてみせたからって、何かが変わるとは思えない」サクソンの声が詰まり、目がうつろになる。サビッチには、サクソンがミア・プレボストのことを考えているのだとわかった。

ドクター・ヒックスは優しくサクソンを押して椅子に座らせた。「ミスター・ヘイニー、催眠術をかけられたことはあるかな？」

「ありません。そんなのはインチキだと思ってた」

ドクター・ヒックスがほほえむ。「どうだろうね」ポケットから旧式の丸い金時計を引っ張りだした。「これは私の父の時計だ。父はそのまた父から譲り受けた。古い友人みたいなものだよ。君はただこれを見ていてくれればいい。深く腰かけて、リラックスしてくれ」

やつれた顔が一瞬、かすかな笑みに輝いた。「僕の潜在意識に入りこもうとしているのなら、僕のことはサクソンと呼んでくださっていいですよ」

「ありがとう。どうか肩の力を抜いてくれ。サクソン、ただ時計を見て、これに集中するんだ。活動している脳の領域をできる限り空っぽにして、時計だけを見るようにして。この古い時計がどれだけの時間を目撃してきたか、考えてみてほしい。私たちがここで一時間失ったところで、どうということもない。この古い金の輝きを見つめて、どんなふうに光を反射するのか見ていてくれ。輝きの中に君自身が見えてくるはずだ。さあ、頑張って。そう、それでいい。サクソン、これを見て、時間が溶けていくと考えてみようか。一時間がこっちに、また別の一時間があっちに溶けだして、そのうち時間は意味を持たなくなる」ドクター・ヒックスは意味がわからないことを語り続けた。やがて時計をさげていって、自分のポケットにしまった。サビッチとシャーロックにうなずいて立ちあがる。「とても聡明な若者だ。夢でも見るように意識下に潜るために充分集中できた。もうどんな質問にも答えられる」

サビッチは椅子を近くに引き寄せて座り、片手を軽くサクソンの腕の上に置いた。

「サクソン、ミア・プレボストについて教えてくれ。彼女とはどうやって出会った？」

サクソンの顔に本物の笑みが浮かんだ。死ぬまで忘れるはずのない記憶を思い浮かべているのだろうと、その場にいる全員が知っていた。「僕が大学院でゼミの授業を受けてると、美しい女性がひとり、ふらふらと入ってきた。教室には僕を含めて男の学生が六人いて、全員の目が釘づけになった。彼女は顔を赤らめ、謝罪して立ち去った。授業が終わると、彼女は外の廊下に座って本を読んでいた。そのとき言われた彼女の言葉を僕は忘れられないんだ。〝私、ここが逸脱行動学のクラスだと思いこんでいたの。ギガバイトって聞くと、巨大な歯を持った吸血鬼を思い浮かべてしまうわ。びっくりよね〟彼女は笑って、コーヒーを一杯おごってくれないかと僕に言った。ミアはとてもかわいくて、とても親切で、僕はひどく気持ちが楽になった。ミアといると自分が不器用だと感じなくてすんだ。僕が何を言えばいいのか考えつかなかったり、口ごもったりすると、ミアは笑って僕の手をぽんと叩いて、あなたはそんなにハンサムなんだから、しゃべらなくてもいい、女性はそんなことは気にしないと言った。母さんはいつも僕を〝私の美しい子〟と呼んだけど、母親の言うことなんて当てにならないから」言葉を切り、それからふたたび顔を輝かせた。「初めて一緒にディナーをとったのはマクドナルドで、とても楽しかった。僕らはいつまでもしゃべってた。ある晩ミアは、僕を初めて見たときにあんなふうに感じたのが今でも信じられないと言った。すぐさま恋に落ちてしまうなんてと」声が詰まり、ひと粒の涙がサクソンの頬をゆっくりと伝っていった。

「君はどうだったんだ、サクソン？」

「人生で初めて、自分をこんなにも幸せにしてくれる人がいるというのがどういうことかを知って、体がこわばったと彼女に言った。最初から彼女を愛していたと。ミアが笑いながら僕の白い靴下をからかうやり方、僕の話に耳を傾けてくれるその感じが大好きだ、僕は彼女に世界をプレゼントしたいと思っていると言った」サクソンは言葉を切り、やがて聞く者の胸も張り裂けそうなほどの悲しみをたたえて言った。「一緒にいられた時間はあまりにも短かった。どこかの怪物がミアを殺したんだ」

「サクソン、君のお父さんはミアのことをどう思っていた？」

「父さんはミアのことをこれまで出会った誰よりも美しいと言って、あんなすばらしい子と出会うために僕が何をしたのか知りたがった」サクソンは小さく笑みを浮かべたが、すぐにまた表情を失った。「父さんとは、僕が十三歳のときに母さんが家を出てから、週に二回は一緒にディナーをとるようにしてる。父さんはああいう人だから、まわりがおべっか使いだらけなのに慣れていたけど、ミアはおべっかを言わなかった。ミアはいつだってミアらしかった。ほかのみんなに対して関心を寄せるのと同じように、父さんに対する関心も見せた」ふたたび言葉を切った。「父さんが本当のところ、彼女のことをどう思っていたのかはわからない。僕は父さんに尋ねるのが怖かったんだと思う。それ以上に僕にとってはそんなことはどうでもよかった。自分にとって大事なのはミアだけだったから、誰がどう思おうとかまわなかった」

「ミアの両親に会ったことは？」

「オレゴンに住んでいるとは聞いてた。ミアは秋に会いに行く予定を立てていて、僕らは一緒に行くつもりだった」

「ミアとはベッドをともにしてたのか？」

サクソンはうなずき、唾をのみこんだ。「最初は多少、怖じ気づいた。へまをしたくなかったから。でもやっぱりミアが、それはとても気楽で自然なことだと思わせてくれた。リラックスして一緒に学んでいけばいいと言ってくれた。僕たちはそうした」

「彼女が君のお父さんについて、何か質問してきたことは？」

「それは、ああ、誰だってそうする。それにミアは父さんに関心を持っていた」

「君がお父さんから聞いた話をミアに教えたことはあったかな？　たとえば大統領がお父さんと話しあった政策のこととか、お父さんがそれをどう思っていたかとか」

「ああ、もちろん。父さんはギルバート大統領の右腕だけど、それでも僕の父さんだから。父さんとはよく意見を交換するんだ。父さんはそれが気に入ってる。でも父さんには鉄のルールがあるんだ。もし僕が機密事項について尋ねたり、あるいは大統領にとって恥ずかしいことをきこうとしたりしたら、父さんはただ笑って首を振る。それはつまり、これ以上踏みこんじゃいけないという意味だ。

そういえば、ミアとも一度そんなことがあったな。彼女は父さんに、プーチンのウクライナ侵攻についてどう思うかときいた。父さんはほほえみ、それについては話せないと言った。ミアは機嫌を損ねたりはしなかった。彼女が謝ったのを覚えてる」

「ミアはオレゴンで育ったと言ったんだね？」

「アシュランドの近くの小さな町で、ボルトンとか言ったかな。父親はバプテスト派の牧師で、母親は主婦。彼女はひとりっ子だった」サクソンは喉が締めつけられたらしく、唾をのみこんだ。目に涙があふれる。「家族はみんなすばらしくて、いつだって自分を励まして見守ってくれていると言っていた。だからミアはあんなにも素敵な、あんなにも美しい人だったのかもしれない」

「ミアが亡くなった晩のことをもう一度考えてみてくれ、サクソン」

サクソンは頭を前後に振り始め、息遣いが速くなった。

「いいんだ、大丈夫だよ、サクソン。ゆっくり呼吸をして、リラックスするんだ。大丈夫だから。あの夜について話してくれないか」

「あの日は僕たちが出会って六週間の記念日で、僕はすべてを完璧にしたかった」

「ミアをアパートメントの前まで迎えに行ったとき、彼女は何を着ていた？」

「素敵な黒のワンピース。丈が短くてエレガントで、背中はほとんど丸見えだった。ミアは美しい背中をしていた。それにハイヒール。履くと、彼女の背は僕の鼻の高さくらいになった。ミアは笑って、レストランのすぐ外で僕にキスをした。まわりに何人も人がいたのに。彼女は、僕には誰もかなわない、こんなにもハンサムなんだからと言った」サクソンが唾をのみこんだ。「ミアは僕のネクタイを直し、それからふたりで店に入った」

「なんていう店？」

「アレクサンドリアの〈ルイージズ〉だ。父さんはあそこのリゾットが大好物で、誰かに感銘を与えたいと思ったらあの店に連れていけと僕に教えていた。父さんとはときどきあの店に行っていた。僕はスパゲッティ・ミートボールを注文した」

「ミアは何を？」

「何か奇妙なサラダと、小さなアンティパストをふたりでシェアした。ミアは小食だったから」

「飲み物は何を注文した？」

サクソンが眉をひそめる。「ミアにコスモポリタンを飲んだことはあるかときかれて、僕はないと言った。もともと酒はあまり飲むほうじゃなくて、たまにワインをたしなむ程度だから。彼女もそれは知っていた。ミアは僕にもぜひ飲んでみてほしいと言った。そうすれば、あとでふたりで過ごす時間がもっと楽しくなるからと」みるみる顔を赤らめた。「彼女はその、セックスのことを言ってたんだ」

「わかるよ」サビッチは言った。「そして君はコスモポリタンを注文した」

「ああ。僕はその味が気に入った。ミアが言ったとおり、気持ちがほぐれて楽しくなって、言いたかったことがもっと楽に口から出るようになった。二杯目を飲んで、僕はたくさん笑った。そのうち、ミアが帰りたいと言った。自分のアパートメントに行って、そこで素敵な時間を過ごしたいと」サクソンは言葉を切り、唇をなめた。「そこで途切れてる。あとのことは覚えていない。次の日の朝、僕は自分のアパートメントのベッドで目を覚ました」

「君とミアがレストランを出ていくところを頭に思い描いてほしいんだ。駐車係に君のトヨタを店の正面までまわすよう頼んだね」

サクソンはゆっくりうなずいた。「ああ。顔ににきび跡のある、とても若い男だ。ミアを見つめていた。そういうのには慣れている。男はみんなミアに見とれる。駐車係が車を正面にまわしてきて、僕はミアが乗りこむのを手伝った。ふたりとも笑っていた。なぜかはわからない。何もかもがとても愉快に思えた。僕が運転して、ミアは片手を僕の脚に置いて、ベッドルームに着いたら何をしたいかしゃべり始めた」

「君はカーラン・ハイツにあるアパートメントまでミアを送り届けた」

サクソンがうなずく。「ミアは三階に住んでいる……住んでいた」唾をのみこんだ。

「いつもはエレベーターを使うけど、その夜はミアが階段で行きたいと言ったから、僕らはずっとキスをしながらアパートメントのドアまで歩いていった」言葉を切った。思い出に輝いていた顔が急にこわばり、サクソンがはっと息をのんだ。

サビッチはサクソンの腕をきつくつかんだ。「オーケイ、サクソン。君たちは廊下を歩いている。キスをして笑いながら、ミアのアパートメントのドアの前に着いた。ドアは何色かな？」

「赤だ」

「君が鍵を開けたのか？」

「いや、ミアだ。ミアが開けて、そのあいだもずっと僕にキスをしてた。ドアが開くと、僕のネクタイをつかんでアパートメントの中へ引き入れた。僕はあやうく転びそうになった。そうだ、今思いだした。僕は頭がくらくらしていて、コスモポリタンのせいだと思っていたけど、とても幸せだった。まあ、疲れていたというのもあると思うけど」

「頭がくらくらするとミアには言ったか？」

「ああ。彼女は笑って、それもお楽しみの一部なんだから気にする必要はないと言った。そして僕のシャツを脱がせ始めて、僕をベッドルームまで引っ張っていった」

「君たちは愛を交わしたのか？」

45

サクソンがまた唇をなめ、眉をひそめて、ゆっくりとかぶりを振った。「いや、僕は変な感じだった。酔っ払って変だったわけじゃない。それがどういう感じかは知っている。でもベッドルームはぐるぐるまわるし、彼女が三人いて、彼女の笑い声があんまりにもうるさくて、僕は吐き気と眠気を同時に感じていた。そのあとのことは何も覚えてない。本当に何もかも消えてしまった……」

シャーロックが片手を軽くサビッチの肩に置くと、彼は後ろにさがった。シャーロックはサクソンに近づいてかがみこんだ。「サクソン、私を覚えている？」

「ああ、あなたはシャーロック捜査官だ。きれいな髪をしている」

「ありがとう。ねえ、サクソン、あなたにミアを見てほしいの。本当にちゃんと彼女を見て。あなたはひどく気分が悪くて頭がくらくらしていると思うけど、それでもミアのことははっきり見えるはずよ。ほかに誰か見える？」

サクソンはまばたきをして頭を振った。「わからない……待ってくれ、ああ、誰かがいる。どこから来たのかは知らない、だけど男がそこにいる。ベッドルームで、ミアの後ろに立っている。男が片手をミアの腕にかけて、自分のほうに振り向かせている」

「男の外見は？」

「はっきりとは見えない。僕の頭にあるのは吐きそうってことだけだ」

「吐き気やめまいは忘れて、サクソン。今はそんなの感じていないはずよ。あなたは大丈夫。その男のことを考えて。集中して。男が見える？」

「ああ、見える。でも、ぼんやりしている」

「どんな人か教えて」

「中年の男。四十代くらいだ。吸血鬼みたいに白い肌をしている。額の中央の生え際がなんというか、槍みたいに〝V〟の形に尖ってる。頭の両側の髪は後退している」

シャーロックはなおも問いかけた。「その調子よ。サクソン、その男から目を離さないで。観察して。男は何か言ってる？　なんて言ってるの？　だめ、首を振るのをやめて。集中して。耳を澄まして。彼の声が聞こえる？」

「オーケイ、聞こえる」

「よかった。ミアになんて言っている？」

「ミアに尋ねてる。どうして僕がまだ起きているのかと。こんなへまをして、なぜ言われたとおりにしなかったんだと」

「口調は怒っている感じ？」

「ああ。だけど叫んで怒りをぶちまけるんじゃなくて、氷のように冷たい怒りだ。父さんが母さんによくそういう怒りを向けて、母さんを縮みあがらせてた。だから母さんは出ていったんだと思う」

「オーケイ、わかったわ。ミアはどう答えたの？」

「あと数分で僕が気を失うから、そうすればどんな写真でも好きに撮れると男に言った」サクソンは眉をひそめた。「わからない。なぜ男はあそこにいたんだ？　なぜミアは写真の話なんてしてたんだ？」

「今はその心配はいらないわ。頭をあのときに戻して。それから何が起こったの？」

サクソンは黙りこんだ。シャーロックにはサクソンが思いだそうとしているのがわかったが、やがて彼がかぶりを振っても驚かなかった。シャーロックはさらに質問を重ねたり、きき方を変えたりしてみたが、サクソンはそのときにはもう意識を失っていて、なんの記憶もないのだろうと推測した。

「翌朝目覚めたとき、あなたは自分のアパートメントのベッドにいたのよね?」

「ああ」

「そのときはどんな服装だった?」

「ズボンははいていた。靴と靴下も履いてた。でもネクタイとシャツと、下に着てたTシャツがなくなっていた。家じゅうを捜したけど見つからなかった。ひどく気分が悪くて、頭が恐ろしく痛かった。ミアのアパートメントからどうやって自分の家に帰ったのか、何があったのか思いだそうとしたけど、何もかも……真っ白だった」

「ミアに電話をかけた?」

「かけた、何度も。だけど彼女の携帯電話はすぐに留守番電話につながってしまった。それから友人が来た……オリー・アッシュ、大学時代の僕のルームメイトだ。オリーは一緒に朝食をとりに行って、自分が取り組んでる人工知能プログラムの話を僕にしたがっていた。でも僕は行きたくなかった。あんまりにも気分が悪かったから。

オリーは僕に、シャワーを浴びてアスピリンをのむよう言った。言われたとおりにしたら少しは気分がよくなったけど、僕は心配だった。何かまずい事態になってることはわかっていた。服を着ていたら、リビングルームのテレビからニュースが聞こえてきた」サクソンはふいに口をつぐみ、それから小声で言った。「ニュースキャスターは女性が殺される事件が起きたと語り、住所を言った。ミアが住んでいるところだった。どうしてそんなことが言えるんだと思ったのを覚えてる。

僕はベッドルームを飛びだしてリビングルームに行った。素敵な子とつきあってるとオリーに話したことはあったけど、名前までは明かしていなかった。僕はただ立ち尽くした。信じたくなかった。でもニュースキャスターはミアのことを語り、画面にはずっと彼女の写真が映しだされていた」

「オリーはミアのことを知らなかったと言ったわね？」

「彼女のことを知っていたのは父さんだけだ」

「どうして？　秘密にしておくというのはミアが決めたの？」

「そうだ。僕は世界中に、友達全員に叫んで知らせてまわりたかった。でもミアが言ったんだ。別れた恋人に、彼女がこんなにも早く心から好きな相手を見つけたことを知られたくないと。その男のことが信用できないし、ひどいかんしゃく持ちで、自分をふったミアをまだ恨んでいるからだと言っていた。僕からそいつに話をしようかと申しでたけど、彼女は男の名前を言おうとしなかった。それで僕もミアを父さんに会わせた以外は、ふたりのことは秘密にしておいた。彼女は父さんに会えてとても喜んでいた。政界の大立者に会うことは、ミアが受講している逸脱行動学のクラスにも役に立つって言ってた。僕は笑ってしまったけど」

「もう一度振り返ってみて、サクソン。あなたのお父さんがあの朝、電話をかけてきたのよね？　それはあなたが何か行動を起こす前だった？」

「違う。父さんは僕のアパートメントに来て、オリーにはふたりで出かけるからと言って、僕を自分の家に連れていった。僕にはのみこなかった……ミアが死んだなんて。意味がわからない。父さんが抱きしめてくれて、僕は泣いた。だけどやっぱりミアは死んだままだった。僕は父さんに、何も思いだせないし、シャツとTシャツはどこかへ消えてしまったし、たぶんミアを殺したのは自分だと思うと言った。でも父さんは、違う、そんなことはありえないと言った。僕が人を殺せるはずなどないと。僕は飲みすぎて記憶を失っただけだと父さんは思ったらしい。ほかの誰かがミアを殺したに違いない。だけど誰が？　なぜ？」

サクソンが肘掛けを握りしめる。シャーロックはその上に自分の手を重ね、彼の指を撫でた。「聞いて、サクソン。ミアを殺した犯人は、あなたが彼女の後ろに立っているのを見た男よ。V字の生え際の男。私たちがきっとそいつを見つけだすわ」

シャーロックはサビッチを見て、片方の眉をあげた。

サビッチはこれ以上きくべきこともなく、かぶりを振った。ドクター・ヒックスが静かに言った。「これは彼にとっては理解することさえ大変な事件だ」サクソンのほうにかがみこみ、落ち着かせるように言った。「サクソン、私が三つ数えると、君は目を覚ます。目を開ければ、すべてを思いだす。君はミアに薬を盛られた。サビッチ捜査官とシャーロック捜査官がきっと犯人を見つけてくれる。君は何が起きたのかを理解した今、君は気分がよくなる。穏やかな気持ちになる。一、二、三――」

サクソン・ヘイニーは目を開け、二度まばたきをして、シャーロックに顔を向けた。彼の目に希望の光が一瞬宿り、それからミア・プレボストの正体という真実に打ちのめされた。サクソンは握りしめた両手を見つめてささやいた。「ミアとあの男は僕たちの写真を撮ろうとしてたんだ。でも、どうしてですか？」

サビッチは言った。「それはわれわれにもまだわからない。だが、一緒に考えたいことがいくつかあるんだ、サクソン。君の記憶によれば、明らかに君はあの晩飲みすぎて気を失ったわけじゃない。薬をのまされたんだ」

「でも、どうやってそんなことができたのか想像もつかない。あなたが言ったように、僕はミアといた。ミアが僕に薬をのませたと考えているんですよね？」

「ほかの誰にもそんなことはできなかったんだ、サクソン。それにミアはその男が待っている自分のアパートメントに君を連れていった。君を気絶させたあとにその男が君の写真を撮ることをミアは知っていた。そのあとの計画についてはどこまで知っていたかわからないが、もちろん自分が殺されるとは思ってもいなかっただろう。男と何かをめぐって争ったのかもしれないが、ミアを殺すことは計画の一部として最初から決まっていたに違いない。彼女自身は知らなかっただけで。

君のシャツとTシャツが行方不明だと言ったね。レイバン刑事は現場で君の服を見つけたなんてひと言も言っていなかった。彼にその話をしたかい？」

「父さんが言うなと。疑われるだけだからって」

ヘイニーがサビッチに行方不明のシャツの件を話さなかったのも、同じ理由からだろう。「その男がミアを殺したあと、君を犯人に見せかけるために服を奪ったというのはありうるな。君はあの父親の息子だ、サクソン。エリック・ヘイニーは権力と金を持っている。男は君の父親が君を守るために、必要とあらば金を出すと知っていたはずだ」

サクソンはぼんやりしたまま視線をあげてサビッチの顔を見た。「ミアは僕を愛してなんかいなかったんですよね？　彼女は僕を利用していた。チェスでポーンを犠牲にするみたいに」両手に顔をうずめた。「でも僕はミアを愛していた。心から愛していた」

サビッチは言った。「本当に気の毒に思うよ、サクソン。君には知性があるが、女性に裏切られた男は君が初めてじゃない。少なくとも今の君は真実を知っている。対処すべきことがなんなのかを知っている」

「僕に？　知性がある？　笑えますね、サビッチ捜査官。僕が愛した女性は、釣り針にかかった魚にするみたいに僕をもてあそんだんですよ」

「君はミアを愛した。彼女を信頼した。ミアが本当はどういう人間で何をしていたとしても、君に責任はない。サクソン、君はミアを殺していなかった。何も悪いことはしていない。いつかきっと立ち直れる、きっと大丈夫になるよ。ミアを殺した男はわれわれが必ず見つける。信じてくれ」

サクソンはぎこちなく笑い、首を振った。「今は未来なんて想像できない」

シャーロックは感情を排した声で言った。「だったらお父さんの未来を考えてみて」

サクソンが平手打ちでもされたかのような顔になる。「父さんの……父はどうなるんです？　その男が脅迫してくるとか？　僕を利用して父を破滅させようとする？　僕のせいだ。全部僕のせいだ」

サビッチはサクソンの手をつかみ、彼を引っ張って立たせた。サクソンの両肩に手を置いた。「いいか、サクソン、ミアが殺されたのは君のせいじゃない。今、ひとつ約束をしよう。われわれはなんとしてもこの事件を解決する」

「僕はあなたのことをよく知りません。でも父は……」サクソンがサビッチの目の奥をのぞきこんだ。「ミアが僕に何をしようとかまいません。ミアのしたことすべてが嘘だったとしても、どうでもいい。ただ、そのせいで彼女が死ぬなんてことは起こってはならなかった。あの男をこの手で殺してやりたい」

そう思っているのはサクソンだけではなかった。シャーロックは言った。「私を信じて、サクソン。私たちはきっと犯人を見つけて、けりをつけさせる」サクソンの両手をきつく握りしめた。「もし私たちにそれができなければ、あなたが銃を買うのを手伝うわ」

サクソン・ヘイニーはシャーロックの声に揺るぎない確信を聞き取った。

46

クアンティコからフーバー・ビルディングに戻る途中、シャーロックの黒のブリーフケースから三度、着信音が鳴り、三度とも異なるメロディを奏でた。彼女はにんまりした。「新しい着信音にしたの。ラリー・ダックにカーリー・ダックにモー・ダックよ（ラリー、カーリー、モーは一九三〇年代から映画やテレビで人気を博したアメリカのコメディグループ〈三ばか大将〉のメンバー）」そう言って携帯電話を引っ張りだした。「シャーロックよ」しばし耳を傾けてから言った。「やっとシルビー・ボーンがヨガともドライクリーニングとも関係ない行き先に向かったってわけね。ええ、令状は持っているわ、ありがとう。その連中のことはもういろいろと調べがついているんでしょう？　私たちは今、ＣＡＵに向かっているところ」

「なんの電話だったんだ？」

「コニー・バトラーよ、ＣＡＲＤの。私がボーンの車につけたＧＰＳ追跡装置で、彼女の行動をずっと監視していたの。食料品店やガソリンスタンドに行くくらいでたいした収穫はなかったけど、ちょっと前にボーンのジャガーはずいぶんとしゃれた地域に向かったわ。アナランデル郡よ。そこの大邸宅のひとつ、〈ザ・ウィロウズ〉で車が停まって、私有地の門をくぐっていったみたい。コニーによれば、そこの所有者はミスター・ボー・ブレッケンリッジ・マドックス、〈ジェン＝コア・テクノロジーズ〉の創業者よ」

サビッチはポルシェのアクセルを踏みこみ、クラシックな黒のコルベットを抜いて前に出た。女性運転手はサビッチに満面の笑みを向けて親指を立てた。

「はいはい、あなたのベイビーをその冷酷非情なコルベットといちゃつかせるのはやめて、コニーが私に送ってきた詳細を聞いて。B・B・マドックスは現在七十八歳。〈ジェン＝コア・テクノロジーズ〉の首脳陣から引退して十五年が経っている。現最高経営責任者（CEO）はひとり息子のリスター・エブリン・マドックス。なぜ息子にそんな奇妙な名前をつけたのかしらね。リスターは五十歳過ぎで、結婚二回、離婚二回、子どもはなし。十五年前まで、父親のB・Bは業界を動かし、社交にも大いに積極的だったのに、一夜にして引退。今では決して家から出ず、めったに人とも会わないみたい。そのためか噂もあれこれ出ているわ。脳卒中だの、認知症だのを患って、衰弱しているんじゃないかって」シャーロックは携帯電話の画面から視線をあげた。

「もっといろいろ書いてあるけど、知りたいのはなぜファッション・ブロガーで人気ユーチューバーのシルビー・ボーンが、とっくに引退した〈ジェン＝コア・テクノロジーズ〉の創業者のもとを訪ねたのかってことよ」

「MAXに調べさせるか？」

「それはあとでね。まずはここで何がつかめるかを見てみないと」シャーロックはうつむいて、サビッチがFBIの駐車場に車を停めるまで携帯電話をいじっていた。サビッチはシャーロックの片手を取って彼女を引き寄せ、すばやくキスをした。

「〈ジェン＝コア・テクノロジーズ〉に関することを今、思いだしたよ。ジョン・ドウがのまされた薬を調べていて出てきたんだ。そこの子会社のひとつに小さな製薬会社の〈バデッカー・ザイオテック〉があった。そこを最優先で当たってみよう。シロリムスと同じ化学物質で薬を作る研究をしていたのかどうか調べてみないと」

シャーロックはうなずいた。「ディロン、すべてがどこに向かっているのか、ずっと不思議でならないわ。それに、ジョン・ドウはどう関わっているの？　好奇心はかきたてられる一方よ」

47

水曜午後
フーバー・ビルディング、犯罪分析課(CAU)

ＭＡＸはメリーランド州西部のジンジャー湖近くに小さな小屋があるのを発見した。所有者はルネ・アルトマン、ミセス・ボウラーの旧姓だ。サビッチは椅子に深く座り、かぶりを振った。

「州外で息を潜めていればやり過ごせると本気で思ってるのか、ボウラー？」彼はルースとオリーに連絡した。「ＭＡＸがボウラーを発見したかもしれない」ふたりにミセス・ボウラーの結婚前の名前で登録された小屋のＧＰＳ座標を伝えた。「ボウラーが鍵だと思う。だからそこでやつを発見したら、生かしておくのが重要だ。ジンジャー湖には車で四十五分で着く。常時情報をあげてくれ。忘れるなよ、ボウラーは銃を所持していて、すでにひとり殺している。それが自己防衛のためだったなんてことはどうでもいい。銃を使ったことがあるやつは、また使う。気をつけろよ」

オリーとルースがFBIのジャケットをつかんで出ていくとき、サビッチはあたりにピリッと電気が走るのを感じた。さあ、これからはヘリコプターを発見することに集中しなければ。彼はルーシー・マクナイト捜査官のデスクまで歩いていき、身を乗りだしてモニターを見た。ルーシーは監視カメラの録画映像を見ていた。

「DCエリアで登録されているロビンソンR66ヘリコプターの所有者は全員確認したわ。どれも合法だった。残るは地元のエアシャトルとヘリコプターのチャーター会社ね。そのほとんどはロビンソンR66を持っているし、昨日ダニエル・ブーン国立森林公園付近まで飛ぶフライトプランがなかったかどうか尋ねたら、令状を見せろと言ってきた。そちらのヘリコプターが乗せたかもしれない男が殺人を犯して逃亡していて、大勢の命が危険にさらされているんですよと確信を持って言ってやったわ」ルーシーはサビッチを見あげてにんまりした。「私の言い方がよかったみたい。DCエリアの外まで飛ぶフライトプランはひとつもなかったことが判明したわ。

もちろんパイロットがチャーターサービスとは別に誰かからお金をもらって、そのフライトを隠しているのかもしれない。だから監視カメラの録画映像を貸してくれるよう頼んだの。これはワシントン・ダレス国際空港の滑走路に近いマナサス地域空港から飛び立っているベリーン航空のものよ。所有する九機のヘリコプターのうち、三機が白のロビンソンR66だった。これまで見てきた他社と違って、ベリーンはひどく警備に気を遣っているわ。高画質だし、録画を六週間も保存してあるのよ。

私たち、大当たりを引き当てたかもしれないわよ、ディロン。マンタ・レイとその仲間たちを乗せたとき、ロビンソンの機体記号は偽物になっていた。つまりパイロットは誰にも見られずに、それをまた直さなければならないってこと。それで、すべての映像で機体記号を比べて見てみたの。朝から全ヘリコプターが帰還する夕方までのどこかの時点で不一致が見つからないかと思って。それで、見つけたの」

ルーシーはヘリパッドに並ぶ七機のヘリコプターを映しだし、その機体記号のひとつを拡大した――N４３７８５X。「これが昨日の朝。今度はこっちよ。ゆうべ戻ってきたんだけど、どこからかというと」フライトプランのコピーを読みあげた。「バージニア州リーズバーグ」映像を早送りすると、そのロビンソンが昨日、帰還したときには機体記号がN３８２５７Xに変わっていた。ルーシーはにんまりし、さっきから一緒にモニターをのぞきこんでいたジャックとカムを見た。「N３８２５７X……森林公園で昨日あなたたちが見た機体記号よね?」

ジャック・キャボットはかがみこんでルーシーにキスをした。「たしかにこれだ。

少なくともN382の部分は間違いない。ルーシー、君は最高だ」

ルーシーはジャックを上から下まで見ると、にっこりした。「今のはもう二度とやらないほうがいいわよ。夫があなたをジムに連れこんで、ちょっとばかり親密な殴り合いを挑むことになるかもしれないから」

カムも笑ってかがみこみ、ルーシーにキスをした。

サビッチは言った。「直す時間がなかったのか、それともわざわざ手間をかける気もなかったのか。やつらは今朝またそれを使う予定があって、誰も気づかないだろうと思ったんだろうな。ルーシー、今もヘリコプターはそこにあるのか?」

ルーシーは現在の映像を出して入念に調べた。「いいえ、ないわ」

サビッチは言った。「カム、君とジャックはマナサス地域空港に行って、誰が飛ばしていたのか、今どこにいるのかを突き止めろ。乗客名とか、わかることはなんでもいいから見つけてくれ。さあ、大忙しだぞ。みんな、いよいよ大詰めだ」

サビッチの携帯電話からスカイラーの《パンチド・アウト》が流れた。発信者番号は示されていない。

彼は自分のオフィスに戻った。「サビッチだ」

「サビッチ捜査官、エリック・ヘイニーだ。息子と話をした。サクソンは今朝、催眠療法を受けたと言っている」

「そのとおりです。さまざまなことがわかりましたよ」サビッチは安堵の声が聞けるものと思って待った。もしかしたらエリック・ヘイニーに感謝されるかもしれない。

だが、そうはならなかった。ヘイニーの声は抑制されていたが、氷のように冷たかった。「君には息子と話をする許可を与えた。成果があるとは思わなかったがね。しかし、こんなふうにサクソンの権利を完全に侵害する行為を許した覚えはない。一線を越えたな、捜査官」

サビッチは驚きに打たれた。ゆっくりと言う。「なぜ怒っていらっしゃるのかわかりません、ミスター・ヘイニー。サクソンは自分の身に起きた真実を知りました。ミア・プレボストが自分を利用していたことを。そしてミアに金を渡してサクソンを利用させた男、彼女を殺した男があの晩、ミアに薬をのまされたサクソンが意識を失ってベッドに倒れこむのを見おろしていたことを知ったんです。ご子息がミア・プレボストを殺したのではないと判明したんですよ。法廷で証拠として採用されるやり方ではないかもしれませんが、少なくともサクソンにとっては証明されたんです。首都警察の捜査もあの催眠によって、しかるべきところに焦点が当てられるようになると思います。

いいですか、ミスター・ヘイニー。サクソンは大人で、自分で決断を下したんです。私は礼儀としてあなたに会いに行きました。あなたにも、なぜ私に対してお怒りなのか、きちんと説明していただきたいですね」

サビッチは携帯電話を耳から離さなければならなかった。「そもそもサクソンを有罪とする確たる証拠など何もなかったんだ！　息子が思いだした記憶は私がずっと疑っていたことだし、どこかの時点で息子が知らざるをえないとしたら、私が自分なりのやり方で伝えられたはずだ。君はな、サビッチ捜査官、君のいわゆる真実とやらを見つけた結果、息子を壊してしまったんだぞ。サクソンは悲しみに打ちのめされている。私は今、君が息子にした行為のせいで、息子が正気を保っていられるかどうかを恐れている。知らないでいたほうがサクソンの精神と感情の安定のためになるとは考えなかったのか？　愛した女性が自分を裏切って利用していたなんてことは知らずにすんだほうがよかったとは思わなかったのかね？　私は息子にそんな思いをさせたくなかった。幸せな記憶とともに生きてほしかった。こんな醜い現実を知らしめてサクソンをめちゃくちゃにするようなリスクを負わせたくなかった」

サビッチは言った。「ミスター・ヘイニー、ご子息は起訴されていたかもしれないんですよ。われわれは彼を救ったんです。そしてあなたのことも。殺人事件の裁判に引っ張りだされることも、大統領をも巻きこみかねない政治的スキャンダルになることも回避できたんですよ」

「裁判？　ありえない。証拠がないんだから。サクソンは安全だった。大統領だってそうだ」

「サクソンは安全ではありませんでした。自分自身の疑念から、自分の中にいる悪魔からは逃れられないんですよ」サビッチはひと呼吸置いて続けた。「サクソンは言ってました。知らないままでいるのは耐えられない、ミアが殺されたのは自分のせいかもしれないという罪の意識はどうにもならないと。今や彼は真実を知っている。サクソンには自分の身に起こったことに向きあい、けりをつけるチャンスがある。時間はかかるでしょうが、きっと大丈夫です。傷はきっと治りますよ、ミスター・ヘイニー」

サビッチの耳に怒りの息遣いが聞こえたが、ヘイニーは何も言わなかった。これでも納得できないとは驚きだ。

「ミスター・ヘイニー、サクソンは真実を知りたいから承諾したんです。われわれが秘密を暴くことができるならと。彼はミア・プレボストを殺した男の人相を教えてくれました。そのことをあなたに言いましたか？　男の見た目には特徴があります。わわれわれは今、その特徴を持つ人間を犯罪者データベースで捜しています。そこで発見できなかったとしても、追跡方法はほかにもあります。われわれは必ず犯人を見つけます。私はそれを疑っていません。そうなった暁には、そいつがなぜサクソンにこんな真似をしたのかも明らかになるはずです」

「夢を見るのもいいかげんにしろ、サビッチ捜査官。君のしたことが息子のためになったなどと、私と自分自身を言いくるめようとしても無駄だぞ。結局のところ、これは君の息子の話ではないからな。君にとって、サクソンとはいったいなんだ？　結論にたどり着くためのひとつの手段にすぎないのだろう。

君は一線を越えてしまった、サビッチ捜査官。そして相手が悪かった。私は君の無神経で無責任な行いについて長官に報告するつもりだ。君がその結果にどう対処するのか、とくと見物させてもらう」ヘイニーが通話を切った。

サビッチは携帯電話を見つめた。こんなときにシャーロックがそばにいてくれたらいいのにと思ったが、彼女はB・B・マドックスの捜査で忙しい。そのとき、頭の中でシャーロックの声がした。〝ディロン、エリック・ヘイニーはどうしてあんなにも動揺しているの？〟

48

水曜午後

メリーランド州、ジンジャー湖

その日の午後は湿度が高いうえに焼けるように暑く、湖から吹くそよ風はカエデの葉をそよがすだけだった。オリー・ヘイミッシュ捜査官は双眼鏡をおろし、ルースに渡した。「なんの動きも見えない。小屋の近くに車もない。中には誰もいないらしい」ルースは双眼鏡をのぞいて湖岸近くにあるA字形をした古い小屋を見た。木製の壁は風雨にさらされて泥をかぶったような茶色に変色し、メインフロアの上に鋭く尖ったロフトがついている。吊りさげられたバスケットからツタが這い、小屋の脇を伝って窓の近くまで伸びていた。狭い玄関ポーチに古いロッキングチェアが置かれているのも趣がある。小屋から半径三メートルほどの範囲には木々もなく、玄関の階段から湖の桟橋までは五メートルほどの石の小道が続いていた。そこは私有地で、一番近い隣家でも百メートルは離れている。そうするためにボウラー家はどれほどの土地を買い占めたのだろうかとルースは考えた。彼女は小声で言った。「古い絵を見ているようだわ。何もかもが時間の中で凍りついているみたい」湖面さえも動かず、重い空気の中ですべてが静まり返っている。「さもなければ、ヘンゼルとグレーテルがバッドエンドに近づいたところで出てくる森の中の家みたい」

「オーブンのことを思いださせないでくれよ」オリーが言った。「考えるだけで暑すぎる」

ルースはシャツの下に汗がたまっているのを感じた。双眼鏡で湖畔を眺めながら、オリーにというより自分自身に言った。「ボウラーは音で私たちに気づいたはずよ。木々の後ろに隠れているのかもしれない。あるいはベッドの下に。あるいは私たちの頭を吹っ飛ばそうと銃を構えているのかも」

「あるいは船着き場の下で水中に隠れているか。それだとかなり劇的だが、ボートは一艘もない。もしかしたら夕食の魚を釣りに出ているのかもしれない」

「ボートを持っているかどうかも私たちは知らない」ルースは双眼鏡をおろした。「ボウラーが私たちを恐れる理由はないわ、オリー。私たちは彼を助けに来たのよ」

オリーが片方の眉をあげる。「ボウラーが難を逃れる助けにはなるかもしれないが、俺たちが刑務所にぶちこんでやろうとしていることは向こうもわかってるだろう」

「ボウラーがいるべき場所はそこだもの。ディロンが言ったことを忘れないで。ボウラーはすでに人を殺している。なんの罪もない一般人じゃないわ。彼がここにいると直感でわかるの。さあ、逮捕しに行くわよ」

ルースとオリーは森の端で足を止め、小屋にボウラーかほかの誰かがいる痕跡がないかどうか確かめた。誰かがいる気配はない。

「ボウラーにこれを終わらせてやりましょう」ルースは言った。オリーがうなずいたので、彼女は口のまわりを両手で囲って怒鳴った。「ミスター・ボウラー、FBI捜査官のノーブルとヘイミッシュです！　月曜にあなたの事務所で話をうかがいました。あの日の夜にアレクサンドリアの駐車場であなたが自分を殺すために雇われた男を殺したとき、私も現場にいました。あれは正当防衛ですから、あなたが起訴される心配はありません」

反応はなかった。

ルースはもう一度試みた。「ミスター・ボウラー、あなたをマンタ・レイとの取引の仲介役として雇ったのが誰であれ、そいつは死ぬまで追いかけてくるでしょう。生き残るには、今すぐ銃を捨てて玄関から外に出てくるしかありません。私たちがあなたをワシントンまで連れていって保護します。あなたは賢明だからわかるでしょう。あなたが知っていることを私たちに話してしまえば、雇い主にはあなたを殺す理由がなくなるんですよ」

まあ、恐ろしく腹は立てるだろうけど。

それでもやはり反応はない。

ふたりはグロックを抜き、小屋の裏手へと静かにまわりこんだ。二階のロフトに窓がふたつある。そこにもルースたちを見おろすボウラーの姿はなかった。

ルースはささやいた。「ディロンが間違っていたらどうする？　ボウラーがここには来ていなかったら？」

オリーはにやりとし、踏みつぶされて間もない草を指した。「誰かがいた証拠だ。ボウラーに違いない。やつは危険な賭けはしない。おそらく車はずっと遠くに停めてあるんだろう。今はいないとしても、きっとここに戻ってくる」

ふたりは小屋の正面へ歩み寄り、ドアの両側にそれぞれ体を押しつけた。

オリーが腕を伸ばしてノックする。「ミスター・ボウラー、ＦＢＩです！」

返事はなかったが、くぐもった音が聞こえた。オリーがドアを蹴って壊し、ふたりは飛びこんだ。オリーは高く、ルースは低く銃を構えて室内を見ると、正面に椅子に縛りつけられたボウラーがいた。口に靴下を詰めこまれ、こもった声をあげている。彼は怯えた表情をしていた。

ゆったりとした南部訛りで穏やかに話す声が、奥のキッチンから聞こえてきた。「特別捜査官のおふたりさん、動くと死ぬぞ。おまえらを殺したくはないが、必要とあらばそうする。こっちを見るな。ボウラーだけを見ていろ。さあ、ゆっくりとグロックを下に落とすんだ」

ルースとオリーはグロックを落とした。二挺(ちょう)の銃は木の床に当たり、大砲が発射されたかのような音をたてた。

「それでいい」男が言い、キッチンカウンターの前へ出てきた。「ふたりとも顔をさげて床に伏せろ。両手は頭の後ろに置け」

ボウラーがどうにか靴下を吐きだした。「こいつは私たち全員を殺すつもりだ！君たち、なんとかしてくれ！」

「黙れ、ボウラー。おまえらふたりは伏せろ。早く！」

ルースは腹這いになり、オリーが両膝をつこうとかがみ始めるのを見守った。オリーはテーブルにつまずき、片方の脚をつかんで叫んだ。ルースは体をひねって男のほうを向きながら、足首のホルスターからカーアームズＰ３８０を引き抜いて撃った。

男はひるんだものの撃ち返してきて、弾はルースを外れてソファの背もたれにめりこんだ。彼女は古いリクライニングチェアの後ろにまわりこんだが、男は発砲し続け、今度はオリーを狙った。ソファの後ろに飛びこもうとしたオリーの胸に、一発の弾が命中する。彼が背中から床に倒れこみ、ルースは心臓がひっくり返った。

ルースが再度撃ったときには、男はすでにキッチンとリビングルームを隔てるカウンターの向こうに身を隠していた。彼女は静止し、男が身を起こすのを待ってさらに二発撃った。リクライニングチェアにさらなる弾が突き刺さる。ルースは両膝をついて体を起こし、さらに二発撃った。その弾が、もう一発発砲しようとした男の体の中央を貫いた。男は一瞬、無言で彼女を見つめ、がくりと両膝をついて横ざまに倒れた。銃が手から離れてリノリウムの床へ落ちる。ルースは走っていって銃を男の手の届かないところまで蹴り飛ばし、それからオリーのそばに駆け寄った。仰向けに倒れたオリーは浅い息をしながら胸を押さえている。彼は片目を開けた。「ちょっと待ってくれ、ルース。俺は大丈夫だ。だけど、ほら、この距離だとかなりの衝撃だから。ケブラー（防弾ベストに使用される特殊ポリマー）に感謝だな」

男がオリーの頭を狙わなかったことに、ルースは心の中で感謝の祈りを捧げた。

ボウラーが声をあげた。「あいつを殺したのか？」

ルースはオリーの腕をぽんと叩くと立ちあがり、キッチンへと歩いていって男の横にひざまずいた。指を男の首筋に押し当てる。脈はなかった。胸は血まみれで、今では体のまわりに血だまりを作り始めていた。目は見開かれ、声にならない驚きを浮かべて彼女を見つめている。すぐにその目から光が消えるだろう。ルースは暴力的な死のショックを感じ、鼓動が落ち着きを取り戻すまで自分に命じて深呼吸をさせた。彼女は男のズボンのポケットを探り、財布を取りだした。身分証明書のたぐいはなく、百ドル札が三枚あるだけだ。

「ええ、死んだわ」ルースは肩越しに言った。「この男はプロよ。月曜にあなたを殺そうとした男と同じく」震える脚に力をこめて立ちあがり、携帯電話を取りだして録画ボタンをタップした。「身元不明の白人男性。四十代半ば。髪と目はブラウン。中肉中背。髪はかなり後退。プリペイド式携帯電話を一台所持。表示される発着信番号はなし。おそらく、この仕事が終わったらかけるためだけに用意されたものと思われる」スマートフォンを水平に動かしてあたり一帯を映すと、ボウラーとオリーの身元を明らかにした。満足して、サビッチの番号をタップする。彼が応答するとルースは状況を説明し、今撮った動画を送った。ここから一番近いワシントン支局から、捜査チームが一時間もしないうちに来るだろう。

サビッチはしばらく黙っていたが、やがて言った。「動画を受け取った。この男を顔認証プログラムにかけてみる。きっと何かヒットするだろう」言葉を切った。「ルース、君とオリーはよくやった。捜査チームが到着するまでに、ボウラーをできる限り締めあげておいてくれ」

ルースはオリーがほぼ回復した様子で胸をさすっているのを見た。彼女はボウラーの拘束を解き始めた。ボウラーは激しく呼吸し、まだ怯えていた。ルースは腕組みして彼を見おろし、うんざりした声で言った。「月曜の失敗のあと、あなたを雇った男があきらめるはずがないことはわかっていたはずよ。実際、あきらめなかった。あなたは大いなる〝やり残した仕事〟なのよ、ミスター・ボウラー。よくわかったでしょう？　そいつはすぐにあなたを発見した。私たちと同じようにね。つまり、ここに隠れるなんて失策もいいところだったってこと」体を乗りだし、ボウラーの顔に顔を近づけた。「理解できた、おばかさん？　あなたが知ってしまって私たちに話す可能性がある以上、そいつはあなたに死んでもらわないと困るのよ。あなたは明るいところへ……つまり私たちのもとへってことだけど、出てくる覚悟はある？　それとも死ぬまでこんなことを繰り返すつもり？　あなたがかばい立てしている雇い主は、際限なくあなたのもとに暗殺者を送りこんでくるわよ」

ボウラーはうめき、頭を前後に振った。「でも、何も知らないんだ」

「私たちが来なければ、キッチンで倒れてるあのお友達があなたの死体をごみ処理場に投げこんでいたはずよ。あるいはあなたの足をコンクリートで固めて、ジンジャー湖の真ん中に沈めていたかもしれないわね」

49

ボウラーは頭をあげてふたりを見た。「男は、事務所へ来た君たちFBIに私が何を話したか知りたがった。やつらに渡された緊急連絡用の番号にかけたりした私が愚かだったよ。何も言わなければよかった。ああ、そうだ、私はたしかにある契約においてマンタ・レイと、さる筋の人たちのあいだを取り持った。だが、それ以上のことは何もしていない。私は弁護士だ。クライアントの秘密を守り、口をつぐむことで生計を立てている。相手が当局だろうがしゃべったりしない。なぜやつらにはそれがわからないんだ？」唾をのみこんだ。「頼む、足首の縄をほどいてくれないか、ノーブル捜査官」

ルースはかがみこんでボウラーの拘束を解いた。「動かないで」彼女は振り向いた。「オリー？」

オリーはすでに身を起こしてソファに座り、まだ胸をさすっている。

「あばらが折れてるかもしれないわ。ゆっくり動いて、楽にして」

「大丈夫だ」オリーはなんとか立ちあがった。キッチンのリノリウムの床に横たわっている死んだ男を見てから、手足をさすって感覚を取り戻そうとしているボウラーに目をやった。「俺たちが到着するどれくらい前から男はここにいた？」

ボウラーがオリーを見つめた。「君が生きてるなんて、まだ信じられない。心臓を撃たれたのを見たのに。背中から倒れて、てっきり死んだと思った」

「ケブラーの威力だ。男はいつからいたんだ、ミスター・ボウラー？」

ボウラーは死んだ男に視線をやり、それからすぐルースに戻した。「私がシリアルを食べていたら、あいつが忍びこんできたんだ。三十分ほど前のことだ。そして私を縛りあげた。座って私の最後のビール二本を飲んで、私をゆっくり殺してやると言った。私がＦＢＩに何を話したのか言わなければ、ルネとマグダを追うとも。妻と娘に何をするつもりか話しながら、ずっと笑っていた」

オリーがボウラーを見た。「三十分もあったのに、痛めつけられたようには見えないな。どうして無傷でまだ生きてる？」

ボウラーが醜い笑い声をあげた。笑っているとは思えない声だ。「私は弁護士だぞ、ヘイミッシュ捜査官。口が立つ。だからしゃべった。やつに真実を話した。長々とな。

私はあいつのボスが誰なのかも知らないと言った。ほとんど何も知らないんだ。私はただの仲介役だ。聞かされてもいないことをFBIに話せるわけがない。男は私が雇い主について何を知っているのか、マンタ・レイが何を話したのか、私からききだそうとした。最後には私を殺すつもりなのはわかっていた。月曜に駐車場にいたあの男と同じだ。そして私が妻と娘のためにできることはもう何もないとわかっていた。そのうち、君の怒鳴り声が聞こえてきたんだ、ノーブル捜査官。男は私の口に靴下を押しこんで、黙っていろと言った」ボウラーは泣き始めた。涙が頬を伝う。「私は間違いなく死ぬと思ってた。まだ足の感覚がない」

「立ちなさい、ミスター・ボウラー」ルースは言った。「足を踏み鳴らして歩いて。逃げだそうとしようものなら、痛い目に遭わせるわよ。わかった?」

「ああ、わかったよ」ボウラーは泣きじゃくった。「ありがとう、本当に。君たちは私の命を救ってくれた」泣きながら足を踏み鳴らし始めた。

ルースは言った。「私たちもききたいことは同じよ、ミスター・ボウラー。あなたを雇って拘置所のマンタ・レイと面会させ、逃亡の仲介をさせたのは誰なの?」

「いいか、これは信じてもらわなければならない。その男は絶対に名前を言わなかったし、一回も会っていないんだ。たった一度、電話で話しただけだ。最初に仕事を持ちかけられたときに」

オリーが言った。「雇い主はあんたに自分の名前を知られていないことはわかっているはずだ。だがあんたが何か話せば、俺たちに身元を突き止められるかもしれないと思ってる。そう、顔を見ればわかるよ。あんたは何かを知っている。それはなんだ？」

「わかった、話すよ。だがそれが役に立つかどうかは知らないぞ」ボウラーが大きく息を吸った。「私は相手がロシア人だとほぼ確信している。以前、ロシア人のクライアントが何人かいたから、その訛りを知ってるんだ。英国で教育を受けた上流階級の英国人みたいな話し方だったが、それでもかすかにロシア訛りがあった」肩をすくめた。「だが、そんな話し方をするやつらは大勢いる。私が声を聞いてロシア人だと認識したからといって、私を殺す理由にはならない」

あなたは自分の死刑執行状にサインしたも同然よ。ロシア人――ルースはサビッチに話すのが待ちきれなかった。

「最初の電話のことを教えて。その男はあなたになんて言ったの？　できるだけ正確に話して、ミスター・ボウラー」

「やつはマンタ・レイの話をした。リアム・ヘネシーというのが本名で、銀行強盗と殺人の罪で裁判にかけられようとしていると。事件のことは私も聞いていた。男は、マンタ・レイがその男のものを持っていると言った。とても重要なもので、男はそれを取り戻したがっていた。マンタ・レイならそれがなんなのかわかるはずだ、それを返すなら二百万ドルやる、自由の身にする手はずも整える、だがのんびりしている暇はないと男は言った。それで私はマンタ・レイにただちに司法取引を受け入れるように告げ、彼はそうした。重要なものというのはマンタ・レイが銀行から奪ってきた何かだろうと思ったが、それがなんなのかは聞かされていない。二日前、連邦刑務所に向かう途中でマンタ・レイが逃亡したとき、私は契約は完了したと思った。知っているのはだいたいそんなところだ」ボウラーの目はまた死んだ男に向けられた。「今、語ったとおりのことを、私はあそこにいる男にも語った。だがあいつは笑顔のまま、あのゆっくりした南部訛りで、まだ話してないことを言え、さもないと痛い目に遭わせてやると言った。男の目を見れば、私を殺す覚悟ができているのはわかった。生まれてこの方、私はあんなにしゃべり続けたことはなかったよ」

オリーが言った。「その男と……ややこしいな、ロシア人と呼ぶことにするが、最初に電話で話したあとはどうやって連絡を取っていたんだ?」

「簡単だ。お互いがひとつのアカウントのパスワードを共有していた。男が書いたメールは下書きとして保存され、私はログインして下書きフォルダに入っているそのメールを読んで削除する。私からの返信も下書きとして保存する」

「パスワードを教えろ」オリーが言う。

「今さら復元なんてできないぞ」ボウラーが言った。「そんなことは無理だと、君たちにもわかっているはずだ」

ルースは言った。「パスワードは？」

「マック・アンド・チーズ」ボウラーは答えた。

ルースは首を振った。「どうして月曜に全部話してくれなかったの、ミスター・ボウラー？　話していたらこんな騒ぎにはならず、二度も殺されかけることもなかったのに」そして私たちも巻きこまれずにすんだはずだ。

ボウラーはキッチンの死体とどす黒く変色した血の海から目を離せずにいるようだ。身震いして首を振る。「君たちには何も証明できるわけがないと思ったから、自力でやるしかなかった。まさかこんな……いや、私が間違っていた」

ルースはボウラーを蹴ってやりたかった。「あなたはずっと悪人ばかりを弁護してきた。彼らの思考回路はわかっているでしょう。そのロシア人がどう考えるかは。そんなことは一度も考えなかったとでも言うつもり？」

オリーが笑いだす。「結局は金だよ、ルース。ロシア人はあんたにいくら払ったんだ、ミスター・ボウラー？」

ボウラーが真面目な弁護士の目つきになってこちらを見た。ルースは思わず苦笑しそうになった。

「ああ、たしかに金が関与していた。それは否定しない。だがさっきも言ったとおり、私にはロシア人のクライアントが何人かいた。今回のロシア人は、私がロシア人たちのためにどんなことをしてきたかを知っていた。依頼を受けて金を手にするか、それとも過去の行状を暴露されて弁護士生命を絶たれるかのどちらかだと言われたんだ」

ボウラーが乾いた唇をなめた。

「私は前金として半額をすぐに受け取った。残りの半額は、ロシア人がマンタ・レイを自由の身にしたあとでもらう予定だった。大金だよ……五十万ドルだ。私はただ仲介役をすればいいだけだ。だが、すべてがあっという間の出来事だった。君たちが私の事務所に現れ、私は君たちが私のことを信じていないのがわかった。しかし君たちが証拠を発見できるとはとても思えなかった」

オリーが言った。「ミスター・ボウラー、われわれはただちにあんたのもとに駆けつけた。リッチモンドの拘置所でマンタ・レイに面会したのはあんただけだったからな。マンタ・レイが逃亡したら、われわれが来ることはわかっていたはずだ」

ボウラーが肩をすくめる。「そうだ。でもやはり君たちは、私がマンタ・レイの逃亡に関与していたことを証明できなかった。いいか、私はただロシア人が約束した金の残り半分を受け取って、すべてを忘れたかっただけだ。それであのロシア人に例の手法を使ってメールを書いたのに、返事はなかった。私は緊急時のために渡されていた番号に電話をかけた。ロシア人とは話せなかったが、電話に出た男が自分もボスのために働いていると言った。そしてその男がアレクサンドリアにあるレストランの〈ビルボ・バギンズ〉まで金を持ってくることになったんだ」

ルースは眉をあげた。「そしておめでたいことに、あなたはその男を信じたというわけ？　大金の入ったバッグを持って店に来てくれるって？　それとも小切手を？」

ボウラーは顎を突きだした。「取引自体は複雑なものではなかった。双方の合意のもとになされたんだ。信じていけないわけがあるか？　私は男を待った。だが彼は来なかった。自分が尾行されていたとは知らなかったよ、ノーブル捜査官」

「それは何よりだわ。その番号にもう一度かけて、どうなってるのかきいたの？」

「ああ、だが誰も出なかった。私は家に帰りたかった。これからどうすべきか、ルネに相談したかった。自分の車まで走っていこうとして、駐車場で年老いた夫婦の横を通り過ぎた。次に私が聞いたのはその老人が殴られてうめく声だ。そして悟った。次は私だと。私は銃を所持していたから、車の陰に隠れた。照明が消え、君が私を呼ぶのが聞こえた。それからまた照明がつくと、目の前に男がいた。私に背中を向けていた。私は男を撃ち、後方の出口から駐車場を出て、通りの先のモーテルに入った。家に帰れないことはわかっていた。ロシア人が待ち伏せしているだろうから。それでここに来たんだ。ルネに電話をかけて、マグダと身を隠すよう言った。そして、しばらくしたら家族みんなでワシントンを出られるよう手はずを整えてくれと」

オリーが言った。「あんたが使った銃はどこにある？」

「だめだ、頼むから押収しないでくれ。私にはもうあれしかないんだ」

「どこなんだ？」

ボウラーはコーヒーテーブルの上に置かれた電話帳を指さした。それは電話帳ではなく、中が空洞になっていた。

オリーは声に出して言った。「シグ・ザウエルＰ２３８。どこで手に入れたんだ、ミスター・ボウラー？」

「ボルティモアで開かれた銃の見本市だ。たしか二十年前だったと思う」ボウラーは片手で頬をこすって涙をぬぐった。「弁護してやった犯罪者が、判事の下した判決を気に入らなくて私を殺そうとしたことがあって。そのときに見本市で見つけたシグ・ザウエルを買った。以来、携帯せずに家を出たことは一度もない」一瞬うつむいてから言った。「私をワシントンに連れ戻さないでくれと君たちを説得しようとしても無理だろうな？」

そのとき、暗殺者の携帯電話が鳴り始めた。

オリーとルースは目を見交わした。

オリーが電話に出た。「もしもし？」

50

水曜午後
マナサス地域空港
ベリーン航空

ミズ・ミンディ・フラーは社用コンピュータでスケジュールを確認し、視線をあげてカムとジャックを見た。「ラルフ・ヘンリーから連絡は入っておりませんが、珍しいことではありません。いつもお乗せしているお客様がご一緒ですから。今朝早く、私が出社するより前に出発しています。本日の行き先はリッチモンド、二時に戻る予定です」ミンディは眉をひそめた。「一時間前には戻っているはずだったんですが。七時にはワシントンの夜景ツアーで別のお客様のご予約が入っているのに」

カムは言った。「フライトプランを見せてください」

「こちらにはありません。ラルフはいつも自分で持ち歩いているんです」ミンディがコンピュータを指した。「ここにあるのは彼のスケジュールと行き先だけです」

ジャックが身を乗りだす。「昨日のスケジュールは？」

「常連のお客様をお乗せして、行き先はバージニア州リーズバーグでした。こちらには遅い時間に戻ってきています。記録によれば、ゆうべは十時に退社したようです」

「クライアントの名前は？」

ミンディの顔が引きつった。「少々お待ちください」内線電話をかけてしばらく待ち、ささやき声で言った。「ＦＢＩの方たちがお客様の名前を知りたいそうです」受話器から聞こえる声に耳を傾け、ゆっくりうなずいた。「これは異例ですが、ボブがあなた方の望むものはすべてお渡しするようにと。それから、ボブは直接会ってお話ししたいそうです。お客様のお名前はアルバレス、コルティーナ・アルバレスです」

「住所は？」カムが尋ねた。

「ラザーフォード・アベニュー・サウスウエスト二三七八番地のサッターリー・コンドミニアムです」

カムとジャックは目を見交わし、ミンディのあとについてサービスカウンター内に入るとボブ・ジェンセンの小さなオフィスへと通された。ジェンセンはベリーン航空のふたりのオーナーのうちのひとりで、この業務を始めて三十年になる。年配の男で、口のまわりに笑い皺が刻まれていたが、今は笑っていなかった。カムたちがＦＢＩの身分証明書を見せると、ジェンセンはルーシー・マクナイト特別捜査官にした話を繰り返した。「われわれが犯罪者と接点を持っている可能性があることは承知しています。ですが、信じてください、私はいっさい関わりたくない。もちろん知っていることはなんでもお話しします」

だがジェンセンはコルティーナ・アルバレスに会ったことはなく、ヘリコプターに乗りこむ女やそのほかの客たちをたまに目にするくらいで、彼らがオフィスに入ってきたこともなかった。毎回の搭乗料金を回収するのもヘンリーで、いつも現金払いだ。たしかにそれは普通ではないが、金の支払い方は人それぞれ自由だ。ラルフ・ヘンリーは二〇〇八年から従業員名簿に載っており、これまでなんの問題も起こしていない。慎重で信頼できる人柄で、帰着が予定より遅れるなど彼らしからぬことだった。

カムとジャックは偽造された機体記号のことをジェンセンに話し、ヘンリーが昨日実際に行ったのはダニエル・ブーン国立森林公園だったと告げた。

ジェンセンはふたりを見つめた。「ラルフがこのコルティーナ・アルバレスという女性のために働いていて、偽のフライトプランを提出していたとおっしゃるんですか？　当社のヘリコプターで国立森林公園まで行ったと？　なぜです？　ドラッグの輸送でもしているんですか？　ラルフはドラッグの売人なんですか？」ひとしきり呪いの言葉を吐いた。「あいつ、戻ってきたらバラバラに引き裂いてやる」

「その必要はありません、ミスター・ジェンセン」ジャックは言った。「彼はドラッグの輸送よりも重大な犯罪に関与していた疑いがあります。ミスター・ヘンリーのことはウィッティア捜査官と私に任せてください。彼が戻るまで待たせていただきます」

ふたりがカムのマツダ・ミアータの車内で待っていると、一時間後、ボブ・ジェンセンが建物から走りでてきた。カムとジャックに向かって両手を振り、見るからに動揺している。彼らはただちに車からおりて、途中でジェンセンと落ちあった。

ジャックはジェンセンの腕をつかんだ。「ミスター・ジェンセン、何があったんですか？」

ジェンセンはぜいぜいと息をして、まくし立てた。「ラルフの乗ったヘリコプターがメリーランド州の森林地帯で墜落したという報告がありました。目撃者によれば、空中で爆発したそうです。それ以上はわかりません。事情を知っている人も、情報を提供してくれそうな人も見つかりません」

カムは話の途中ですでに電話をかけ始めていた。二件の通話を経て、墜落現場にいるレスキュー隊員と話すことができた。電話を切ると、ジェンセンの手を握った。

「飛行中にヘリコプターが爆発したのを見た目撃者がいました。森じゅうに散らばった残骸の距離からして、強力な爆弾が使われたと推測されます。ほかに犠牲者がいないかどうか、捜索しているところです」

ジェンセンが唾をのみこんだ。喉ぼとけが上下する。「先ほどお話ししたとおり、ラルフは今日、ミズ・コルティーナ・アルバレスを乗せる予定になっていましたが、それが事実かどうかはわかりません。彼女も同乗していたと思いますか？」

「それはわれわれにもまだわかりません。ですが、われわれが追っている犯罪者は、今朝ラルフが操縦するヘリコプターに乗っていたものと思われます。事実が判明したらすぐお知らせします。お悔やみ申しあげます、ミスター・ジェンセン」

51

水曜午後
メリーランド州ボルティモア
〈ザ・ウィロウズ〉、B・B・マドックス邸

「また失敗したな、クインス」

クインスはその口調が大嫌いだった。失望と非難、さらには処罰の予感まで伝わってくる声だ。聞くとうなじの毛が逆立つ。いつだってここには来たくなかった。古い英国の屋敷を模した部屋がふたつある、怪物のごとく巨大な屋敷は寒々しい博物館のように感じられ、嫌悪感を覚えた。空気までもが古くよどんで、かびくさい気がする。だがドクター・リスター・マドックスが〈ジェン＝コア・テクノロジーズ〉にある広いオフィスではなくここへ来るよう命じた以上、ほかに選択肢はない。

クインスは咳払いをした。「ええ、しかし私のせいではありません」

「君の最初の失敗も自分のせいではないと？　もっとすばやく、楽に、すっきりと終

わるはずだった。クインス、月曜に君が病院を出るまでにな」

「ですがお話ししたとおり、エニグマ2の病室は警察が警備していました。理由は知りませんが。私は警官も殺すべきだったんですか？」

「君がパニックを起こしていなければ、あるいは陽動作戦を思いつくだけの機転があれば……まあ、すべて終わったことだ。私は物のわからない人間ではない。クインス、月曜の午前中に彼を始末するのに失敗したことはすでに許した。だが月曜の夜はどうだ？　私は警備の目をそらす実効性のある計画を教えた。すべてが問題なく運ぶはずだった。バーリーによれば、君が到着したとき、警備担当の警官は任務を解かれてひとりもおらず、エニグマ2は無防備な状態だったそうじゃないか。君はただ病院に忍びこんで点滴に塩化カリウムを注入しさえすればよかった」

バーリーを信用するとはわれながら愚かだったとクインスは思った。だが彼女が同情してくれたので、すべてを打ち明けてしまった。クインスが背を向けたとたん、バーリーはリスターのところに駆けこんだ。リスターは今なおわかっていないのだろうか？　クインスが決して父親に嘘をつかなかったのと同じく、リスターにも決して嘘をつかないことを。それともリスターは自分が楽しむためにこちらをいたぶっているのだろうか？

バーリーはリスターにありのままの事実を伝えたのか。それともクインスの立場を悪くしようと、脚色して話したのだろうか。「あの女が、カーラ・ムーディが病室にいたんです。彼の手を取り、そばに座っていました。そもそも、なぜムーディがあそこにいたのか理解できない。日曜にあの男に襲われたのに――」

冷たい声がきっぱりとクインスの話をさえぎった。「だったらなぜ彼女も始末しなかったんだ、クインス？ 君なら造作もないだろう。手早く首の骨を折ることもできたはずだ。なぜしなかった？」

「あなたがまだムーディを使うかもしれないと思ったので」とりあえず嘘ではない。ムーディを殺すという考えが頭に浮かびもしないうちにさまざまなことが一気に起こり、そのどれもが予想外だったと認めるつもりはなかった。

クインスは、リスターが指のあいだに挟んだワリー・ビーズを滑らせるスピードが速くなるさまを見つめた。興奮している証だ。

「彼女は私の姿を見ると水差しを投げつけてきました。それからエニグマ２の体の上に身を投げだして大声で叫び続けた。病室に向かって走ってくる足音が聞こえて、私は人が来る前に逃げるしかなかった。私がその場で捕まったり、警官を殺したりすることはあなたも望んでいなかったでしょう」あの状況下で、自分はまさにプロとしての行動に出た。それがなぜリスターにはわからないのだろう。

ワリー・ビーズがかちかちと鳴る音が、かびくさい静かな空気の中に響く。言うべきことを思いつかない。クインスは身じろぎせず、息を殺してじっと待った。

リスターがゆっくりうなずいた。「クインス、バーリーに本気で嫌われていると思っているのかもしれないが、そんなことはない。彼女は私に対して心からの忠誠を捧げなければならないとわかっているんだ。私に情報を伝えそびれたら自分がどうなるかわかっている。バーリーの任務の結果を逐一伝えることを、私が君に期待しているのと同じだ。今、君もすべてを話した。大変賢明だ」グリーンのブロケード張りの座り心地の悪い、高い背もたれの椅子を手で示した。「いずれにせよ、今日呼んだのはその件ではない。棒みたいに突っ立っているんじゃない、クインス。座れ」

年代物の椅子を壊してしまいそうで、クインスは端のほうに慎重に座った。それともこの椅子は模造品か？

沈黙が続いた。リスターはさらにせわしなくワリー・ビーズを滑らせながら、広いリビングルームを歩きまわった。

クインスは、父親のB・B・マドックスから自分の支配権を引き継いだ男を見やった。クインスがいまだに実の親同然に慕っているB・Bは、今は一日のほとんどを二階で過ごしており、車椅子生活だ。あのばかげたベッドルームにいるときの彼の目は、石板のように真っ黒でうつろだ。クインスは思い返した。はるか昔の午後、自分がまだ十八歳で、カルバー・ストリートの解体工場から車を盗んだ罪で入っていた少年院から出たばかりのところに、初めてB・Bが接触してきた。B・Bはクインスの痩せた肩を大きな両手でつかんで言った。「ランシー刑事からなかなか頭が切れると聞いている。本当か？」

あのときの自分は怯えながらも、それを見せないようにしていた。この金持ちの男が何者なのか知らないが、弱さを見せるつもりはなかった。弱気になったら、ナイフを持ったろくでもないやつや、いやがらせを呼び寄せる。そう思い、顎をあげた。

「おまえは恐ろしく機転がきくと、俺の母親は死ぬまでずっと言い続けてたよ」

その大柄な男はクインスの顔を見つめ、ゆっくりとうなずいた。「君の名前はジュビリー・クインスだな。いい名前だ。君に違う人生を送るチャンスを提供しよう。試しにやってみるか？」

クインスはB・Bの提案に乗ったのを後悔したことはない。B・Bに頼まれたことならなんでもしてきた。十五年前のあの日、すべてが変わるまでは。クインスはB・Bの息子のリスターを見つめた。リスターが父親のために、そしてクインスのために成し遂げた偉業を考えると、リスターは父親と同様、いやそれ以上に頭脳明晰と言えるだろう。クインスは習慣から、暖炉脇の壁紙の貼られた壁にかかっている金縁の鏡を見つめた。鏡の中の自分を見つめると片方の眉をあげ、それから笑ってみせた。いまだに驚きはするものの、ようやく鏡の中の若い男が今の自分であり、またこの姿に戻ったのだと受け入れられるようになった。何もかもが、クインスを死ぬほど怖がらせるのが大好きな、ワリー・ビーズを手放さないこの男のおかげだ。

かちかちというワリー・ビーズの音しかしない恐ろしいほどの静寂の中、クインスは言った。「薬を調整して、B・Bの具合はよくなりましたか？」

「いいや」リスターが言った。「まったく変化なしだとハンナは言っていた」歩きまわるのをやめて振り返った。「もはやエニグマ2を排除する方法はない。彼が本当に危険にさらされているとFBIが悟ったため、厳重に保護されている。今は昏睡状態から目を覚まさないことを期待するしかない。あるいは意識が回復しても自分に何が起きたか覚えていないか、覚えていても真剣に取りあってもらえず、頭がどうかしていると思われればありがたい」

クインスは言った。「ですが、私は彼を殺そうとしましたし、向こうもそれをわかっています。もしあの男が目覚めたら、FBIが話を聞くのは間違いありません」

リスターがこの答えを気に入らないのは明らかだ。彼にはすでに考えがあり、それに固執している。リスターはクインスにワリー・ビーズを振ってみせた。「心配しているのはその点だ、クインス。もしエニグマ2が意識を回復したら、自分がどこに閉じこめられていたか思いだすだろう。〈アネックス〉から逃げたから、そこへ警察を案内できる。そんなリスクは冒せない。そこで君とバーリーには即刻〈アネックス〉に向かってもらいたい。〈ジェン＝コア・テクノロジーズ〉の配送用のバンを使え。あれならなくなっても困らない。サーバーやアフェレーシス装置などの、説明できない医療装置を全部撤去するんだ。完成した薬と凍結血漿（けっしょう）を携帯型冷凍庫に詰めこんで、電源つきの貸し倉庫に格納しろ。それから〈アネックス〉を焼き払え。クインス、父が私に請けあったそのすばらしい頭脳を使って、ガスの元栓の不具合でもなんでもいいから事故に見せかけるんだ。すべて終わったら電話をよこせ」リスターはクインスがリビングルームから出ていこうとするのを見つめた。ドアに手を伸ばすのを待って、大声で言う。「クインス、これ以上の失敗はなしだ！　わかっているな？」

クインスがうなずく。広い玄関ホールを歩く足音が聞こえ、玄関のドアが閉まる音が続いた。

リスターはワリー・ビーズをポケットにしまった。エラ・ピーターズとエニグマ3

であるアレックス・ムーディの様子を確認する時間だ。リスターは父と同様、エラに絶対的な信頼を置いているが、これほどすぐさま彼女に仕事を頼む必要に迫られるとは思っていなかった。エニグマ2が有用な被験者である限りは、赤ん坊のほうは母親のもとに置いておくつもりだったが、彼が逃げたせいで綿密に立てた計画がひっくり返ってしまった。今はエラがひとりで赤ん坊の面倒を見ている。母親を次の被験者として使えなくなったのは残念だ。当初は赤ん坊ではなく母親のほうをエニグマ3にする予定で、赤ん坊はもっと成長してから被験者にするはずだった。母親と赤ん坊が家に帰ってふたりきりになるまで、行動を起こすのは待つ予定だったのに。エニグマ2が脱走したせいですべてが変わってしまった。リスターにはわかっていた。FBIが深く関与している。FBIはリスターほど聡明ではない。だがこちらも美点を見る目のない愚か者ではなく、彼らが仕事に関しては優秀だということはわかっている。それでもエニグマ2が意識を回復して供述しない限り、こちらにたどり着くことはできないだろう。しかし、備えておく必要はある。

ため息をつき、広い階段の一番上までのぼると長い廊下を抜けて南翼に向かった。さらに長い廊下を進み、ゲストルームや音楽室、映画室の前を通って古い子ども部屋まで来ると、リスターは祈った。小さな声が人のいない廊下に響く。エニグマ2が永遠に目を覚ましませんように。この驚くべき子どもが私に最高の成果をもたらしますように。

リスターは子ども部屋のドアをノックした。靴底の柔らかいシューズを履いたエラの足音が聞こえ、ドアのところまで来て止まる。彼女はそっとドアを開けてリスターを見ると笑みを浮かべ、すぐに唇に指を立てた。「アレックスは寝てます。見てあげてください、リスター、美しくて完璧な赤ちゃんですよ」

「感傷的になってはだめだ、エラ。この子はエニグマ1と2の遺伝的長所を受け継いだ理想的な被験者だ。父にとってもわれわれにとっても、最大の頼みの綱だ」

エラはベビーベッドに近づくと、眠っている赤ん坊を見おろし、ふさふさした黒髪に指先で触れた。平凡な顔立ちの彼女がのぼせた目つきをしているのを見て、リスターは顔をしかめた。エラの目に映っているのは美しいと彼女が思っている子どもだ。リスターの目に映っているのは偉業であり、彼のすべての研究、すべての努力、すべての実験の集大成だ。アレックス・ムーディはリスターの父とリスター自身を救う方法を示してくれるに違いない。

リスターはエラにというより自分に向かって言った。「もっと成長するまで待って、この子と母親を一緒に連れてきたかったんだが。今となっては、この子が大きくなってわれわれが試験を始められるようになるまで、こちらで世話をするしかない」

エラは振り返ると、赤ん坊を守るようにベビーベッドに背中をつけた。その声は尖っていた。「リスター、試験とか、なんであれこの子を傷つけるようなことを考えるには、アレックスは小さすぎます」

リスターは両手を差しだした。「そうだな、エラ、そのとおりだ。この子を傷つけるつもりがないことは保証する。この子を守りたいし、君に精いっぱい、いやそれ以上に大切に育ててもらいたい。この子の母親を捜しだし、妊娠を確認するのに多くの時間も金も費やした。そもそも彼女を捜したのは、われわれの最初の被験者、エニグマ1のいとこだからという理由だけだった」かぶりを振った。「彼女もエニグマ1のゲノム中の第六染色体に存在するHLA遺伝子複合体付近で私が発見したのと同じ構造変異体、同じDNA逆位を持つとわかったとき、私がどれほど驚き、喜んだか覚えているだろう」

いつもリスターのゲノムに関する話は意味不明で理解できないのだが、感銘を受けるべきことだというのはエラにもわかった。「ええ、エニグマ1が亡くなったのは残念でした。どれほどすばらしい被験者だったか、話してくださいましたよね」

「そうだ、エニグマ2に匹敵する薬物耐性があり、薬がよく効いた。そして、エラ、今はこの赤ん坊が私の最高の創造物だ。この子はふたりから遺伝的な才能を受け継いでいる。私にとってこの子の価値は計り知れない。〈ジェン＝コア・テクノロジーズ〉よりもはるかに大切だ」リスターは声を落とし、心から言った。「絶対に忘れないでくれ、エラ、この子どもこそが父を救ってくれる」

エラは眠っている赤ん坊を見つめた。「でも、まだわからないでしょう、リスター。この子がどうやってお父さんを救うのかも、あなたの薬に本当に耐性があるのかも」

「大丈夫に決まっている。私にはわかるんだ」

エラは赤ん坊が小さな指を吸う音に耳を傾けた。エニグマ3。いいえ、そんなばかげた名前で呼ぶなんてできないし、するつもりもない。この子の名前はアレックス・ムーディ。幸せな赤ちゃんで、実験台なんかじゃない、今はまだ。この子の肩にすべての期待を背負わせるなんてフェアじゃない。この子は何も担うべきじゃない。やがて彼女はB・Bのことを思い、ため息をついた。

52

水曜午後
ワシントンDC
フーバー・ビルディング、犯罪分析課（CAU）

会議室にはパソコンのキーボードを叩く音が響き、ときどき投げやりな悪態をつく声が聞こえた。CAUの捜査官たちが囲む長テーブルの真ん中には、水のボトルとコーヒーカップ、食べかけのデニッシュが端にのった皿が置かれている。ルースとオリーは、アメリカに入国し、英国にも頻繁に旅行しているロシア人のパスポートを調べている最中だった。オリーはそのロシア人たちが英国人と一緒に写っている写真と、国際運転免許証を確認している。ジャックはウィスコンシン・アベニュー北西にあるロシア大使館事務局の、カムはタンロー・ロード北西にあるロシア領事館の入口を映した監視カメラの映像を確認中だ。サビッチはMAXで、由緒ある英国の私立学校に二十年から三十年前に通っていたロシア人生徒の記録と、最近アメリカのビザを申請した人物の名前を多重検索していた。彼らが捜しているのは六週間前にワシントン付近に滞在していた、四十代くらいの白い肌をしたロシア人の男だ。かなりの集中力が要求される、うんざりする作業だった。

ときおり体を伸ばしたり、トイレ休憩のために立ちあがって椅子を引いたりする音が聞こえる。ピザが届いたので、サビッチは十分間休憩しようと声をかけた。

捜査官たちが部屋にこもって三時間になる。サクソン・ヘイニーが語った人物像に該当する中年のロシア人は数人見つかったものの、どの人物にもどこか合致しない点があった――身長とか、体重とか、生え際がさほどくっきりV字を描いていないとか、経歴とか、最近の旅行の記録とか。

午後七時になり、誰もが疲れきっていた。コーヒーの飲みすぎで神経がささくれ立っている。全員がピザを食べ始めたところで、オリーが叫んだ。「見つけたぞ！やっと全部当てはまる男がいた。こっちに来てくれ！」

いっせいに椅子を引く音がして、全員がオリーの背後に集まってパソコンの画面に映しだされたパスポート写真を見つめた。

「こいつを見てくれ、サクソン・ヘイニーの供述にぴったりだ。この生え際を見ろ」

一気に室内が活気づき、サビッチの言葉に全員が緊張した面持ちになった。「セルゲイ・ペトロフ、四十六歳。身長百八十センチ、体重七十七キロ。モスクワ在住だがアメリカ、主にワシントンとニューヨークを頻繁に訪れている。直近でアメリカに入国したのは八週間前。ビジネスパーソンとして、観光と仕事目的で入国しているな。こちらでの滞在先は、オリー？」

オリーがすさまじい勢いでキーボードを叩いてグーグルマップを表示し、顔をあげた。「アレクサンドリア、アークチュラス・ロード一七〇一番地になってるが、ここは街の中でもかなり南で、ポトマック川沿いの金持ちが住む地域です」

サビッチは言った。「あとは目撃者のサクソン・ヘイニーに確認を取ればいい」両手をこすりあわせると、輝く笑みを見せた。「そうすれば、こいつを逮捕しに行ける。オリー、ペトロフの写真をプリントアウトしてくれ。みんな、〝ミスター・生え際〟の関係書類に取りかかろう。俺はサクソンに電話をかけてくる」パソコンのキーボードがまた音をたて始める中、サビッチは電話を切り、テーブルの面々を見渡した。「サクソンは数分でここに来る。オリー、君がプリペイド式携帯電話に出たとき、ロシア訛りの男と話したと言ってたな？」

「ええ、あまりに訛りがきつかったんで、〝ダー〟ってロシア語で返事しそうになったくらいですよ。だけどこっちは死んだ男の声を真似するのに必死で、できるだけしゃべらないようにしてました。俺のことを死んだ男ではないと思っていたとしても、そんなそぶりは見せなかったな。ボウラーの死体と一緒にプリペイド式携帯電話も、見つからないようどこかに確実に埋めろと指示されました。相手は残りの半分の金は私書箱に送ると言って、電話を切った」

ジャックが言った。「だったらペトロフは自分の身は安全だと思ってるな。やつは自分につながる手がかりを切り捨て、パイロットを殺し、ボウラーも殺した気でいる。だがコルティーナ・アルバレスとは何者だ？」

カムがにんまりする。「ペトロフがモスクワを行き来したときの乗客名簿にその名前が載ってるはずよ」

早朝にモスクワを発ち、午後早くにワシントン・ダレス国際空港に到着したアエロフロート一〇四便の乗客名簿には四十七名の女性がいた。どの女性の名前もコルティーナ・アルバレスではなかったが、そのうちのひとり、エレーナ・オルロワの住所が、モスクワのペトロフの住所になっていた。

「その女で決まりね」カムが言った。

オリーが読みあげた。「エレーナ・オルロワは三十四歳。身長百六十八センチ、体重五十七キロ。渡航目的はビジネス。キム・ハービンジャーが、国立森林公園でマンタ・レイと一緒にいるのを見たという人物像に合うな」

サビッチはMAXの画面から視線をあげた。「セルゲイ・ペトロフに関する中央情報局(CIA)のファイルによると、彼はロシア銀行の子会社である〈トランスボルガ・グループ〉という投資会社の幹部だ。これを見てほしい。〈トランスボルガ・グループ〉の第二位の株主はボリス・ペトロフ、セルゲイの父親だ」MAXの画面をスクロールしてから続けた。「ロシア銀行はロシア当局へ物的支援を提供していると財務省は考えている。つまりロシア国民から悪徳政治家が巻きあげた何百万ドルもの資金のために、個人向けの投資銀行業を営んでるってことだ。個人の中には、ロシア政府高官やプーチンも含まれる」

カムは首をかしげた。「だったら、父親と息子はロシアの大物銀行家ね。この事件とどうつながるんです?」

「もうちょっと待て、カム」サビッチはキーボードを叩きながら言い、深く座り直した。「ボリス・ペトロフ、セルゲイの父親はほかの十数人のロシア人とともに、二〇一四年と二〇一五年に大統領令にもとづいて財務省が行った制裁措置の対象となっている。覚えているだろう、この制裁措置は昨年、ロシアがクリミアを併合し、東ウクライナに侵攻したため実施された。制裁措置の対象となった人物はアメリカで経済活動ができず、金融市場にも参加できない。彼らの何十億ドルもの資産も凍結された。その結果、ロシア経済は不況に陥り、ルーブルと株価は下落し、多額の資本逃避があった。二千人以上の金持ちがロシアを去った。制裁を受けた個人はアメリカやヨーロッパへの渡航は許されない」

カムが言った。「つまり、セルゲイの父親は制裁対象だったということですか?」

サビッチはうなずいた。「そのとおり。一億ドル以上の個人資産が凍結され、〈トランスボルガ・グループ〉はもっと多くのものを失った。事実上、ビジネスの場から追放されたんだ。非常に有力なロシア政府高官の多額の資産も扱えなくなったというわけだ」

ルースが言った。「つまりアメリカは共産主義の大立者の資金を運用していた銀行家に制裁を科して、プーチンの資金源に大打撃を与えたわけね」

サビッチはうなずいた。「ペトロフに守ってもらえなかったとロシアの権力者が何人か激怒していると考えるべきだろうな。そして今、セルゲイ・ペトロフはわが国にいる。父親が来られないからだ。問題は彼が何をたくらんでいるかだ」

ジャックが大声で言う。「エレーナ・オルロワに関する情報があった! 父親は中間管理職だ。どこの会社だと思う? モスクワの〈トランスボルガ・グループ〉だよ。

彼女はひとりっ子でスイスで教育を受け、四カ国語をマスターしてロシアに戻った。軍事教育科学センターに入ったが一年で辞め、セルゲイ・ペトロフのボディガードとして十年働いている。資料によると、恋人でもあるそうだ」

オリーが写真を見て、小声で言った。「たいした美人だ。ボディガードの概念に新たな解釈が加わったな」

ルースが彼を拳で叩いた。「オリー、気を抜かないで。あなたがプリペイド式の携帯電話で話した強いロシア訛りの男だけど、もしかしたらペトロフの用心棒じゃないかしら。用心棒はもっと大勢いるかもしれない」

ジャックが言った。「ポトマック川沿いのアークチュラスの住所に、ペトロフは手下たちと一緒にいるに違いない」

ルースが自分の頭を叩いた。「今、気がついた。ベン・レイバン刑事がミア・プレボストのアドレス帳で見つけた名前——コルティーナ・アルバレスは実際には存在しないわ。そうでしょう？　コルティーナとエレーナは同一人物よ。彼女は今日のヘリコプター事故でパイロットとともに亡くなったと思われる。でもそのことがどうつながるの？」

ＣＡＵの秘書のシャーリーが会議室のドアから顔をのぞかせた。「ディロン、ミスター・サクソン・ヘイニーが会いに来ているわ」

サビッチは立ちあがり、オリーがプリントアウトしたペトロフの写真を手に取った。

「ペトロフで間違いないというサクソンの証言が得られたらすぐに戻ってくる」

サビッチは静かに自分のオフィスのドアを閉めた。サクソンはサビッチのデスクの前で、両手を脚のあいだで組みあわせ、くたびれたスニーカーを見おろして座っていた。打ちのめされて、今にも倒れそうな様子は相変わらずだ。

「来てくれてありがとう、サクソン」サビッチはペトロフのパスポート写真のモノクロのプリントアウトを渡した。「ミア・プレボストが殺された夜、彼女の後ろに立っていた男を見たと言っていたが、この男か？」

サクソンは息を止めたように見えた。写真を凝視すると、サビッチに返した。「ええ、この目を覚えてます。僕を見てから彼女に、ミアに話しかけてた。僕のことなんて気にも留めてないみたいだった。それにこの髪、額のところがまるで鋭い槍みたいになってると思いませんか？　そう、この男です」

「絶対に間違いないか？」

「はい、サビッチ捜査官。こいつです」サクソンの顔に一瞬、生気が戻り、死人のような顔の青白さは消え、苦痛によどんでいた目にも光が宿った。「どうやって見つけたんですか？」

「君が男の外見を詳細に伝えてくれたおかげだ、サクソン。モスクワ発ワシントン着の便の乗客の中にいた。君がこの男の顔を見たことを覚えていなかったら、かなり難しかっただろう」サビッチは若者の肩に片手を置いた。「さあ、君に写真を確認してもらったから、これでやつを逮捕できる」

「男の名前は？」

「セルゲイ・ペトロフ。父親ともども、プーチンやロシアの富豪相手の個人向け投資銀行家だ」

サクソンから表情が消えた。「銀行家？　なんで銀行家が僕をミア殺しの犯人に仕立てあげようとするんです？」彼は笑いだした。「こいつは父に近づくためにミアを雇った。違いますか？」

サビッチは何も言わず、ただサクソンを見つめた。サクソンはまた顔色を失った。

「僕じゃなかったんですよね？　ミアは父に近づく予定だった。父のパソコンにハッキングするために？」

「そうだ」

「待ってください。父がギルバート大統領やアメリカに害をなすようなことは何も、誰にも言うはずがないのに、ペトロフはわかっていないんでしょうか？　父は少しでも機密に関わることは絶対に僕に話しません。そういう話題にはならないんです。父のパソコンをハッキングするにしても、父は重要な情報はすべてホワイトハウスで管理してるし、父個人のノートパソコンには僕がインストールした最新のセキュリティソフトが入ってる。僕のパソコンにはトラップドアさえないのに。あのパソコンには誰も侵入できない」サクソンは乾いた唇をなめ、ゆっくりと話した。その声があまりにつらそうだったので、サビッチはたじろいだ。「僕のシャツとTシャツがなくなってる」サクソンは視線をあげてサビッチの顔を見た。「ミアの血がついてたんですよね？　あいつが盗んだんだ」

サビッチはゆっくりうなずいた。腕時計に視線を落とす。急がなければ。

53

水曜午後
ワシントンDC
ワシントン記念病院

シャーロックはカーラが描いた、一年ほど前に彼女から採血した男のスケッチを見つめた。五十代半ばくらいで、白いものが交じる長めの髪を頭頂部に向かって撫でつけてある。顎が細くて鼻が大きいその顔をどこかで見た気がして、シャーロックは引っかかっていた。この男に会ったことはないはずでしょう？　男の顔を見つめ続けるうちに、ふと気づいた。アレックス・ムーディが病院から誘拐されたときの共犯者の写真を携帯電話の画面に表示し、カーラのスケッチの横に並べた。「見て、カーラ。比べてみて。あなたの目から見て、このふたりはひどく似てると思わない？」

カーラは写真を見てから首を振った。「いいえ。見てよ、シャーロック。私から血を採ったのはこの男の父親かもしれないわ。私は白髪まじりの頭をしたマッドサイエンティストみたいな男を描いた。こっちの男はもっと若い」

「カーラ、もう少しつきあって。よく見てみて」

カーラは写真と自分の絵を見比べ、眉をひそめてゆっくり顔をあげた。「オーケイ、このふたりはとても似てるわ、シャーロック、明らかに年が違うことを除けばね。でも見て、年を取った男は、髪を撫でつけていても禿げかかっていることが隠しきれていない。だけど誘拐犯は豊かなブラウンの髪よ。似たような髪の色だとは思うけど。それに見て、若いほうの男の顎は角ばってて、まだたるんでない。私の血を採った男より少なくとも十五歳は若いせいだと思う。スケッチの男はどう見ても五十代ね。美容整形を受ければある程度若返ることはできるだろうけど、それでもここまでにはならないわ」

どれももっともな指摘だ。それでもシャーロックはなおも引っかかった。「カーラ、目だけを見て。かなり似ているでしょう。あなたは若いほうの男の目を描こうとしたんじゃないのに、彼の目を描いてると思わない？」

シャーロックはカーラが首を傾けて自分の絵を注視するのを見つめた。「オーケイ、どちらの目も同じで、目尻があがり気味のアーモンド形だわ。目のあいだの長さも同じに見える。私が若いほうの男の目を描けたとは思えない。シャーロック、私がスケッチしたのは間違いなく記憶にある採血した男の顔で、病院に来た男じゃないわ。あなたに誘拐犯の写真を見せられたけど、ほんの一瞬だったし」カーラは椅子に深く座り直した。「わかった、ふたりには類似点がある。あなたの言うとおりよ。でもそれがなんだっていうの？」

「わからないわ。ふたりは血縁かもしれない。ひとりの正体がわかれば、もうひとりもわかるかも」

「どうして私の血を採った男のスケッチを描かせたの？」

「メリーランド大学の遺伝子学部に電話をかけたの。向こうは、あなたが説明を受けたような研究は行っていないと言った。実際、今までの研究であなたが被験者になったものはないそうよ。ずいぶん奇妙に思えるけど、あなたの身に降りかかった出来事のほうが奇妙よね。採血は、あなたの妊娠やジョン・ドウやアレックスの誘拐と関係があるんじゃないかと思うの」シャーロックはカーラを強く抱きしめてから立ちあがった。「あなたは役に立ってくれたわ、元気を出してね、いい？」笑みを浮かべた。

「あなたの友達のミズ・ラブに会えるのが楽しみだわ」

「よかった。ブレンダは明日着く予定なの。アレックスの父親に会いたがるんじゃないかしら。病院が私を追いだすのをためらってくれてよかった。私のベッドを彼の病室に移してくれたから、今夜は一緒に寝られるわ。明日になったら、ブレンダ用にもうひとつベッドを用意してくれるかも」

カーラが頼めば病院側はリムジンでも喜んで用意するだろうと、シャーロックは確信していた。彼女はにっこりした。「よかった、ブレンダならジョン・ドウにあなたの話をできるわね」シャーロックはスケッチを丸め、カーラにハグをして部屋を出ると、ジョン・ドウの病室に戻った。

着信音がカーリー・ダックの声しか鳴らなくなっていて、彼女は首を振った。サビッチはモー・ダックとラリー・ダックに何をしたのだろう？　代わる代わる鳴るようになっているとか？

シャーロックは産科病棟の警備員のレイ・ハンターに会釈すると、電話に出た。

「コニー、どうしたの？」

「倒れないよう壁に寄りかかってちょうだい」

「なんなの？　何をつかんだの？」

「シルビー・ボーンのことよ。経歴を探ってみたの。彼女はシルビー・フォックスとして三十五年前にボルティモアで生まれた。記録によると母親はハンナ・フォックス。シルビーの母親の素性も調べてみたら、ハンナ・フォックスの住所は〈ザ・ウィロウズ〉、つまりＢ・Ｂ・マドックスの自宅だと判明したわ。何本か電話をかけてわかったのは、ハンナ・フォックスはＢ・Ｂの元恋人で、十五年前からは住みこみで介護しているということ」

シャーロックはため息をついた。「だったらシルビーは母親に会いに〈ザ・ウィロウズ〉へ行っていたわけね」

「ええ、でもまだあるのよ。パーカー・ストリートの病院からアレックスを誘拐した男女を乗せたダークブルーのトヨタのＳＵＶが映っている監視カメラの映像を手に入れたわ。ボルトが映像を全部見たんだけど、95号線の監視カメラには車が映っていなかったから、95号線と平行に走っている脇道にある会社を確認することにしたの。それで、該当のＳＵＶがタコス店に入っていく監視カメラの映像を見つけた。店にカメラはなくて、そこで犯人たちは車を乗り換えたようね。五分後に、同じ運転者の白のバンが道路に出てきたからわかったの。ボルトがまた95号線の映像に戻ると、バンが95号線から続く85号線を走ってアナランデル郡でおりたのを見つけた。〈ザ・ウィロウズ〉から、たいして離れてないわ。これってどんな偶然？　タコス店に鑑識チームを派遣して、誘拐犯たちの指紋を捜してダークブルーのトヨタのＳＵＶを調べてもらっているの。車は盗難車だと判明した。ボルトと、彼と一緒に働いてる技術チームは、ハイタッチして大好きなマウンテンデューで乾杯しているに違いないわ」

シャーロックは息を吐いた。「コニー、ボルトはバンのフロントドアにぴったりくっついて尾行していたって言って」

コニーが笑う。「残念ながらそれは無理ね。でも心配はいらないわ。その商業用バンのナンバープレートは確認できなかったけれど、ふとひらめいて〈ジェン＝コア・テクノロジーズ〉の所有だと登録されている車を全部確認したの。あの会社は同じ型の車を六台所有している。色は白」

「コニー、もしディロンがこの事件で失敗したら、私と結婚してくれる？　そろそろB・B・マドックスとその家族と会ってちょっとおしゃべりするべきね。四十分後に〈ザ・ウィロウズ〉で落ちあいましょう。ここは二面攻撃で行くべきだと思うわ、コニー。ディロンはボルティモアの大学に向かっている。何かわかったら知らせてくれることになってるわ」

54

水曜午後遅く
メリーランド州ボルティモア
〈ザ・ウィロウズ〉付近

シャーロックが頑丈なボルボの助手席のドアを開けると、コニー・バトラーが乗りこんできた。車は〈ザ・ウィロウズ〉と呼ばれる石壁で囲まれた一帯の南側の端に停めてあった。「シルビー・ボーンはまだ中よ」コニーはそう言うと自分のアップルウォッチを見おろした。「もう二時間以上になる。ボルトが電話をかけてきて、投資会社でジョシュ・ボーンから話を聞くためにボルティモアへ戻ると言っていたわ。そのあと、パーティのほかの出席者のリストの確認に戻るつもりだそうよ」そこでひと呼吸置いた。「知らない人が多いけれど、ボルト自身の赤ちゃんも病院から誘拐されたことがあるの。あちこちで警備員や監視カメラを目にするようになる前の話よ。当時、彼と奥さんはかなり若かったからお金がなくて、息子を取り戻すためには自分の命を懸けるしかなかった。ありがたいことに息子は取り戻せたわ。だからボルトは熱意にあふれているし、CARDチームにいるんだと思う。アレックス・ムーディを取り戻すためなら、できることはなんでもするつもりなのよ」

シャーロックはうなずいた。「ふたりが若くてお金もなかったのなら、なぜ誘拐犯はボルトたちの子どもを身代金目的の誘拐のターゲットにしたの？」

「ボルトの義理の両親がかなりのお金持ちだったの。でも、娘は親の望みに反して労働者階級出身の貧しい彼と結婚したせいで勘当されていた。誘拐犯はボルトの義理の両親がお金を払う気がないことに気づかなかったみたい。事件を担当したFBI捜査官が驚いていたわ。誘拐犯はこちらの言うことを信じて、身代金の額をさげてきたんですって。犯人は捕まらなかったけど、大事なのはボルトの息子のデイビッド・ハラーはもう十六歳で、家族と幸せに暮らしているということよ」

「なぜあなたがCARDにいるのかも不思議なんだけど、コニー」

コニーがかぶりを振った。「何者かが子どもをさらうことができると思うだけで腹が立つの。いつか私の身の上話も聞かせてあげるわ。そろそろ行きましょうか？」

シャーロックはボルボを出すと、閉まっている〈ザ・ウィロウズ〉の門に近づきインターコムのボタンを押した。シャーロックもコニーもカメラが自分たちの顔に向けられていることには気づいていた。ふたりはレンズに向かって身分証明書を示した。

丸一分の沈黙のあと、男の声が言った。「シャーロック捜査官とバトラー捜査官、家の正面に車を停めてください」

「こういう効率のよさ、あなたは好きなんじゃない?」門がゆっくりと開き、シャーロックはボルボを進めた。

コニーが言った。「この門……戦車でも壊せないかも。高級鋼材でできているわよ。それにあの壁。まるでゾンビでも締めだそうとしてるみたい」

「それと、いろいろな下層階級の人たちも」

車は手入れの行き届いた広大な芝生を囲む砂利敷きの広い私道を進んでいった。芝生には三本の巨大なオークの木が影を落とし、そのまわりには花壇が造られていた。三階建ての暗赤色の煉瓦造りの屋敷の中央に翼棟が二棟あり、両側には大きな左右対称の英国式庭園が広がっている。この屋敷は英国のケント州にあるレストレーション・ハウスを模して造られたと読んだことがあり、シャーロックはその写真を携帯電話の画面に表示した。

「驚異的ね、コニー。ケントにある古い屋敷とそっくりだわ。素敵なオールドイングランドにひとっ飛びした気分にならない?」

「たしかに驚きだわ。あの庭や芝生を見て、シャーロック。庭師が大勢必要ね」

「大勢といえば」シャーロックはあたりを見まわした。「ドクター・マドックスはいったい何人警備員を雇ってるの？」

「すぐわかると思うわ」

シャーロックはボルボを玄関の正面に停めた。屋敷の北翼の横、玄関から五メートルほど離れたところにある六台収容の車庫の外に、シルビー・ボーンのジャガーが停止しているのが目に入った。車庫の扉はすべて閉まっている。隣にはグリーンの古いメルセデスのセダンが停まっていた。

ふたりは、破壊槌にも負けなさそうな玄関へ続く石の階段をあがった。シャーロックがライオンの頭のノッカーを叩くあいだにコニーが言った。「私が読んだ記事によると、ふた部屋はレストレーション・ハウスにある部屋そっくりに造ってあるそうよ。すべての肖像画を複製したせいで、完成まで十五年近くかかったらしいわ。B・B・マドックスにお金の心配はないのね」

玄関を開けたのは執事でもメイドでもなく、だらりとしたカーディガンにチノパンツ姿の細身の中年男性だった。長めのストレートのブロンドには白いものが交じり、目はシャーロックと似たブルーだが、黒縁のレンズの分厚い眼鏡をかけていた。背は高かったものの、長時間デスクかパソコンに向かっているように肩が少し丸まっていた。ふたりは、彼が〈ジェン＝コア・テクノロジーズ〉の創業者であるB・B・マドックスの息子、ドクター・リスター・マドックスだと気づいた。奇妙なことに、リスターはワリー・ビーズを両手で持ち、滑らせ続けていた。

「おふたりがカーギルが訪問希望だと言っていたFBI捜査官ですね」

「そのとおりです」シャーロックは前に進みでると、得意の輝く笑みを浮かべ、自分とコニーを紹介した。ふたりは身分証明書を渡した。

リスターは身分証明書を受け取ると、玄関の前に立ちはだかったまま検分して返した。「いったいどういうことか、うかがってもかまいませんか、捜査官？」

「それはあなたが何者かによります」シャーロックは言った。

「私はドクター・リスター・マドックス、この家の主（あるじ）です」

コニーが教師のようなきびきびとした口調で言った。「ですが、この屋敷はドクター・B・B・マドックスの所有では？　なぜ彼が主ではないんです？」

リスターはまばたきをし、一歩後ろにさがったが、背筋を伸ばしてまた戸口に立ちはだかった。「われわれの家族の問題はそちらには関係ない。何をしにここへ来たんです？　何が望みですか？」

シャーロックが言った。「あなたはドクター・B・B・マドックスの息子さんですね？」

「ええ」

「お父さまのドクター・マドックスと話をさせてください。それからシルビー・ボーンと、その母親のハンナ・フォックスとも」

リスターの指のあいだを滑るワリー・ビーズの勢いが速くなった。分厚いレンズの奥にあるブルーの目は冷ややかだ。「それは無理ですね、レディたち」

「捜査官です」コニーが言った。「相手の肩書きを忘れるにはまだ若すぎますよ、ドクター・マドックス。もしかするとあなたの会社の子会社である〈バデッカー・ザイオテック製薬会社〉が短期記憶を向上させる役に立ってくれるかもしれませんね」

まるでコニーに平手打ちをされたかのように、リスターがのけぞった。

彼の後ろから男の声がした。「ドクター・マドックス、私にできることはありますか？」

リスターは振り返らなかった。「いや、大丈夫だ、カーギル。このレディたちは……失礼、特別捜査官だな、父と話したいと言っているんだが、当然ながら無理なんでね」

男はうなずいたが、腕組みをして油断なくその場に残った。シャーロックは男のジャケットがふくらんでいることに気づいた。銃を持っている。なぜリスターには武装した警備員が必要なのだろう？

コニーは教師のような態度を崩さなかった。「ドクター・マドックス、私たちはお父さまに二、三、うかがいたいことがあるだけです。長くはかかりません」

「無理だと言ったでしょう。来客と話せる健康状態ではない。おふたりとも、今すぐお帰りください。私に質問があるなら弁護士を通してください」

シャーロックは会話に割って入った。リスターに話を聞く必要がある。ここで締めだされて弁護士をけしかけられるのはごめんだ。「ドクター・マドックス、実はどうしてもお父さまと話をする必要はないんです。お父さまが十五年前に引退されて以来、結局のところ〈ジェン＝コア・テクノロジーズ〉のCEOはあなたですし、ご自身で言われたとおり、この豪奢な屋敷の主もあなたです。数分お時間を取っていただいて、お父さまにするつもりだった質問に答えていただければ助かるんですが」かなり媚びた態度を取ったが、おかげで彼の中に考え直すチャンスだという選択肢が生まれたらしい。なぜふたりがここに来たのか、何を知っているのか把握しておきたいという思いがいらだちに勝ったのが見て取れた。

結局、リスターはうなずいた。「いいでしょう、出席しなければならない会議まで数分あります。こちらへどうぞ」リスターは先に立ってタイムトンネルの入口を抜け、十七世紀の富裕層の邸宅を模したサロンに入った。

部屋の真ん中まで来ると、ふたりを振り返り、両腕を広げた。

「私の家に興味があるなら、父が祖先をたどり、ヘンリー・クラークにたどり着いたところから話を始めなければなりません。彼は十六世紀初頭の裕福な弁護士です。クラークはケント州ロチェスターにあった二軒の屋敷をつなげてレストレーション・ハウスを造った。私の父は前世はそこに住んでいたと夢想していました。何年にもわたって何度もそこを訪れ、実際に当時の家の主と親しい友人になった。父のベッドルーム……王のベッドルームと呼ばれていますが、そことこの部屋は完全なレプリカになっています。家のほかの部分はきわめて現代的なんですよ。あなたが言ったとおり、ここは父のものだ。父が思いつき、父が建てた」リスターが言葉を切った。何かを待っているのだろうか？　称賛？　それとも拍手？

シャーロックは彼の意図を汲み取った。「魅惑的なお話ですね、ドクター・マドックス」

コニーが壁にかかっている肖像画を指さした。「この人たちはご先祖ですか、ドクター・マドックス？」

「もともとの肖像画は、ミスター・クラークがレストレーション・ハウスの壁を埋めるためだけに買ったのものがほとんどだと思います。ですから、どういう人の絵なのかは誰も知りません。父もわざわざ調べようとはしませんでした。父にとってはレストレーション・ハウスにかかっている絵が同じくここにもあるというだけで充分なんです」リスターは金めっきを施した椅子を手で示した。「壊れませんから、座って質問をどうぞ」腕時計に目をやった。

驚いたことに、椅子の座り心地はよかった。シャーロックは言った。「ドクター・マドックス、月曜の午後、ワシントン記念病院の産科病棟から赤ちゃんが誘拐されました。赤ちゃんの名前はアレックス・ムーディ。誘拐犯が使った車のうちの一台が、この家のあたりまで来たことが判明しています。白の商業用バンです。あなたの会社の〈ジエン＝コア・テクノロジーズ〉が同様の白いバンを六台所有していますね」

リスターは彼女を見ながらまばたきした。手の中のワリー・ビーズをいじる様子はない。「たくさんの会社がバンを使っていますよ、シャーロック捜査官。なぜそんなことを指摘しにわざわざ来たんです？」

コニーが言った。「あなたが会社のバンすべての管理に関わっているとは思っていません、ドクター・マドックス。ここの敷地は広いですから、一台くらい隠すことも可能でしょう。私たちが敷地を見てまわって、車庫を確認してもかまいませんか？」

「ばかなことを言わないでください。敷地内をうろつくなど、当然許可できません」

シャーロックは言った。「でしたら、〈ジェン＝コア・テクノロジーズ〉所有のすべての白いバンを確認して、なくなっている車がないかどうか調べる許可をいただけませんか？」

「令状がなければ無理です、捜査官。うちのバンが違法行為に使われているのではないかと疑われているのなら、私は弁護士に連絡しなければならないですね。内部調査を始めてもらうことになる」

コニーは携帯電話にアレックスを病院から誘拐した男女の写真を表示した。「この男女をご存じですか、ドクター・マドックス？」

リスターは心臓がドラムのごとく打つのを感じた。病院の監視カメラに映ったバーリーとクインスの写真を捜査官が持っているのは当然としても、クインスは自分たちが慎重に車を乗り換えたと請けあっていた。だったらなぜ白いバンが特定できたのだろう？　リスターは携帯電話の二枚の写真にどうにか目を向け、首を振った。「申し訳ないが、どちらの人も見たことはありませんね」

ワリー・ビーズがリスターの指のあいだをすばやく滑るさまを見つめ、シャーロックは笑みを浮かべた。「ドクター・マドックス、興味深い偶然を発見したんですよ。シルビー・ボーンはあなたが雇ってるハンナ・フォックスの娘です。ミズ・ボーンはさらわれた赤ちゃんの母親であるカーラ・ムーディの親友でもある。ミズ・ボーンの車が外にあるのを見かけました。彼女とその母親と話をさせていただきたいんです」

リスターが言った。「残念だが、ご希望には沿いかねます。話したとおり、父は具合が悪いのでわずらわせてほしくない。シルビーは母親と一緒にクルーザーで出かけています」薄いピアジェの腕時計に視線をやった。これで二度目だ。「あと数時間は戻りません。シルビーはいつも母親をインナー・ハーバーに連れていくんです。〈マービンズ〉で夕食をとるために」

シャーロックはジョン・ドウの写真を表示した。「この男をご存じかどうか教えてください」

リスターはうんざりした様子でかぶりを振ったが、手の中のワリー・ビーズは心のうちを明かすように指のあいだを猛烈な勢いで動いている。「捜査官、申し訳ないがこの男も見たことがない。誰なんです?」

「日曜にジョージタウンの家に押し入った、頭がどうかした男のニュースをお聞きになってませんか？」

「当然、聞いていません。ワシントンDCの地元ニュースには興味がなくてね」

「これがその男です。現在はワシントン記念病院で昏睡状態に陥っています」

コニーが話を続けた。「月曜の夜、何者かが彼を殺そうとしました。この男のことをきいたのは、彼もカーラ・ムーディにかなり近い人物だとわかったからです。彼はカーラ・ムーディの子どもの父親です。この件に関して何かご存じじゃありませんか、ドクター・マドックス？」

「なあ、捜査官、私は我慢して君たちの質問を聞き、礼儀正しくしようと努めた。君たちが捜しているその白いバンを、なぜわれわれがここ〈ザ・ウィロウズ〉に立ち入らせると君が思ったのか、私には見当もつかない。私がその人たちに会ったことがあると君が信じている理由もわからない。さあ、お帰りいただこうか。弁護士を呼ばせてもらう。きっと弁護士を通さずにこれ以上君たちに関わるなと言われるだろう」

リスターはふたりに背を向けるとまっすぐ歩いて十七世紀のサロンから出ていき、現代的な玄関ホールを抜けて玄関に直行した。ドアを開け、客が帰るのを待つドアマンのように脇に立つ。

「お時間をいただきありがとうございました、ドクター・マドックス」シャーロックはリスターの横を通りながら言った。

リスターは何も言わず、カーギルにうなずきかけた。カーギルはすぐさまふたりの後ろについて玄関から出た。

捜査官たちが去るのを待って、リスターは言った。「カーギル、あの捜査官ふたりを二度とここに入れないようにしろ」

「わかりました」カーギルは言った。捜査官が令状を持って戻ってきたらどうすればいいか尋ねたかったが、口を閉じておくべきであることはわかっていた。

55

水曜午後遅く
メリーランド州ボルティモア
〈ジェン＝コア・テクノロジーズ〉子会社〈バデッカー・ザイオテック製薬会社〉

サビッチはポルシェを〈バデッカー・ザイオテック〉の正面玄関前にある来客用駐車スペースに停めた。ここは〈ジェン＝コア・テクノロジーズ〉のメインの敷地からはかなり離れた端にあり、現代的かつ実利的なガラスと鉄でできた建物が三棟建っていた。そのどれもが五百メートルほど離れたところにある〈ジェン＝コア・テクノロジーズ〉本社とは違い、秀逸な建築物とは言いがたかった。サビッチが足を踏み入れた空間も実用性重視のスペースで、背の高い偽物のヤシの木が一本置かれ、カーブしたカウンターの向こうでは女性がふたりパソコンを叩いていた。名札にミリセント・フラワーズと書かれている女性が顔をあげてほほえんだ。

「FBIのサビッチ捜査官ですか?」

サビッチはうなずき、身分証明書を渡した。

女性が立ちあがり、身分証明書を返した。「私はミリセント・フラワーズです。こちらへどうぞ、サビッチ捜査官。ドクター・ジオンのところにご案内します」

ふたりは二階へあがると、広く殺風景な廊下を進み〝研究部長〟と浮き彫りされたプレートが掲げられているドアの前まで来た。ミズ・フラワーズはノックをし、しばらく待ち、またノックをした。

室内から不機嫌そうな男の声が聞こえた。ミズ・フラワーズが言う。「本当は無作法な人じゃないんです。ただ宇宙の別のところに行ってしまっているだけで」彼女はにっこりした。

ドアが開くと、身長が百六十センチほどしかないまるまると太った年配の男がサビッチの前に立って見あげていた。皺だらけの服に寝癖のついた髪で、まるでベッドから出たばかりかのように見える。縁なしの分厚い眼鏡をかけ、ひどく顔をしかめていた。「誰だったかな?」

サビッチが自己紹介する前に、ミズ・フラワーズが言った。「ドクター・ジオン、覚えてますか? FBIのサビッチ特別捜査官が話を聞きにいらしたんですよ。ご相談したじゃありませんか。あなたもかまわないって」

サビッチは手を差しだした。「お会いできてうれしいです。お話をうかがうのに時間を作っていただき、ありがとうございます」

ジオンの太った小さな手に指輪ははまっていなかった。サビッチはジオンの指の腹にやけどの跡があることに気づいた。きっと薬品のせいだろう。実験がうまくいかなかったのだろうか？

サビッチをドアのところに立たせたまま、ジオンはオフィスの中ほどまで進んだ。室内にあるのは最新式のコンピュータ機器がのった古いデスクとデスクチェアが一脚、客用のシンプルな金属製の椅子が一脚だけだ。ジオンは明らかに会合や来客のために割く時間がないか、割く気がないたぐいの男だ。サビッチは壁に六枚飾られている免許状や賞状、それからジオンがクリントン元大統領の隣に立っている写真を眺めた。ジオンは誇らしげに胸を張っていたが、三十センチは背が低い。ジオンは少々虚勢を張るタイプらしい。興味深い。

ジオンはデスクの前で足を止めると、振り返ってサビッチを上から下まで見た。

「でかいな。私は昔から君みたいに大きくなりたいと思っていたんだが、なれなかった。君と話すことに私が同意したというなら、選択肢がなかったんだろう。だったら、入ってくれ。フラワーズ、君は行っていい」

ミリセント・フラワーズはもう一度サビッチに温かい笑みを向けてから、ジオンにおおらかにうなずいて立ち去った。

「お時間は取らせません、ドクター・ジオン。ここに来たのは、御社のCEOが、ここでシロリムスに似た薬品の研究をしていたと教えてくれたからです」

「シロリムス？　ああ、やっていた、三年ほど前だ。だが資金の無駄遣いだったよ。人体実験にまでたどり着かなかった。君は知らないだろうな。シロリムスは当初ラパマイシンという名前だったんだが、それはラパ・ヌイで見つかったからだ。一般的にはイースター島と呼ばれている場所だ。そこで薬のもととなるバクテリアが発見された」

「知っています。読みましたから」

ジオンが興味を持ったような目でサビッチを見た。「当初は抗真菌薬として開発された。それがこのバクテリアの使用目的だったが、最近は主に臓器拒絶反応を抑えるための免疫抑制剤として使われている」

「ドクター・ジオン、この薬に対してどんな研究が行われていたのか、その理由も合わせて知る必要があるんです」

ジオンは腕組みして首を傾けた。「なぜFBIが臓器拒絶反応を抑える薬について知りたいのか教えてもらえるかな」

「ええ。ですが、あと少しだけ私の好奇心を満たしてください、ドクター」

サビッチは相手の興味を引くことに成功したとわかった。ジオンは考えているようだった。「ラパマイシンの化学変異体を……同族体とわれわれは呼んでいるが、それを十種類あまり合成してほしいと、ここの創業者の息子、ドクター・リスター・マドックスに依頼されたと記憶している。もっと毒性が少ない物質や、より広範なクラスの受容体と化学結合する物質を発見できるのではないかとの期待を持っていた。ドクター・マドックスがこの物質が組織の老化に及ぼす影響について特に興味を抱いていたことを覚えている」

「それで、発見したんですか？」

「組織培養では同族体のいくつかに期待が持てる結果が出た。培地では、筋細胞と脂肪細胞の若返りが確認され、加齢細胞や老化細胞は死滅、幹細胞の機能にまで改善が見られた。だが実験用マウスに進む段階になって、実験は中止せざるをえなくなった」

「なぜです？」

「別に不思議なことでもない。われわれが研究していたこの同族体は、特に神経系と骨髄に対してかなり強い毒性を示した。製薬会社の研究所がこの手の基礎研究で扱える範囲はそこまでということで研究を止めた。われわれは販売できる薬を開発することで生き残ってきたわけだし、年を取るというのは保険請求できる身体的疾患ではない。こんな薬に対して支払いをする保険会社はないとなると、アンチエイジングといった分野をそれ以上研究することはわれわれの経済的利益にはつながらない。ドクター・マドックスも同意するしかなかった」

ジオンはそこで言葉を切り、むっちりした両手を振った。

「借りを返してもらう番だ、サビッチ捜査官。これはいったいなんなんだ？　君がアンチエイジングの実験に興味を持っているなんて理解できない。君はまだ若いじゃないか？」

「ドクター・ジオン、あなたが研究していた薬についてうかがったのは、ある若い男性がワシントン記念病院で今も昏睡状態だからです。昏睡の原因はわかっていませんが、血液中からシロリムスに似た未知の成分が検出されています。どうして彼の血液中からその薬が見つかることになったのか、お話しいただけますか？」

ジオンは首を振った。「いや、それはありえない。君たちは、その男性の体から検出された薬が、本当にわれわれの手で開発した化合物のひとつだと証明する必要がある」

「もし証明されたら？」

「何者かがここから盗んだ、少なくとも特定の化合物を合成する情報を盗んだということだろう。そして何者かが違法に男性に投与した」

「ドクター、何者かが薬を盗んだとして、犯人はどうやって使用したんでしょうか？どんな試験を行ったと思いますか？　研究を放棄したのは毒性が強すぎたからだとおっしゃいましたよね？」

「すでに君が倫理観を脇に置いている以上、私に言えるのは犯人が何を達成したいかによるということだ。被験者に用量を変えて薬を投与し、毒性や、期待している効果が出ているかどうかを評価するだろう。なんらかの理由で薬に対してほかの人より耐性がある被験者を探し、そのグループに集中してさらに研究を重ねるかもしれない。最終的には、似たような相乗効果があるとわかっているほかの薬と組みあわせて投与するかもしれない。何者かがそんな行為をしていると考えると、胸がむかつくと言わざるをえないな」

サビッチも心の底から同意した。「そうした被験者はかなりの血液を採られるものでしょうか？　傷跡が残るくらいに」

「可能性はある。薬剤研究では何度も血液検査をする必要がある、そうだな、薬を投与するたびに採血する計画になることも多い。かなりの量の血漿を採ることになるだろう。細胞の採取や試験のため、血漿内の免疫グロブリンやその他のたんぱく質を治療目的で使用するために。なぜそんなことを尋ねるのか教えてくれ」

「われわれのジョン・ドウは……昏睡状態の男性のことですが、それらしき傷跡が腕にあるんです」

　ジオンがサビッチを見つめる。「本当になんと言っていいのかわからないよ、サビッチ捜査官。われわれのコンピュータの記録と化合物ライブラリーに、改竄（かいざん）や無許可のアクセスの痕跡がないかどうか、すぐに詳細な調査を行う。とても信じられないが」ジオンは首を振った。「また話をすることになるのか？」

　サビッチは好感を覚えつつある男に向かって笑みを浮かべ、手を振った。「すでに、検討すべきことをたくさん教えていただきました、ドクター・ジオン。お時間をいただきありがとうございました」サビッチはドアに向かったが、背後からジオンが声をかけてきたので振り返った。

「サビッチ捜査官、君が話したことはどれも非常に憂慮すべき事柄だ。何が起きていると思っているのか、話してもらえないか?」

「自分が考えていることが正しいという確信が持てたらお教えします、ドクター・ジオン」

サビッチがエレベーターをおりてロビーに足を踏み入れると、カウンターの女性ふたりが叫んでいた。

「〈アネックス〉が火事です!」

サビッチはドアから走りでると、百メートル先で渦巻いている炎へと急いだ。遠くからサイレンが聞こえる。人々は数人ずつ固まって建物の外で火事を見つめていた。サビッチは白のバンに乗った男女が火事を振り返りながらゆっくりと車を出そうとしていることに気づいた。サビッチは運転者の顔を見つめ、病院の監視カメラに映っていた、アレックス・ムーディを誘拐した犯人だと気づいた。振り返った男とサビッチの目が合い、バンのスピードがあがる。サビッチはグロックを抜き、車を追って走った。

リアタイヤを狙って六発撃った。運転席側のリアタイヤがパンクする。バンは道をそれ、鉄条網にぶつかったがそのまま引き裂きながら進み、建物の外にある水が満ちた浅い溝にはまった。バンはぐらぐらと揺れていたと思うと、やがてタイヤを下に着地した。後部座席のドアが開き、冷凍庫と医療用品らしきものが転がり落ちた。男女は車から飛びだし、ふたりとも手にした銃をサビッチに向けて撃ってきた。女のほうも病院の監視カメラに映っていた人物だ。サビッチはごみと書いてある大きな缶の後ろに飛びこみ、体をぴったりつけて撃ち返した。犯人たちが互いに叫んでいるのが聞こえ、サビッチからもバンからも走って逃げようとしているのが目に入った。ふたりを追うこともできたが、それよりも優先すべきことがある。サビッチはボルティモア支局に電話をかけ、ジェイク・マーフィー支局長と話をした。地元の捜査官が犯人たちを見つけるだろう。サビッチは服の土埃を払うと携帯電話を取りだし、シャーロックにかけた。

56

水曜午後遅く
〈ザ・ウィロウズ〉

携帯電話が鳴ったとき、シャーロックはコニーとともに自分のボルボのそばに立っていた。シャーロックは指を一本立てると、サビッチの話に耳を傾けた。電話を切り、拳を突きあげる。「やったわ！　リスターを捕まえられる！」シャーロックは、サビッチがドクター・ジオンから聞きだしたこと、アレックスを誘拐した犯人が〈アネックス〉に火をつけ、バンを乗り捨てて逃げたことをコニーに伝えた。「ディロンは、リスターが本人の意志に反してジョン・ドウを〈アネックス〉に閉じこめて実験台にしていたけど、今日になって〈アネックス〉に火をつけて証拠になりそうなものを焼き払うよう誘拐犯ふたりに命じたと確信してる。幸運にも、犯人たちはディロンから逃げるときに、持ち去ろうとした研究装置や薬品をバンに残していったそうよ。

ディロンは今こっちに向かってるわ」

捜査官ふたりは互いを見つめた。

シャーロックは言った。「ディロンに言われたとおり、ここで待っててもいいわ、コニー。でもアレックスはこの屋敷にいる可能性が高い。何があったのかリスターが知ったら、どういう行動に出ると思う？　アレックスに危険が迫ってるかもしれない」

コニーはうなずいてグロックを抜くと、スライドを引いた。ふたりは全速力で走って屋敷に戻った。

シャーロックはドアを強く叩いた。「ＦＢＩよ！　開けて！　今すぐ！」

警備員のカーギルが怒鳴る声が聞こえた。「だめだ、ドクター・マドックスから屋敷に入れないよう指示されてる。〈ジェン＝コア・テクノロジーズ〉の弁護士に連絡して予約を取れ！」

シャーロックは拳でドアを破りかねない勢いだった。「状況が変わったのよ、カーギル。私たちには中に入る権利があるわ。ＦＢＩの支援チームがこっちに向かってる。力ずくで押し入りたくはないけど、必要ならそうするわよ。ドアを開けなさい！」

リスター・マドックスの声が聞こえ、ドアが開いた。カーギルが緊張した様子でベルトの銃に手をかけて立っていた。顔から血の気が引いている。

コニーがカーギルの前に立った。「武器を置いて、カーギル。銃を出して床に置いてから後ろにさがりなさい」

カーギルは豪華な階段の下に立っているリスターを振り返った。リスターは片手を手すりにかけ、もう片方の手にワリー・ビーズを握り、大声で言った。「なぜ戻ってきた？ これは不法行為だ！ ここには君たちの求めているものはない！」

シャーロックはグロックをリスターに向けた。「その話はあとよ、ドクター・マドックス、まずはカーギルに銃を床に置くよう言って」

「結構、君たちが私やカーギルに銃を向ける必要などない。われわれは犯罪者ではないのだからな。カーギル、彼女の言うとおりにしろ」

カーギルはベルトに装着したベレッタを抜くと身をかがめ、玄関ホールのタイルの上に慎重に置いた。

コニーがベレッタを取りあげ、自分のジャケットのポケットに入れる。

シャーロックは言った。「ドクター・マドックス、さっさと話してもらうわ。この屋敷にはほかに誰かいるの？」

「ああ、もちろん。父と看護師のハンナ・フォックス、ふたりは階上(うえ)の父のベッドルームにいる。家政婦もひとりふたりいるかもしれない。今日はもう帰っているかもしれないがわからない」

シャーロックは言った。「先ほどはハンナ・フォックスとシルビー・ボーンはクルーザーで出かけてると言ったわよね」

リスターは肩をすくめた。「ハンナたちに手間をかけさせたくなかったからだ」

コニーが言った。「カーギル、この屋敷の中か外にほかに警備員はいる？」

「いや、いない」

シャーロックはグロックをベルトに差し、ワリー・ビーズ以外はまったく動きのないリスターに歩み寄った。「ニュースがあるの、ドクター・マドックス。あなたが病院からアレックス・ムーディを誘拐するために雇った男女が、白いバンに留め置かれているわ。〈アネックス〉と呼ばれている建物に火をつけて逃げる途中だったようね」

まだ勾留されていないことまで知らせる必要はない。どうせ時間の問題だ。「バンの後部から落ちたものの中から、FBIは興味深い医療機器と冷凍庫を発見した。バンに何がのっていたのか正確に知ってるはずよね、ドクター・マドックス。〈バデッカー・ザイオテック〉のドクター・ジオンに話を聞いた捜査官によると、三年前にあなたが命じた研究は老化現象の抑制に効果のある化合物に関するものだとか。ドクター・マドックス、もうすぐ令状が届くわ。この屋敷にはほかにも人が、具体的に言うと、さらわれた赤ちゃんのアレックス・ムーディがいるわよね」

「ばかばかしい」

シャーロックは言葉を続けた。「ドクター・マドックス、あなたはここで私たちに話をしてもいいし、弁護士に連絡を取ってワシントンのフーバー・ビルディングに来てもらってもかまわない」

リスターが身をこわばらせ、やがてかぶりを振った。「なぜ私が自分のビルを、しかも価値のあるビルを燃やしたと思われているのか想像もつかない。もし〈アネックス〉が燃えているのなら、この目で確かめる必要がある。だが当然、そうさせてはくれないんだろう？　ジオンに関してだが、彼が知っていることはたいしてない。私の研究やその結果について知るはずもない。だから君も知っているはずがない」

シャーロックはリスターの言葉を無視してたたみかけた。「きっと驚くでしょうね、ドクター。十カ月前にカーラ・ムーディの血液を採った男の顔が、月曜にアレックス・ムーディを誘拐した男の顔と驚くほど似ているの。ただし、誘拐犯のほうが十五歳ほど若いけど。カーラ・ムーディが描いた採血した男のスケッチと、病院の男の写真とを見比べてみたい？　私が間違っていると言える？」

リスターは燃えるような赤い髪をした、夏の空のごときブルーの目で自分を責めるように見据えている若い女を見つめた。カーラ・ムーディは一年近く前に見たクインスを絵に描けるほどはっきりと覚えているのか？　誰かがこの二件を結びつけて考えるとは思ってもいなかった。彼はシャーロックをまっすぐ見て笑みを浮かべた。一瞬、手の中のワリー・ビーズの動きが止まる。「捜査官、なんの話かわからないな。君たちにまたも押しかけられたあげく、くだらない非難を浴びせられて大変不愉快だ。帰ってくれ――」

シャーロックはリスターの言葉にかぶせて言った。「私たちはどこへも行くつもりはないわ、ドクター・マドックス。言ったとおり、アレックス・ムーディを誘拐した男は十カ月前より少なくとも十五歳は若く見える。その男のためにどうにかして、十五年、時を戻したということではないの？　つまりあなたの研究が成功したんでしょう？　すばらしい成果ね」言葉を切ってから続けた。「ドクター・ジオンは天才だわ」

リスターは挑発に飛びついた。「ジオンが天才だと？　冗談じゃない。あの気取った凡庸な男は研究をあきらめたうえに、続けるべきじゃない、不可能だ、あの化合物は毒性が強すぎるしコストがかかりすぎるなどと言いやがった。私は自分で実験を続けるしかなかった。発見したのは私だ、あいつじゃない！」彼は激しく息を切らしていたが、すぐに自分が何を認めてしまったか気づいたらしい。背筋を伸ばして顎をあげる。今はすべてを掌握しているリーダーの顔つきになった。「私の研究にやましいところなどない。崇高な目的に向かって取り組んでいた。君は警察官で、すべてをありきたりな白か黒かの枠に押しこめている。近視眼的で、自分の目で見てきたものをなかったことにしている。心を開いて、想像もしていなかった可能性を考えてみるんだ。君の目の前にある驚くべき成果について考えろ」

シャーロックは言った。「ドクター・マドックス、あなたが成し遂げたことは本当に称賛に値する並外れたものだわ。あなたが実験を行った人たちについて、話してもらえる？」一拍置いてから、カーギルのほうを向いた。「あなたは何歳？」

カーギルがリスターを見た。

リスターが片手を振る。「教えてやれ。君の年齢を突き止めるなど、彼女にはたやすいだろう」

「五十七歳だ」

シャーロックはカーギルの言葉が信じられなかったが、すでにカーラのスケッチと誘拐犯を目にしている。「三十五歳くらいに見えるわね」

「ああ」カーギルが胸を張った。「この姿はドクター・マドックスのおかげだ」

コニーが言った。「ドクター・マドックス、なぜ魔法の薬を自分に使わなかったの？　あなたはどこにでもいる五十歳に見えるけど」

「おかしなことを言わないでくれ。まだ早すぎる。まずは治療を完璧なものにする必要がある。この薬を理解しているのも安全に投与できるのも私しかいない。被験者に何か問題が出たとき、対処できるのは私だけだ。プロジェクト全体が私が健康でいることにかかっている」

カーギルはリスターを見つめていた。「ドクター・マドックス、これまで私とクインスが実験台だなんて思ったこともなかった。そういう扱いだったのか？　研究室のマウスみたいな？」

「カーギル、私は君とクインスの時間を巻き戻してやった、少なくとも十五年、人生を伸ばした。君は愚かではないんだから、リスクがあることはわかっていただろう。私に感謝すべきだ」

では、クインスというのが誘拐犯の名前だろうか？　ふとシャーロックは気づいた。

「あなたの父親と話をさせて、ドクター・マドックス」

「だめだ！　父をわずらわせる理由がない。言っただろう、客と話せる健康状態じゃない。父を脅しかねない法執行官ならなおさらだ。いずれにせよ、父には理解できない。何もかもが常識を超えていることはわかっている。カーギルを見てショックを受けただろう。私の研究についてなら喜んで話をしよう。フーバー・ビルディングに行ってもいい。弁護士を同席させて、どういうことかすべて話す。だが父には手を出さないでくれ」

「あなたの父親は七十八歳ね」シャーロックはゆっくりと言った。「あなたはカーギルやクインスと同じく、自分の父親にも薬を投与したと私は確信しているわ。間違っている？」

リスターは何も言わなかった。

「当然、投与したはず。だったらなぜ会わせてもらえないの？　あなたの父親には効果がなかったの？　病院にいるあの男性のように、昏睡状態に陥っている？」

リスターが壁にもたれ、肩が絵の額に当たった。両手の指のあいだでワリー・ビーズを猛烈な勢いで滑らせている。見ているほうは目がまわりそうだ。「もちろん違う。君には理解できない」

「だったら説明して。私に理解できるように」

彼は黙ったままだった。

シャーロックは、全員が玄関ホールに立ったままだと気づいたが、誰かが訪ねてこない限り問題はない。追いつめなさい。リスターを追及し続けるのよ。「私が理解していないことを教えて、ドクター・マドックス」

「私は科学者だ。父を回復させてもとの状態にできるとは思っていなかったが、それでもやってみるしかなかった。そして私は失敗した」

「何がうまくいかなかったの、ドクター・マドックス？　あなたの父親に何が起きたの？　なぜ会わせてもらえないの？」

シャーロックの目には、リスターが泣きだしそうに見えた。打ちのめされているようだ。彼が片手を振り、ワリー・ビーズが揺れる。「結構だ。君を止めることはできないらしい。父に会ったら、私が父をきちんと介護しているとわかってもらえるだろう。筋肉量や脂肪や骨がもとどおりになるよう努めているが、父については単にまた五十歳の男性に戻すのが最終目標ではない。十五年前、父は致命的な神経性の発作を起こし、病気というハンマーで頭を殴られた状態になった。父は抜け殻になり、私が父に何をしたか、何をしようとしているのかに気づいてもいない」顔をゆがめて言葉を切った。「父に鏡に映った姿を見せたら、自分だとわからなかった。鏡だと気づきもしなかったんだ！　私の治療でいつかは損傷を受けた脳や細胞がよみがえり、父のすばらしい知性も戻ればと願っていた」リスターは唾をのみこみ、痛みをたたえたシャーロックの目を見た。「だが治療は失敗したようだ。父に対しては失敗した」

玄関ホールは静まり返った。やがてまたワリー・ビーズのぶつかる音が鳴り始めた。シャーロックは背後の開いたままのドアに足音が近づいてきても振り返らなかった。サビッチだとわかっていた。彼女はリスターに意識を集中した。「はっきりさせましょう、ドクター・マドックス。あなたは何人もの被験者に実験薬を投与したと認めるのね？ 監査も許可も受けていない、安全性の審査も通っていない薬を。それが倫理的なことだと思ってるの？」

リスターはまた背筋を伸ばしたが、サビッチのほうはほとんど見なかった。激しい怒りがあふれ返っていた。「君は私の家に押し入った。今度は私が成し遂げたことを非難するのをおとなしく聞いていろというのか？ 外部審査だと？ なあ、捜査官、私がその手の干渉を避けてきたことに驚いたりはしないだろう。規則を破るのを恐れて、私がアメリカ食品医薬品局（FDA）にいる誰だか知らない愚か者に父の生死を委ねたり、ここにいる全員の寿命を決めさせたりするとでも思っているのか？ 偽医者や広告業者がありとあらゆる効き目のないインチキ薬を、少しでも命を永らえるためにならいくらでも金を払う人々に売り歩き、その人たちは絶望して死んでいく。それをよしとしているのもＦＤＡの官僚主義だ。ＦＤＡはだまされた者をあざける。そう、やつらは魔法のハーブだとか、ばかげた杏仁だとか、似非科学の食餌療法などで病気が治る、寿命が延びるといった珍妙な主張をする詐欺師どもを野放しにしている。君たちが訴追すべきはそいつらだろう。逮捕すべきはそいつらだ。捜査官、悪いのはそういう嘘つきであって、私ではない！　重要な医学の進歩はたいてい、許容範囲を逸脱したところで発見されている。治療を受けるのはクインスとカーギルが選択したことだし、ふたりは私に許可をくれた。だから私は一歩踏みだして成功した。ふたりの男に十五年分の人生をやったんだ！　それがどんな意味を持つか想像できるか？　自分が持てるはずがなかった健康な人生がさらに十五年だ！」

シャーロックは言った。「彼らがあなたの魔法の薬をのむのをやめたら？　何が起きるの？」

「ただ普通に年を取るだけのはずだ」

カーギルが言った。「ドクター・マドックス、私にずっと若くいられると言ったじゃないか！」

「治療を受け続ければもちろんそうだ。だが治療を止めたら？　私にはわからない……私に何ができる？」リスターは背筋を伸ばした。「規則を破ったことについては当局への申し開きが必要だろうと理解している。それならそれでしかたがない。心の準備はできている」

シャーロックは言った。「あなたの若返りの泉について話して、ドクター・マドックス」いったん言葉を切り、つけ加えた。「あなたが答える準備ができていることについても」

リスターがうなずく。明らかにこうした質問に答えるのを喜んでいるらしい。「誰もが求める若返りの泉。有史以来、人は年を取るのを遅らせようとしてきた。最初に不死を追い求めたのは道教信者だ。神秘的な食餌療法に従って隠遁生活を送り、それを補完するものとして鍼と太極拳を編みだした。それらは今日まで残っている。

君はなぜ私が成功したのか知りたいんだな？　簡単に言えば、ゲノム革命というやつだ。人間は年を取る。それはわれわれの体が、次世代を作り育てられるまでは精力的に生き続けられるよう進化したからだ。遅かれ早かれわれわれの細胞は分裂を止め、老化して死ぬ。われわれは弱体化し、病気を患い、衰弱する。最初から選択肢はなく、たとえ老化の道をたどることに抗ったとしても、ただ屈服するしかない。

最近になってやっと、老化をゲノムの病気だと見なすようになってきた。癌のようにゲノム経路により活性化するのだと。われわれが生まれたときに加齢時計をゼロにセットするのはマスター制御遺伝子の役目で、その同じ遺伝子が体を作り、修復する。

幸運なことに私はこのプログラミングのごく一部を偶然発見し、自分が発見したものの真価を注意深く見抜いた。想像してほしい、老化からくる病気、衰弱から発生する苦痛をすべて治療できると。若返ったと感じたときの喜びを頭に思い描いてみてくれ。カーギルと話すといい。彼がどんなふうに感じているかがわかる。カーギルの声に驚きがにじみでているのが感じ取れるはずだ。それでも君はそこに突っ立って私に止まれと言うのか？」

　サビッチが言った。「ドクター・マドックス、規則とは、求めている答えを重視するあまり、答えを得るために大切な人々を傷つけることをいとわない者たちから、われわれ全員を守るためにある。ナチの人体実験を考えてみてくれ。間違いなく彼らは自分たちの活動すべてを正当化していた。そしてあなたも。あなたが治療法を開発するために関わった犯罪について、慎重に言及を避けていたことに私は気づいていた」指を折って数えあげていく。「入院中の若い男性を殺そうとしたことも、われわれがまだ知らないなんらかの理由でカーラ・ムーディの赤ん坊を誘拐したことも、あなたは口にしなかった。話してほしい、あの昏睡状態の男性に何をした？　被験者になるという彼の同意書を見せてくれないか？　それともあの男性も誘拐したのか？　目的は手段を正当化するといった陳腐な決まり文句は持ちださないでくれよ」

「しなければならないことをしたまでだ」

コニーが怒りに震える声で言う。「それで、生後一日のアレックス・ムーディを誘拐したと？　あの子はあなたのご立派な哲学のどこに適合するの？　あの子も実験台として使う計画だった？」

リスターは何も言わなかった。

シャーロックは言った。「あなたの父親に会う段階はもう過ぎたわ、ドクター・マドックス。令状が来るのを待てばいい。でも、たいして意味はないわね。そうでしょう？」

57

女性が大声で呼ぶ声がした。「リスター、手を貸して！」

シャーロックが階段の踊り場を見あげると、年配の女性が必死で男性を支えていた。男性はひとり何事かつぶやきながら、腕を振って女性から逃れようとしている。

「リスター、ボーが目を覚ましたの。大声を耳にして顔をあげて、それからベッドルームのドアのほうを向いて、立ちあがろうともがき始めたのよ」彼女は男性の体に腕をまわし、驚きに満ちた声で言った。「ボーは私を見たのよ、リスター。そして言ったの。〝手を貸してくれ、ハンナ〟って。あなたのところに行こうとしているのよ」

リスターは動けないらしく、上にいる男女をひたすら見つめていた。

シャーロックは言った。「あの人があなたの父親なの、ドクター・マドックス？ 彼がドクター・B・B・マドックス？」

リスターが階段を駆けあがりながら振り返って叫んだ。「そう、父だ！　効いた、効いたんだ！　ハンナ、効いたよ！」

B・B・マドックスはどうにかハンナの手を振り払うと、体を支えるために壁に寄りかかりつつ、階段にいる息子のほうへよろめきながら向かった。

リスターは自分が見ているものが信じられなかった。父は混乱している様子だが、目には知性の光が宿り、自分の周囲に何があるのか理解しているようだ。リスターの鼓動が跳ねた。人の助けがなければ歩けないなんて父じゃない。ハンナの絶え間ないエクササイズやマッサージやストレッチのおかげ、カーギルが父を支えて毎朝歩かせてくれたおかげだ。だがこの目の輝きや知性のきらめきは本物なのか？

気持ちが高ぶり、目がくらんだ。父に手を伸ばし、自分のほうに引き寄せた。「父さん？　戻ってきたのか？　本当に？」

リスターは急に動きを止めた。かつては高圧的だった声で、言葉を探すのが難しいのか、父がゆっくりと話し始めたからだ。「ずいぶん声が聞こえたが、この人たちは何者だ？」

父がもたれかかってきたので、リスターは支えた。「大丈夫だ、父さん。ここに一緒にいてほしい。この人たちはなんでもないから気にしないでくれ」

父親は体を引くと、息子を見つめた。はるか昔にしていたように首をかしげた。

「おまえはどうしたんだ、リスター？　ずいぶん老けて見える」

「年を取ったんだよ、父さん、十五年分ね。手を貸すから階上に行こう。全部話すよ。捜査官たちのことは誤解だから心配しなくていい。全部片をつける。心配いらない」

B・Bが言った。「腹が減った」

ハンナが背後からなだめるように言う。「あなたの好物のポーチド・サーモンを用意するわ、B・B。どうかしら？」

彼は振り返って眉根を寄せた。「ハンナか？　なんでそんなに老けて見えるんだ？」不安そうな目でシャーロックとコニーとサビッチを見おろした。カーギルのことは誰だかわからないらしい。口元が動いたが、うめき声が漏れただけだ。B・Bは息子の腕の中に倒れこんだ。サビッチは、カーギルが階段を駆けあがり、リスターとハンナとともにB・B・マドックスを抱きあげて廊下を進んでいくのを見送った。B・Bは息子の腕に頭を預けている。

サビッチとシャーロックとコニーはゆっくりとついていった。コニーが一瞬、足を止め、金縁のアンティークの鏡を見やった。「もし彼が鏡を見たら、自分の姿に驚くのかしら」

サビッチが言った。「彼らは俺が監視しておく。シャーロック、君とコニーはアレックスを捜せ」

シャーロックとコニーは長い廊下を進みながら、ゲストルームや映画室やジムの中を捜した。弱々しい泣き声が聞こえ、開いているドアを見つけて向かうと、女性が赤ちゃんを抱いて立っていた。

シャーロックは言った。「私たちはFBIよ。その子はアレックス・ムーディ?」

女性がシャーロックとコニーを見てから、ゆっくりとうなずいた。「来てくれてよかった。私はエラ・ピーターズよ。ドクター・マドックスに赤ちゃんの面倒を見るために連れてこられたの。彼は私に家政婦のふりをして、赤ちゃんを洗濯室に隠すようにと言ったけど、そんなことはできなかった。あなたたちの声が聞こえたから、助けが来たとわかったの」

シャーロックは女性の腕から赤ちゃんを引き取った。完璧な小さい顔を見おろすと、ぼんやりとブルーの目が見返してきた。赤ちゃんは指を吸っている。「この子は大丈夫?」

「もちろん」エラは赤ちゃんの頭をぽんぽんと叩いた。「問題ないわ。私は看護師なの」

シャーロックは赤ちゃんに笑いかけた。「また会えてうれしいわ、アレックス。ママもきっととても喜ぶわよ」

シャーロックとコニーはリスター・マドックスの声に振り返った。「赤ん坊を子ども部屋に戻すんだ、エラ！　何をしている？」

「この子の名前はアレックスです、ドクター・マドックス。この子はここにはいられません。あなたのもとには。赤ちゃんは母親のものです」

リスターは一歩前に出ると足を止め、力なく廊下の壁にもたれた。「裏切ったのか、エラ？　父を裏切ったのか？」目に涙が光った。「赤ん坊は去ってしまう。父も去ってしまう」彼はシャーロックとアレックスを手で示した。「君はこの子を連れていくんだな。ほかのものを奪ったのと同じく」

「ドクター・マドックス、私たちは赤ちゃんを見つけた。エラやほかにも、私たちが知りたいことをすべて話してくれる人を見つけた。すぐにシルビー・ボーンも見つかるわ。自分がしたことを認めて、他人の人生を立て直すために協力するときじゃないの？　入院している男性は誰なの？　彼の家族はどこ？」

リスターはただ首を振るばかりで何も言わない。

エラが言った。「彼の名前はアーサー・チルダーズです。私はアーサーも精いっぱい看護しました。彼の前にもひとり、別の被験者がいました。ドクター・マドックスはその被験者をエニグマ1と呼んでいました。その男性の名前はトーマス・デナム。亡くなりました」

「この愚かな女め！　ここまで成し遂げたというのに！　私の研究は続けなければならない、続けなければ！」

コニーが言った。「たわ言はいいかげんにして、ドクター・マドックス。あなたは男性たちを実験用のラットのように扱った。悪夢はおしまい。あなたは刑務所に入るのよ。長くなることを祈るわ」

「どうしてそんなにわからずやなんだ？　カーギルを見ただろう！　七十八歳の父を見ただろう。被験者が必要だとなぜ理解できない？」

シャーロックは赤ちゃんをコニーに渡すと、ベルトから簡易手錠を外してリスターに歩み寄り、彼の両腕を背後へぐいと引いた。

「せめて赤ん坊だけは！　誰かがあの子を研究しなければ！　人類すべてに対する答えをあの子が持っているかもしれない！」

シャーロックはリスターの手首に手錠をかけた。「二度とあなたの思いどおりにはならないことを、私は神に感謝するわ」

58

水曜夜
アレクサンドリア南部
セルゲイ・ペトロフ邸

ポトマックの川面に半月がきらめき、風が立てる波が木製の桟橋に打ち寄せて係留されているクルーザーを優しく揺らしていた。澄みきった空には驚くほどの星がまたたいており、半月なのが残念だったが、こればかりはどうしようもない。

ジャックとカムはペトロフの屋敷が見える森の端の水辺で、ワシントン支局から派遣されたFBIのSWATチームの五人とともに身を潜めていた。ルースとオリーはチームのもう半分のメンバーとともにすでに屋敷の裏手の森にいる。SWATチームの標準装備であるイヤフォンとショルダーポーチに入っているマイクは、CAUが手首に装着している通信装置に周波数を合わせてあった。屋敷のリビングルームとメインベッドルームから明るい光が漏れているのが見える。ルースからは、一階の奥にあるベッドルームも照明がついていると報告を受けていた。

全員が頭のてっぺんから足の爪先まで黒ずくめで、顔も黒く塗っていた。カムとジャックは黒のキャップを目深にかぶり、FBIのジャケットの下には防弾ベストを着ている。SWATは軍仕様の防弾ベストを着て迷彩柄のヘルメットをかぶり、暗視ゴーグルをつけていた。全員がヘッケラー&コッホのMP5を所持していた。この銃はフルオートマティックで三十三発連射できる。ベルトには予備の弾倉が装着されていた。カムとジャックはFBI支給のグロックも、SWATは好んで使っているスプリングフィールド45口径も携行している。SWATの何人かは正面玄関を破壊するためのバールと軽量の破壊槌も用意していた。

全員が静かに移動して所定の位置につくと、カムは小声でジャックに言った。「あの人たちの隣にいると、軽装すぎたんじゃないかって本気で思うわ」

ジャックも小声で返した。「向こうは戦闘とか奇襲のための準備をしてきている。必要とあらば俺たちはすばやく動ける」

SWATチームのリーダー、ルーク・パーマーはパラボラマイクを屋敷に向け、どこに何人いるかわかればと人の声に耳を澄ました。聞こえたのは、リビングルームを歩く男ひとりの足音だけだった。

ジャックは腕時計に視線を落とし、通信装置に向かって低い声で言った。「ルース、全員配置についたか?」

「ええ、準備はできてる」

ルークがうなずいたので、ジャックはSWATの拡声器を掲げた。「こちらはFBIだ。セルゲイ・ペトロフ、両手をあげて今すぐ出てこい。屋敷は包囲されている。逃げ道はない」

叫び声が聞こえ、誰かが走る音、次に男の大声がしたが、何を言っているかはわからなかった。男が話しているのはロシア語だ。

「男をふたり確認」ルークが小声で言った。「ふたりとも走っている。どちらも武器を所持」自分のマイクに向かって言った。「催涙弾発射」

屋敷の前後から同時に発射装置が火を噴いた。催涙弾が窓を突き破り、ガラスが割れる音が響く。照明が消え、さらに叫び声が聞こえたあと、こちらを狙うフルオートマティックの不快なほどうるさい発射音が続いた。屋敷の裏手からもさらにオートマティックの発射音が、通信装置からはっきりと聞こえてきた。

「射撃開始」ルークが通信装置とSWATチームに向けて言う。ほぼ全員が腹這いになっていたチームは射撃を開始し、ジャックはアフガニスタンで経験した以上の耳を轟（ろう）する射撃音に包まれた。ガラス製のドアや窓が割れ、弾を浴びた壁から塵（ちり）が舞い、弾痕が残された。短い小康状態のあいだに、チームのほとんどのメンバーは新しい弾倉を装塡した。

ジャックは言った。「ルーク、攻撃を続けてくれ。俺は君の部下をふたり借りて屋敷の北側にまわる。見取り図によれば窓がひとつあるから、そこを壊せないかどうか確かめてくる」次に通信装置に向かって言った。「ルース、六十秒、向こうの注意を引いて時間を稼いでくれ。そのあと、配置場所よりも屋敷に近づけるかどうか確認しろ」

「六十秒ね」

ジャックとSWATチームのふたりは大股でゆっくりと木々のあいだを抜けて北に向かい、屋敷の横の開けた庭を一気に走った。SWATチームの集中砲火を皮切りに激しい銃撃音が鳴り響いたが、すべて屋敷の正面からしか聞こえてこないことにジャックは気づいた。「ルース」通信装置にささやく。「男ふたりが正面からこっちに向かって撃ってるが、慎重に中に入れ。ブービートラップということもある」

「キッチンに接近、前進するわ」

ジャックはひざまずくと、ガラスが砕けた大きなはめ殺し窓に這って近づいた。リビングルームから催涙ガスが流れてきているのが感じられる。彼は体を起こし、ガスの煙に向けてヘッケラー&コッホを撃った。

ルースの声が通信装置から聞こえた。「キッチンから侵入」

煙の向こうからジャックに向けて弾が飛んできた。彼は屋敷の土台に身を伏せてから、頭をあげてリビングルームの窓からフラッシュ・バンを投げこむと、耳をつんざく轟音や放たれるまぶしい閃光からできる限り身を守った。叫び声と人が走る音が聞こえる。ジャックは通信装置に向かって怒鳴った。「やつらは屋敷の裏へ向かった!」

SWATチームに前進するよう手で合図を送った。チームは銃弾でぼろぼろになった玄関を蹴破り、玄関ホールに押し入った。リビングルームにはフラッシュ・バンと催涙弾の煙が充満していた。全員がその場で足を止め、耳を澄ます。聞こえてくるのは隣にいる捜査官の呼吸音だけだ。やがてルースとSWATが屋敷の裏手からこちらに向かってくる音が聞こえた。ジャックが通信装置を通じて話をしていると、ルースとオリーとそのチームが玄関ホールの奥にある閉まったドアから勢いよく飛びだしてきた。「やつらは逃げた」ジャックは言った。「だが、どこへ?」

突然、銃声がした。屋敷のどこかから叫び声が聞こえた。誰かが撃たれた。

彼らが玄関から走りでると、ペトロフが屋敷の横の森へ駆けこみ、クルーザーへと走っていくのが見えた。屋敷の見取り図に載っていない逃走ルートがあったのか？

ジャックにSWATのメンバーから通信が入った。「ターゲット・ナンバーツーは死亡。マシンガンを所持していました。こちらにはもう誰もいません」

ジャックはペトロフを追った。背後の叫び声や走る足音はほとんど耳に入らなかった。ペトロフが木製の桟橋の上で鉄の索止めから係船索をほどき、甲板に飛び乗るのが見えた。ペトロフは追ってくるジャックの足音に気づくと、勢いよく振り向いて拳銃を六発撃った。ジャックは地面に身を投げだしたが、弾が右腕をかすめたのがわかった。彼は撃ち返した。ペトロフは腿に弾を受けてよろめいたが、足は止めなかった。ペトロフが足を引きずりながら操舵室（そうだしつ）に入ると、轟音とともに大型エンジンが動きだした。クルーザーは桟橋から離れ始めた。

ジャックは桟橋を走った。後ろから足音が聞こえたが、振り返らなかった。ヘッケラー&コッホを捨ててジャンプし、甲板の手すりをつかむ。腕が痛みに悲鳴をあげ、体を引きあげようとしたができない。つかまっていられるかどうかも怪しかった。ペトロフが操舵室で舵（かじ）を取っているのが見える。そのとき、カムが叫び声とともにクルーザーの船首付近の手すりに飛びつくのが目に入った。

「つかまってて、ジャック」カムは自分の体を引きあげると、両足を索止めで固定して彼を引きあげた。ジャックは腹から甲板に落ちた。カムが顔をあげると、ペトロフが操舵室の入口に立ち、血の流れる脚に不器用にタオルを縛りつけながら、ベレッタでふたりを狙っていた。

ペトロフがカムをにらみつける。「おまえはエレーナと同じくらい獰猛だな」

「エレーナ？　エレーナ・オルロワのこと？　あなたのボディガードの？　あなたの恋人の？」

ペトロフは驚いた顔をした。

「こんな月明かりの下だと、本当に吸血鬼みたいに見えるわ」カムは言った。「たまには日焼け用マシンを使ったらいいのに。あなたに杭を打ちこもうって人が考え直すかもしれない」

「黙れ。この距離からなら、そっちが銃を構える前におまえたちふたりとも殺せる。これ以上、面倒を持ちこまないなら、撃たずにいてやる。川を行ったところにある小さな島におまえたちを置いていってやるよ。だが先にグロックを捨てろ。今すぐ」

ジャックは膝立ちになると、腰に装着したグロックを抜いて、前の木の甲板に置いた。カムも同じようにグロックをジャックの銃の隣に置いた。

ペトロフがジャックに向かって言った。「私のクルーザーに血を垂らしているじゃないか。腕を縛れ」

カムはＦＢＩのジャケットを脱ぎ、ケブラーの防弾ベストを隠すための黒のＴシャツを脱ぐと、ジャケットを着直した。膝をついてジャックの腕をＴシャツできつく縛り、耳元でささやいた。「大丈夫よ、ジャック」

「黙ってそいつから離れろ」ペトロフはベレッタを振りまわした。ＳＷＡＴチームが船着き場でこちらを見ながら立ち尽くしているのが目に入る。彼は笑みを浮かべた。

59

「われわれはおまえの部下を殺した」ジャックは言った。「あの男は自分を優先するには忠誠心が強すぎた。おまえを逃がすために残ったんだ」

「アブラムは私が少年で彼が二十歳の若者だった頃から一緒にいた」ペトロフがベレッタをカムの胸に向けた。「そいつから離れろと言ったはずだ」

カムは二歩さがって手すりにもたれた。川岸に沿って動く明かりで、船がスピードをあげて南に向かっていることがわかった。「あなたがジンジャー湖にいた暗殺者に渡したプリペイド式携帯電話でアブラムと話したのは捜査官よ。暗殺者が生きているふりを装ったのが、あなたを見つけるのに役に立った」話すあいだに、通信装置の送話スイッチを入れた。これでルースとオリーとSWATチームにすべてが聞こえるはずだ。「自動操縦にしたのね。南に向かってる」

「当然だろう。」カムは操舵室を手で示した。夜のこんな時間にコースの調整などしても意味がない」

ジャックは言った。「このクルーザーはエレーナ・オルロワ、つまりコルティーナ・アルバレス名義なのか？」

ペトロフは何も言わず、脚に巻いたタオルをきつく縛り直し、顔をしかめた。

ジャックは腕がずきずきしたが、痛みを無視した。「話を聞け、ペトロフ。おまえは投資家であって、訓練を受けたソ連国家保安委員会(KGB)のスパイじゃない。おまえの命令を待っている暗殺者ももういない。ここから逃げだせる方法などないと気づけ。沿岸警備隊がすぐにやってくる」

「KGBではない、愚か者めが。もはやKGBは存在しない」

「ああ、そうだったな。新しい名前の同じような悪党どもだ」

ペトロフはベレッタをジャックとカムのあいだで行き来させた。「どうやって私を見つけたのか話してもらおうか。エレーナとコルティーナの件をどうやって突き止めたのかも」

カムは満面に笑みを浮かべた。「私たちはFBIの特別捜査官で、とても頭が切れるのよ。それにあなたは私たちの縄張りにいる」

ペトロフが冷笑した。「愚かな女だ。プーチンのロシア連邦軍参謀本部情報総局(GRU)やロシア連邦保安庁(FSB)とおまえたちなど比べ物にならない」

ジャックが声をあげて笑った。「月曜にマンタ・レイを逃がしたことに関しては見事な仕事だったと認めないわけにはいかないな。だが見てみろ、ペトロフ」指を鳴らした。「まだ水曜の夜だというのに、すでにわれわれはおまえを見つけた」

ペトロフは脚の痛みにたじろいだ。血が止まっていないのがわかり、タオルに手を当てて押さえた。カムが動くのが目に入って、すぐさま背筋を伸ばす。「それ以上動くな！ 今度動いたら殺すからな。さて、二度は尋ねない。どうやって私とエレーナを見つけた？」

だがカムは動いていなかった。息を殺してわずかにジャックに身を寄せ、ペトロフから離れただけだ。通信装置から漏れる低いハウリング音をペトロフに聞かせたくなかった。「まあまあ、セルゲイ、そんなに難しくはなかったわ。エレーナはあなたと一緒にモスクワからアエロフロート一〇四便に乗っていたから、見つけるのは簡単だった。彼女はあなたの従業員でありボディガードだと記録にあった。エレーナにコルティーナ・アルバレス名義で貸金庫を借りさせたのは理にかなってるわね。あなたは自分の名前を使うつもりはまったくなかった。でもなぜあなたがエレーナのために作った完璧すぎる人物像を捨てたの？」

ペトロフは眉間に皺を寄せていた。痛みのせいではなく、気に入らないことを思いだしたからだ。かぶりを振り、川の向こうの南の地に視線を戻した。

カムは言った。「エレーナはあなたの屋敷にいなかった。いたのはアブラムだけ。彼女はどこ、セルゲイ？　ヘリコプターが吹き飛んだとき、パイロットと一緒だったの？」

「二度は言わない。黙れ」

ジャックは言った。「エレーナはヘリコプターに乗っていたと俺は思ってる。彼女はおまえにとって最後の〝やり残した仕事〟だった。違うか、ペトロフ？　おまえはパイロットだけじゃなく、自分の恋人も殺した。ほかにヘリコプターに乗っていた人は？」

カムは言った。「マンタ・レイは乗っていなかったでしょうね？」

「ふたりとも黙れ。おまえたちは何も説明していないじゃないか。どうやって私を見つけた？」

カムは言った。「サクソン・ヘイニーという若い男性がいるの。サクソンを催眠状態にしたら、意識が朦朧としてベッドに倒れこんでいるときに、あなたがミア・プレボストと一緒にいるところを見たのを思いだしてくれたわ。あなたが彼女を殺す直前ね」

「ありえない！　あいつは意識がなかった。私が自分で確認した」

「残念だな、ペトロフ」ジャックは言った。「サクソンは意識をなくしていなかった。ウィッティア捜査官が今言ったとおり、催眠状態ですべてを思いだしたんだ。彼はおまえを見ていたから、外見を詳細に話すことができた。おまえの髪、そのV字の生え際はかなり特徴的だからな。それからその肌、真っ白で吸血鬼のようだと。そんなことより、脚に巻いたタオルが血で染まってきている。圧迫が足りないんだ。まずいことになるぞ」

それでもペトロフは南を見つめ続けていた。カムには、彼が島を目指しているのではないとわかった。ペトロフははるか沖まで行ったらすぐにふたりを殺して、船外へ放りだすつもりだ。月明かりにきらめく波頭を見ながら、カムは恐怖がせりあがってくるのを感じたが押し殺した。

「ジャックの言うとおりよ、セルゲイ。治療を受ける前に大量出血してしまうわ」

ペトロフは答えを返さず、彼女とジャックのあいだの、クルーザーのエンジンでかきまわされて泡立っている川面を見やった。

カムは言った。「なぜミア・プレボストを殺したのか話す気はある？」

ペトロフは首を振った。「あの女はただの道具、それだけだ。話すのに疲れた。

黙ってろ」

カムは言った。「セルゲイ、現実を見て。あなたは失敗したの。もう終わりよ。あなたも、あなたの父親も、〈トランスポルガ・グループ〉も、もう手の施しようがない。あなたがアメリカの領海の外に出られることはない」

ペトロフがベレッタをカムに向けた。ジャックもカムも、ここが正念場だとわかっていた。「男を立たせろ。ふたりとも今すぐ手すりを乗り越えるんだ。さもなければ私が撃って、この手で投げこんでやる」

「どういうことだ？」ジャックは言った。「おまえはどこか素敵な無人島で俺たちをおろしてくれるんだと思ってたよ」

「やれ！」

カムがジャックのそばに膝をついて体を寄せ、立ちあがらせようと手を貸しながらささやいた。「彼の気をそらして」

「なんて言った？」

「立たないとって言ったのよ」

ジャックは左腕を右手で押さえながら、ゆっくりと立ちあがった。うめき声をあげてよろめき、クルーザーの手すりにぶつかった。カムはジャックを支えるふりをして身をかがめ、足首に装着していた銃を抜き、ペトロフの体の中心に向けて発砲した。
弾はペトロフの胸の上部に命中した。撃たれた衝撃で、彼は操舵室の中までさがった。それでもペトロフはどうにか二発撃ち、カムとジャックは甲板にあるチーク材の収納箱の後ろに飛びこんだ。一発は箱に命中したが、頑丈だったため貫通はしなかった。

「あきらめろ、ペトロフ!」ジャックは叫んだ。

ペトロフは脚から血を流し、胸に血をにじませながら操舵室を出た。痛みと、当然自分のものだと思っていたものすべてを失った喪失感にあえいでいた。彼は止まらなかった。止められなかった。ベレッタの引き金を引いたが、弾は尽きていた。ズボンのポケットから弾倉を取りだし、血まみれの指で装塡する。

カムは叫んだ。「銃を置きなさい! さもないと喉を撃ち抜くわよ」

ペトロフがロシア語で何事か怒鳴り、ベレッタを構える。

カムが彼の喉を撃った。

60

真夜中過ぎ
メリーランド州チェビーチェイス
エリック・ヘイニー邸

サビッチは、ケントフィールド・レーンにあるエリック・ヘイニーの屋敷の正面で円を描く私道にポルシェを停めた。二階建てのコロニアル様式の白亜の家は、閑静な住宅街にあるほかの家と同様に道路からかなりさがったところに立っており、敷地の境界はカエデとオークが鬱蒼と茂る林になっていた。ペチュニアやホウセンカや、ほかにもサビッチの知らない花で縁取られてきれいに刈りこまれた芝生を、半月がまだ照らしている。

サビッチはドアベルを鳴らしてしばらく待ってから、もう一度鳴らした。やがて足音が聞こえ、男性のつぶやく声がした。サビッチは自分が見られているとわかったうえで、頭上にあるカメラを見あげた。「ミスター・ヘイニー、ディロン・サビッチ捜査官です。ドアを開けてください」

ヘイニーがセキュリティシステムを解除する音に続いてデッドボルト錠を外す音が聞こえ、重厚なドアがゆっくりと開いた。ラルフローレンのスーツとイタリア製のローファー姿でないと、ヘイニーは別人に見えた。彼は着古した赤いフランネルのローブを羽織って太った腰のあたりでベルトを結び、かかとのあたりがすりきれている黒の古いスリッパを履いていた。白髪まじりの髪はぼさぼさで、頬には白いものが交じったひげが生えている。昨日ロック・クリーク・パークで会ったときより十歳は年老いて見えた。ヘイニーはサビッチの顔を見るなり罵った。「真夜中過ぎだぞ。何をしに来た？　サクソンのことか？　息子は無事か？」

「ええ、サクソンは無事です。ここに来たのは終わらせるためですよ、ミスター・ヘイニー」

「終わらせるって何をだ？」ヘイニーはぼんやりした顔でサビッチを見つめ、戸口をふさぐように一歩前に出た。「どういうことなのかわからないが、君がまた越権行為に及んでいるのはたしかだ、サビッチ捜査官。こんな時間にここに来るべきではない。私が招かない限り、家には来ないでくれ。ここで何をしているのかすぐに話さないと中に入れるわけにはいかない。まともな理由がなければ承知しないぞ」

「セルゲイ・ペトロフが死にました」

ヘイニーは凍りつき、やたらとまばたきをしたあと慎重に言った。「それのどこが重要なんだ？　セルゲイ・ペトロフという人物など知らない。なぜ彼が死んだことを私が気にするんだ？　その男の死が私と関係あるだなんて、君はいったい何を考えているんだか」胸を張って自制心を取り戻し、ふたたび大統領首席補佐官らしい態度になった。「そろそろ帰ってもらおうか、サビッチ捜査官。朝になったら君の上司と話をしよう。君の不可解で非常に不適切な行動を伝えることになるだろう」ヘイニーはドアを閉めようと後ろにさがった。

サビッチは金属製のボックスを差しだした。「これをサクソンに渡すつもりだったんですが、あなたが持っているほうがよさそうだと思い直しました」

ヘイニーはボックスを見つめて唇をなめた。右手を伸ばしたもののすぐに引っこめ、肩をすくめる。「それはなんだ？」

「まさにあなたがあってほしいと祈っているものですよ。サクソンがミア・プレボストを殺害したというでっちあげの証拠です。捜査官がペトロフのデスクの中から発見しました。もちろんすでに中身についてはよくご存じですよね、ミスター・ヘイニー。ペトロフがたぶんほくそ笑みながら昼間に連絡してきているはずです。マンタ・レイのおかげでこのボックスを取り戻していましたから」

ヘイニーはじっと黙っていたが、やがてゆっくりと言った。「なんの話をしているのか私にはわからない、サビッチ捜査官」手を差しだした。「それをよこしたまえ、時間のあるときにでも中を見ておく。さて、私の地所から出ていってもらおうか」

「ミスター・ヘイニー、あなたは嘘をつくのが上手だ。地位を考えればそうならざるをえないのでしょう。しかし私と同じくあなたにもわかっているはずだ。このボックスの中身はあなたを脅迫するのに使われていた。ロシア人がコンプロマット――譲歩を引きだすための不名誉な材料と呼ぶもので、彼らがお互いに対して、もちろん外国人に対しても相手を操るために使います。あなたに関してはペトロフは成功しました。もし彼がまだこのボックスを持っていたら、脅迫は続いていたでしょう。もしまだ生きていたら、当然そうなっていたはずです。

ミスター・ヘイニー、私がこの家まで来たのはあなたへの礼儀からです。ホワイトハウスに乗りこんでいってあなたを逮捕したくはなかった。もう終わりにするべきです。正直に私に話してください。ここで、あるいはフーバー・ビルディングで」

ヘイニーはサビッチに背を向けると、スリッパの音をたてながら広い玄関ホールを歩き、右手の奥にあるドアに向かった。その姿が部屋の中に消え、明かりがついた。

サビッチはヘイニーに続いて細長い部屋へ入った。室内は天井から床までの本棚が影の中にそびえ立っていた。ダークブラウンのソファが暗い色の石造りの暖炉の前に置かれ、マホガニー製の大きなデスクが部屋の奥に鎮座している。デスクの向こうの窓にかけられた分厚いカーテンは閉まっていた。色味のない暗い部屋はヘイニーにふさわしかった。サビッチは目に見えるようだった。ヘイニーがこの静かで陰気な部屋で背中を丸め、影の中で計画を練っていた姿が。欲しいものを手に入れるため、良心の呵責(かしゃく)すら覚えずに、知る権利などないはずの秘密をいつどのように使うか決断していたのだろう。

ヘイニーはサイドボードに近づくと、グラスにウイスキーを注いであおり、ゆっくりと振り返った。サビッチにではなく、彼が持っている暗灰色の金属製の小さなボックスに視線を向けている。「そのボックスの中身はなんだ?」

「血まみれのサクソンのシャツとTシャツ、ミア・プレボストからコルティーナ・アルバレスに宛てた数通の手紙。ミアの友人ということになっているんでしょう。サクソンのふるまいが変わったとか、彼がどんなに暴力的になり、怒鳴り散らすようになったかとか、友達と連絡を取らせてくれないとか、彼のことが怖いけれどどうしていいかわからないといったことが細かく書かれています。もちろん、メインはミア・

プレボストを殺すために使ったナイフです。彼女の乾いた血が刃に、サクソンの指紋がくっきりと持ち手に残っています。端的に言えば、サクソンが殺人犯であり、終身刑に相当すると検察官が信じるのに充分すぎるほどの証拠です。当然ですが、あなたのキャリアをめちゃくちゃにするのにも充分です」

「コルティーナ・アルバレスなんて女は存在しない！」ついにヘイニーが怒りをあらわにした。

サビッチはうなずいた。「当然、存在しません。セルゲイ・ペトロフのボディガードであり長年の恋人、エレーナ・オルロワのために作りあげられた、完璧すぎる経歴を持つ女性です。そろそろあなたの立場からの話を聞かせてもらえませんか、ミスター・ヘイニー？　真実を話す心の準備はできていますか？」

ヘイニーはウイスキーをさらに注ぎ、まるで老人のようなゆっくりとした足取りで、ダークブラウンのソファへ向かった。そこに腰をおろし、隣に座るようサビッチを手招きする。ヘイニーは長いあいだ押し黙っていた。ウイスキーに口をつけると、グラスを確かめるように掲げた。「これはグレンフィディックだ。それほど高い酒ではないが、好きなんだよ。父が私の十八歳の誕生日に教えてくれた酒だ。私もサクソンに同じことをした」ヘイニーは声をあげて笑った。「サクソンはこれが嫌いでね」言葉を切り、グラスを両手で挟んで転がした。「ペトロフが電話をかけてきたのは、ミア・プレボストが殺された翌日だった。ペトロフは私のために、サクソンがミア・プレボストを殺した証拠を彼女のアパートメントからすべて持ち去ったと言った。君の言ったとおり、サクソンが終身刑になるのに充分すぎる証拠だ。ペトロフは血まみれのシャツとTシャツとナイフの写真を送ってきた。私が協力してくれるなら、この証拠は警察から隠しておくとペトロフは言った。そう、ペトロフは〝協力〟という言葉を使った。何が望みだと私は尋ねた。ペトロフが口にした望みは、私の立場や能力や権限があればできなくもないことだった。ペトロフは、国を裏切ることにはならないと請けあった。こちらが頼むことをあなたがする、それだけが愛する息子を刑務所送りにしないために必要なことだと言った。そう、私にはそうしなければならない動機があると彼は確信していた」ヘイニーはまた押し黙った。

サビッチはヘイニーが言葉を続けるのを待ったが、彼はただ両手の中でウイスキーグラスを転がすばかりだった。「ミスター・ヘイニー、セルゲイ・ペトロフの父親のボリス・ペトロフと、彼の投資会社である〈トランスボルガ・グループ〉が大統領令によって制裁を受け、何億ドルも失ったことはわかっています。残りの資産もほとんどが凍結されている。だからペトロフはあなたを手に入れたかった、違いますか？

あなたに大統領令を覆す手はずを整えさせ、見返りにペトロフはサクソンに不利な証拠、このボックスに入っている証拠をあなたに渡す」

ヘイニーが深く息を吐いた。「君がこれほど早くどうやって真相にたどり着いたのかは知らないが、そうだ、それがペトロフの望みだった。知ってのとおり、制裁はロシアのクリミア併合及びウクライナ侵攻への対抗措置だ。措置は見事に効果をあげた。ロシア経済へ多大な打撃を与えただけでなく、設備投資が停止し、数十億ドルが国外に流出した。当然ながら、特定の個人と銀行、金融資産に対して科せられた制裁は、プーチンの財源を直接叩くのが目的だ。クリミアとウクライナから手を引くよう圧力をかけるためだ。プーチンは手を引くだろうか？　せめて戦闘を避けるくらいはするのではないか？」肩をすくめた。「ロシアにとって状況は最悪だが、時が来ればわかるだろう。

ペトロフは父親と〈トランスボルガ・グループ〉への制裁と、資産凍結を解除してほしいと頼んできたが、私は自分にそんな力はない、財務省高官に当たるべきだと伝えた。制裁を決定したのは財務省だから、解除も彼らの権限だと。論理的には間違っていない。だがペトロフは一笑に付した。あなたの能力はわかっている、制裁解除に進捗が見られるかどうか一週間の猶予をやる、進捗がなければ息子は殺人罪で裁判にかけられるはめになるだろうと言った」ヘイニーはまたしても押し黙ったが、唐突に言った。「ペトロフはロシア人だ。だが完璧に流暢な英国人のアクセントで英語を話していたのを知っているか？　そして彼は死んだ」ウイスキーグラスを掲げると、サビッチに向かって乾杯した。「何があったのか話してもらえるか？」

「FBI捜査官がペトロフを逮捕するため家に向かいましたが、彼ともうひとりの男が発砲してきました。ふたりとも死亡しました。ミスター・ヘイニー、ペトロフはあなたに一週間の猶予を与えたと言った。そのとき、あなたはわれわれに連絡することもできたのに、そうしなかった。あなたはペトロフのために何か手をまわしたんですか？」

「いいや、最初からその選択肢はなかった。実際ペトロフは二日後に進捗状況の報告を求めてきたが、私は嘘をついた。金融情報部門の次官と話をしていて、再検討は進んでいるがまだ時間がかかると。私は自力でこの状況をどうにかできると信じていたし、もう少しでうまくいくところだった。すべてが脇道にそれてしまったが」ヘイニーは深く息をついた。「だがもちろん、君は何が起きたかすでに知っているんだろうな」

サビッチは言った。「あなたは行動に出た。アレクサンドリアの第二国立銀行の貸金庫内にあるボックスを盗むためにマンタ・レイを雇った。どうしてそこにサクソンに不利な証拠があるとわかったんですか？」

「ペトロフは正体不明のままでいたかったのだろうが、当然ながら無理だった。私を制裁に介入させる以上、自分の父親と会社の名前を伝える必要があった。ペトロフがアメリカにいることを探り当てるのは簡単だった。制裁により、父親はアメリカやヨーロッパへの渡航を禁じられていて、こちらにいるはずがなかったからだ」

ヘイニーはいつもの癖で、両の手のひらでウイスキーグラスを転がしていた。

「私はミア・プレボストがペトロフのために働いていたこと、すべてが仕組まれていたことに気づいたが、サクソンには言うまいと決意した。私は相当な権力を持っている、サビッチ捜査官、だからその力を少しばかり、この男を無力化することに向けた。ペトロフが自宅には証拠を保管しないだろうと見当がついていた。自宅なら私がすぐに突き止めるとわかっていたに違いない。事実そうだった。ペトロフはロシア大使館とは関わりがないから、脅迫のネタを大使館内に隠すことはできない。

銀行の貸金庫が賢明な選択肢だろうと考えた。そこなら彼にまでたどり着くのは難しい。だとしたら、どこの銀行だ？　君たちには名前を教えられないアナリストが、セルゲイ・ペトロフとその行動、コネクションを探った。アナリストはすぐに、ペトロフにもっとも近い人物としてエレーナ・オルロワという女を見つけた。その場に応じて使う、コルティーナ・アルバレスという偽名まで暴いた。銀行記録を調べたところ、アレクサンドリアの第二国立銀行で貸金庫を借りていることがわかった。確信はなかったが、貸金庫が唯一の手がかりに思えた。

私は二十年来の知人で、私とはかなり距離を置いていて関係を疑われることのない男の仲介を経てリアム・ヘネシーを雇った。コルティーナ・アルバレスの貸金庫の中身と、捜査の攪乱（かくらん）を狙ってその周囲の五つの貸金庫に入っているものを持ち去ってもらうのに五万ドル支払った。そこからすべてがおかしな方向に進み始めた。

知ってのとおりヘネシーの相棒は、彼が私の仲介役に無断で雇った男だったが、銀行の窓口係を殺した。ヘネシー自身は撃たれて、結局アレクサンドリアの人けのない倉庫街で捕まった。あの哀れな女性が殺されたのは大変な悲劇だ。私の責任であり、責められるべきは私だ」ヘイニーは驚くほど疲れきった目でサビッチの顔を見た。「私はすべてをギルバート大統領に話すつもりでいたが、ＦＢＩから貸金庫の中身が見つからない、ヘネシーは重傷を負っているがＦＢＩに発見される前にどうにかして隠したのだろうと報告があった。ヘネシーが死ぬか、何も話さないでいれば、サクソンにもまだチャンスがある」ヘイニーは笑った。「私にも。ヘネシーは生き延びた。

だが私はあえてコルティーナ・アルバレス名義の貸金庫の中身のありかについて取引するため、ヘネシーに接触を図ろうとしなかった。取引するには多額の金を借りねばならず、それでこちらの身元がばれる恐れがあった。考えてみるとペトロフが私より高い値段をつけたのだから、私が金の心配をする必要などなかった。ペトロフはこの犯罪に私が払える以上の金額を提示し、見事にヘネシーを逃がすことに成功した。

ペトロフが昼間に連絡してきているはずだという君の言葉は正しい。ペトロフは私にずいぶん手間と金もかけさせたがここまでだと言った。七十二時間以内に彼の父親と〈トランスボルガ・グループ〉への制裁を解除しろ、さもないとサクソンに不利になる証拠をすべて警察に渡すと通告してきた。私も息子と仲よく刑務所行きだと、ペトロフは言った。結局のところ、私は殺人犯なのだからと。ペトロフはひどく耳につく笑い方をする。いや、したものだ。

正直に言おう、サビッチ捜査官。私は明日、どうするつもりか決めかねていた。大統領にすべて打ち明けていただろうと思いたいが、ペトロフ・シニアと会社への制裁の解除を働きかけるほうにも心が動いていた。今となっては君のおかげで仮定の話になったが。

銀行の窓口係が殺されたことをどれほど申し訳なく思っているか、言葉にできない。

あんなことになるとは……」ヘイニーは首を振った。「自分が法律上は罪に問われないことはわかっているが、すべてを失ったこともわかっている。大統領首席補佐官としての地位も自由も。サビッチ捜査官、もし君がかまわなければ、朝になったらギルバート大統領にすべてを話したい」

サビッチはうなずいた。

「ボックスはどうするつもりだ？」

「その件についてはさんざん考えました、ミスター・ヘイニー。ミア・プレボストを殺した犯人は死亡したので、殺人罪で訴追はできない。私としてはこのがらくたを処分するか、できる限りサクソンから遠く離れたところに押しこめるかしたいところです。しかし銀行の窓口係が殺された件に関してあなたが裁判にかけられた場合、これは証拠と見なされるでしょう。判決によりあなたの将来が決まるまで、これは保管しておくつもりです。レイバン刑事には、あなたに対する陰謀もこのボックスについても話すつもりはありません。ミア・プレボスト殺人事件は公式には未解決のままとなりますが、それについて私にできることはなさそうだ。結局、彼女は自分のしたことの報いを受けたわけです。あなたが望むなら、サクソンに何があったのか説明します」

「サクソンには私が話す。父親だからな。息子は私を憎むだろう、サビッチ捜査官。だが息子を責められるか？　私は息子をあざむき、息子は私のやましい部分を見ることになった」涙がゆっくりとヘイニーの頬を伝った。「息子だけでも平穏無事でいてほしい」

「ミスター・ヘイニー、ご子息を過小評価しないほうがいい。サクソンはあなたの味方になるかもしれませんよ」サビッチは立ちあがると書斎のドアに向かったが、振り返って尋ねた。「あなたが実際、制裁を解除することは可能だったんでしょうか？」

ヘイニーは笑った。「可能性は高いな。この街で私にどんなことができるのか聞いても、君はきっと信じないだろう」

61

木曜夜
ジョージタウン
サビッチの自宅

サビッチはリビングルームに集まった捜査官たちを見まわした。みんなにリラックスしてもらうためにピザとシャーロックの極上のアップルパイを食べようと、彼とシャーロックが家に招待したのだ。パイはまだふつふつと泡を立てており、シナモンの香りが室内に漂っていた。シャーロックが慎重にパイを同じサイズにカットしてそれぞれの皿に滑らせるあいだ、厳かな沈黙を破る者は誰もいなかった。彼女は笑顔で言った。「今回は全員が大変な思いをしたでしょう。だからくつろいで楽しんでいって。私は今夜のうちに忘れずに鍋を洗って片づけておかないと。ショーンにばれないように。ばれたら、私がまたパイを焼くまできっと許してくれないわ」自分の皿を取ると、おいしそうなにおいを吸いこんでから椅子に座った。

満足そうなうめき声がときおり漏れたが、やがて空の皿をこそげるフォークの音が聞こえてきた。カムは空になった皿を見つめ、ため息をついてコーヒーテーブルに置いた。彼女はCARDの捜査官に、前夜セルゲイ・ペトロフの屋敷で格闘を繰り広げたことをまた話し始めた。ジャックの怪我をした腕を思わせぶりに軽く叩きながら、もう吊っていない自分の腕を振ってみせた。「ジャックだけが犠牲者よ。私たち、たまに小さな怪我をするくらいどうってことないということで意見が一致したの」

ジャックが言った。「そのとおりだ、ウィッティア。月曜から君と僕は広い範囲で活動してきた。思い出深いダニエル・ブーン国立森林公園での長時間の移動に始まって、締めくくりはゆうべポトマック川でペトロフと繰り広げた銃撃戦だ。なかなかの経験だったよ」ルースとオリーにうなずくと、ビールのボトルを掲げて全員に向かって乾杯した。「ちっぽけな傷に乾杯」

シャーロックは空の皿を重ね始めた。「大統領首席補佐官のエリック・ヘイニーがすべての根源よ。同情する気持ちもあるわ。彼と会ったときに、ぶん殴ってやりたいと思ったことがあったとしてもね。ヘイニーは辞職しなければならないし、これから銀行の窓口係の殺人事件に関して起訴されるでしょう」

オリーが言った。「それもこれもペトロフが始めたことだ。ヘイニーはペトロフを殺そうと考えなかったんだろうか」

「考えなかったとは思えない」サビッチが言った。「だが実際、銀行で何があったにせよ、ヘイニーは殺人犯ではない。彼は自分の息子を救うためにするべきことをした。自分にとって世界一大切なたったひとりの人のために。それ以外のことはどうでもよかったんだ」

シャーロックは言った。「だから同情するのよ、ディロン。私だってショーンの安全を守るためなら銀河系だってあげるって言うわ。みんなだって自分の子どものためなら同じことをするはず」

否定する者はいなかった。

カムは自分のカップにコーヒーを注いだ。「ねえ、シャーロック、あなたとコニーとボルトが関わっていた事件だけど、リスター・マドックスが特定のDNAを持つ人を欲しがっていたのはわかった。だけど結局のところ、何を追い求めていたのかがわからないの」

シャーロックは答えた。「記録からわかる限りでは、リスター・マドックスはまず研究室のマウスを調べて、自分が生成した薬物に耐性のあるごくわずかなDNAを特定し、遺伝子的にどう異なるのかを突き止めた。それから〈ジェン＝コア・テクノロジーズ〉に保管されている大量のゲノムを調べて、遺伝子中に同種の変異体を持つ人々を探した。そうして最初の被害者、あるいはマドックスが言うところの最初の被験者であるトーマス・デナムを見つけた。彼は三カ月しか生きられなかった。マドックスはまた人捜しをしてもっと利用価値のある変異体を持つ人を見つけ、ふたり目の被害者のドクター・アーサー・チルダーズを誘拐して監禁した。彼はまだワシントン記念病院に昏睡状態で入院中よ。マドックスがエニグマ1とエニグマ2と名づけたデナムとチルダーズは、マドックスが作った薬物に対する代謝が一般の人とは違っていて、血液中や血漿内の代謝物に毒性は残っていなかった。マドックスは薬物を投与しているあいだ、アーサー・チルダーズから定期的に血漿を採取し、その血漿をほかの人や自分の父親に投与した。ほかにも有効だと自分が考えたものも併せて。マドックスは、各人の遺伝的変異体をひとりの人間の中に組みあわせようとして、アーサー・チルダーズの精子でカーラ・ムーディを妊娠させた。マドックスが作った薬物に耐性を持ち、まったく毒性反応を示さない人間を作ろうとした。それがアレックス・ムーディ、あるいはエニグマ3、マドックスの驚異の源ってわけ」

コニーが言った。「マドックスがあの赤ちゃんに何をするつもりだったのかを考えると、ぞっとするわ」ボルトの手を取った。「でも、そうはならなかった」

ボルトが言う。「考えてみると、DNAっていうのは人の個性を決めるのに重要な役割を果たすよな？　カーラ・ムーディとアーサー・チルダーズは自分たちのDNAのせいで被害者になったと考えると怖いな」

シャーロックは言った。「それ以外の平凡な私たちのことを思うと心配になるわ。リスター・マドックスみたいに頭がどうかした人はそんなに大勢はいないだろうけど、個人のDNA情報を利用したいと思う企業や政府は存在するでしょう？　こうした不正利用はきりがないわ。たとえば保険を断られたり、信用格付けがあがらなかったり、堅い仕事につけなかったりするかもしれない。私たちに対してどんな広告を打つのが有効か、DNAを使って予測することだってできる」

ボルトは罪深いほどおいしいサビッチのコーヒーを飲んで、ため息をついた。「サビッチ、君のコーヒーはシャーロックのパイと同じくらいうまい。君の言うとおりだよ、シャーロック。それに人々は健康上のリスクを診断したり、自分の一族がどこから来たのかを突き止めたりするために、進んでDNA検査を受けている。検査費用は安くなり、結果が出るのも早くなった。自分も受けてみたいと思ったことがあるが、リスター・マドックスのことを思うと、今はそんな気になれないな」

ルースが言った。「検査機関は適切なガイドラインを策定して安全対策も講じているはずだけど、コンピュータはハッキングされるものだってわかってるしね」

ジャックは椅子に座ったまま前かがみになってコーヒーカップを置くと、脚のあいだで両手を組んだ。「ある種の医療処置や単なる薬の投与だけで老化を遅くしたり若返らせたりして、寿命を延ばせるかもしれないっていうのが驚きだった。寿命がたとえば二百年だったらと考えると圧倒されるな」

サビッチが言った。「シャーロックとさっきそういう話をしたんだ。死は逃れられないものなのかとか、それがどういう意味を持つのかとか。それで意見が違うことがわかった。俺は物事をあるがままの姿で考える。人が大切にしているものすべて、人が知恵や経験と呼んでいるものすべては、人は死すべき運命にあり、そのことを知っている結果だと思う。人は限りある年月を与えられ、われわれが追い求めたものはすべて死という避けられない事実によって形作られる。

名言を残した古来の人々の思想は受け継がれていくが、彼らは皆、自分の生が終わることを知っていた。事故でもないと人が死なない世界というのはどんなふうだと思う？」言葉を切って笑みを浮かべた。「結局は、みんな飽き飽きするんじゃないか」

「事故か殺人、でしょう」ルースが言った。「私たちの仕事は続けなければならないわね」

カムが言った。「地球にとってはいいニュースだとは思えません。私たちはすでに地球を破壊し続けているのに、そんなことをする人類がさらに増えていくなんて」

ジャックが言う。「たとえば、吸血鬼と同じくらい長生きする。そういう考えもあるな」

サビッチが言った。「本で読んだ吸血鬼はたいてい、何もかもが繰り返しになるのを目の当たりにしたと言うけれどね。人は人の人生を生きるし、吸血鬼にしても、毎回同じ衝動に駆り立てられる。千年また次の千年と。強欲、戦争、愛、どれも永遠に繰り返す」

ジャックが言った。「ああ、期限が限られてるほうがよさそうだね。だが真面目な話、社会への影響は？　特に、金持ちだけがこの魔法の薬を手に入れられるとしたら？　人類全体には何が起きる？　起こりうる結果は想像を超えている」

シャーロックは言った。「話を戻しましょう。永遠というのは忘れて、誰もが二百年生きられるとしたら、どうかしら。私たちは二百年前よりも寿命が二倍に延びているけど、なんとかなってるってことを忘れないで。寿命が延びるのはきっとわくわくするんじゃないかと思うわ。考えてみて、自分自身について考え、自分や世界について学ぶの。過ちに気づいて正す時間もあるし、まだ知らない世界を旅することもできるし、そうよ、宇宙にだって行けるわ。どれもこれも、死は避けられないということが肩にのしかかっていなければこそできる。ねえ、カム、人間が良識を身につけたら、地球を汚し続けたりしないと思う。ああ、それにショーンに二百年あれば、あの子とゲームで対等に戦えるようになるわね」彼女はにっこりした。「MAXに考えていることを教えてって言ったら、遺伝学者のフランシス・コリンズの言葉を引用してきたわ。〝ある人にとっての長寿は、別の人にとっての不死だ〟って」

カムが言った。「もし私が吸血鬼なら、リスター・マドックスの崇高なる目的を、吸血鬼の食生活の改善に定めてもらうわ」

コニーがにんまりし、カムに向かって首を振った。「死ぬべきか死なないべきか、どちらをよしとするのかは好きにすればいいわ。私はとてもよかったと思ってることがひとつあるの。カーラの赤ちゃんが戻ったことよ」

ボルトが言った。「俺も同意見だ」腕時計を見おろして跳びあがった。「もう時間切れだ。妻に十時までには帰るって言ってあるんだ。もう間に合わなそうだが。妻に埋め合わせするには、シャーロックの言う、延びた分の寿命が全部必要かもしれない」

コニーがボルトと一緒に立ちあがった。「思ったんだけど、二百年も一緒にいたら、私たちの結婚生活はどんなふうになるのかしらね？　ずっとひとりの夫もしくは妻と、千年期が終わりを迎えて死がふたりを分かつまで暮らすの？　ボルト、あなたの奥さんに相談してみたいわ。彼女がどう考えるか知りたい」

サビッチとシャーロックがCARDのふたりを見送ってリビングルームに戻ると、ジャックが言った。「サビッチ、君がジムに行かないとって言うのを、もう四日間も聞いてるよ。君の体が文句を言っている。俺も一緒に行くから下半身を鍛えよう」

カムが目をむいてジャックを見た。「ばかなことを言わないで。医師の指示で、少なくとも一週間は腕を使えないのよ。あなたのことだから、下半身だけなんてありえない。あと何週間かはトレーニングはだめ」サビッチのほうを向いた。「たった四日で体が文句を言っているですって？　私の体はこう言ってます。〝しばらく放っておいて。昼寝しながら脂肪細胞を太らせてるんだから。吸血鬼の新しい食生活で、ピーナッツバターが主食にならないかって期待してるんだ〟って」

オリーは声をあげて笑いながら、なめたフォークをジャックに向けた。「俺の助言としては三カ月はリハビリしたほうがいいな、ジャック。もしサビッチに接近戦を挑むつもりなら、本気でやる意志が固まってるかどうか自分に問いかけたほうがいい。サビッチは容赦ないからな。俺はずいぶん前にそのことを学んだよ」

「俺の意志？　サビッチはそんなに怖いのか？　オーケイ、そういうことならちょっと方針を変えないと。この三日間、ウィッティア捜査官をすぐそばで観察していて、彼女に俺の一番大切なものを託そうと決めたんだ」

カムはジャックのほうに首を傾けた。たっぷりとした波打つブロンドが左の目にかかる。「ずっと私を観察してたの？　オーケイ、聞かせて、キャボット。あなたの一番大切なものって何？」

「俺の愛犬のクロッパーだ。今はニューヨークのホワイト・プレインズに住んでるきょうだいのところにいる。その妻と三人の子どもたちからクロッパーを解放するには、君の力が必要になる。逃走用の車を運転してくれ」

カムはその光景を思い浮かべて笑顔になった。「ねえ、知ってる？　私は犬が大好きなの。FBIアカデミーを卒業して以来、引っ越してばかりだったから、ペットは飼えないと思ってた。でも今はここワシントンに落ち着いたことだし、かまわないわよね？　クロッパーっていい名前ね。犬種は何？」

「純血の雑種だ。子犬のときに収容所から引き取ってきた」

「大きさは？」

「キングサイズのベッドと耳栓が必要だな。いびきをかくから」

「オーケイ」カムは言った。「私が面倒を見るわ」

「ただし、これは俺の遺言だからな。君はクロッパーが年を取るまで待つはめになるかもしれないな」

ルースが言った。「さて、クロッパーの引受先も決まったし、シャーロック、ちょっとでもいいからアップルパイをキッチンに隠してたりしない？」

ジャックが言った。「シャーロック、もし隠してるなら、ルースより俺のほうが切実に求めてるんだが。体力を回復しないといけないからな。いいことを思いついたぞ……この長年の友は放っておいて、俺と一緒に暮らそう。俺ならリンゴも、オーブンも、惜しみない賛辞も送るよ」

カムがジャックを見やった。「だめよ、この人の言ったことは忘れて、シャーロック。もし私たちが二百年生きるとしても、シャーロックはそのあいだずっとディロンと結婚してるわ」

「そうかもね」シャーロックは眉をあげた。「じっくり考えてみてから答えるわ」身を乗りだしてカムの肩を叩いた。「ねえ、カム、今夜はホテル・サビッチのお客になったほうがいいと思うわ。ホテル兼診療所かな。あなたはゲストルームを使って、ジャックはショーンの部屋で、あの子が疲れて寝るまでスポーツの話でもすればいいでしょう。ただし悪いけど、アストロが顔をなめるのは止められないわ」

ジャックが言った。「全然かまわない。ショーンと俺なら、バスケットボールの話ができる。それにクロッパーの大きな舌に慣れてるし」カムに向かって片方の眉をあげた。「ショーンのいびきで目が覚めたら、ウィッティアがどんなふうに寝てるか確かめに行ってもいいな。背中に抱きついて寝て、温めて安心させてあげよう」

カムが笑顔でジャックの怪我をしていないほうの腕にパンチするさまを、シャーロックは見つめた。この様子から推測できることはと問われたら、カムもジャックといちゃつくのは悪くないと思っていると答えるだろう。

シャーロックは言った。「カム、今夜はもう運転しないなら、ワインのお代わりをどう？」

シャーロックは片目をジャックから離さないままシャルドネのグラスをカムに渡し、カムが一気にワインをあおるのを見て、少しあきれながらも納得した顔になった。シャーロックはふたりを見守っているサビッチを見やった。自然な流れを作ったことに、夫はあとで感謝してくれるだろう。サビッチはジャックにニューヨーク支局からワシントンに異動してほしがっている。先のことなんて誰にもわからないけれど、サビッチは望みをかなえられるかもしれない。

ルースとオリーが帰ったあと、サビッチはアストロを連れて一ブロック先にある、アストロのお気に入りのオークの木まで散歩に出かけた。空気は澄んでいて暖かく、気持ちのいい夜で、空には星が輝いていた。近所の明かりが、ひとつ、またひとつと消えていく。自分にとってもシャーロックにとっても、今夜訪ねてきたほかの捜査官にとっても、ノンストップの長い一週間だった。サビッチは週末はゆっくりしながらショーンと遊び、日常生活をもとに戻し、人生への期待を取り戻すことを楽しみにしていた。アストロは選んだオークの木で用を足すと、小さく吠えて跳ね、褒めてほしいというようにサビッチのほうに頭をあげた。褒めてもらって満足すると、アストロは元気にサビッチを引っ張って私道を帰った。

二時間後、ホテル・サビッチは静まり返り、明かりもすべて消えていた。ショーンとアストロはくっつきあってぐっすり眠っていた。ジャックはショーンの部屋のシングルベッドで仰向けになっていた。ベッドから足がはみだし、腕を枕にのせている。ジャックは起きあがると、ショーンを見おろしていびきを聞いていたが、アストロの頭をぽんと叩いてから静かにゲストルームへと向かった。

ドアを開け、ベッドを見やると笑顔になった。カム・ウィッティアとのことをどうするか、ずっと決めかねていた理由は自分でもわからない。そろそろこの手を女性を撫でるのに使ってみるときだ。

エピローグ

金曜午前
ワシントンDC
ワシントン記念病院、アーサー・チルダーズの病室

アレックスはカーラの胸に抱かれ、口に拳を当てて眠っていた。「眠ってくれてよかった」彼女は息子の額にキスをしてささやいた。「もうおっぱいが出ないわ」満面に笑みを浮かべ、アレックスを揺らした。

カーラは眠っている赤ちゃんを新生児用ベッドに寝かせると、アーサーのベッド脇に戻って座り、話し始めた。彼に話しかけることに慣れてきていたので、特に何も考えなかった。

「あなたの名前はアーサー・チルダーズだって教えてもらった。日曜日、会ったこともない頭がどうかしているとしか思えなかったあなたが家に押し入ってきた。それ以降に起きた出来事をすべて理解できているとはいまだに言えないわ。何があったか信

じられる？ もちろん信じられないわよね、その場にいなかったんだから。でも全部終わったわ、アーサー。あなたは安全、アレックスも安全。あなたが治りさえすれば、目を覚ましさえすれば、何もかもきっと大丈夫。肌の傷跡も消え始めてるし、ドクター・ワーズワースは、日を追うごとによくなってきているって言ってる。

シャーロックからあなたは三十八歳だって聞いたわ。あなたが私より若く見えるのは、あの若返りの薬のせいだって。私、あなたの経歴を全部知ってるって話したでしょう。シャーロックが私のタブレットに情報を送ってくれたの。あなたは科学者で、アメリカ航空宇宙局（NASA）で働いてるけど、公式にはまだストックホルムのソンドハイム研究所の研究者と共同研究をするための長期研究休暇（サバティカル）の最中。でも、もちろんあなたはストックホルムには行ってないけど」言葉を切ると、振り返ってアレックスを見つめた。「想像してみて、アレックス。あなたのお父さんはロケット科学者なのよ。もしかしたら火星行きの宇宙船を造ってたかも」前を向くと、アーサーの頬に指先でそっと触れ、彼の手を握った。「気づいているだろうけど、今回の事件のことであなたを責めるつもりはないわ。私の子宮頸部に精子を注入したのは、あなたじゃなくてドクター・リスター・マドックスだった。シルビーに関しては、私があまりにだまされやすいおばかさんだったと言うしかない。運命の友達だと言われて、あっさり引っかかってしまった。彼女がしたことにはいまだに腹が立つわ。刑務所送りになればいいんだけど。ドクター・マドックスについては、どこかの暗い穴に永遠に閉じこめておいてほしいと思う。でも邪悪な男の計画から生まれたものは最高に素敵じゃない？私たちはアレックスを授かった。私たちにはお互いがいる」

カーラは彼の手を強く握った。

「あなたの奥さんは車の事故で五年前に亡くなって、子どもはいないってシャーロックが言ってた。とても悲しいことだけど、今のあなたには息子がいる。ご両親があなたと再会したらなんて言うのか想像もつかない。今日、ご両親に連絡を取るとシャーロックが言っていたわ。あなたが目を覚ましたら、私と一緒にご両親と話ができるわね。あなたに何があったのか説明するのは難しいけど。シャーロックの助言を期待しましょう」

アーサーの呼吸は途切れることなく、安定していた。

「自分の身に何が起きたか、あなたがあまり覚えていないといいのに。私だってすべてをわかっているわけじゃないけど、それでもあなたと私のゲノムがどこか特別だったことに関係があるのは知ってる。

あいつがあなたにしたことを理解できる？　それともマドックスはあなたを被験者

にしているあいだ、つまり拘束しているあいだじゅう、めいっぱい薬を投与し続けていたから何も考えられなかった？　私はあの男を殺したい気持ちを抑えるのに苦労してるわ、アーサー。あいつがあなたにしたことや、アレックスと私にしようとしていたことを考えたら、撃ち殺してやりたい。あなたがどうにかマドックスのもとから逃げて、私のところへ、私たちのところへ来てくれて本当にうれしいの」

カーラは生きていると実感できるアーサーの温かい手を軽く握った。

「みんな行ってしまって、また静かになってよかった。私の声を聞くのにうんざりしてる？　話すのをやめてほしい？　ごめんなさい。でも、やめないわ。アレックスが生まれて五日経つけど、私の人生はすっかり変わった。あなたが目覚めたら、あなたの人生もいいほうに変わったのがわかるはずよ。あなたがアレックスと私にチャンスをくれることを祈ってる」

アレックスが指を吸う音が聞こえた。静けさの中、聞こえるのはその音だけだ。

「あなたの名前が好きよ。アーサー・チルダーズ、うん、ドクター・アーサー・チルダーズ。アートとかアーティとか、ニックネームはある？　私はアーサーのままがいいわ。いい名前よね、かっこいい」カーラは体を寄せ、彼の頰のあたりでささやいた。

「アーサー、そろそろ目を覚まして息子と会う時間よ」

アーサーは静かに、本当に静かに横たわっていた。呼吸は穏やかで安定している。カーラは立ちあがるとアレックスを抱きあげ、げっぷをさせて抱きしめた。アレックスを揺らしながら、また座る。「アーサー、みんながあなたが目を覚ますのを待ってるわ。あなたしか答えられない疑問があるのよ」カーラは黙りこんだ。言葉に詰まった。身をかがめると、彼のかすかに開いている口にキスをする。「アーサー、私がしゃべりすぎて完全に声がかれる前に起きて。私は二十七年間の自分の人生を全部話したと思う。私のことを愚か者だと思ってないといいけど。私は芸術家であって、科学者じゃないから」

アレックスが小さく体を震わせた。

「なんの夢を見てるの、おちびちゃん？」カーラは息子を抱きしめて揺らし続けた。アレックスはぐっすり眠っている。彼女は息子を新生児用ベッドにおろして上掛けをかけると、アーサー・チルダーズのベッド脇での寝ずの番に戻った。やがてハンマーで殴られたように極度の疲労に襲われ、彼の手を握ったまま眠ってしまった。

すぐそばで男性の声がすることに気づき、彼女はゆっくりと目を覚ました。「君は……カーラ」ゆっくりとした、くぐもった声が言う。

カーラは頭をあげると、苔のように美しいグリーンの瞳を見つめた。アーサーがほほえみかける。

「アーサー、戻ってきてくれてうれしいわ。息子に会ってみたい？」

「僕の息子……アレックス」

エピローグ

金曜正午

メリーランド州ボルティモア

〈ザ・ウィロウズ〉

ハンナは彼の口のまわりについたパスタ入りのスープをそっとぬぐうと、もうひと匙スープをすくったスプーンを彼の下唇に当てた。彼はスープを口に含んでのみこむと、横を向いて目を閉じた。

「おいしいでしょう、ボー？　ひと休みするなら、そのあいだに本を読んであげる。エルキュール・ポワロが出てくる推理小説よ。あなた、アガサ・クリスティが好きだったのを覚えている？」

ハンナは立ちあがって身をかがめると、ボーの額にキスをしてから端整な顔に指を滑らせ、豊かな髪を軽く撫でた。

ボーはまるまる五分間は、いやもう少し短かったかもしれないが、彼女とリスターのことを認識し、話もした。ボーに言われた言葉については考えないことにした。本気で言ったわけではなく、彼には理解できなかっただけだろう。もしずっとふたりで一緒にいられたなら、愛しあう者たちがゆっくりと穏やかに年を重ね、それに時間をかけて慣れていく姿をボーに見せることができたのに。ボーにはすべてが一気に襲いかかった。彼はなぜハンナが年老いて見えるのか理解できなかった。それだけだ。

この先、ボーがどうなっていくのかはわからない。FBIが昨日、彼のもとにワシントン記念病院のドクター・ワーズワースをよこした。ハンナの疑問に対して医師は、ボーがあまりに若く見えることに驚いた。当然ながら医師は、これ以上リスターの薬が投与されなくなった今、何が起きるか正確にはわからないが、ボーはまた普通に老化していくのではないかというリスターの意見が正しい気がすると言った。もしそれが本当なら、ボーがまた七十八歳になる前に、ハンナは死んでいるかよぼよぼになっているだろう。ハンナは泣きたかった。彼女の美しいボーが、頭がぼんやりとして誰にも気にかけてもらえない、何も誰のことも気にしないボーが、美しい五十歳の肉体の中にいる。ハンナはまだ忘れていなかった。ボーに抱きしめられ、髪を撫でられて愛しあったことを。あの薬がほんのつかの間、頭を正気に戻してまただめにしてしまうだけだったのなら、ボーが戻らないままあと十五年生き延びられるほうがましだった。

自分自身や、ボーや、自分たちふたりを哀れに感じた。一度は一緒になったのに、二度とそうはならないことを悲しく思った。ハンナはトレイを廊下まで運んでテーブルに置くと、玄関ホールを見おろせるバルコニーに向かった。二日前にここで大騒動があり、すべてが終わってしまった痕跡はどこにもない。シルビーはFBI捜査官に逮捕された。娘はこれからどうなるのだろう？　誰も何も教えてくれない。少なくとも、ありがたいことにハンナ自身は逮捕されなかった。リスターやシルビーがしたことについてほとんど知らなかったからだ。リスターは娘に金を払ったのだろうか？自分がこのまま逮捕されませんようにと全身全霊をかけて祈る。逮捕されるべきではない。逮捕されたら、ボーの世話をする人が誰もいなくなってしまう。

この屋敷にもはや秘密はない。アレックス・ムーディという赤ちゃんの世話を任されていたエラは、シルビーと一緒に連行された。今、屋敷にいるのはハンナと家政婦とメイドがふたり、外には庭師が三人、それからボーの大切なクルーザーをもう何年も誠実に管理しているベリーがいるだけだ。

誘拐してきたあの赤ちゃんにリスターが何をするつもりだったのかは考えたくない。恐ろしいし、気分が悪くなる。ハンナにわかっているのは、リスターは自分が生成した薬の試験をするために赤ちゃんが必要だったということだ。彼の父親のために。それがどれほど非難すべき行為か承知していたのに、なぜ自分はもっと早くに止めなかったのだろう。すべてが間違っていた。ボーではなく、リスターの抱える問題を片づけようとしていた。そもそもボーが頼んだことは何ひとつない。もし頼める状態だったとしたら、頼んだだろうか？　ハンナにはわからなかったし、わかりたくもなかった。

ため息をつくと、王のベッドルームへ戻った。ドアのところで足を止め、ボーがまるで自分のスリッパを眺めているかのように車椅子に座ってうつむいている姿を見つめる。自分に嘘をついてもなんにもならない。真実と向きあうときだ。リスターが薬や、将来への期待を携えて戻ってくることはない。ボーは永遠に去ってしまった。ボーにはハンナしかいない。ハンナは生きている限り、彼を見捨てはしない。

ボーのお気に入りの王のベッドルームを見まわす。彼女は自分がこの部屋を嫌っていることに気づいた。何世紀も前の部屋の正確なレプリカは色あせていて哀れを誘う。足の下はオークの幅広の厚板ではなく、柔らかいカーペットがいい。ばかげたチェンバロは部屋から撤去したいし、ベッドの上の天蓋は燃やしてしまいたい。そう、すべてを変えたかった。

ボーに読み聞かせようと思っていたエルキュール・ポワロの本を見やる。いいえ、寝かせておいてあげよう。ハンナはクローゼットに向かうと、ボーの服をまとめ始めた。ほとんどをチャリティに寄付するつもりだった。

B・B・マドックスは目を開けて頭を起こした。ハンナがクローゼットから服を取りだすのを見つめる。彼女は疲れているようだ。そう思って見ていると、クローゼットを見まわすハンナの体にずいぶんと厚みがあることに気づいた。なぜだ？　昔から痩せていたのに。彼は口を開いて、その服をどうするつもりか尋ねようとしたが、また頭ががくんと垂れ、眠りに落ちた。

エピローグ

金曜日没
アイルランド西岸
モハーの断崖

「これ以上、神に祝福された美しい場所はないな」リアムはエレーナの髪に向かって言った。「よかった、雨があがった。素敵なショウが始まる」

「ずいぶんロマンティックになってるじゃない」エレーナは体を起こしてリアムの耳たぶを噛むと彼に身を寄せ、オレンジ色の大きな太陽が海にゆっくりと沈んでいくさまを眺めた。旅行客も地元の人も一様に押し黙り、荘厳な光景を見つめている。太陽が完全に海へと姿を消すと、誰もが息を吐いた。リアムがエレーナに手を貸して立たせ、ジーンズについた土を払ってくれた。両手でエレーナの顔を包み、頬に、唇にキスをする。

「パブで陽気なバイオリンを聴きながら、一杯引っかけないか？　このロマンティックな男は、君とジグを踊りたいんだ」

エレーナは運命の気まぐれに驚きながら、リアムに手を預けた。彼がきっとアイリッシュ・ジグの踊り方を教えてくれるだろう。

著者あとがき

〝*Enigma*〟はフィクションである。過去数千年とは違い、今日の研究においては若返りの泉はもはや神秘主義や伝説に包み隠されてはいない。われわれの技術が進歩し、研究が続けられていくにつれ、誰も年を取らないジェームズ・ヒルトンのシャングリラや、ドクター・リスター・マドックスの悪夢のような光景に近づいていくのかもしれない。私たちは結局、若さや健康を保つために、長生きするために、薬をのむようになるのだろうか？　たとえば二百年生きるために？　私たちは常に、自分たちの望むものに慎重になるべきだ。

訳者あとがき

サビッチ&シャーロックのFBIシリーズ第十八弾『奔流』(原題:*Enigma*)の邦訳をお届けします。

物語の舞台はワシントンDC、人質立てこもり事件が起きたという一報を受けてサビッチは現場に駆けつけます。被害者はカーラという出産を間近に控えた妊婦。犯人の男は自らを〝エニグマ〟と称し、カーラとおなかの子を助けるために来たと意味不明なことをわめいていましたが、サビッチの活躍によって無事にカーラを救出します。ところが犯人の男はその場で倒れて昏睡状態に陥り、身元不詳のまま入院することになります。その夜、同じ病院でカーラは無事に男の子を出産しますが、喜びに浸ったのもつかの間、翌日看護師に扮した女に赤ん坊が連れ去られてしまい、FBIのCARDチーム(未成年者誘拐緊急展開部隊)も出動する事態に。〝エニグマ〟と称する男に不可解な点が多いこと、カーラの妊娠が本人の身に覚えのないものだったという事実から、サビッチとシャーロックは事件の全容解明を目指して捜査を進めます。

同じ日、前作で大活躍したカム・ウィッティア捜査官は、憧れのサビッチ率いる犯罪分析課(CAU)に異動になって早々に任務を与えられます。マンタ・レイという異名を取る銀行強盗犯リアム・ヘネシーが刑務所への移送中、何者かの手引きによって逃走する事件が発生したため、ニューヨーク支局のジャック・キャボット特別捜査官とともにケンタッキー州へ向かうことになったのです。カムとジャックは目撃情報のあったダニエル・ブーン国立森林公園を捜索してマンタ・レイたちを発見するものの、あと一歩というところで取り逃してしまいます。被害に遭った銀行の貸金庫の契約者がマンタ・レイ逃亡の手引きをした女によく似ていたことから、この女の正体を探るためにふたりは協力しながら捜査に全力を注ぎます。すると、六週間前に起きた女子大生殺人事件との関連が浮上して――。

同日にまったく別の場所で起こったふたつの事件。今回もサビッチとシャーロック、彼の部下の捜査官たちが解決に向けて奔走します。カム&ジャックという新たな名コンビも誕生し、今後の活躍が楽しみなところです。スケールの大きさも息をつかせぬ展開も前作をしのぐとも言えるほどで、さすがはキャサリン・コールター、今回も期待を裏切らない作品に仕上がっています。

最後に、次回作 "*Paradox*" についても簡単に紹介しておきます。ある日、サビッチとシャーロックの五歳の息子ショーンが誘拐されそうになる事件が起こります。犯人が次はサビッチとシャーロックを標的にしていると知り……次作では、どうやら彼らは復讐(ふくしゅう)に取りつかれたサイコパスと対峙することになりそうです。

同じ頃、メリーランド州でタイ・クリスティ警察署長が湖畔のコテージから偶然、殺人を目撃します。現場となった湖の底を捜索すると、被害者の遺体のほかに古い骨も発見されます。ショーンの好きな作家がブックフェスティバルに参加すると知り、家族でメリーランド州へ出かけたサビッチたちも捜査に加わり――。ショーンの登場も多そうで訳者としては楽しみな次回作も、どうぞご期待ください。

本書が形になるまでにはたくさんの方々のお力を頂戴しました。この場を借りて厚くお礼申しあげます。

二〇二一年九月

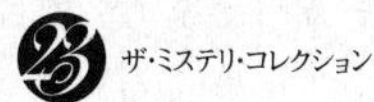

奔流（ほんりゅう）

2021年 11月 20日　初版発行

著者　キャサリン・コールター

訳者　守口弥生（もりぐちやよい）

発行所　株式会社 二見書房
東京都千代田区神田三崎町2-18-11
電話 03(3515)2311 [営業]
03(3515)2313 [編集]
振替 00170-4-2639

印刷　株式会社 堀内印刷所
製本　株式会社 村上製本所

落丁・乱丁本はお取り替えいたします。
定価は、カバーに表示してあります。

ISBN978-4-576-21164-0
https://www.futami.co.jp/

旅路
キャサリン・コールター
林 啓恵［訳］
〔FBIシリーズ〕

伯母の住む町に来たサリーと彼女を追ってきたFBIのクインラン。町で起こった殺人事件をサビッチらと捜査するうちに…。美しく整然とした町に隠された秘密とは？

袋小路
キャサリン・コールター
林 啓恵［訳］
〔FBIシリーズ〕

全米震撼の連続誘拐殺人を解決した直後、サビッチのもとに妹の自殺未遂の報せが入る…。『迷路』の名コンビが夫婦となって大活躍！ 絶賛FBIシリーズ第二弾!!

死角
キャサリン・コールター
林 啓恵［訳］
〔FBIシリーズ〕

あどけない少年に執拗に忍び寄る魔手！ 事件の裏に隠された驚くべき真相とは？ 謎めく誘拐事件に夫婦FBI捜査官S&Sコンビも真相究明に乗りだすが……

追憶
キャサリン・コールター
林 啓恵［訳］
〔FBIシリーズ〕

首都ワシントンを震撼させた最高裁判所判事の殺害事件。殺人者の魔手はサビッチたちの身辺にも！ 夫婦FBI捜査官サビッチ&シャーロックが難事件に挑む！

失踪
キャサリン・コールター
林 啓恵［訳］
〔FBIシリーズ〕

FBI女性捜査官ルースは休暇中に洞窟で突然倒れ記憶を失ってしまう。一方、サビッチ行きつけの店の芸人が何者かに誘拐され、サビッチを名指しした脅迫電話が…！

幻影
キャサリン・コールター
林 啓恵［訳］
〔FBIシリーズ〕

有名霊媒師の夫を殺されたジュリア。何者かに命を狙われFBI捜査官チェイニーに救われる。犯人捜しに協力する同僚のサビッチは驚愕の情報を入手していた…！

眩暈
キャサリン・コールター
林 啓恵［訳］
〔FBIシリーズ〕

操縦していた航空機が爆発、山中で不時着したFBI捜査官ジャック。レイチエルという女性に介抱され命を取り留めるが、彼女はある秘密を抱え、何者かに命を狙われる身で…

残響

キャサリン・コールター
林 啓恵［訳］
〔FBIシリーズ〕

ジョアンナはカルト教団を運営する亡夫の親族と距離を置き、娘と静かに暮らしていた。が、娘の〃能力〃に気づいた教団は娘の誘拐を目論む。母娘は逃げ出すが……

幻惑

キャサリン・コールター
林 啓恵［訳］
〔FBIシリーズ〕

大手製薬会社の陰謀をつかんだ女性探偵エリンはFBI捜査官のボウイと出会い、サビッチ夫妻とも協力して真相に迫る。次第にボウイと惹かれあうエリンだが……

閃光

キャサリン・コールター
林 啓恵［訳］
〔FBIシリーズ〕

若い女性を狙った連続絞殺事件が発生し、ルーシーとクープの若手捜査官が事件解決に奔走する。DNA鑑定の結果犯人は連続殺人鬼テッド・バンディの子供だと判明し⁉

代償

キャサリン・コールター
林 啓恵［訳］
〔FBIシリーズ〕

サビッチに謎のメッセージが届き、友人の連邦判事ラムジーが狙撃された。連邦保安官助手イブはFBI捜査官ハリーと組んで捜査にあたり、互いに好意を抱いていくが…

錯綜

キャサリン・コールター
林 啓恵［訳］
〔FBIシリーズ〕

捜査官の妹が何者かに襲われ、バスルームには大量の血が⁉ 一方、リンカーン記念堂で全裸の凍死体が発見された。早速サビッチとシャーロックが捜査に乗り出すが…

謀略

キャサリン・コールター
林 啓恵［訳］
〔FBIシリーズ〕

婚約者の死で一時帰国を余儀なくされた駐英大使のナタリーは何者かに命を狙われ、若きFBI捜査官デイビスに助けを求める。一方あのサイコパスが施設から脱走し…

誘発

キャサリン・コールター
林 啓恵［訳］
〔FBIシリーズ〕

空港で自爆テロをしようとした男をシャーロックが取り押さえたころ、サビッチはある殺人事件の捜査に取りかかるが、なぜか犯人には犯行時の記憶がなく…。報復の連鎖！

＊の作品は電子書籍もあります。

背信
キャサリン・コールター
守口弥生［訳］〔FBIシリーズ〕
ハリウッドで若い女優の連続殺人事件が発生。一方、ワシントンDCでは名だたる富豪が毒殺されそうになるがその目的は⁉ 人も羨む世界の裏にある人間の闇を描く！

略奪
キャサリン・コールター＆J・T・エリソン
水川玲［訳］〔新FBIシリーズ〕
元スパイのロンドン警視庁警部とFBIの女性捜査官。謎の殺人事件と〝呪われた宝石〟がふたりの運命を結びつけて——夫婦捜査官S＆Sも活躍する新シリーズ第一弾！

激情
キャサリン・コールター＆J・T・エリソン
水川玲［訳］〔新FBIシリーズ〕
平凡な古書店店主が殺害され、彼がある秘密結社のメンバーだと発覚する。その陰にうごめく世にも恐ろしい企みに英国貴族の捜査官が挑む新FBIシリーズ第二弾！

迷走
キャサリン・コールター＆J・T・エリソン
水川玲［訳］〔新FBIシリーズ〕
テロ組織による爆破事件が起こり、大統領も命を狙われる。人を殺さないのがモットーの組織に何が？ 英国貴族のFBI捜査官が伝説の暗殺者に挑む！ 第三弾！

鼓動
キャサリン・コールター＆J・T・エリソン
水川玲［訳］〔新FBIシリーズ〕
「聖櫃」に執着する一族の双子と、強力な破壊装置を操るその祖父——邪悪な一族の陰謀に対抗するため、FBIと天才的泥棒がタッグを組んで立ち向かう！

プエルトリコ行き477便
ジュリー・クラーク
久賀美緒［訳］
暴力的な夫からの失踪に失敗したクレアは空港で見知らぬ女性と身分をチケットを交換する。クレアの乗るはずだった飛行機がフロリダで墜落、彼女は死亡したことに…

誠実な嘘
マイケル・ロボサム
田辺千幸［訳］
恋人との子を妊娠中のアガサと、高収入の夫との三人目を妊娠中のメグは出産時期が近いことから仲よくなるが…。二人の女性の数奇な運命を描く戦慄のスリラー！

黒き戦士の恋人
J・R・ウォード
安原和見［訳］　〔ブラック・ダガー・シリーズ〕

NY郊外の地方新聞社に勤める女性記者ベスは、謎の男ラスに出生の秘密を告げられ、運命が一変する！　読み出したら止まらない全米ナンバーワンのパラノーマル・ロマンス

永遠なる時の恋人
J・R・ウォード
安原和見［訳］　〔ブラック・ダガー・シリーズ〕

レイジは人間の女性メアリをひと目見て恋の虜に。戦士としての忠誠か愛しき者への献身か、心は引き裂かれる。困難を乗り越えてふたりは結ばれるのか？　好評第二弾

運命を告げる恋人
J・R・ウォード
安原和見［訳］　〔ブラック・ダガー・シリーズ〕

貴族の娘ベラが宿敵″レッサー″に誘拐されて六週間。だれもが彼女の生存を絶望視するなか、ザディストだけは彼女を捜しつづけていた…。怒濤の展開の第三弾！

闇を照らす恋人
J・R・ウォード
安原和見［訳］　〔ブラック・ダガー・シリーズ〕

元刑事のブッチがヴァンパイア世界に足を踏み入れて九カ月。美しきマリッサに想いを寄せるも梨の礫。贅沢だが無為な日々に焦りを感じていたところ…待望の第四弾

情熱の炎に抱かれて
J・R・ウォード
安原和見［訳］　〔ブラック・ダガー・シリーズ〕

深夜のパトロール中に心臓を撃たれ、重傷を負ったヴィシャス。命を救った外科医ジェインに一目惚れすると、彼女を強引に館に連れ帰ってしまうが…急展開の第五弾

漆黒に包まれる恋人
J・R・ウォード
安原和見［訳］　〔ブラック・ダガー・シリーズ〕

自己嫌悪から薬物に溺れ、〈兄弟団〉からも外されてしまったフュアリー。″巫女″であるコーミアが手を差し伸べるが…。シリーズ第六弾にして最大の問題作登場!!

灼熱の瞬間(とき) ＊
J・R・ウォード
久賀美緒［訳］

仕事中の事故で片腕を失った女性消防士アン。その判断をした同僚ダニーとは事故の前に一度だけ関係を持っていて…。数奇な運命に翻弄されるこの恋の行方は？

＊の作品は電子書籍もあります。

蠱惑の堕天使 ＊
J・R・ウォード
氷川由子［訳］

ジムはある日事故で感電死し、天使からの命を受けて堕天使となって人間世界に戻り、罪を犯しそうになっている7人の人間を救うことに。愛と悲しみを知る新シリーズ開幕

冷酷なプリンス
ホリー・ブラック
久我美緒［訳］

妖精国で育てられた人間の娘ジュードは、自分の居場所を見つけるため騎士になる決心をする。陰謀に満ちた世界で闘うジュードの成長とロマンスを描く壮大なファンタジー

完璧すぎる結婚
グリア・ヘンドリックス&サラ・ペッカネン
風早柊佐［訳］

裕福で優しいリチャードとの結婚を前にネリーには悩みがあった。一方、リチャードの前妻ヴァネッサは元夫の婚約を知り…。騙されること請け合いの驚愕サスペンス！

そして彼女は消えた ＊
リサ・ジュエル
氷川由子［訳］

15歳の娘エリーが図書館に向ったまま失踪した。10年後、エリーの骨が見つかり…。平凡で幸せな人生の裏でじわじわ起きていた恐怖を描く戦慄のサイコスリラー！

秘めた情事が終わるとき ＊
コリーン・フーヴァー
相山夏奏［訳］

無名作家ローウエンのもとに、ベストセラー作家ヴェリティの共著者として執筆してほしいとの依頼が舞い込むが…。愛と憎しみが交錯するジェットコースター・ロマンス！

悲しみにさよならを ＊
シャロン・サラ
氷川由子［訳］

10年前に兄を殺した犯人を探そうと決心したとたんローガンは命を狙われる。彼女に恋するウエイドと捜索を進めると、驚く事実が明らかになり…。本格サスペンス！

かつて愛した人 ＊
ロビン・ペリーニ
水野涼子［訳］

故郷へ戻ったセインの姉が何者かに誘拐された。彼はかつての恋人でFBIのプロファイラー、ライリーに捜査を依頼する。捜査を進めるなか、二人の恋は再燃し……

危険な夜と煌めく朝 ＊
テス・ダイヤモンド
出雲さち［訳］

元FBIの交渉人マギーは、元上司の要請である事件を担当する。ジェイクという男性と知り合い、緊迫した状況のなか惹かれあうが、トラウマのある彼女は……

ダイヤモンドは復讐の涙 ＊
テス・ダイヤモンド
向宝丸緒［訳］

FBIプロファイラー、グレイスの新たな担当事件は彼女自身への挑戦と思われた。かつて夜をともにしたギャビンとともに捜査を始めるがやがて恐ろしい事実が……

過去からの口づけ ＊
トリシャ・ウルフ
林 亜弥［訳］

殺人未遂事件の被害者で作家のレイキンは、事件前後の記憶も失っていた。しかし新たな事件をFBI捜査官のリースと調べるうち、自分の事件との類似に気づき…

闇のなかで口づけを
レベッカ・ザネッティ
高橋佳奈子［訳］

元捜査官マルコムは、国土安全保障省からあるカルト教団への潜入捜査を依頼される。元信者ピッパに近づいた彼は身分を明かせぬまま惹かれ合い…。官能ロマンス！

ひびわれた心を抱いて
シェリー・コレール
藤井喜美枝［訳］

女性リポーターを狙った連続殺人事件が発生。連邦捜査官ヘイデンは唯一の生存者ケイトに接触するが…？若き才能が贈る衝撃のデビュー作〈使徒〉シリーズ降臨！

秘められた恋をもう一度
シェリー・コレール
水川 玲［訳］

検事のグレイスは生き埋めにされた女性からの電話を受ける。FBI捜査官の元夫とともに真相を探ることになるが…。愛と憎しみの交差する〈使徒〉シリーズ第2弾！

許されざる情事 ＊
ロレス・アン・ホワイト
向宝丸緒［訳］

連続性犯罪を追う刑事のアンジー。男性との情事中、呼ばれて現場に駆けつけると、新任担当刑事はその情事の相手だったが……。ベストセラー作家の官能サスペンス！

＊の作品は電子書籍もあります。

ボーイフレンド演じます
アレクシス・ホール
金井真弓［訳］
ロックスターの両親のせいでパパラッチにあられもない姿を撮られてきたルーク。勤務する慈善団体のパトロンを失わないため、まともなボーイフレンドが必要になり…

赤と白とロイヤルブルー ＊
ケイシー・マクイストン
林啓恵［訳］
アメリカ大統領の息子と英国の王子が恋に落ちるLGBTロマンス。誰にも知られてはならない二人の恋は切なく燃え上がるが…。全米ベストセラー！

あなたとめぐり逢う予感 ＊
ジュリー・ジェームズ
村岡栞［訳］
殺人事件の容疑者を目撃したことから、FBI捜査官のジャックと再会したキャメロン。因縁ある相手だが、ボディガードとして彼がキャメロンの自宅に寝泊まりすることに…

危険すぎる男
シャノン・マッケナ
寺下朋子［訳］
レストランを開く夢のためカフェで働く有力者の娘デミ。そこへ足繁く通う元海兵隊員エリック。ふたりは求めあう関係になるが……過激ながらも切ない新シリーズ始動！

夜明けまで離さない
シャノン・マッケナ
寺下朋子［訳］
7年ぶりに故郷へ戻ったエリックは思いがけずデミと再会。かつて二人を引き裂いた誤解をとき、カルト集団の謎に挑む！『危険すぎる男』に続くシリーズ第2弾

口づけは復讐の香り ＊
L・J・シェン
藤堂知春［訳］
シカゴ・マフィアの一人娘フランチェスカは社交界デビューの仮面舞踏会で初めて会った男ウルフにキスを奪われ、婚約することになる。彼にはある企みがあり…

ヴァージンリバー
ロビン・カー
高橋佳奈子［訳］
救命医の夫を突如失った看護師のメル。誰も知らないところで過ごそうと、大自然に抱かれた小さな町ヴァージンリバーにやって来るが。Netflixドラマ化原作